Heibonsha Library

レ・ミゼラブル

3 マリユス

Les Misérables
Troisième partie : Marius

平凡社ライブラリー

Heibonsha Library

レ・ミゼラブル

3

マリユス

Les Misérables
Troisième partie : Marius

ヴィクトール・ユゴー著
西永良成訳

平凡社

本著作は平凡社ライブラリー・オリジナル版です。

目次

第三部　マリユス

第三篇　祖父と孫

（　）の割註は原註、〔　〕の割註は訳註を示す。

第三部　マリユス

第一篇　パリの微粒子の研究

第一章　チビッ子

パリには子供がいて、森には鳥がいる。鳥は雀といい、子供は浮浪児《ギャマン》という。パリと幼年時代。ひとつは猛火、もうひとつは曙をそっくりふくむ。このふたつの観念をくっつけ、火花を散らしてやれば、そこからちいさな存在が生ずる。プラウトゥス〔1〕なら「侏儒《コビト》」とでも言うかもしれない。

このちいさな生き物は陽気だ。毎日は食べ物にありつけなくても、気に入れば、毎晩でも芝居小屋に出かける。素肌にシャツも着ず、素足に靴もはかず、頭上に屋根もない。そんなものをなにひとつ持たない空の蠅のようだ。七歳から十六歳まで集団で生活し、街路をうろつきまわり、戸外で寝泊まりし、踵のしたまで垂れてくる父親の古ズボンをはき、耳のしたまでくるよその子の父親の帽子をかぶり、黄ばんだ布一本きりのズボン吊りをして駆けまわり、隙をねらい、金品をねだり、時間をつぶす。黒くなるまでパイプをなじませ、ひどい悪態をつき、居酒屋の常連になり、泥棒たちと顔なじみになり、娼婦たちに馴れ馴れしい口をきき、隠語を話し、卑猥な歌をうたうが、心になんの悪意もない。魂のなかに無垢という真珠をひとつもっているからだが、真珠は泥のなかで溶けるものではない。人間が子供であるかぎり、無垢であることを神は願うのである。

この巨大な町に「あれは何者か？」と尋ねるなら、パリは「あれはわたしの子供だよ」と答えることだろう。

第二章　その特徴をいくつか

パリの浮浪児は、この巨大な女が産んだ小人である。

大げさな言い方はやめておこう。このどぶの大天使は時にシャツを持っていることもあるが、たった一枚きりである。時に靴をはいていることもあるが、底がすり切れている。時には家があって、母親がいるのでその家を愛してもいる。だが、街路のほうがもっと好きだ。自由があるから。独特の遊びがあり、独特の悪戯もするが、それは根っからブルジョワを嫌うからだ。独特の比喩をつかい、死ぬことを「タンポポの根を食う」などと言ったりする。独特の仕事もあって、辻馬車を呼んできたり、馬車の踏台をおろしたりする。大雨のとき、ひとを道路の端から向こう側の端にわたしてやって、通行料をせしめる。これを「ポン・デ・ザール〔当時パリで最新の橋。芸術橋の意〕をかける」と称している。当局が発した布告をフランス国民のために触れまわったり、敷石のあいだを掃除したりもする。独特の通貨をもっている。これは公道に落ちている雑多な銅を細工したものだ。「ぼろ」という名前で呼ばれる奇妙な通貨だが、変わることなく流通し、この子供たちの放浪仲間うちでは立派に通用している。

そして、独特の動物を飼い、あちこちの片隅で熱心に観察している。テントウ虫、アブラ虫、ザトウ虫、「悪魔」と言われている、二本の角をもち尻尾をくねらせてひとを脅す黒い虫。おとぎ話にでも出てきそうな独特の怪物もいる。そいつは腹に鱗があるが蜥蜴ではなく、背中に疣があるが蟇蛙でもなく、古い石炭窯や涸れた汚水溜などの穴に住み、黒く、毛むくじゃらで、ねばねばし、時にはゆっくり、時にはするする這いまわり、叫びはしないが、じっと目をすえたその姿はなんとも恐ろしく、だれひとり一度も見たことがない。その名は「耳なし」。石のあいだから「耳なし」をさがすのは、ぞくぞくするほど楽しい。別の楽しみは、いきなり敷石を持ちあげて、ワラジ虫を見つけることだ。パリはどの地域でも面白いものが見つかるので有名である。ユルシュリーヌ通りの材木置場にはハサミ虫、パンテオンにはムカデ、シャン・ド・マルスの溝にはオタマジャクシがいる。

この連中は言葉にかけては、タレイラン並に口達者である。皮肉にかけてはひけをとらないが、彼よりはるかに正直である。なんとも得体の知れない意外な陽気さに恵まれ、馬鹿笑いで店の親父を面くらわせる。その陽気さは幅広く、高級な喜劇から茶番劇にまで及んでいる。

葬列が通る。死者に付き添っている者たちのなかに医者がいるとしよう。

「あれ」とひとりの浮浪児が声をあげる。「いったい、いつから医者がてめえの作品を持ち運ぶようになったんでえ?」

人混みのなかに別の浮浪児がいる。眼鏡や時計の鎖なんぞを見せびらかしている、まじめくさった紳士が憤然と振りかえって、

「この悪ガキ、よくも家内の「腰《タイユ》」に手をまわしたな」

「おれがかい、だんな! だったら、おれの身体検査でもしてみな[1]」

第三章　浮浪児は愉快だ

晩には、いつもなんとか都合する小銭のおかげで、この「侏儒」は芝居小屋にはいる。その魔法の敷居をまたぐと、すっかり変貌する。浮浪児だったのが、生意気なお兄さんになるのだ。劇場とは船を逆さにしたようなもので、船倉が上方にある。生意気なお兄さんがすし詰めになるのは、この船倉のなかである。浮浪児と生意気なお兄さんの関係は、尺蛾と幼虫の関係にひとしい。飛び立ち、空を舞うのは同じものなのだ。このちいさなものが幸福に輝き、熱狂と歓喜に勢いづき、羽ばたきにも似た拍手をするだけで、あの狭く、臭く、暗く、汚れ、不潔で、醜悪で、ぞっとするような船倉が〈天国《パラディ》〉と呼ばれるようになる[1]。

人間に無用なものをあたえ、必要なものをのぞいてやると、浮浪児ができあがる。

浮浪児にもなにかしらの文学的直観がないわけではない。これは実情にかなった遺憾な気持ちで言うのだが、その性向はいささかも古典趣味ではない。また、その本性からして、あまりアカ

デミックなものではない。一例をあげれば、この騒々しい子供たちの小集団では、マルス嬢〔2〕の人気に辛辣で皮肉な味付けがなされていた。浮浪児は彼女のことを「ミュッシュ嬢〔卑語で「上玉、美妓」の意〕」と呼んでいたのである。

この生き物はわめき、冷やかし、ふざけ、洟垂れ小僧みたいなぼろ服や哲人みたいな古着を身にまとい、下水で釣りをし、汚水溜で狩りをし、汚物から愉快さを引きだし、四辻で思いきり面罵し、せせら笑いをしながら噛みつき、口笛を吹いて歌い、拍手して文句をつけ、歓びの歌「ハレルヤ」を歌謡曲「マタンチュルリュレット」で和らげ、哀悼歌「デプロフォンディス」から謝肉祭の歌「シャンリ」まであらゆるリズムを口ずさみ、さがさずに見つけ、知らないはずのことまで知っている。この生き物はペテンになるほど厳格で、叡智にいたるほど常軌を逸し、下劣になるほど抒情的で、オリンポスの山で這いつくばり、堆肥のなかを転げまわって、そこから星々をいっぱいくっつけて出てくる。パリの浮浪児は小ラブレーなのだ。

じぶんの半ズボンに、時計用の内ポケットがなければ満足しない。

あまり驚かず、怯えることはさらにない。迷信を歌で笑いのめし、大言壮語の鼻をあかし、神秘を冗談にし、幽霊にあかんべと言い、尊大不遜をこきおろし、勇ましい大法螺を戯画にする。これは浮浪児が詩情を解さないからではない。それどころか、荘重な光景を茶番めいた幻想に代えてしまうからだ。たとえアダマストル〔3〕を目の当たりにしたとしても、浮浪児なら「なあんだ！かかしのお化けじゃねえか」と言うだろう。

第四章　浮浪児は有益かもしれない

パリは野次馬にはじまり、浮浪児におわる。このふたつとも、ほかのどの町にも見られない。あたえられたものをただ受身でながめるだけで満足する者と、いろいろな創意・工夫をすすんで発揮する者。いわばプリュドムとフイユー〔1〕。パリだけが博物史のなかでそうしたものをもっている。君主制はそっくり野次馬のなかに、アナーキーはそっくり浮浪児のなかにある。

パリの場末のこの蒼白い子供は社会の現実と人間の事象に直面して、苦しみながら考え深い証人として生活し、成長し、つるんだり、「ばらけ」たりする。じぶんでは呑気だと思っているが、じつはそうではない。じっと見て、いまにも笑いだそうとしているが、また別のことをやらかそうともしている。なんであろうと、〈偏見〉、〈濫用〉、〈汚名〉、〈圧政〉、〈不正〉、〈専制〉、〈不公平〉、〈狂信〉、〈暴虐〉などと呼ばれるものを身にもつ者は、ぽかんとした浮浪児に注意するがいい。

このチビはいずれ大きくなるのだ。

そいつはどんな粘土でできているのか？　その辺の泥でできている。ひと握りの泥とひと吹きの息があれば、アダムができる。なにかの神が通れば充分なのだ。そしていつも、神は浮浪児のうえを通ってきた。運がこのちいさな生き物に味方するのだ。この運という言葉に、筆者は冒険という意味をもたせている。どこにでもある粗末な土からじかにこねあげられ、無知、無学、愚鈍、俗悪、下品なこのピグミー族〔小人族〕は、イオニア人のように賢明になるのだろうか、それともボイオティア人[2]のように愚昧になるのだろうか？　まあ、待たれよ。「轆轤ハ回ル」[3]〔このように漢字とカタカナ混じりの語句・文章の原語はラテン語。以下同様〕のだ。パリの精霊、子供を偶然でつくり、大人を運命でつくるあのデーモンは、ホラティウスの詩のラテンの陶工とは逆に、水差しを立派な両耳付きの壺にしてしまうのだ。

第五章　その境界

浮浪者は都市が好きだが、孤独もまた好み、内心に賢者めいたところがある。フスクスのように「都会ヲ愛スル人」であり、フラックスのように「田園ヲ愛スル人」なのである[1]。思いにふけりながらさ迷うこと、つまりそぞろ歩きをすることは、哲学者にとって時間の善用である。とりわけ、都会とも田園ともつかず、そのふたつの性質が混じりあって醜く、どこか変わった田園がよい。いくつかの大都会、とくにパリのまわりはそんな田園に取りまかれている。郊外を観察することは、両棲動物を観察することである。木立がおわって、屋根がはじまる。草むらがおわって、敷石がはじまる。畑の畝がおわって、商店がはじまる。旧弊がおわって、情熱がはじまる。神の囁きがおわって、人間のざわめきがはじまる。そこにこそ比類のない面白みがあるのだ。

魅力にとぼしく、通行者にいつも「物悲しい」という形容詞が貼りつけられるそんな場所を、夢想家が一見なんの目的もなく散策するのは、まさにそのためなのである。

こんなことを書いている筆者も長いあいだ、パリの市門の外をうろついたものだが、それが遠い日の思い出の源泉になってくれた。あの短い芝生、石だらけの小径、白亜、泥灰石、石膏、荒地と休耕地の耐えがたい単調さ、遠くに突然見える農園のはしりの野菜、野生と都会の洗練との混じり合い、兵営の太鼓が騒々しく訓練をおこない、戦闘の初歩の予行をしている広々としたひと気のない片隅、昼間は人里離れて閑散としているが、夜には強盗でも出没しそうな危険な場所、風にまわる不格好な風車、石切場の採掘用の滑車、墓地の隅の酒場、陽光があふれ、蝶々がいっぱい舞う広い空地を四角に区切っている、暗く高い壁の不思議な魅力、そのすべてに心を惹かれたものだ。

世間のたいがいの人びとは、そのような独特の場所を知らない。グラシエール、キュネット、弾丸の跡がついているグルネルの見苦しい壁、モンパルナス、フォス・オ・ルー、マルヌ川の土手沿いのレ・ゾービエ、モンスリー、トンブ・イソワール、掘りつくした古い石切場のあるシャティヨンのピエール・プラットなどがそうだ。この石切場などはもう茸を生やすことにしか役立たず、腐った板の揚蓋が地面すれすれにしてあるという場所なのだが。ローマの田園がひとつの理念ならば、パリの郊外もまたひとつの理念である。限られた地平の視界に、ただ野原、家並もしくは木立しか見ないのは、表面にとどまっていることだ。事物のあらゆる側面は神の考えなのである。平原が都会とつながっている場所にはつねに、なんとも知れず心に染み入る憂愁が刻まれている。そこでは自然と人間がともに話しかけてくる。その地区の特色があらわれるのである。

筆者のように、パリの冥府ともいうべき市外近くの、そうした寂しい場所をさ迷ったことのある者ならだれでも、思いがけないとき、あちこちの打ちすてられた地区の貧弱な生垣のうしろや、薄気味悪い壁の一隅に子供たちをかいま見るはずだ。その子供たちはわいわい集まって、顔色が悪く、泥だらけ、埃だらけ、ぼろ着をまとい、髪をぼさぼさにして、矢車草をかぶって銭蹴り遊びをしている。いずれも貧しい家庭を逃げだしてきた子供たちだ。市外の大通りは彼らが息のつける場であり、郊外は彼らのものなのだ。彼らは学校をサボってそこで遊び、お得意の怪しげな歌を無邪気にうたっている。彼らはそこにいる、というよりそこで生活している。五月か六月の穏やかな光のなか、だれの目も届かないところで、地面に掘った穴のまわりにしゃがみこみ、親指でビー玉をはじき、たかが数リアール程度のはした金のことで争い、なんの責任もなく、風来坊で、投げやりで、幸福なのだ。だれかの姿を見かけると、じぶんたちにも仕事があり、生活費を稼がねばならないことを思いだし、黄金虫がいっぱいつまった毛の古靴下やら、リラの花束などを売りつけようとする。こんな奇妙な子供たちと出会うことは、パリ周辺の魅力だが、またなんとも痛ましい恵みというべきであろう。

ときどき、これらの多くの少年たちのなかに、少女たち——彼らの姉妹だろうか?——、ほとんど娘と言ってもいいくらいの女の子たちがいる。痩せこけ、上気して、手が日焼けし、そばかすが目立ち、ライ麦の穂やヒナゲシの花を髪に挿し、陽気で、がさつで、素足だ。なかには麦畑でさくらんぼうを食べているのもいる。夕暮には、その女の子たちの笑い声が聞こえる。真昼の強い日差しに照らされるか、黄昏の薄暗がりのなかでかいま見られるこの集団は、長いあいだ夢想家の心をとらえ、その光景が夢に混じってくる。

パリが中心で、郊外が周囲である。その子供たちにとって、それが地球のすべてなのだ。彼らはけっしてその先には行こうとはしない。魚が水から出ることができないように、彼らはパリの大気圏の外に出ることはできないのだ。彼らにとって、市門から八キロも離れると、もはやなにもなくなる。イヴリー、ジャンティイー、アルクーイユ、ベルヴィル、オーヴェルヴィリエ、メニルモンタン、ショワジー・ル・ロワ、ビヤンクール、ムードン、イシー、ヴァンヴ、セーヴル、ピュトー、ヌイー、ジェンヌヴィリエ、コロンブ、ロマンヴィル、シャトゥー、アニエール、ブージヴァル、ナンテール、アンギャン、ノワジー・ル・セック、ノジャン、グルネー、ドランシー、ゴネスなどで世界がおわるのだ。

第六章　歴史を少々

本書の筋が展開する時期には、といっても、そう昔のことではないが、こんにちのように街角ごとに巡査が立っていなかった（ありがたいことに、ここはそのことを論じる場所ではない）。パリには放浪する子供たちがあふれていた。統計によれば、年平均二百六十人の宿無し子がいて、パトロールの巡査がこの子供たちを囲いのない空地、建築中の家、橋のアーチのしたなどに収容していたという。そんな巣のひとつが、いまでも有名な「アルコレ橋[1]のつばめたち」のような身軽な兵士たちを生みだした。もっとも、これは社会的な徴候のなかでもとりわけ暗澹たるものだ。人間のあらゆる犯罪は子供の放浪生活からはじまるからである。

とはいえ、パリだけは除外しよう。筆者が想起した思い出にもかかわらず、ある程度までこの除外は正当なのである。他のどんな大都会でも、放浪する子供はいまさらどうにもならない人間だ。勝手に放りだされた子供は、いわば悪徳社会にお誂え向きで、逃れようもなくそのなかにはいりこみ、元来もっていた正直さや良心が呑みこまれてしまう。これに反して、パリの浮浪児は表向きにはいくら粗野で、どんな悪評をうけようとも、内面はほぼ無垢なのだと強調しておこう。思っても素晴らしいもの、数々の民衆革命の素晴らしい誠実さのうちに輝くもの、それはある種の非腐敗性である。これは大洋の海水にある塩のように、パリの大気のなかにある観念のもたすものなのである。パリを呼吸すること、それは魂を保存することなのだ。

そうはいっても、ばらばらになった家族の絆があたりに漂っているのが見えるように感じられる、あの子供たちのひとりに出会うたびに、胸が締めつけられる思いはなんら消え去るわけではない。いまなお不完全な現代文明においては、家庭が崩壊して闇に消え、じぶんたちの子供がどうなったのかも分からなくなったり、腹を痛めた子供が路上に置き去りにされたりといったことも、とくに異常なことではない。そこから暗い運命が生じる。それは――というのも、こんな悲しいことでも熟語になるからだが――「パリの石畳に投げだされる」と呼ばれていることだ。

ついでながら、こうした捨子は昔の君主制によっても抑えることはできなかった。エジプトやボヘミアの一部の下層階級は上層者たちの都合に合わせることで、権力者たちに気に入られ、民衆の児童教育への嫌悪がひとつの信条になっていた。「半可通」などなんの役に立つか？　これが合言葉だった。ところが、無知な子供が放浪する子供になるのは、至極当然の成行きなのだ。

もっとも、君主制は時に子供を必要とした。そこで、路上で子供を掻き集めた。

そう遠くまでさかのぼらなくても、ルイ十四世治下で、国王が艦隊をつくろうとしたのはもっともな望みだった。着想はよかったが、その手段が問題である。風にもてあそばれる帆船とは別に、必要に応じてオールなり蒸気なりでその帆船を曳いて目的地に行ける船がなければ、艦隊ではなくなる。当時の海軍では、ガレー船が現在の汽船の役割を果たしていた。だから、ガレー船が必要だったのだが、ガレー船は漕役刑囚の手によってしか動かない。そこで、漕役刑囚が必要になった。宰相コルベール[2]は地方の代官や高等法院にできるだけ多くの徒刑囚をつくらせた。この司法官たちはいそいそと宰相のご機嫌取りをした。ある男が御聖体の行列を眼前にしながら、帽子をかぶったままでいると、たちまち新教徒の振舞いだとされて、ガレー船送りになった。たまたま街路で出会った子供が十五歳で、住所不定だと、ガレー船送りになった。これが偉大な治世、偉大な世紀だったのである。

ルイ十五世治下では、子供たちがパリから消えていった。警察はどんな秘密の任務かは分からないが、子供たちを拉致した。人びとは国王の赤く血の色をした浴場について、ぞっとしながらひそひそ話をしていた。このことについてはバリビエ[3]が包み隠さず述べている。放浪する子供がいないときには、警察隊長たちは父親のいる子供まで捕まえるようになった。父親は必死になって警察隊長を追跡した。そんな場合には、高等法院が仲介にはいって絞首刑にした。だれを？　警察隊長か？　いや、父親をである。

第七章　浮浪児はインドのカースト制度にも居場所があるかもしれない

パリの浮浪児たちはひとつのカーストである。だれでもなれるわけではないと言ってよいだろう。

この語、「浮浪児《ギャマン》」は一八三四年に初めて印刷され、以後民衆言葉から文学作品のなかにはいった。この言葉が初めて登場したのは『クロード・グー』[1]という小品のなかであった。この言葉はさんざん非難されたが、やがて通用するようになった。

浮浪児たちのあいだで敬意を払われる要素には、じつにいろいろある。筆者はノートル・ダム寺院の高い塔から落ちる男を見たというので、たいへん尊敬され感嘆されている浮浪児を知り、付きあったことがある。別の浮浪児は、廃兵院のドームの彫像が暫時置いてあった裏庭にまんまと忍びこみ、その鉛を「くすねた」ということで、またもうひとりは駅馬車がひっくり返ったのを見たということで、さらにもうひとりはあるブルジョワの片目をすんでのところで抉りそこねた兵隊を「知っている」ということで、大いに尊敬されていた。

このことから、パリの浮浪児の叫び、俗人なら分かりもしないで笑ってしまう、こんな深い感嘆調の言葉の意味が説明される。「ちくしょう！　おれはついてない！　六階から落っこちる奴をまだ見たこともないなんて！」（ここでは「ない」が「ねえ」と、「六階」は「ろっけえ」と発音される。）

なるほどつぎのような言い方は、農民流の名文句ではある。「なんとかのとっつぁんよ、あんたのおっかあは病気でおっちんだのかい。なんでまた、医者を呼びにやらんかったんだ?」「しかたねえ。わしらみてえな貧乏人は、じぶんで勝手に死んじまうもんだで」この言葉に農民特有の狡猾な無気力がそっくりあるとすれば、つぎの言葉のなかにパリの場末にいる小僧の自由思想的なアナーキーがそっくりはいっている。死刑囚が二輪馬車のなかで聴罪司祭の話に耳を傾けている。パリの浮浪児が叫び声をあげる。「あいつ、くそ坊主なんかと話してやがる。やい! 腰抜け!」

宗教的なことでなにか大胆なことをすると、その浮浪児はいちだんと引き立つ。自由な考えをもつことこそ、肝心なのである。

死刑執行に立ち会うことが義務となっている。彼らはギロチンを指さしあっては笑っている。これはいろんな愛称で呼ばれている。――「食い納め」――「仏頂面」――「青空(天国)のばあさん」――「最後のひと口」等々。彼らはなにひとつ見逃さないように、壁によじ登り、バルコニーに這いあがり、木に登り、鉄格子にぶら下がり、煙突にしがみつく。浮浪児は生まれながらの船乗りであるのと同時に、生まれながらの屋根職人でもある。マストも怖がらないが、屋根も怖がらない。グレーヴ広場〔当時の死刑執行場〕にまさるお祭騒ぎはない。サンソンとモンテス神父[2]の名は民衆にあまねく知れわたっている。受刑者を野次って勇気づける。時には感心することもある。ラスネール[3]は恐ろしいドータンが勇敢に死ぬのを見たときは浮浪児だったが、のちの彼の姿を思わせるこんな言葉を発した。「おれはやつが羨ましかったぜ」浮浪児仲間のあいだでは、ヴォルテールの名前は知られていなくても、パパヴォワーヌなら知られている。同じ伝説のなかで、「政治家」も殺人犯もごっちゃにされる。どんな死刑囚の最後の服装も言い伝えになる。トルロンがボイラーマンの帽子をかぶっていたことが語り草になっている。アヴリルはカワウソの皮の鳥打帽、ルヴェルは山高帽、ドゥラポルトは禿げ頭で無帽だったことも同じだ。また、カスタンは顔がバラ色でハンサムだったことも、ボリーがロマンチックな山羊ヒゲを生やしていたことも、ジャン・マルタンがズボン吊りをつけたままだったことも忘れられていない。ルクフェと息子に殺人を唆したその母親が口論していると、ひとりの浮浪児が「おい、お迎えの車んなかで諍いなんかするんじゃねえよ」と叫んだことも同じだ。また、別の浮浪児がドバッケルという受刑者〔4〕が通るのを見ようとしても、群衆のなかでは背がちいさすぎるので、河岸の街灯に目をつけて、そこによじ登った。それを見張っていた憲兵が眉をひそめた。「このまま登らせておいてくださいよ、おまわりさん」とその浮浪児が言った。そして、お上《かみ》のご機嫌をとろうとして、「落ちやしませんて」〔5〕と言いそえた。「おまえが落ちようが落ちまいがどっちだってかまわん」と憲兵は答えたという。

浮浪児仲間では、記憶に残るような出来事が大いに重んじられる。もし「骨まで」深く傷を負えば、最高に尊敬される。

拳骨をくらわせることも、これはこれでひとかたならぬ尊敬の的となる。浮浪児たちがなにかにつけ口にするのは、「おれはすげえ強い男なんだぜ、文句あっか！」である。——左利きも大いに羨ましがられる。斜視も敬われるのである。

第八章　前王の洒落について

　夏になると、彼らは蛙に変身する。暮方、夜の帳がおりるころ、オーステルリッツ橋やイエナ橋のまえで、石炭車や洗濯船のうえから、真っ逆さまにセーヌ河に飛びこみ、風紀上の定めも治安上の定めもことごとく破ってしまう。けれども、巡査が見張っているのだから、きわめて劇的な場面が続出し、友愛にみち、記憶すべきこんな叫び声を生みだした。それは一八三〇年ごろ有名だったものだが、浮浪児の仲間同士の戦略的な警告だった。ホメロスの詩句のように韻律が際だち、パンアテナイア祭のエレウシス教的な旋律ほどにも表現しがたい描写があり、古代のエヴォエ[1]もかくやと思われた。これがその叫び声である。「オーイ、兄ちゃん、オイオイ！　ヤバいぜ、サツだぜ、ケツまくれ、ズラかれ、ドブ水からな！」

　時にはこの悪たれ——彼らはじぶんをそう呼んでいる——でも、字が読めることがある。時には書けることもある。いずれにしろ、落書くらいはできる。はたしてどんな不思議な相互教育によるものか、彼らは公共のことに役立つあらゆる才能を発揮することもためらわない。一八一五年から一八三〇年までの王政復古期には七面鳥[2]の鳴き真似をしていた。一八三〇年から一八四八年までは洋梨[3]の絵を壁に書きなぐっていた。夏のある夕方、ルイ・フィリップは徒歩で帰る途中、まだ幼い、したがって背も低い浮浪児をひとり見つけた。その浮浪児は汗を垂らし、背伸びしてヌイー宮の鉄柵の柱に特大の洋梨を木炭で描いていた。国王はアンリ四世譲りの気風《きっぷ》のよさで、浮浪児の仕事を手伝ってやり、洋梨の絵を描きおえると、その子供にルイ金貨を一枚やってこう言った。「梨ならこのコインにもついているよ」

浮浪児は馬鹿騒ぎを愛する。ある種の荒々しい状態が好ましいのである。彼らは「司祭」というものを忌み嫌う。ある日、ユニヴェルシテ通りで、このような若者のひとりが六十九番地正門に向かって、親指を鼻先に当て、他の指をひらひらさせて、からかうような仕草をしていた。「きみはこの門になにをしているのかね？」と通りがかりの者が尋ねた。「ここに司祭がいるんでね」と若者が答えた。じっさい、そこに住んでいたのは教皇大使だった。けれども、浮浪児たちの反教権的な態度がどのようなものであれ、ミサの侍者になる機会があれば、これを引きうけることもあり、この場合は礼儀正しくミサをつとめるのである。彼らがタンタロスのように渇望するが、いつも叶えられないものがふたつある。政府を転覆させることと、じぶんのズボンを繕わせることとである。

立派な浮浪児なら、パリ市の巡査をひとり残らず知っていて、そのひとりに出会うと、名前と顔を一致させることができる。全員がちゃんと頭にはいっているのだ。巡査たちの習慣を研究し、各自について特別なメモを取っているから、心の隅々まで手に取るように読める。眉ひとつ動かさずに、「あいつは裏切者だ」「あいつはひどく性悪な男だ」「あいつは偉い奴だ」「あいつはヘンテコだ」などとすらすら言う（この裏切者、性悪、偉い、ヘンテコなどという言葉はどれも、彼らが口にするときには特別の意味をもっている）。また、「こいつはポン・ヌフ橋をてめえのもんだと思ってて、みんなが欄干のへりを散歩するのをじゃましやがる」「こいつはやたらに人様の耳を引っぱりやがる」等々。

第九章　古いガリア魂

そういう浮浪児じみたところは、市場の息子ポクラン〔モリエールのこと〕にもあったし、ボーマルシェにもあった。浮浪児の気性はガリア気質の持ち味である。これを良識に混ぜてやると、ちょうど葡萄酒にアルコールを混ぜるのと同じで、時に力が加わる。また時には、それが欠陥ともなる。ホメロスがくどくどとした駄弁家だというなら、ヴォルテールは無遠慮な浮浪児ということになるだろう。カミーユ・デムーラン〔1〕はパリの場末の子だった。いろんな奇蹟にたいして粗暴な振舞いをしたシャンピオネ〔2〕はパリの敷石から出た。彼はごく幼いころ、サン・ジャン・ド・ボーヴェ教会やサン・テチエンヌ・デュモン教会の「柱廊に侵入した」〔3〕。また、サント・ジュヌヴィエーヴ〔4〕教会の聖遺物箱にさんざん無礼をはたらいたあげく、聖ヤリアリウス〔5〕の血の瓶に命令を下したのだった〔6〕。

パリの浮浪児は礼儀正しいが、皮肉っぽく、不遜である。ろくに物も食べないので胃袋が苦しみ、がつがつしているが、才知があるので美しい目をしている。ヤハウェが見ていても、天国の階段でぴょんぴょん片足跳びをやるかもしれない。蹴り合いが得意で、どんなふうにでも育つだろう。どぶのなかで遊んでいても、いざ暴動となれば毅然とする。散弾のまえでも怯まない図太さがある。やんちゃ坊主だったのが英雄になる。テーバイの子供のように、ライオンの背でも撫でてみせる。鼓手のバラ〔7〕はパリの浮浪児だったが、聖書の馬が「ヴァー！」といななくように、「進め！」と叫んで、あっと言う間にチビ助から巨人となったのである。

この泥沼の子はまた、理想の子でもある。モリエールからバラにいたる幅の広さを測ってもらいたい。

つまり、ひと言で要約すると、浮浪児とは不幸だから、陽気に楽しむ者のことなのである。

第十章　コノぱりヲ見ヨ　コノ人ヲ見ヨ

もう一度、ひと言で要約すれば、現代のパリの浮浪児は、古代ローマのグラエクルス人〔ギリシャ人の称蔑〕のように幼い民衆であり、旧い世界の皺を額につけている。

浮浪児は国民にとって恵みであり、また同時に病でもある。治さねばならない病である。どのようにしてか？　光によって。

光はひとに健康をもたらす。

光はひとを燃え立たせる。

社会の豊かな光輝は科学、文学、芸術、教育から生まれる。人間をつくれ、人間をつくれ。わたしたちを暖めてくれるように、彼らを照らしてやれ。遠からず、普通教育という素晴らしい問題が、絶対的真理という抗しがたい権威をもって提起されるだろう。その時がくれば、フランス的観念の監視のもとで統治する者たちは、こんな選択をしなければならなくなるだろう。フランスの子供たちか、あるいはパリの浮浪児たちか。光のなかの炎か、あるいは闇のなかの鬼火か、という選択である。

浮浪児はパリを示し、パリは世界を示す。

というのも、パリはひとつの総体だからだ。パリは人類の天井である。この驚異の都市はそっくり、廃れた風俗と生きている風俗の縮図である。パリを見る者は、ところどころに天空と星座をもつ歴史全体の内幕を見る思いがする。パリには市庁舎というカピトル神殿があり、ノートル・ダム寺院というパルテノン神殿があり、フォブール・サン・タントワーヌという聖アヴェンティヌスの丘[1]がある。ソルボンヌ大学というアシナリウム学院[2]があり、ローマのパンテオンに代わる新しいパンテオンがあり、聖道《ヴオワ・サクラ》とも言うべきイタリア人大通りがあり、アテネの「風の神の塔」の代わりに世論がある。そしてパリはゲモニアイ[3]を嘲笑の種に換えてしまう。スペインのいなせなマホーは、パリでは気取り屋ファローと呼ばれ、ローマのテヴェレ河の向こう岸の住民は郊外族フォーブリアンと呼ばれる。トルコでハンマルと呼ばれる運搬人は中央市場の担ぎ人夫に当たるし、ナポリの乞食ラッァローネはペーグルと呼ばれる泥棒に当たる。またロンドンのコックニーと呼ばれるにやけた連中は、パリではガンダンと言われる伊達男である。よそにあるものはすべてパリにある。フランス十八世紀の文法家デュマルセの言う魚屋のおかみはエウリピデス劇の香草売り女に対応するし、円盤投げ選手のウェヤヌスは綱渡り師フォリオーゾのうちによみがえる。ミレスの勇士テラポンティノゴスはフランス十八世紀の勇敢な擲弾兵ヴァドボンクールと腕を組むだろうし、ホラティウスの詩に出てくる好事家のダマシップもパリの骨董屋にはいればさぞかし満足するだろう。ディドロがアゴラ[4]に閉じこめられるなら、ソクラテスもヴァンセンヌの牢獄に幽閉されるだろう。ホラティウスの詩のクルティルスがハリネズミ[5]を焼いて食べることを思いついたように、わがフランスの美食家グリモ・ド・レニエールが脂身入りのローストビーフを思いついた。プラウトゥス[6]の作品のなかにあるブランコは、エトワール凱旋門の軽気球のしたに再現されているのが見られる。アプレイウス[7]の出会った剣呑み芸人はポン・ヌフ橋のサーベル呑み芸人と同じようなものである。ラモーの甥とクルクリオ[8]は同じ居候ということで好一対をなすし、エルガルシスならわが国のエーグルフイユの銘酒に釣られて、カンバセレスの店に顔を出すことだろう。ローマの四人の伊達男、アルケンマルクス、パエドロムス、ディアボルス、アルギリッペ[9]ならクルティーユ〔かつてパリの繁華街〕からラバテュ行きの駅馬車に颯爽と乗りこむだろう。アウルス・ゲリウスがコングリオについて果てしなく述べているように、わがシャルル・ノディエ[10]はイタリア笑劇の道化役ポリネルに長々と言葉を費やしている。マルトンは牝の虎ではないが、パンダリスカも竜ではない。おべっか使いのパントラブルスはカフェ・アングレで道楽者のノメンタヌス相手に冗談を飛ばし、名歌手のヘルモゲネス[11]はシャン・ゼリゼのテノール歌手になるだろう。彼のまわりでは乞食のトランシウスがタンプル大通りの道化ボベーシュ風の衣裳を身につけて物乞いをする。チュイルリー公園にはひとの服のボタンを取っては引き留めるうるさい男がいて、二千年後も、プラウトゥスの作中人物テスプリオの台詞をくりかえさせる。「ダレダ、コンナ急イデイルトキニ、オレノまんとヲ掴ム奴ハ?」シュレーヌの葡萄酒は、イタリアのアルバの名酒にそっくりだし、デゾージエ[12]の赤をなみなみとついだ一杯は、ホラティウスに出てくるほら吹きバラトロの大杯に匹敵する。夜に雨が降ると、ペール・ラシェーズ墓地はローマの地下墓地のあったエスクイリアエの丘と同じような微光を放つ。五年契約で買われる貧乏人の墓は、ローマ時代のギリシャの奴隷の借棺に当たる。

パリにないものをなにかさがしてみられよ。トロポニオスの水槽にはメスメルのバケツ[13]にないものはなにもない。古代の神秘家エルガピラスは、山師のカリオストロのうちによみがえる。バラモン僧ヴァーサファンターはサン・ジェルマン伯爵[14]に姿を変え、サン・メダールの墓地はダマスの回教寺院ウームーミエと同じくらい見事な奇蹟をおこす。

パリには漫画の主人公マイユーという寓話作家イソップ〔両者ともに背中に瘤があった〕がいるし、ルノルマン嬢〔女占い師〕という古代ローマの魔女カニディアがいる。パリはデルフォイの神殿のように、幻覚のきらめくような実現に驚いている。ドドナ〔ギリシャ最古の神託所〕で巫女が三角床几にすわって神託を告げたように、回転テーブルに神託を告げさせている。[15]ローマが娼婦を王座につけたのと同じく、パリはお針子を王座につけたことがある。ルイ十五世がローマ皇帝クラウディウスより悪辣だったとしても、フランス国王の愛妾デュ・バリー夫人は皇帝の妃メッサリーナよりもましである。パリは前代未聞の人物――わたしたちが身近に接した故人――のうちにギリシャの裸体、ヘブライの腫物、ガスコーニュの嘲笑を混ぜあわせる。つまり、ディオゲネス、ヤコブ、パイヤス[16]をごちゃ混ぜにし、この化け物に『コンスティシオネル』紙の古い号をまとわせると、コドリュック・デュクロ[17]ができあがる次第。

プルタルコスは「暴君は老いることとなし」と述べているけれども、ローマはドミニアティアヌス治下でもスッラ[18]治下でも、あきらめきって、葡萄酒を水で割る〔「おとなしくしている」の意〕のを好んでいた。ワルス・ウィビスクス将軍のいくらか勿体ぶった賛辞を信ずれば、テヴェレ河は地獄の忘却の河レテであり、「ぐらっくす兄弟ニタイシ、我ラニハてゔぇれ河アリ、てゔぇれ河ノ水ヲ飲マバ、反逆ヲ忘ルル」のだという。パリは一日百万リットルの水を飲むが、だからといって、場合によっては非常呼集の太鼓が打たれ、警鐘が鳴りわたることに変わりはないのだ。

　これをのぞけば、パリはいい子である。堂々とすべてを受け入れる。美神ヴィーナスに関わる道でも、気むずかしくはない。お尻の立派さはホッテントットのようだ。笑いさえすれば、なんでも赦す。醜いものにも陽気になり、不格好なものも面白がり、悪徳も気晴らしになる。妙なことをすれば、妙な奴として通る。このうえなく臆面もない偽善さえも、顰蹙を買うことはない。パリは文学通だから、ボーマルシェの『セビリアの理髪師』の偽善者バジルにも鼻をつまんだりせず、ホラティウスがプリアポス神の「しゃっくり」を気にもしなかったように、モリエールのタルチュフ〔偽善者〕の祈りにも眉をひそめたりはしない。世界中のどんな顔立ちも、ことごとくパリの横顔にある。マビーユの舞踏会[19]は、さすがにヤニクルムの丘のミューズ、ポリュニアの舞踏会とまではいかないが、それでも古着の行商女が目を皿にして高級娼婦を見つめている様は、女衒のスタピラが処女のプラネシウムに目をつけているようなものだ。[20]パリの闘技場の矢来はローマのコロセウムとはくらべようもないのに、それでもまるでカエサルが見ているとでもいうように、闘いは熾烈をきわめる。ローマで客をもてなしたシリア女はモンパルナスにある安料理屋のサゲおばさんよりずっと色気があった。しかし、ウェルギリウスがローマの居酒屋に通っていたなら、ダヴィッド・ダンジェやバルザックやシャルレなどもパリのそのサゲおばさんの安料理屋[21]で食事していたのだ。パリは君臨する。そこでは天才が燃えあがり、赤リボンの道化師たちが繁盛する。ユダヤ教の神アドナイは雷と稲妻の十二の車輪の付いた車でそこを通る。酒の神バッカスの父シレノスがロバに乗って入城してくる。シレノスとはすなわち、かの名高い居酒屋ランポノー亭の亭主のことだ。

パリは〈宇宙〉の同義語である。パリはアテナイであり、ローマであり、シュバリスであり、エルサレムであり、パンタン[22]である。ここにはあらゆる文明が要約され、あらゆる野蛮もまた要約されている。ギロチンひとつなくなっても、パリはひどく残念がるだろう。

グレーヴ広場にも、すこしはいいところがある。この薬味がなければ、あの年中つづいているお祭騒ぎはどうなってしまうだろうか？　わが国の法律は賢明にもそれに備えていたのであり、この法律のおかげで、断頭台の刃が謝肉祭の最後の日に血をしたたらせるのである。

第十一章　からかい、君臨する

パリには限界などいっさいない。時にはじぶんが魅了する者たちをも嘲笑するという、これほどの支配力をどんな都市ももったことがなかった。「諸君の意にかないたいものだ。おお、アテナイの人びとよ！」と、かつてアレクサンドロスは声をあげたものだった。パリは法律以上のもの、流行をつくる。流行以上のもの、慣例をつくる。パリは、気が向けば、馬鹿になることもある。時にそんな贅沢をしてみせると、世界がいっしょになって馬鹿になる。やがてパリは目覚め、目をこすって言う。「わたしは愚かだ！」そして全人類に向けて大笑いをする。このような都市とは、いったいなんという驚異だろう！　不思議なことに、このような高邁雄大さと荒唐無稽さが仲よく暮らし、その威厳がどんな猿真似によっても乱されず、ひとつの同じ口から出る息で今日は最後の審判のラッパを、明日は葦笛を吹くことができるとは！　パリには無上の快活さがある。その陽気さは雷のようだし、その冗談は王杖を握っている。しかめっ面ひとつから台風が生じることもある。パリの爆発、騒乱、傑作、奇蹟、壮挙などは世界の隅々にまで届くが、取って付けたような他愛ない話もまた同様である。パリの笑いは噴火口であり、地球全体がそのとばっちりをうける。パリの悪ふざけは火の粉である。パリは諸国民に理想だけでなく、戯画をも押しつける。人類文明の最高の記念物もパリの皮肉を受け入れ、パリの悪戯を永遠のものにする。

パリは壮大である。パリは世界を解放する素晴らしい七月十四日をもち、すべての国民に球戯場の誓いをさせる。八月四日の夜には三時間で千年にわたる封建制度を崩壊させた[1]。パリはその論理で全員一致の意志に筋金を入れ、崇高なあらゆる形式をとって増大する。その光で、ワシントン、コシューコフ、ボリバル、ボトサリス、リエゴ、ベム、マニン、ロペス、ジョン・ブラウン、ガリバルディー[2]をみたす。パリは未来の明かりが灯るところならどこにでも存在する。一七七九年のボストン〔アメリカ独立〕、一八二〇年のレオン島〔ニカラグア独立〕、一八四八年のペシュト〔ハンガリー独立〕、一八六〇年のパレルモ〔イタリア独立〕など。ハーバーズ・フェリーの渡船場に集まったアメリカの奴隷廃止論者たちの耳に、闇夜にアルキノ浜の海岸にあるゴッツィ旅館に集結したアンコーナのイタリア愛国者たちの耳に、パリは「自由」という力強い合言葉を囁く。パリはカナリス、キロガ、ピサカーネ[3]をつくる。パリは地上に偉大なものを放射する。パリの息吹に背中を押されて、バイロンはミソロンギで、マゼ[4]はバルセロナで死ぬ。パリはミラボーの足元では演壇になり、ロベスピエールの足元では噴火口になる。パリの書物、演劇、芸術、学問、文学、哲学は、人類の教科書である。パスカル、レニエ、コルネイユ、デカルト、ジャン・ジャック・ルソーをもち、各瞬間を通じてヴォルテールを、各世紀を通じてモリエールをもっている。じぶんの言語を世界中の人びとにしゃべらせ、その言語が神の〈ことば〉になる。パリはすべての人びとの精神のなかに進歩の理念を樹立する。パリがきたえる解放の教義は各世代の枕頭の守り刀となり、一七八九年以来、その思想家、詩人たちの魂で、あらゆる国民のすべての英雄がつくられる。だからといって、パリは悪戯をしないわけではない。パリと呼ばれるこの巨大な天才はその光によって世界を変貌させながらも、テセウスの神殿の壁に炭で漫画のブジニエの鼻を描いたり、ピラミッドに「盗賊クレドヴィル」と書いたりするのである。

パリはいつも歯を見せている。怒鳴らないときには、笑っている。

これがパリだ。パリの屋根の煙は世界の思想である。お望みなら、泥と石の山と言ってもいいが、しかしパリはなによりもまず精神的存在なのである。パリは偉大以上であり、無限大なのだ。なぜか？　パリは断行するからだ。

断行する。この代価を払ってこそ進歩が得られるのだ。

勇壮な征服はすべて、多少なりとも果敢さの賜物である。革命が起こるには、モンテスキューが予感し、ディドロが説き、ボーマルシェが予告し、コンドルセが計算し、ヴォルテールことアルーエが準備し、ルソーが熟考するだけでは足りない。ダントンが断行しなければならないのだ。「大胆に！」という叫び声は、神の言葉「光アレ」にひとしい。人類が前進するには、勇気という誇り高い教訓が、山々の頂になくてはならない。大胆不敵な行動が歴史の目を奪い、人間のもっとも偉大な光明のひとつになる。曙の光は、立ちのぼるときには、断固として立ちのぼる。試み、挑み、こだわり、粘り、じぶん自身に忠実で、運命と一体になり、破局の恐れなどものともせずにその裏をかき、ある時には不当な権力に対抗し、ある時には勝利の陶酔をあざけり、がっちり持ちこたえ、昂然と刃向かうこと。それこそが民衆が欲する模範であり、民衆を熱狂させる光なのだ。これと同じ途方もない閃光が、プロメテウスの松明からカンブロンヌ将軍の短パイプにまで伝わったのである。

第十二章　民衆のなかにひそむ未来

パリの民衆は大人になっても、やはり浮浪児である。子供を描けば、パリを描くことになる。だからこそ、筆者はこのあけっぴろげな雀のなかにいる、あの鷲を研究したのである。

念を押しておくが、パリ族が出現するのはとりわけ場末である。そこにこそ純血種がいるのであり、本当の顔があるのだ。そこの民衆は労働し、苦しんでいる。そして苦しみと労働こそが人間のふたつの姿なのである。そこには無数の無名の者たちがいる。ラペの荷揚人からモンフォーコンの家畜解体業者までの、世にも変わった者たちがひしめいている。「都会ノ滓」とキケロは声をあげ、「暴徒《モッブ》」とバーク〔1〕が憤慨して言いそえている。つまりは俗衆、愚民、貧民ということだ。こうした言葉がすぐ口にされる。しかし、それがどうだと言うのか？　彼らが素足で歩くからといって、そんなことはべつにかまわないではないか？　彼らが字を読めないのは残念なことだ。だから、彼らを見捨てようというわけか？　彼らが困窮しているからといって、それが呪いの種になるのか？　これらの大衆のなかに光がはいりこめないとでもいうのか？　あの「光を！」という叫び声にもどろう。そしてあくまで「光を！　光を！」と、くりかえし言おうではないか。――あの不透明なものでも透明にならないとは限らないではないか？　革命とは人心一新ということではないのか？　さあ、哲学者たちよ、教えよ、照らせ、燃やせ、堂々と考えよ、声高く言え、喜びいっぱいに白日のもとを駆けよ、公共広場と親しくせよ、よき知らせを告げよ、惜しみなく読み書きを教えよ、権利を宣言せよ、マルセイエーズを歌え、熱狂をまき散らせ、柏の木から緑の枝をもぎとれ。思想を竜巻にせよ。あの群衆も昇華されるかもしれないのだ。ある時には燦めき、弾け、震える、あの徳義と徳行の大火を役立てることにしよう。あの素足も、あのむき出しの腕も、あのぼろも、あの無知も、あの下品さも、あの暗闇も理想を勝ち得るのに使えるかもしれないのだ。民衆をとおして物を見よ。そうすれば真実に気づくだろう。みんなが踏みにじっているあの惨めな砂も、坩堝に入れてやると、溶け、沸騰し、見事な結晶になるだろう。ガリレオやニュートンが天体を発見するのも、この砂のおかげなのだ。

第十三章　プチ・ガヴローシュ

この物語の第二部で述べた出来事のほぼ九年後、タンプル大通りとシャトー・ド地区で、十一歳から十二歳くらいの少年の姿が人目をひいた。その少年は、もしこの年齢に特有の笑いを浮かべながらも、まったくもって暗くうつろな心をもっていなかったなら、さきに粗描したあの浮浪児の理想像をかなり正確にあらわしていたことだろう。この子供はたしかに男物のズボンをはいていたが、父親のお古ではなかった。女物の短い上着をきていたが、母親のお古ではなかった。だれかが哀れに思って、ぼろ着をきせてやったのだった。しかし、彼には父と母がいた。だが、父親は彼のことをかえりみず、母親はまるで彼を好いてくれなかった。父母がありながらも孤児だという、子供のなかでもとくにかわいそうな子供のひとりだった。

この子供は街路にいるときほど居心地よく感じることはなかった。敷石も母親の心ほど固くはなかったのだ。

両親は蹴飛ばすように彼を世間に放りだした。彼はそのまま本当に飛びだしてしまった。騒々しく、蒼白く、敏捷で、利発で、冷やかし好きで、芯は強そうだが病的な感じのする少年だった。行ったり、来たり、歌ったり、小銭投げ遊びをしたり、どぶをさらったり、すこしは盗みもしたが、それも猫や雀程度の陽気なもので、腕白小僧と呼ばれれば笑い、不良と呼ばれると腹を立てた。ねぐらもなく、パンもなく、火もなく、愛情もなかったが、自由なので快活だった。

このような哀れな連中が大人になると、だいたいは社会秩序という石臼にぶつかり、粉々にされるものだが、子供のうちは、ちいさいので逃れられる。どんなにちいさな穴にでも救われるからだ。

しかし、いくら放りだされたといっても、この子供が二、三か月に一回くらいは、「そろそろ、おふくろに会いにいってやるか!」と言うことがあった。すると彼は大通り、シルク通り、サン・マルタン門を去って、セーヌ河岸にくだり、橋をわたって場末に行き、サルペトリエール施療院に達する。そこからどこに行きつくのか? まさしく読者がご存じのロピタル大通り五十―五十二というふたつの番地をもつゴルボー屋敷なのであった。

当時、ふだんならひと気がなく、ずっと「貸間有」の札が掛かっているはずの、この五十―五十二番地のあばら屋には、珍しく何人か住人がいた。もっともこの者たちは、パリの通例にもれず、互いに縁もゆかりもない人びとだった。全員が貧困階級に属していた。この階級は困窮した最低のプチ・ブルジョワにはじまり、社会のどん底で貧乏に貧乏を重ねたあげくに、文明が吐きだすありとあらゆるものが行きつく二種類の人間になりさがる。つまり、泥をさらう下水掃除夫と、ぼろを掻き集める屑屋である。

ジャン・ヴァルジャンがいた時代の「借家人代表」は死んでいたが、まるで瓜ふたつの老女に代わっていた。どこかの哲学者がこう言ったことがある。「ばあさんというものに事欠くことは、けっしてないものだのう」

この新しい老女はビュルゴン夫人といい、生涯に三羽のオウムに仕えたという以外、これといった目ぼしいところはなかった。このオウムは三代にわたって彼女の魂に君臨したのである。

このあばら屋に住んでいる者のうちもっとも悲惨なのは、四人家族の一家だった。父親、母親、かなり大人びたふたりの娘が、筆者がすでに述べたぼろ屋の、狭い一室で寝起きしていた。

この一家には、一見したところ、ひどく貧乏しているということのほか、とくに変わった点はないようだった。部屋を借りるとき、父親はじぶんをジョンドレットという者だと言った。借家人代表の記憶すべき表現を借りるなら、「無一物さまのご入来」と言うのにことさらふさわしい引越のあと、前任者と同じく門番兼階段掃除係であるこの老女にこう言った。「なんとかばあさんよ、もしだれかがポーランド人とかイタリア人とか、またひょっとしてスペイン人とかを訪ねてきたら、それはおれのことだからな」

この一家こそ、あの快活なチビの浮浪者の家族だったが、せっかく彼が訪ねていっても、そこにあるのは貧しさと苦しさばかり。もっと悲しいのは、笑いというものがないことだった。暖炉も冷え冷えとしていれば、みんなの心も冷え冷えとしていた。彼がはいると、ひとりが尋ねる。「どこから来たんだい？」「表だよ」。彼が帰ろうとしていると、だれかが尋ねる。「どこへ行くんだい？」「表だよ」。母親は彼にこう言う。「おまえ、なんだってここに来るんだい？」

この子供はまるで地下倉にたまたま生えた色の悪い草のように、そんな情愛のないところで生きていた。そういう状態にあっても、彼はべつに苦にせず、だれも恨んだりしなかった。そもそも父親と母親がどうあるべきなのか、よく知らなかったのである。

そのうえ、母親は姉たちのことばかり可愛がっていた。

言い忘れていたが、タンプル大通りではこの子供はプチ・ガヴローシュと呼ばれていた。なぜ、ガヴローシュなのか？　おそらく、父親がジョンドレットという名前だったからだろう。つながりを断ち切ることが、一部の悲惨な家族の本能らしい。

ジョンドレット一家が住んでいたのは、ゴルボー屋敷の廊下の端にあるいちばん奥の部屋だった。その隣の小部屋には、マリユスさんというひどく貧しい青年がはいっていた。

マリユスさんとは何者だったかを話すことにしよう。

第二篇　大ブルジョワ

第一章　九十歳にして三十二本の歯

ブシュラ通り、ノルマンディー通り、そしてサントンジュ通りには、ジルノルマンという老人の思い出をいまもたもち、得々と話してくれる何人かの旧い住民がいる。彼らが若いころ、この老人はすでに年寄りだった。過去と呼ばれるあのぼんやりした影の錯綜を憂い顔でながめる者たちにとっては、この老人の姿がタンプル修道院近くの迷宮のような街路からすっかり消えたわけではない。ルイ十四世治下、これらの街路にはフランスのいろいろな地方の名前がつけられたが、これはこんにち新しいチヴォリ・ダンスホール界隈の街路という街路に、ヨーロッパの首都の名前があたえられたのとまったく同じである。ついでに言っておけば、これはひとつの前進であり、そこには進歩が見られる。

一八三一年には、だれよりも潑剌としていたジルノルマン氏は、ただ長生きをしたというだけで珍しがられ、昔はみんなと変わらなかったのに、いまはもうだれひとり似た者がいないという点で奇怪な人物だった。彼は特別な長老、本物の時代離れの人間、れっきとした真のブルジョワであり、十八世紀風にいくらか傲慢で、侯爵が侯爵らしい様子をしているのと同じように、いかにも古き良きブルジョワらしい風采をそなえていた。[1]九十歳を過ぎたというのに、すいすい歩き、声高に話し、目もはっきり見え、大酒を飲み、よく食べ、眠り、高いびきをかいていた。自前の歯が三十二本あり、物を読むとき以外に眼鏡をかけなかった。女好きの性分だったが、ここ十年ほどまえから、その道からはきれいさっぱり足を洗ったと称していた。「めっきりモテなくなってな」と言うが、「わしも年だから」とは付けくわえず、「わしは手元が不如意だから」と言いそえていた。「破産さえしていなかったなら、わしだって……えへへ！」とも言っていた。じっさい、彼には一万五千リーヴルほどの年収しかなかった。彼の夢はどこかから遺産でも転がりこんで十万フランの年金がはいり、何人も愛人を囲うことだった。これで分かるとおり、彼はヴォルテール氏のように、生涯いまにも死にそうに見える虚弱な八十歳の古老の変種には属さず、ひびのはいった壺みたいな老体ではなかった。このかくしゃくとした老人はずっと元気だったのである。彼はうすっぺらで、せっかちで、すぐ怒りだした。なんにつけ、とりわけ事実を取り違えては、癇癪を起こしていた。だれかが自分と違うことを言うと、ステッキを振りあげた。「偉大な世紀」みたいに、人びとをぶったりした。彼には五十過ぎの未婚の娘がひとりいた。かっとすると、その娘をこっぴどく殴りつけ、笞打つことさえいとわなかったろう。この娘も彼にかかると八歳くらいにしか思えなかったのだ。召使いたちを思いきり平手打ちにし、「このあばずれめ！」と言っていた。得意な罵り文句に、「とんまの間抜けめ！」というのがあった。時には不思議に落着きはらっていることもあった。毎日床屋に髭を剃ってもらっていたが、この床屋はかつて気が変になったことのある男で、美人で尻の軽い女房のことで、ジルノルマン氏にあらぬ焼餅をやいて嫌っていた。ジルノルマン氏は何事につけてもじぶんの鑑識眼を鼻にかけ、わしは目利きだぞと吹聴していた。彼の言葉にこんなのがある。「じっさい、わしにはなんでもお見通しなんじゃ。蚤一匹に刺されても、そいつがどんな女にうつされたか、ちゃんと言えるんじゃぞ」彼がよくつかう言葉に「感じやすい人間」と「自然」があった。この「自然」という言葉には、現代があたえている広い意味をもたせなかった。それでも彼なりに、炉端で口にするちょっとした皮肉などに、この言葉を差しはさみ、「自然は」と言った。「文明になんでもすこしずつもたせてやるために、楽しい野蛮の標本まであたえるのじゃ。ヨーロッパにはアジアやらアフリカやらの小型の見本がある。猫はサロンの虎だし、蜥蜴は鰐のポケット版だ。オペラ座の踊子たちはバラ色の肌をした未開人の女どもだ。男を食いはしないが、食いものにする。もしくは魔法使いの女だ！男を牡蠣に変えて、つるりと呑みこむ。カリブ海の原住民の女は骨しか残さないが、この女どもは殻しか残さない。わしらの風俗とはそんなものじゃ。むさぼり食わずに、すこしずつ嚙る。皆殺しにせずに、爪で引っかくんじゃよ」

第二章　この主人にしてこの屋敷あり

彼はマレー地区のフィーユ・デュ・カルヴェール通り六番地に住んでいた。じぶんの持ち家であった。その家は一度取り壊され、その後再建されたので、おそらくパリの番地改正のときに番地も変わったはずだ。彼は通りと庭のあいだにある、古く広大なアパルトマンの二階に住んでいたが、そこは羊飼いを描いたゴブラン織りやボーヴェ織りの壁掛けが天井まで届いていた。天井や鏡板の図柄は縮小されて肘掛け椅子にもあしらってあった。インドのコロマンデルの漆を塗った九枚折の広い屏風が寝台を囲んでいた。長くゆったりしたカーテンがガラス窓に垂れさがり、たいへん見事な襞をつくっていた。窓のすぐしたにある庭へは、角にある窓から階段で降りられるようになっていたが、この老人は十二段か十五段あるその階段をいとも軽々と昇ったり、降りたりしていた。寝室と隣りあった図書室とは別に、閨房がひとつあって、彼はこれをとても大切にしていた。粋な小部屋で、百合やその他の花を散らした麦藁色の壁飾りが掛けてあったが、これはヴィヴォンヌ殿[1]が国王ルイ十四世の愛人のために徒刑囚に命じてガレー船上でつくらせたものだった。ジルノルマン氏はそれを、百歳で死んだ社交嫌いの母方の大伯母から遺産として受け継いだのである。彼は二度妻をもった。彼の物腰は、けっしてなれなかった宮廷人と、その気があればなれたかもしれない司法官との、ちょうど中間といったところだった。陽気で、気が向けば優しかった。若いころの彼は、妻からいつも裏切られても、愛人からはけっして裏切られない男のひとりだった。つまりこのうえなく不機嫌な夫でありながら、愛人には世にも愛想がよいからだった。彼は絵画通でもあった。寝室にはヨルダンス[2]の筆になる、だれかの素晴らしい肖像画があった。それは粗い筆致だが、無数の細部まで描かれ、興にまかせたような雑然とした様式だった。ジルノルマン氏の服装はルイ十五世風でもなく、ルイ十六世風でさえもなかった。総裁政府時代の王党派青年の奇抜な衣裳だった。それまで、じぶんがまだまだ若いと信じこみ、流行を追っていたのだ。上着は軽いラシャで、襟の折返しが広く、長い燕尾、鋼鉄の大きなボタンがついていた。それに短い半ズボンと留金のついた短靴。いつも両手をチョッキのポケットに入れていた。彼は威厳をもってこう言うのだった。「フランス革命なんぞ、ごろつきどもの集まりじゃ」

第三章　リュック・エスプリ

十六歳のとき、ある晩、彼はオペラ座で、同時にふたりの美女から流し目を送られるという栄誉に浴した。それは当時女盛りで、ヴォルテールの詩に謳われた名高いラ・カマルゴとラ・サレであった。[1]ふたつの砲火にはさみ打ちにされた彼は、雄々しく退却し、ナアンリという名前のしがない踊子の少女のほうに向かった。少女は彼と同い年の十六歳で、子猫のように無名だったが、彼は夢中になった。思い出なら、ふんだんにもっていた。彼は声を高くして言っていた。「なんという美女だったことよ、あのギマール・ギマルディーニ・ギマルディネット[2]は！　わしが最後に見たのはロンシャン競馬場じゃったが、髪を気持ちひとつ控え目に巻きあげ、トルコ石の珍しい装身具をつけ、赤ん坊みたいな色のドレスを着て、ひらひらしたマフを持っておったなあ！」若いころは、プロヴァンス地方のナン・ロンドラン製のチョッキを着ていたが、このチョッキについて、しばしば口をきわめて話し、「わしは中近東のトルコ人みたいな格好をしていたものじゃった」などと言っていた。二十歳のとき、たまたま彼を見かけたブフレール侯爵夫人[3]が、「変な魅力のある人ね」と言ったという。

彼は政界や官界で目にする名前にいちいち眉をひそめ、彼らを下品でブルジョワ的だと思っていた。「新かわら版」、「読売」などと言っている新聞を読んでいたが、大笑いを抑えるのに苦労した。「ああ！」と彼は言った。「なんだ、この連中は！　コルビエールだと！　ユマンだと！　カジミール・ペリエだと！[4]　こいつらが大臣さまか。ある新聞にこう載っているとしよう。大臣、ジルノルマン氏！　とんだお笑い種だろうて。まあ、いいさ、あいつらは大馬鹿者だから、なんとかなるだろうよ！」

彼はあらゆることを適切、不適切に関係なく、無造作に言ってのけ、女性たちのまえでもなんの遠慮もしなかった。下品なこと、淫らなこと、汚いことを口にしても、どこか落着きはらい、動ずる気配もなく、優雅な感じがした。それが彼の世紀の不作法というものだった。詩において婉曲表現の時代は、散文においては露骨な言葉の時代だったことに注意しておくべきだろう。彼の名づけ親は、彼が天才的な人物になるだろうと予言し、意味深長なふたつの名前をあたえた。リュック・エスプリ〔前者は使徒ルカの意、後者は精霊、才知の意〕と。

第四章　百歳を熱望する

彼は子供のころ、故郷のムーランの中学でいくつかの賞をとり、彼がヌヴェール公爵と呼んでいるニヴェルネ公爵[1]からじきじきに授与された。なにをもってしても、国民公会も、ルイ十六世の死も、ナポレオンも、ブルボン家の復帰も、その授与式の思い出を掻き消すことはできなかった。彼にとって「ヌヴェール公爵」は世紀の偉人だった。「じつに魅力のある大殿でな、精霊騎士団の青綬を佩用されているお姿なんぞ、じつに立派じゃったのう」と言っていた。

ジルノルマン氏の見るところ、ロシアのエカテリーナ二世はベストゥージェフ[2]から、黄金の妙薬の秘法を三千ルーヴルで買いとったことで、ポーランド分割の罪も贖われたのだった。このこととなると彼は興奮し、「黄金の妙薬はな！」と声をあげた。「ベストゥージェフの黄色いチンキ、ラモット将軍のつかった点滴薬でな、十八世紀にゃ半オンスの瓶が一ルイもした、愛の破局の特効薬、ヴィーナスの道の万能薬なんじゃ。ルイ十五世はあれを教皇に二百瓶も送られたのだぞ」もしその黄金の秘薬なるものが、鉄の過塩化物にすぎないなどと言おうものなら、彼をかんかんに怒らせ、気も狂わんばかりにさせたことだろう。

ジルノルマン氏はブルボン王家を崇拝し、一七八九年の革命を忌み嫌っていた。彼は飽くことなく、いかに一七九三年の恐怖政治を切りぬけ、首を刎ねられないために、どれほど多くの陽気さと才知が必要だったか語っていた。もしどこかの青年が彼の目のまえで共和制を称えようものなら、彼は青くなり、気をうしなったことだろう。

時にはじぶんの九十歳という年齢に言及して、こう言うのだった。「わしはもう二度と九十三という年を目にしたくないわ」そのくせ別の折には、じぶんは百歳まで生きるつもりだときっぱりとみんなに伝えていた。

第五章　バスクとニコレット

彼にはいくつか持論があった。そのひとつはこうである。「男が情熱的な女好きで、しかもあまりかまってやれない女房が不器量で、ぎすぎすし、本妻であることを笠に着て、いろんな権利を振りかざし、法律のうえにあぐらをかき、必要とあらば悋気を発する女だった場合、これを切りぬけ、心穏やかに過ごせる方法は、ただひとつしかない。女房に財布の紐をわたすことだ。その権利さえ放棄すれば自由になれる。すると女房は銭金いじりに気をとられ、のぼせて、指を緑青だらけにする。小作人の育成やら請負人の訓練などをくわだて、代訴人を呼びつけ、公証人に睨みをきかせ、公正証書係に訓示をたれる。法律屋をたずね、訴訟を見守り、賃貸契約書をつくり、契約書を書かせて天下を取ったような気になる。売ったり、買ったり、払ったり、やたらに命令したり、約束したり、妥協したりする。契約を結んだり、解約したり、譲歩したり、譲渡したり、再譲渡したり、片づけたり、散らかしたり、貯蓄したり、浪費したりする。こんな馬鹿をして、女房ひとりが立派な果報者になる。夫が歯牙にもかけていないというのに、女房のほうは亭主を破産させてやったとばかり、大満足なわけじゃよ」

ジルノルマン氏はこの持論をじぶんにも適用したから、持論がそっくり彼の身の上になった。二度目の妻がそんなふうに彼の財産を管理したので、晴れて男やもめになったとき、ジルノルマン氏にはどうにか生きていけるだけのものしか残っていなかった。大半を終身年金につぎこみ、しかもその一万五千フランの年金の四分の三は彼の死とともに消え去ってしまうはずだった。それでも彼は、遺産を残すことなどさらさら考えていなかったので、べつにうろたえもしなかった。もっとも彼は、世襲財産というものには意外な出来事が生じ、たとえば突如「国有財産」にされることをこれまで見てきた。整理公債の浮沈に立ち会ったりもして、公債登録台帳もさして信用していなかった。「あんなものは全部、カンカンポワ街〔金融取引の中心地〕の話じゃよ」と言っていた。

　さきに述べたように、フィーユ・デュ・カルヴェール通りの家は彼の持ち家だった。彼には「牡と牝」のふたりの使用人がいた。新しい使用人を雇うとき、彼は新しい名前をつけてやることにしていた。男にはニモワ、コントワ、ポワトヴァン、ピカールなどと出身地の名前をつけた。最近雇った召使いは、へとへとに疲れ、すぐにぜいぜい息を切らす太った五十五歳ほどの男で、ものの二十歩も走れなかった。それでも、男がバイヨンヌ生まれだったので、ジルノルマン氏はバスクと呼ぶことにしてやった。召使い女は、彼の家では（すぐに述べるマニョンもふくめて）全員ニコレットと呼ばれた。ある日、門番族の貴族とでもいうべき、名人はだしの腕をもつ高慢な料理女がやってきた。「月にいくらくらいの給金をお望みかね？」とジルノルマン氏が尋ねた。「三十フランほど」「名前は？」「オランピーです」「おまえには五十フラン出そう。だが、おまえの名前はこれからニコレットにする」

第六章　マニョンとふたりの子供

ジルノルマン氏にあっては、苦しみは怒りとしてあらわされた。絶望すると激怒するのだ。彼はあらゆる偏見をもち、どんな勝手気ままもやってのけた。彼の外面の特徴と内面の満足をなしていたもののひとつは、先述のとおり、いくつになっても色の道の現役であり、なにがなんでもそれで押しとおすことだった。彼はそのことを「王者の名声」と呼んでいた。この王者の名声は時に、とんでもない授かり物をもたらすことがあった。ある日、きちんと産着にくるまれ、ぎゃあぎゃあ泣き叫ぶ、ぽっちゃりした男の赤ん坊が、牡蠣を入れる籠みたいな籠に入れられて彼の家に届けられた。六か月まえに追いだした召使い女が、これは彼の子だと言ったのである。その当時、ジルノルマン氏は満八十四歳になっていた。まわりの者たちが憤慨し、大騒ぎになった。なんとあの厚かましいふしだら女は、いったいだれにあんなものを育てさせようというのか？　なんという図々しさだ！　なんというひどい中傷なんだ！　ジルノルマン氏のほうは、すこしも怒らなかった。そんな中傷がまんざらでもない老人らしい、愛想のよい微笑を浮かべながら、その乳飲み子をながめ、取巻き連中に聞こえよがしにこう言った。

「ええ、なんだって？　この騒ぎはなんだね？　どうしたんだ？　どうしたというのかね？　おまえたちはえらくたまげておるのう。まったく、ものを知らぬ奴らじゃ。シャルル九世陛下の落し子、アングレーム公爵殿は八十五歳のときに十五歳のおしゃべりな馬鹿娘と結婚された。[1]ボルドーの大司教スルディィ枢機卿の弟ぎみ、アリュイ侯爵ヴィルジナル殿は八十三歳で、ジャカン議長夫人の小間使いとのあいだに男児をなされた。この息子さんは正真正銘の愛の結晶で、のちにマルタ騎士団の騎士になられ、軍事参事官になられた。今世紀の偉人のひとりタラボー師〔2〕は八十七歳のお人の息子であるぞ。こんなことはごく当たり前なことじゃ。なにより、聖書を読んでみるがいい！　だが、はっきり言っておくが、このちいさな赤ん坊はわしの子ではない。まあ、面倒はみてやろう。この子に罪はないからな」このやり方は、あまりにも人が好すぎた。翌年、マニョンというその女は二番目の贈物をしてきた。やはり男の子だった。今度ばかりは、さすがのジルノルマン氏もお手上げだった。彼は母親にふたりの子供を返し、この母親がもう二度とこんなことをしないという条件で、月八十フランの養育費を払うと約束した。そして、こう言いそえた。「母親は呉々も子供たちを大事にするように。わしもときどき顔を見にいくことにしよう」じっさい、彼はそうした。

彼には司祭になった弟がいた。その弟は三十三年間ポワチエの大学区長だったが、七十九歳で死んだ。「あれは若死にしおっての」と、彼は言っていた。この物静かな弟の思い出はあまりなかったが、弟は司祭だから出会った貧民に施しをせざるをえないと思ってはいた。ところが根が吝嗇だったので、せいぜい小銭か、通用しない銅貨しかあたえなかった。その結果、天国経由で地獄に行く方法を見つけたのだった。兄のジルノルマン氏のほうは、施し物をケチらず、喜んで気前よくあたえていた。彼は親切で、ぶっきらぼうで、慈悲深かったから、もし裕福だったら、そうした傾向はずいぶん華々しいものになっていたことだろう。彼はじぶんに関わることは、たとえ詐欺だろうと、なんでも公明正大にやってもらいたかった。ある日、なにかの相続問題で、代理人の男に見えすいた下劣な手口で、じぶんの財産をごっそりくすねられたとき、こんな厳かな叫び声をあげた。

「ちぇっ！　やり方が汚いじゃないか！　まったくこんなケチな着服なんぞしやがって、こっちのほうが恥ずかしくなるわい！　今世紀は、なんでも堕落しおった、悪党までもな。畜生！　わしは森で追剝ぎにあったみたいなもんじゃ、しかも下手くそな追剝ぎにな。「森ハ執政官ニフサワシカランコトヲ」[3]というぞ」

さきに述べたとおり、彼は二度妻をもった。最初の妻には娘がひとりいて、ずっと未婚のままだった。二番目の妻にも娘がひとりできたが、三十歳くらいで死んだ。死ぬまえに、この娘は愛か偶然か、はたまた別の縁か、特進した兵士と結婚していた。この兵士は共和国と帝国の軍隊で任務を果たし、アウステルリッツの戦いで勲章をうけ、ワーテルローの戦いでは大佐になっていた。「あいつは一家の恥じゃ」と老ブルジョワは言っていた。彼は愛煙家で、手の甲でレースの襟飾りに襞をつけるその手際が、なんとも優雅だった。彼はさして神を信じていなかった。

第七章　晩でなければ訪問をうけないという規則

リュック・エスプリ・ジルノルマン氏とは以上のような人物だったが、白髪というよりずっとロマンス・グレーだった髪の毛をすこしもなくさず、いつも犬の耳のように撫でつけてあった。

結局、全体からいえば、尊敬すべき男だった。軽薄でありながら偉大という、十八世紀の特徴をよく受け継いでいたのである。

王政復古期の初期、まだ若かったジルノルマン氏——一八一四年にはまだ七十四歳にすぎなかった——は、フォブール・サン・ジェルマンの、サン・シュルピス教会近くのセルヴァンドニ通りに住んでいた。彼がマレー地区に引きこもったのは、八十の声をきいて社交界を退いてからだいぶたったころだった。

彼は社交界から身を引くと、じぶんの習慣の殻に閉じこもってしまった。彼がもっとも重んじ、変えようとしなかったのは、昼間は厳重に門を閉じて、だれであれ、またなんの用向きであれ、晩にしか客を受け入れないことだった。彼が五時に夕食をとりおえると、ようやくそろそろと門が開かれるのだった。これは十八世紀の流行で、彼はそれを捨てようとはすこしも思わなかった。「昼間は下卑ている」と言っていた。「せいぜい鎧戸を閉めておく値打ちしかない。まともな人間は、天の頂に星がともるころ、じぶんの心に火を灯すものなんじゃ」そこで彼は、たとえ相手が国王であろうと、だれだろうと、バリケードをめぐらして身を守っていた。彼の時代の古い雅だった。

第八章　ふたりでも一対になるわけではない

ジルノルマン氏のふたりの娘については、さきに話したところである。ふたりは十年のあいだをおいて生まれた。幼いころのふたりはあまり似ておらず、顔立ちも性格も、とても姉妹とは言えないほどだった。妹は愛らしい魂を光にみちたものに向け、花々、詩、音楽などに心を奪われ、栄光ある天空を無我夢中で軽やかに舞い、子供心にもなんとなく雄々しい人物を理想の婚約者だと決めていた。姉にもやはり夢があり、御用商人とか、裕福で好人物の太った軍需商とか、素晴らしく愚かな夫とか、成金の百万長者とか、あるいは知事などを蒼空に思い描いていた。知事公邸のレセプション、鎖を首にかけた控えの間の接待係、公式の舞踏会、市長の祝辞、「知事夫人」の地位、そんなことが彼女の空想のなかで渦巻いていた。ふたりの姉妹は、まだ若かったころ、それぞれそんなふうに夢のなかをさ迷っていた。どちらにも翼があった、ひとりは天使のような、もうひとりは鵞鳥のような。

少なくともこの世では、どんな野心も十全に実現しない。いまの時代、どんな天国も地上のものとはならない。妹は夢に見たとおりの男性と結婚したが、じぶんが死んでしまった。姉のほうは結婚しなかった。

この物語に登場するころ、その姉は古めかしい美徳、燃えくすぶっている貞淑気取り、これ以上はないという尖った鼻、世にも鈍感な精神を特質としていた。これはほんのささいな特徴だが、このちいさな家族以外のだれも、彼女の名前を知らず、「姉のジルノルマン嬢」と呼んでいた。

上品ぶることにかけては、姉のジルノルマン嬢はイギリスのオールド・ミスを断然うわまわっていただろう。度が過ぎて陰惨になるまでの羞恥心だった。彼女には生涯忘れられない恐ろしい思い出があった。ある日、ある男性にガーターを見られたことだ。

年をとっても、その激しい羞恥心はいや増すばかりだった。彼女の顔をおおう頭巾はけっして透きとおりすぎることもなく、けっして上に持ちあがりすぎることもなかった。だれひとり見ようなどと思わないところに、ホックやピンをたくさんつけていた。貞淑気取りの本質は、城塞が脅かされていないときに限って、ますます見張り番をふやすところにある。

とはいえ、これはそんな純潔の古い謎を説明することかもしれないが、彼女は甥の息子でテオデュールという名前の槍騎兵将校にキスされても、べつに厭な顔ひとつせずに、そのままにさせておいた。

そんなお気に入りの槍騎兵がいたにはいたが、筆者が貼りつけた「貞淑気取り」というレッテルは、まったく彼女にぴったりだった。ジルノルマン嬢は黄昏の魂の持ち主であり、その貞淑気取りはなかば美徳、なかば悪徳だった。

彼女は貞淑気取りに、これによく合う裏張りともいうべき信心狂いを付けくわえた。聖マリア信心会の会員になり、祭日には白いヴェールをつけ、特別のお祈りを唱え、「聖なる血」を尊び、「聖心」を敬い、一般の信者がはいれない礼拝室のロココ・イエズス様式の祭壇のまえで、何時間も瞑想して過ごすのだった。そこでは魂を大理石のちいさな雲模様のなかに、金箔の木の光背をとおして飛翔するままにしていた。

彼女には聖堂仲間で、同じように処女の、ヴォーボワ嬢という愚鈍そのものの友達がいた。この友達のそばにいると、ジルノルマン嬢はじぶんが鷲にでもなったような快感を覚えた。ヴォーボワ嬢が知っているものといえば、「アニュス・ディ」や「アヴェ・マリア」のほか、さまざまなジャムの作り方だけだった。ヴォーボワ嬢はこの手の女性としては申し分がなく、知性の汚れなど一点もない、清純無垢の白貂のように愚かしかった。

これは言っておかねばならないが、ジルノルマン嬢は年とともに、ダメになるより、むしろマシになった。これは受身な人間の功である。彼女は一度も意地悪になったことはなかった。これはわりあい善良だったということでもある。また、年とともに角がとれ、堅苦しさも和らいだ。彼女はいつも寂しそうにしていたが、そのもやもやした寂しさの原因がじぶんでも分からなかった。彼女の全身に漂っているのは、はじまってもいない人生がおわってしまったという、茫然自失の気配だった。

彼女は父親の家を切りまわしていた。ビヤンヴニュ閣下が妹を手元においていたのと同じく、ジルノルマン氏は娘を手元においていた。このような老人と老女の同居はすこしも珍しくなく、互いに支えあうふたりの弱者の光景には、いつもほろりとさせられるものである。

家にはこの老人と老女のほかに、ひとりの子供がいた。ジルノルマン氏のまえに出ると、いつも震え、黙っている少年だ。ジルノルマン氏がその子供に話しかけるときはいつも厳しい声で、時には杖を振りあげることさえあった。「さあ、こっちに来い！――ならず者、やんちゃ坊主、もっと近くに来てくれ！――返事しないのか、このわんぱく小僧！――ゆっくり顔を見せんか、このいたずらっ子め！」等々。要するに、彼はその子を溺愛していたのである。

それは彼の孫だった。この子供は、またあとで登場することになるだろう。

第三篇　祖父と孫

第一章　昔のサロン

ジルノルマン氏がセルヴァンドニ通りに住んでいたころ、いくつものひじょうに立派な貴族のサロンに出入りしていた。平民であったにもかかわらず、ジルノルマン氏はそんな高級なサロンに受け入れられていたのだ。彼には同時にふたつの才気が、まずみずからが持ちあわせていた才気、つぎに持ちあわせているとひとが勝手に思いこんでいた才気があったので、人気もあり、歓迎されていた。彼はじぶんが幅をきかせられる場合以外、どこにも出かけようとしなかった。世の中には、なにがなんでもおのれが顔をきかせ、ひとにもてはやされることを望む輩がいる。この輩は、じぶんの神通力が通じないところでは、すすんで道化者になる。ジルノルマン氏はそんな気質の人間ではなかった。彼は出入りする王党派のサロンで幅をきかせても、なんら自尊心を傷つけられるようなことはしなかった。彼の言葉はどこでも神託のようにうけとられた。彼はボナルド氏[1]やパンジー・ピュイ・ヴァレー氏に逆らうことさえあった。

一八一七年ころの彼は週に二度、午後になると、まるで判で押したように近くのフェルー通りに住んでいるT男爵夫人の家で過ごしていた。男爵夫人は堂々とした尊敬すべき人物で、夫はルイ十六世の時代、在ベルリン、フランス大使だった。T男爵は生前、催眠術による忘我と幻視体験に熱中してのめりこみ、亡命中に破産して死んでしまった。残された全財産といえば、赤いモロッコ革で製本した金縁の十綴りの原稿十巻、すなわちメスメル[2]とそのバケツに関するじつに奇怪な覚書だけだった。T男爵夫人は品位をたもってその覚書をいっさい公刊せず、どのようにして残ったものか分からないが、わずかな年金で生計を立てていた。T男爵夫人は「ひどくややこしい社会」だと言っていた宮廷から遠く離れて、気高く、誇り高く、貧しく、孤高のうちに暮らしていた。週に二度、何人かの友人たちが集まって、この寡婦の暖炉を囲み、純粋な王党派のサロンを形成していた。みんなはそこでお茶を飲み、時勢とか、憲章[3]とか、ブオナパルト派とか、金銭が絡むブルジョワへの青綬の濫発とか、ルイ十八世のジャコバン主義とかについて、ときどきの風向に応じて、悲歌風あるいは賛歌風に、うめき声を発したり、恐怖の叫び声をあげたりしていた。そして、その後シャルル十世になった王弟[4]があたえてくれる希望をひそひそと話しあったりもしていた。

ここではまた、ナポレオンのことを「ニコラ」と呼ぶ下卑た歌謡が嬉々としてもてはやされた。社交界でもっとも洗練され、魅力的な公爵夫人たちが、「国民志願兵[5]」に宛てたこんな小唄にうっとりとしていた。

おまえたちの半ズボンに押しこめ、
垂れさがっているシャツの端を。
いやしくも愛国者たる者
白旗を掲げていると言われないように！

この連中はわれながらひどいと思う地口や、毒があると勝手に思いこんでいる無邪気な語呂合せを、四行詩や二行詩にして楽しんでいた。たとえば、ドカーズ氏やド・セール氏などが参加していた穏健なデソル内閣[6]についてはこんな語呂合せだった。

ぐらついた王座の土台を固めるにゃ
代えねばならぬ、土地《ソル》を、温室《セール》を、小屋《カーズ》を。

そうかと思うと、「鼻をつまみたくなるジャコバン党議会」である貴族院議員の名簿をこしらえ、たとえばつぎのような句がつくれるよう名前を組み合わせた。「ダマス、サブラン、グーヴィオン・サン・シール[7]」。そして、これらの人物をやんやとはやし立てるのだった。
この社会では大革命を茶化していた。どのような望みを抱いてか、あのときの怒りを逆方向に掻き立てて、じぶんたちの革命歌「さあ行こう《サィラ》」をこううたっていた。

ああ！　さあ行こう！　さあ行こう！　さあ行こう！
　ブオナパルト派を縛り首にしろ！

小唄はギロチンみたいなもので、今日この首を斬ったかと思うと、明日はあの首を斬るといったふうに、無差別に斬りまくる。文句にちょっとした違いがあるだけの話なのだった。

この当時の一八一六年にあったフュアルデス暗殺事件のときは、この連中はみなバスチードとジョーシオンの肩をもった。それというのも、フュアルデスが「ブオナパルト派」だったからだ。[8]彼らは自由主義者を「兄弟で友人ども」と呼んでいた。これが最高の侮辱だった。

一部の教会の鐘楼に見られる風見鶏のように、T男爵夫人のサロンには二羽の雄鶏〔伊達男〕がいた。一方はジルノルマン氏で、もう一方はラモット・ヴァロワ伯爵だった。この伯爵について、みんなはある種の敬意を払い、互いの耳元にこう囁きあっていた。「ご存じですか？　あの方が例の首飾り事件のラモット氏ですよ[9]」党派というものには、こんな特異な恩赦もあるのだ。

ここでつぎのことを付けくわえておこう。ブルジョワ階級では、あまり軽々しい交際をすると、せっかくの名誉ある地位も値打ちが下がってしまうので、だれに出入りを許すかということには重々用心しなければならない。冷たいものの隣に置かれると熱がうしなわれるように、軽蔑されている人びとを近づけると尊敬の念を減らしてしまうからである。旧体制の上流社会は、他の法則と同様、そんな法則などにまったく頓着しなかった。ポンパドゥール夫人[10]の弟マリニーはスービーズ大公邸[11]に出入りしていた。夫人の弟なのに？　いや、弟だからである。ヴォーベルニエ夫人[12]の名づけ親のデュ・バリーもリシュリュー元帥[13]邸で大歓迎された。この社交界はまるでオリュンポスの山みたいだ。メルクリウス神[14]とロアン・ゲメネ大公[15]もここでは安閑としていられるのである。泥棒も神でさえあれば、受け入れられるわけだ。

一八一五年には七十五歳の老人だったラモット・ヴァロワ伯爵[16]の目立ったところといえば、寡黙で勿体ぶった様子、角ばって冷淡な顔つき、非の打ちどころのない丁重な物腰、ネクタイのところまでボタンがついた上着、シエンナ色のような赤褐色の長くだぶだぶしたズボンをはき、いつも組んでいる大きな両足くらいだった。顔色はズボンの色と同じだった。

そんなラモット・ヴァロワ氏がこのサロンで「重きをなしている」のは彼の「名声」のおかげ、そしてこれは口にするのも滑稽な話だが、嘘ではなかったヴァロワという名前のおかげだった[17]。

他方、ジルノルマン氏が尊敬されていたのは、まったくその資質によるものだった。じっさいに権威があったからこそ、彼の権威が認められていたのである。彼は軽薄だったが、そのことでいささかも陽気さが損なわれず、堂々として、威厳があり、実直で、ブルジョワ風の傲岸不遜な趣もあり、ある種の風格があった。この風格には彼の年齢もひと役買っていた。ひとは伊達や酔狂で一世紀も生きはしない。長年の歳月が重なると、いつかは尊敬すべき頭髪になるのである。

そのうえ彼には、岩のような老骨の火花ともいうべき名文句があった。たとえば、ルイ十八世を王座に復帰させたプロシア王がリュパン伯爵の名前でフランスを訪れたとき、このルイ十四世の末裔にややブランデブルグ侯爵並の、いかにも洗練された無礼な扱いをうけた。ジルノルマン氏はそれも当然だと思って、「フランス国王でない王様というものは」と言った。「みんな田舎の王様じゃよ」ある日、みんなが彼のまえでこんな質疑応答をしていた。『クーリエ・フランセ』紙の編集者はどんな刑になったんだ?」「ていし〔発行停止〕刑だよ」「ていだけ余計じゃよ」と、ジルノルマン氏は間髪を入れず言ってのけた。この種の名文句によって立場が築かれるのである。ブルボン家復帰記念のある感謝式の折、タレイラン氏が通りかかるのを見て彼は言った。「ほら、巨悪閣下のお通りじゃ」

ジルノルマン氏はいつもお供を連れてやってきた。当時は四十を過ぎたところなのに五十に見える、あのオールド・ミスの娘と、色白で、顔がバラ色で、清々しく、信頼にみち、幸福そうな目をした七歳の美少年である。この少年がサロンに姿を見せると、かならずみんなが声をそろえてざわめくのだった。「まあ、なんて可愛らしい! お気の毒ね! ほんとに、おかわいそうなお子さんだこと!」この子供は、筆者がさきほど一言した子供である。「かわいそうなお子さん」と呼ばれるのは、父親が「ロワール河の悪党[18]」だったからである。

このロワール河の悪党とはジルノルマン氏の婿であり、彼がすでに言及し、「あいつは一家の恥じゃ」と言っていた人物である。

第二章　当時の赤い幽霊のひとり

その当時、ヴェルノン[1]というちいさな町を通りかかり、あの美しい記念碑的な橋――その後、見苦しい鉄橋に取り替えられたが――をそぞろ歩きした者なら、欄干のうえからふと目を落とし、年の頃五十くらいの男の姿に注目したかもしれない〔2〕。男は革の帽子をかぶり、粗ラシャのグレーのズボンと上着を身にまとっていた。上着にはなにか黄色いものが縫いつけられていたが、昔はこれが赤のリボンだったのだ。木靴をはき、日焼けして、顔は黒に近く、髪はほとんど白かった。額から頬にかけて広い傷跡があって、腰が曲がり、背中を丸め、年よりは老けて見えた。鋤か鉈を手に、ほとんど一日中、塀をめぐらした囲い地のひとつを歩きまわっていた。そうした囲い地は橋の近くにあり、ひとつなぎの段丘のようにセーヌ左岸を縁取っていた。花々が咲き乱れて心がなごむ囲い地で、もしこれがもっと広ければ庭園と言われるだろうし、もうすこしちいさければ、花の茂みと言われるだろう。これらの囲い地はどれも、一方の端は川に、もう一方の端は一軒の家に通じていた。今し方話題にした男は、一八一七年ごろ、なかでもいちばん狭い囲い地、いちばんみすぼらしい家に住んでいた。静かでつましい、ひとり身の佗住まいだったが、若くもないが老いてもいず、美人ではないが不美人でもなく、農民でも町人でもないひとりの女が身のまわりの世話をしていた。彼が庭と呼んでいる土地の一郭は、この町でも花々の美しいことで有名だった。花づくりが彼の仕事だったのである。

粘り強く、注意深く、欠かさずバケツで水をやって丹精したおかげで、彼は花々に関して神業に近い創造をやってのけ、自然からはすっかり見放されてしまった種類のチューリップやダリアなどを創りだしていた。彼は創意工夫に富んでいた。アメリカや中国産の珍しく貴重な灌木を栽培するための、ヒース腐植土の堆肥をつくることにかけては、スーランジュ・ボダン〔3〕にもひけをとらなかった。夏になると、夜明けとともに小径に出て、芽を挿したり、枝を落としたり、草をむしったり、水をやったりしながら、善良そうで、悲しげで、穏やかな様子で花々のあいだを歩いていた。時には何時間も佇んだまま夢想し、一本の木にいる鳥のさえずりや、ある家から聞こえてくる子供の片言に耳を傾けたり、一本の草の先で太陽にきらめいている水滴にじっと目を凝らしたりしていた。食卓はひじょうに粗末なもので、彼は葡萄酒よりも牛乳のほうを多く飲んだ。小僧っ子のわがままに負けたり、召使い女に叱られたりもしていた。人見知りすると言ってもいいくらい内気で、めったに外出せず、家のガラス戸を叩く物乞いと、じぶんの主任司祭である、マブーフ師という好人物の老人のほか、だれにも会おうとしなかった。そんな彼も、町の住人であれ、よそ者であれ、じぶんのチューリップやバラを見たいと言って、ちいさな家の門を叩く者がいると、にこにこしながら戸を開けてやっていた。これがロワール河の悪党だった。

またこれと同じ時期、戦記や、伝記や、『モニトゥール』紙や、ナポレオンの大陸軍公報などを読んだ者ならおそらく、一度ならずジョルジュ・ポンメルシーという名前が出てくることに気づいたはずである。ごく若いころ、このジョルジュ・ポンメルシーはサントンジュ連隊の兵卒だった。大革命が勃発すると、サントンジュ連隊はライン軍の一部となった。というのも、王政時代の古い連隊は、王政が瓦解したあとも、それぞれの地方の名前のままだったからで、旅団に編成されたのはようやく一七九四年になってからであった。ポンメルシーはシュパイヤー、ヴォルムス、ノイシュタット、テュルクハイム、アルツァイ、マインツなどで戦ったが、マインツの戦いではウシャールの後衛軍の二百人のなかにいた。十二番目にいた彼は、ヘッセ公の全軍を相手にしてアンデルナッハの古い城壁のうしろに陣取り、敵の大砲が胸壁のうえから斜面にかけて突破口を開くまで、主力部隊には退却しなかった。マルシェンヌではモン・パリセの戦いで、クレベールの指揮下にはいっていたが、そこで大型マスケット銃の弾丸によって腕を砕かれた。それから、イタリア国境に移り、ジュベールとともにタンドの峠を守った三十人の擲弾兵のひとりだった。この軍功でジュベールは参謀副官に、ポンメルシーは少尉に任命された。ボナパルトをして「ベルチエはひとりで砲兵、騎兵、擲弾兵だった」と言わしめた、あのローディーの戦いでは、ポンメルシーは散弾を浴びながらベルチエのそばにいた。ノーヴィでは昔の上司ジューベールがサーベルを振りかざし、「進め！」と叫んだとたんに倒れるのを見た。作戦上の必要で部下を引きつれ、ジェノヴァからその沿岸のなんとかという港に向かう舟艇に乗りこんだとき、イギリス軍の七、八艘の帆船に取り囲まれるという窮地におちいった。ジェノヴァ人の船長は大砲を海に投げ捨て、兵士を中甲板に隠し、商船のように闇にすべりこもうとした。だがポンメルシーは、マストの綱に三色旗を掲げさせ、イギリス軍フリゲートの大砲のしたを堂々と通過させた。そこから二十海里のところに行くと、彼はますます大胆になり、その舟艇でシチリアに軍隊を運んでいたイギリスの輸送船を攻撃して拿捕した。それは人馬を船縁までぎっしり積みこんだ輸送船だった。一八〇五年、彼はフェルディナンド大公からギュンツブルクを奪い取ったマレール師団に加わっていた。ヴェッテキンゲンでは、雨霰と降る弾丸をものともせず、第九竜騎兵隊の先頭に立って致命傷を負ったモープチ大佐を腕に抱きとった。アウステルリッツでは、敵軍の砲火のもとに敢行された見事な梯隊前進で、抜きんでた活躍をした。ロシアの近衛騎兵隊が歩兵第四連隊の大隊を粉砕したとき、その報復をして、かの近衛兵を撃破した軍団の一員だった。皇帝は彼に十字勲章をあたえた。ポンメルシーはマントヴァでウルムゼルが、アレクサンドリアでメラスが、ウルムでマックが次々と捕虜にされるのを見た。モルチエが指揮をとり、ハンブルクを占領した大陸軍第八軍団の一員に加わっていた。それから、元はフランドルの連隊だった第五十五歩兵隊に移った。エイラウでは筆者の叔父である英雄的なルイ・ユゴー大尉がたった八十三人の部下を率いて、敵軍の総攻撃をもちこたえたあの墓場[4]に彼もいた。ポンメルシーはこの墓地の戦いで生き残った三人のうちのひとりだった。フリートラントの戦いにも参加した。それからモスクワを、つぎにベレジナ、リュツェン、バウツェン、ドレスデン、ヴァッハウ、ライプツィヒ、そしてゲルンハウゼンの隘路を見た。またモンミライユ、シャトー・チエリ、クラン、マルヌ河岸、エーヌ河岸、恐るべきラーンの陣地なども見た。アルネー・ル・デュックの戦いではすでに大尉になっていたが、十人のコサック兵を切り倒し、将軍ではなく、伍長を救った。このとき、あちこちに傷をうけ、左腕からだけでも二十七個の破片が取りだされた。パリ陥落の一週間まえには、仲間と交代して、騎兵隊にはいったところだった。彼は旧体制では「両手使い」と言われていた力、つまり兵士ならサーベルと銃を、士官なら騎兵隊と歩兵隊を、同じように操れる能力をもっていた。この能力が軍事教育によって完成されると、ある種の特殊な軍人、たとえば、同時に騎兵と歩兵になれる竜騎兵が生まれることになった。彼はナポレオンに付き添ってエルバ島に行った。ワーテルローでは、デュボワ旅団の胸甲騎兵中隊の指揮官だった。リューネブルク大隊の軍旗を奪ったのは彼である。その軍旗を持ってきて、皇帝の足元に投げだした。彼は血まみれだった。軍旗を引ったくるとき、顔にサーベルの一撃をうけたのである。皇帝は満足して彼に叫んだ。

「おまえを大佐にする！　男爵にする！　レジオン・ドヌール勲四等を授けるぞ！」「陛下、やがて未亡人になるはずの妻に代わって、お礼申しあげます」とポンメルシーは答えた。その一時間後、彼はオアンの谷間に落ちこんでいた。さて、このジョルジュ・ポンメルシーとは何者だったのか？　ロワール河の悪党だったのである。

これで彼の経歴がいくらか分かったことになる。思いだす読者もおられようが、ワーテルローのあと、彼はオアンの窪んだ道から引きだされ、首尾よく味方の軍隊にもどると、野戦病院から野戦病院へと引きずりまわされ、挙句の果てにロワール河の宿営地に辿りついたのであった。

王政復古になって、彼は予備役にされて俸給が半額にされ、ヴェルノンに居住指定、つまり当局から監視される身となった。国王ルイ十八世は、ナポレオンの「百日天下」の時期になされたことをすべて無効と見なしたので、勲四等レジオン・ドヌール勲章も、大佐の位も、男爵の称号も認められなくなった。だが、彼のほうは「陸軍大佐、男爵、ポンメルシー」と署名する機会があれば一度も見逃すことはなかった。彼は古い青の礼服一着しか持たず、外出するときはかならず勲四等レジオン・ドヌールの略綬を着用した。地方の主任検察官は彼に「不法勲章佩用」の廉で追訴されるかもしれないと予告した。この通告を非公式の通達者が伝えると、ポンメルシーは苦笑しながらこう答えた。「わたしがフランス語を解せなくなったのか、それとも、あなたがフランス語を話されなくなったのか、どうにも分かりませんな。いずれにしろ、あなたのおっしゃることはまったく理解できません」それから一週間、彼は毎日立てつづけに略綬をつけて外出したが、彼をつけ回そうとする者などだれもいなかった。二度か三度、陸軍大臣と管区の司令官から「ポンメルシー少佐殿」という上書の手紙が届いたが、彼は封も切らずに送りかえした。これと同じころ、セント・ヘレナのナポレオンは、「ボナパルト将軍殿」という宛名のあるハドソン・ロウ卿[5]の書状を同じように扱っていた。こんな言い方をするのもなんだが、ポンメルシーもついに、彼の皇帝と同じような体液を有するようになっていたのである。

ローマでもまた、フラミニウス[6]に敬礼するのを拒み、ハンニバルの魂をいくぶんかもっていたカルタゴの捕虜兵たちがいたものだった。

ある朝、彼はヴェルノンのとある通りで主任検察官を見かけると、つかつかと歩みよってこう言った。

「主任検察官殿、自分はこの傷跡をつけて歩いても、よろしいのでしょうか?」

彼には予備役少佐のなんとも心細い半俸のほかに収入がなかった。ヴェルノンではできるかぎりちいさな家を借りていた。そこにひとりで住んでいたのだが、その暮らしぶりについてはさきに見たとおりである。帝政下で、彼は戦争の合間にジルノルマン嬢と結婚するだけの暇を見つけた。老ブルジョワは心の底では憤慨していたものの、溜息をつき、こう言いながら同意したのだった。「どんな立派な家柄でも、やっぱりこんなひどい目にあわされるもんじゃ」ポンメルシー夫人は一点の非の打ちどころもなく立派で、気高く、類稀な女性で、夫にはふさわしかったのだが、一八一五年、子供をひとり残して死んでしまった。この子供がいたら、孤独な大佐の喜びの種になったかもしれない。ところが、祖父が有無を言わせず孫をわたせと要求し、さもなければ、孫に遺産相続権をあたえないと宣告してきた。父親は息子のためを思ってすごすご引きさがった。

その結果、じぶんの子供はもてないので、花々を愛するようになったのだった。

もっとも、彼はなにもかもすっかりあきらめてしまい、なんの策動も策謀もしなくなっていた。じぶんがおこなっている無害な事柄と、かつておこなった偉大な事柄ばかり考えていた。カーネーションが育ってくれないかと期待したり、アウステルリッツの戦いのことを思いだしたりしながら、日々を送っていたのである。

ジルノルマン氏は婿とはいっさい関係をもたなかった。彼にとって大佐は「悪党」であり、大佐にとって彼は「能なし」だった。ジルノルマン氏はめったに大佐のことを話題にしなかったが、ときたま話題にしてもかならず「男爵位」を愚弄する当てこすりを言うためだった。ポンメルシーは二度と息子に会うことも、話すこともまかりならぬ、さもなければ息子は相続権がないまま突きかえされるという、はっきりした合意があった。ジルノルマン家にとって、大佐はペスト患者のようなものだから、彼らはじぶんたちの好きなようにその子供を育てたかったのだ。大佐がそんな条件を呑んだのは、もしかすると間違いだったのかもしれない。しかし彼はじぶんが善いことをしている、じぶんひとりが犠牲になればすむ話だと考えてその条件を甘受したのだった。ジルノルマン老人の遺産といっても、高が知れていたが、姉のジルノルマン嬢のほうの遺産は相当なものだった。ずっと未婚で通したこの伯母には、母方の莫大な遺産があり、妹の子供が当然その相続人になるはずだった。

マリユスという名前のその子供は、じぶんには父親がいると知っていたが、それ以上のことは分からなかった。しかしながら、祖父に連れてゆかれる社交界での囁き声や、婉曲な言い回しや、それとなく交わされる目配せなどから、子供心にもだんだん事情が呑みこめてきて、ついになにかを理解した。だが、いわばほっとひと息つける環境である周囲の考えや意見が、いつしか体に染み入り、ゆっくりと浸透し、それがすっかりじぶんの考えや意見となってしまったせいで、父親のことを考えるとひどく恥ずかしくなり、心が締めつけられるような気になった。

彼がそんなふうに成長していくあいだ、大佐のほうは月に二度か三度、追放令を破った再犯者のように家を抜けだし、こっそりパリに出てきて、伯母のジルノルマン嬢がマリユスをミサに連れていく時刻に、サン・シュルピス教会に陣取っていた。そこで彼は、この伯母が振りかえりでもしないかと震えながら、柱のうしろに隠れて身じろぎせず、息もせずに、じっとじぶんの息子をながめていた。顔に傷跡のあるこの男が、そのオールド・ミスを怖がっていたのである。

彼とヴェルノンの主任司祭マブーフ師との関係もこれに由来するものだった。この立派な聖職者はサン・シュルピス教会財産管理委員の兄だった。弟の教会財産管理委員は何度も、じっとじぶんの子供を見つめているその男、男の頰の傷跡、目に浮かべている大粒の涙などを見かけていた。図体の大きい男のくせに、女のように泣いているその男は教会財産管理委員を感動させ、その姿がいつまでも心に残った。ある日、兄に会いにヴェルノンに行ったところ、橋のうえでポンメルシー大佐に出会い、例のサン・シュルピス教会の男だと気づいた。教会財産管理委員がそのことを主任司祭に話し、ふたりはなにかの口実をもうけて大佐を訪問した。これがきっかけになって、何度も訪れるようになった。当初はまったく取りつくしまもなかった大佐も、やがて心を開くようになり、教会財産管理委員と主任司祭は彼の経歴いっさいと、なぜ彼が子供の将来を思ってみずからの幸福を犠牲にしたかを知るにいたった。その結果、主任司祭は彼に尊敬と情愛をいだくようになり、大佐のほうでも主任司祭を敬愛するようになった。もっとも、たまたま両者とも誠実で善良である場合には、老司祭と老兵ほど互いに相手の心が分かり、気の合う間柄はない。元来、このふたりは同一人物だと言ってもいいのだ。一方が天上の祖国のために身を捧げ、他方は地上の祖国のために身を捧げたのである。そのほかになんら違いなどありはしない。

年に二度、一月一日と四月二十三日の聖ゲオルギオスの祭日に、マリユスは伯母に口述され、まるで例文集を写したような義務的な手紙を父親に書いていた。これだけがジルノルマン氏から許されていることだった。すると、父親はじつに情愛のこもった返事を書き送ってくれたが、祖父は読みもせずにそれをポケットにねじこんでいた。

第三章　安ラカニ憩ワンコトヲ

T夫人のサロンはマリユス・ポンメルシーが世間について知っているすべてだった[1]。彼が人生というものをながめることができる窓はそれだけだった。この窓は暗く、その窓口からはいってくるのは、暖かさよりは冷たさ、日の光よりは夜の闇だった。この奇怪な世の中に生まれてきたときには、喜びと光の申し子だったこの子供は、わずかのあいだに悲しげになり、この年齢にしてはさらに珍しいことに、態度が堅苦しくなった。威圧するような奇妙な人たちばかりに囲まれた彼は、心から驚いてまわりを見ていた。すべてがこぞってそんな彼の驚きをいやがうえにも増幅させていった。T夫人のサロンには、マタン、ノエ、それからレヴィと発音されていたレヴィス、カンビーズと発音されていたカンビスといった名前の、いともやんごとなき貴族の老婦人たちがいた。子供心には、この老婦人たちの古風な顔立ちと聖書のような名前が、そらで覚えていた旧約聖書と混ざりあった。そんな老婦人たちが打ちそろって、消えかかった暖炉の火のまわりにすわり、緑色の覆いをしたランプに薄く照らされて、厳かな横顔やグレーか白の頭髪を浮きださせ、ただ不吉な色合しか見分けられない、ひと昔まえのロング・ドレスをまとって、ごくまれにぽつりぽつりと大仰でぶっきらぼうな言葉をもらす様は、マリユス少年の目になんともおどろおどろしく映り、この人たちはもしかすると女性ではなくて族長か東方の博士、この世の人間ではなくて亡霊ではないかと思いこんだものだった。

この古いサロンではこれらの亡霊たちに混じって、常連である数人の司祭と何人かの貴族がいた。ベリー公夫人の代理秘書サスネー侯爵、シャルル・アントワーヌという偽名で単韻のオード集を公刊したヴァロリー子爵[2]、かなり若いのにごま塩頭のボーフルモン大公。彼の妻は才気のある美女で、思いきって胸元をくりぬき、金色の総をつけた深紅のビロードの衣裳だったものだから、この暗闇のような場所でひときわ異彩を放っていた。「適切な礼儀」にもっとも通じているということでフランス男の代表だった、コリオリス・デスピヌーズ侯爵[3]。いかにも優しそうな顎をした好々爺のアマンドル伯爵。国王の書斎と言われていたルーヴル図書館の常連ポール・ド・ギー騎士。このポール・ド・ギー氏は禿頭で、年寄りというよりは爺むさい感じの男だが、その語るところによれば、一七九三年、十六歳のときに、徴兵忌避者として徒刑場に入れられ、八十歳の老人だったミールポワ司教といっしょに鎖につながれたのだという。司教もやはり忌避者だったが、彼と違って徴兵忌避ではなく、〔革命への〕宣誓拒否司祭だった。場所はトゥーロンの徒刑場だった。彼らの役目は夜、断頭台のところに行って、昼間に処刑された人間の頭や胴体を拾い集めることだった。彼らは血のしたたる胴体を背に担いで運んだ。すると、徒刑囚の赤マントの首のうしろに血糊がべったりとくっつき、これが朝にはかさかさになり、晩にはべとべとになった。このような悲惨な話はT夫人のサロンでは事欠かなかった。そこでは、さんざん革命家のマラーを呪うあまり、トレスタイヨン〔4〕さえ称えていた。チボール・デュ・シャボール氏、ルマルシャン・ドゴミクール氏、皮肉屋で有名な右翼のコルネ・ダンクール氏といった、いまではあまり馴染みのない何人かの代議士たちが、トランプ遊びのホイストに興じていた。ときどき、大法官のフェレットがほっそりした足に短めの半ズボンをはいて、タレイラン邸に行く途中、このサロンに立ち寄った。彼はアルトワ伯の遊び仲間であり、カンパスペ〔5〕のまえで跪いたアリストテレスとは反対に、名高い踊子のギマールを四つん這いで歩かせて、哲学者が大法官に復讐される好例を諸世紀に見せしめたのであった。

　司祭にはつぎのような人びとがいた。アルマ師。いっしょに『フードル』紙に協力していたラローズ師から、「ふん！　だれだね？　五十にもなっていないきみは？　どうせ、そこいらの青二才だろうよ！」と言われた人物である。国王の説教師ルトゥルヌーヌ師。まだ伯爵にも、司教にも、大臣にも、貴族議員にもなっておらず、ボタンのない古い司祭服を着たフレイシヌス師〔6〕。また、サン・ジェルマン・デ・プレ教会の主任司祭クラヴナン師。それに教皇大使マッキ閣下がいた。この人は当時ニジビスの大司教で、のちに枢機卿になったが、そのひとくせありげな長い鼻で目立っていた。もうひとりつぎのような肩書の教皇大使がいた。パルミエ師、リベリア大聖堂の名誉記章を持つ教皇庁高位聖職者、使徒座書記官の七人のひとり、「ポストラトーレ・ディ・サンティ」つまり列福列聖調査請願者。これは列聖の問題を取り扱う役職であって、だいたい天国区にはいる魂の審査委員長を意味する。そしてふたりの枢機卿、ラ・リュゼルヌ氏〔7〕とクレルモン＝トネール氏〔8〕がいた。ラ・リュゼルヌ枢機卿は作家でもあり、数年後、『コンセルヴァトゥール』紙上の論説で、シャトーブリアンと並んで署名するという名誉に浴した。クレルモン＝トネール氏はツールーズの大司教だったが、海・陸軍大臣をしていた甥のトネール侯爵邸で休暇を過ごすためにしばしばパリに来ていた。クレルモン＝トネール枢機卿は快活な小柄な老人で、めくれた聖職服のしたに赤い靴下をのぞかせていた。彼の特技は百科全書を憎むことと玉突きに熱中することだった。だから、夏の晩、クレルモン＝トネール氏の館のあったマダム通りをとおりかかった人びとが足を止めると、玉のぶつかる音や、枢機卿の随員で、カリストの名義司教の子トレー閣下に向かって、枢機卿が「点数をかぞえてくれ、さあ、突くぞ」と叫ぶ甲高い叫び声が聞こえたものだった。クレルモン＝トネール枢機卿がT夫人のサロンに連れてこられたのは、元サンリス司教で、不滅の四十人会〔アカデミー・フランセーズの異名〕の会員だったロックロール氏〔9〕によってだった。ロックロール氏は、背の高さとアカデミーへの精勤だけが取柄だった。物見高い人びとは、木曜日ごとに、当時アカデミー・フランセーズの例会が開かれていた図書室に隣接する部屋のガラス戸越しに、元サンリス司教の姿を見ることができた。いつも立っていて、たっぷり髪粉を振りかけ、紫色の靴下をはき、戸のほうに背を向けていたが、それは明らかに聖職者の制服の、カラー付き胸当てをよく見てもらおうとするためだった。これらの聖職者たちは、大半が教会人であるとともに宮廷人であったとはいえ、T夫人のサロンの重厚感を増し、これにくわえて五人の貴族院議員、ヴィブレー侯爵、タラリュ侯爵、エルブーヴィル侯爵、ダンブレー子爵、ヴァランチノワ公爵などがいることで、領主風の一面をも際だたせていた。このヴァランチノワ公爵はモナコ大公、すなわち外国の君主であるのに、フランスとフランスの貴族院をひじょうに尊重して、何事もこのふたつをとおして見ていた。「枢機卿はローマのフランス貴族院議員であり、ロードはイギリスのフランス貴族院議員である」と言ったのは、まさにこの人である。とはいえ、今世紀はどこでも革命が必要だったので、この封建的なサロンも、先述したように、ひとりのブルジョワによって支配されていた。ここでは、ジルノルマン氏が君臨していた。

　ここにこそ、パリの王党派社交界の本質と神髄があった。そこでは、たとえ王党派だろうと、名士は仲間はずれにされた。名声にはつねに、どこかアナーキーなところがあるからだ。かりにシャトーブリアンがはいってこようものなら、まるでデュシェーヌ親父[10]が出てきたような感じになったことだろう。それでも、何人かの共和制支持者も、大目に見られてこの正統王党派のサロンにはいっていた。ブーニョ伯爵[11]なども転向を条件として受け入れられていた。

　こんにちの「貴族の」サロンはもはや、それとは似ても似つかぬものになっている。現在のフォブール・サン・ジェルマンは胡散くさい。いまの王党派は、せいぜい褒めても、デマゴーグにすぎないのだ。

T夫人のサロンでは、みなが上流だから、その繊細で高慢な趣味も華やかな礼儀のしたに隠されていた。ここでの慣習にはあらゆる種類の洗練が無意識のうちにふくまれていたが、これは葬られたとはいえ、生きている旧体制そのものだった。そんな慣習のあるものは、とくに言葉遣いの面に見られて、奇妙に思われた。浅はかな通人なら、ただ古びているにすぎないものを田舎風だと誤解したかもしれない。ある奥方は「将軍夫人」などと呼ばれていた。「大佐夫人」という言い方もすっかり廃れてしまったというわけではない。魅力的なレオン夫人などは、たぶんロングヴィル公爵夫人やシュヴルーズ公爵夫人[12]たちの思い出のためだろうか、大公妃という肩書よりもそうした呼び方のほうを好んだ。クレキー公爵夫人もまた、「大佐夫人」と呼ばれるのを好んでいた。

チュイルリー宮殿で、国王のことを内々に話題にするときにはつねに、三人称で「国王」と言い、けっして「陛下」とは言わないという洗練をつくりだしたのも、このような上流の小社会だった。「陛下」という呼び方は「王座簒奪者〔ナポレオンのこと〕によって汚された」からである。ここでは、いろいろな事件や人間に判定がくだされた。時代を嘲笑っていたのだから、時代を理解しなくてもよかった。驚きながらも、互いに助けあい、持っているだけの情報を伝えあっていた。メトセラがエピメニデスに教えていた[13]。耳の聞こえない者が目の見えない者を導いていた。コブレンツ[14]以来過ぎ去った時間はなかったものとされた。ルイ十八世の治世が神のご加護で二十五年目になるのなら、亡命貴族たちも当然、うら若き青春のまっただなかの二十五歳だったわけである。

万事に調和があった。生臭すぎるものは皆無で、言葉はほとんど吐息も同然だった。サロンの風潮に合わせて、新聞もパピルス文書のようだった。なるほど若者たちもいるにはいたが、彼らはどこか死者めいていた。控えの間にいる供の者たちは老いぼれ、すっかり時代に先を越されたこの者たちは、同じたぐいの召使いたちに仕えられていた。これらすべてのものは、とっくに生をおえたのに、頑固に墓場に行くのを拒んでいるような感があった。保守する、保守、保守主義者、彼らの辞書にある言葉はほぼそれだけだった。「香しい〔人受けする〕」ことが問題だった。じっさい、この尊敬すべき集団の意見には香料がはいっていて、考えは防腐剤ベチベルの匂いがした。これは本当にミイラになった世界だった。主人たちは防腐剤をほどこされ、従僕たちは剝製にされていた。亡命し、落ちぶれたある立派な侯爵夫人などは、たったひとりしか召使いがいなくなったのに、「わたくしどもの召使いたち」と言いつづけていた。

T夫人のサロンで、みんながなにをしていたのか？　みんなが過激王党《ウルトラ》派だった。過激派であること、この言葉が言いあらわすものは、すっかり姿を消したわけではないが、こんにちではもはや意味がない。このことを説明しておこう。

過激派であるとは、限界を超えることである。王座を名目にして王杖を、祭壇を名目にして司教冠を攻撃することである。じぶんが引きつれているものを虐待することである。引き馬が御者も馬車もともに後脚で蹴りあげることである。異端者どもの焼け方が物足りないからといって、火刑台をせせら笑うことである。崇拝のされ具合が不充分だからといって、偶像を非難することである。尊敬しすぎて、逆に侮辱することである。教皇に教皇権が、国王に王権が充分にないと思い、夜に光がありすぎると感じることである。なにがなんでも白でなければならないといって、石膏、雪、白鳥、白百合などに満足しないことである。ある物事に肩入れするあまり、その物事の敵になることである。あまりにも強く賛成しすぎて、反対の側にまわることである。過激派の精神は、とくに王政復古の第一期を特徴づけるものであった。

一八一四年にはじまり、一八二〇年ごろ、右派の実務家のヴィレール氏の登場とともにおわる短い期間は、およそ史上に類例を見ないものである。この六年間は異常な時期で、騒々しいが陰気で、朗らかだが暗く、曙光にでも照らされたようでありながら、まだ地平をみたし、ゆっくりと過去に沈みこんでいく大破局〔大革命〕の闇にすっかりおおわれていた。このような光と闇のなかに、新しくて古い、道化て悲しそうな、若々しいのに老人じみた、ひとつの小世界があって、まだ眠いじぶんの目をこすっていた。帰還ほど目覚めに似ているものはない。この一群はフランスを不機嫌そうに見ていたが、フランスのほうも彼らを皮肉っぽく見ていた。通りに一斉に飛んできた梟のような、お人好しの老侯爵たち、帰国して、何事にも茫然自失している「旧貴族」たち。フランスにいられることに微笑しながら泣き、ふたたび祖国を目にして恍惚としながら、彼らの王政が見いだせないことに絶望している善良で上品な貴族たち。帝政の貴族、すなわち剣の貴族に罵声を浴びせる十字軍の貴族たち。歴史の方向を見失った歴史的人種、ナポレオンの軍勢を軽蔑するシャルルマーニュ大帝の軍勢の子孫たち。このように、剣と剣が侮辱の応酬をしていた。フォントノワの剣はお笑い種で、ただの葡萄酒瓶にすぎなかったと言えば、マレンゴの剣はおぞましいかぎりで、ただのサーベルにすぎなかったと言いかえす。[15]〈むかし〉が〈きのう〉を無視するのだ。なにが偉大で、なにが滑稽なのか、だれもがその感覚をなくしてしまっていた。

ボナパルトをスカパン[16]呼ばわりする者もいた。だが、この世界はもうなくなった。くりかえし言うが、現在ではこの世界はもうなにひとつ残っていない。たまたまそこからなにかの姿を引きだし、頭のなかでよみがえらせようとしても、それはノアの大洪水以前のように奇妙に見える。じっさい、それもまた洪水に呑みこまれてしまったのだ。この世界はふたつの革命[17]のしたたに姿を消したのである。思想とはなんという波だろう！　なんと素早く、みずからが破壊し、埋葬する使命をもっているものを覆い隠してしまうものなのだろう！　なんと迅速に、恐ろしい深淵をつくりだしてしまうものなのだろう！

これが、はるか遠い昔の純朴な時代にあったサロンの相貌だった。その時代にはなんとマルタンヴィル氏[18]のほうがヴォルテールより才知があるとされていたのである。

こうしたサロンにもそれなりの文学や政見があった。そこでは、みながフィエヴェの言うことを信じ、アジエ氏が権威者だった。マラケ河岸の古本屋兼出版社のコルネ氏[19]の書き物などをあれこれ論評し、ナポレオンはまったくの「コルシカの人食い鬼」だった。のちになって、王国陸軍中将ブオナパルテ侯爵殿が歴史のなかに取り入れられることになったが、これは時代精神への譲歩にすぎなかった。

こうしたサロンもそう長いあいだ白一色ではなかった。一八一八年から、何人かの純理派[20]が頭角をあらわしはじめ、怪しい雲行になってきた。この者たちの流儀は、王党派でありながら、王党派であるのを弁解することだった。過激派がきわめて誇りとしているところを、純理派は恥とした。彼らは才気があり、沈黙すべき勘所を心得えていた。その政治理論の尊大さの糊づけも適度なものだったから、成功は間違いなしだった。他方、彼らはやたらに白ネクタイをし、ボタン付きの上着をきていたが、これも役立った。純理派の誤り、もしくは不幸は老成した青年を創りだしたことである。彼らは賢人のようなポーズをとり、絶対的で度外れな原則に穏健な権力を接木しようと夢見ていた。破壊的な自由主義に保守的な自由主義を対置し、時にめったに見られないほど巧妙にこれをやってのけた。彼らがこう言うのがよく聞かれたものだ。

「王党主義に感謝しよう！　王党主義はひとかたならぬ貢献をした。王党主義は伝統、崇拝、宗教、敬意をもたらした。忠誠で、勇敢で、騎士道的で、情けを知り、献身的なのだ。心ならずものこととはいえ、国民の新しい偉大さに古来の君主制の偉大さを混ぜあわせた。王党主義は大革命、帝政、栄光、自由、若々しい思想、若い世代、時代などを理解しないという誤りをおかした。しかし、われわれにたいする王党主義の誤り、これをわれわれは時に王党主義にたいしておかすのではないだろうか？　われわれは大革命の後継者であるが、大革命はすべてのことを理解しなければならない。王党主義を攻撃することは、自由主義の錯誤である。なんという間違い、なんという無分別だろうか！　革命的なフランスは歴史的なフランス、つまりその母、すなわちおのれ自身への敬意を欠いている。九月五日以後の王国の貴族の取扱いは、七月八日以後に帝国の貴族が扱われたのと同じである[21]。彼らは鷲にたいして不当だったが、われわれは百合の花にたいして不当な態度をとっている。つまりは、みながいつもなにか排除すべきものをもちたがるのである！　かつてルイ十六世の王冠の金がはがされ、アンリ四世の紋章が削りとられたが、これははたして有益なことだろうか？　われわれはイエナ橋にあるナポレオンのNをことごとく消した内務大臣ヴォーブラン氏を嘲笑している。彼はいったいなにをしたのか？　まさしくわれわれがいま、おこなっていることである。ブーヴィンヌ[22]はマレンゴと同じくわれわれのものである。これはわれわれナポレオンのNがわれわれのものなら、百合の花もまたわれわれのものである。これはわれわれの遺産なのだ。この遺産を減らすことが、はたしてなんの役に立つというのか？　過去の祖国も現在の祖国も、ともに否認してはならないのだ。ひとはなにゆえに歴史の全体を望まないのであるか？　なにゆえにフランスをそっくり愛さないのであるか？」

このようにして純理派は、批判されると不満で、擁護されると腹を立てる王党主義を批判し、擁護したのだった。過激派が王党主義の第一期を画し、「コングレガシオン[23]」が第二期の特徴となったのである。狡知が血気のあとを継いだのだ。だが、この粗描はここまでとしておこう。

この物語の流れのなかで、本書の筆者は途中で現代史のこの奇妙な時期を見つけた。筆者としては、ついでに一瞥をくれ、こんにちでは知られていないあの社会に特有だった輪郭の、いくばくなりとも跡づけねばならなかったのである。しかし筆者はそのことを手っ取り早くおこなったのであって、どんな苦々しい思いも、あるいは嘲るような考えも交えなかったつもりだ。この過去に筆者を結びつけているのは――というのも、これは筆者の母親に関わることだからだが――情愛と崇敬のこもった思い出である。これにくわえて言っておけば、このちいさな世界にさえもそれなりの偉大さがあった。ひとはそれに苦笑できても、それを蔑んだり憎んだりすることはできない。これが往時のフランスだったのである。

マリユス・ポンメルシーは他の子供たちと同じような、ありきたりの勉強をした。伯母のジルノルマン嬢の手を離れると、祖父は彼を古典一筋の立派な教師にあずけた。開きかけていたこの若い魂は、貞淑気取りの女から学者ぶった男に移された。マリユスは寄宿学校での年限をおえてから、法学校に進学した。彼は王党派で、狂信的で、禁欲的だった。やたらに陽気なところや皮肉っぽいところが癇にさわって、祖父があまり好きではなかった。また、父親のことを考えると、気持ちが沈んだ。

とはいえ彼は、熱烈だが冷静で、気高く、寛大で、矜持をもち、信心深く、感激しやすく、峻厳なまでに品位があり、野蛮なまでに純粋だった。

第四章　悪党の最期

マリユスの古典教育がおわるのと同じ時期に、ジルノルマン氏は社交界から身を引いた。老人はフォブール・サン・ジェルマンとT夫人のサロンに別れを告げ、マレー地区のフィーユ・デュ・カルヴェール通りの家に落ち着いた。そこの使用人としては、門番のほかに、マニョンの後釜にすわったニコレットという召使いと、太りすぎてすぐに息を切らすあのバスク人がいたが、これは先述したとおりである。

一八二七年、マリユスは十七歳になったところだった。ある晩、帰宅すると、一通の手紙を手にした祖父の姿が見えた。

「マリユス」と、ジルノルマン氏が言った。「おまえは明日、ヴェルノンに発ちなさい」

「どうしてですか？」とマリユスは言った。

「おまえの父親に会うためじゃ」

マリユスは身震いした。なんでもひと通りは考えていたつもりだったが、いつか父親に会わねばならない日がくるということだけは別だった。彼にはこれほど意外で、驚くべき、はっきり言って、不愉快なことはなかった。せっかく遠ざかろうとしているのに、いきなり近づけられたようなものだった。それは苦痛どころではなく、苦役だった。

政治的な反感という理由とは別に、彼はじぶんの父親、ジルノルマン氏が穏やかな日々に口にする呼び方では、あの荒武者には愛されていないと確信していた。あんなふうにぼくを捨てて、他人まかせにしているのだから、それは明白ではないかと。すこしも愛されていないと感じれば、ぼくのほうもそんな父親をこれっぽっちも愛せなくなる。いたって当然な話ではないか、と思っていた。

彼は呆然とするあまり、ジルノルマン氏に質問もしなかった。祖父がつづけた。

「どうやら病気らしい。おまえに会いたがっておる」

それから、しばらく間をおいて、こう付けくわえた。

「明朝に発つんだ。六時に出て夕方に着く馬車が、たしかクール・デ・フォンテーヌにあるはずじゃ。それに乗るのだ。向こうは至急と言ってきておる」

それから手紙をくしゃくしゃにして、ポケットにしまいこんだ。マリユスはその晩に発って、翌朝父親のそばに行くこともできた。当時、ブーロワ通りの駅馬車がルーアンまで夜行で出ていて、それがヴェルノンを通っていたのだ。ジルノルマン氏もマリユスも、そんなことを問いあわせてみようなどとはすこしも考えなかった。

翌日の黄昏どきに、マリユスはヴェルノンに着いた。家々の明かりが灯りはじめていた。彼は出会った男に「ポンメルシーさんの家」はどこかと尋ねた。というのも、彼は頭では王政復古に賛成で、父親が男爵だとも、大佐だとも認めていなかったからである。

近所の人にその住まいを教えてもらい、呼び鈴を鳴らした。ひとりの女が手にちいさなランプを持って戸を開けてくれた。

「ポンメルシーさんは？」と、マリユスは言った。

女はそのままじっと立っていた。

「こちらでしょうか？」とマリユスが尋ねた。

女はうなずいた。

「お話できるでしょうか？」

女は頭を横に振った。

「でも、ぼくは息子ですよ」とマリユスがつづけた。「ぼくを待っているはずです」

「もうお待ちになってはおられません」と女が言った。

そのとき彼は、女が泣いているのに気づいた。

女は天井が低い部屋の戸を指さした。彼ははいった。

暖炉のうえに置かれた獣脂のろうそくに照らされたその部屋には、三人の男がいた。ひとりは立ち、ひとりは跪き、もうひとりは床のうえに長々と、シャツ姿で横たわっていた。横たわっているのは大佐だった。

他のふたりは医者と祈っている司祭だった。

大佐は三日まえから脳炎に罹っていた。病気になった当初、なにか悪い予感がして、息子を呼びよせるためにジルノルマン氏に手紙を書いていた。病気が悪化した。マリユスがヴェルノンに着いたその晩、大佐は錯乱の発作を起こした。召使いが止めるのも聞かずに、ベッドから立ちあがって、こう叫んだ。「息子はまだか！　私が迎えにいこう！」やがて彼は寝室の外に出て、控えの間のタイルの床に倒れた。事切れたところだった。

医者と司祭が呼ばれた。医者が来るのが遅すぎたし、司祭が来るのも遅すぎた。息子が着くのも遅すぎた。

ろうそくの薄明かりで、横たわって蒼白な大佐の頬のうえに、死者の目からこぼれた、一粒の大きな涙が見分けられた。その涙、それは息子の遅参によって流されたものにほかならなかった。

マリユスは最初で最後に目にするその男、惚れ惚れするような男性的なその顔、開かれているのになにも見ていないその両目、その白髪、そのがっしりした四肢をじっと見つめた。四肢のあちこちにサーベルの切傷である褐色の線と、弾丸の穴であった赤い星のようなものが見分けられた。彼は神が善良さの刻印を押したその顔のうえにあって、勇猛果敢な活躍のあとを残している巨大な傷跡をじっと見つめた。この男がぼくの父親で、その父親が死んだのかと思ったが、冷淡なままだった。

彼が感じた悲しみは、別のどんな男が死んで横たわっていたとしても覚えるような悲しみだった。

その部屋には喪の悲しみ、張り裂けんばかりの死別の悲しみがあった。召使いの女は片隅で嘆き悲しんでいた。司祭は祈っていた。その嗚咽の声が聞こえた。医者はじぶんの目を拭っていた。屍体そのものも泣いていた。

その医者、その司祭、その女がそれぞれ深い悲しみに暮れながら、無言でマリユスを見やっていた。部外者は彼のほうだった。マリユスはすこしも動揺しないじぶんを恥ずかしく感じ、おのれの態度に困惑していた。彼は手に帽子を持っていたのだが、その帽子を床にぽとりと落とした。悲痛なあまり帽子を持ちつづける力もなくなったと、みなに信じてもらうためだった。

それと同時に彼は、どこか後悔に似たものを覚え、そんなふうに振る舞っているじぶんを軽蔑していた。しかし、これはぼくのせいだろうか？　なにしろ父親を愛していなかったんだから、まあ、仕方がないさ！

大佐はなにも遺さなかった。動産の売却でどうにか葬式費用を払うことができた。召使いは紙切れを見つけて、マリユスにわたした。そこには大佐の自筆でこう書かれていた。

「――わが息子に――皇帝はワーテルローの戦場で私を男爵にされた。王政復古政府は私が血の代償を払って得たこの称号を認めないが、わが息子にはこれを引き継いで、使ってもらいたい。息子がこの称号にふさわしい人間になることは言うまでもあるまい」

その紙切れの裏面に、大佐はこう書き添えていた。

「これと同じワーテルローの戦いで、ある軍曹が私の命を救ってくれた。その男の名前はテナルディエという。最近はパリ近郊の村、シェルかモンフェルメイユあたりで、ちいさな旅籠をやっていると思う。もし息子が出会うようなことがあれば、テナルディエにはできるだけよくしてやってもらいたい」

父親への孝心のためではなく、つねに人間の心にどうしても生じてしまう、死にたいする漠然とした敬意のせいで、マリユスはその紙片を手に取って、握りしめた。

大佐の物はなにも残らなかった。ジルノルマン氏は大佐の剣と軍服を古道具屋に売らせた。近所の者たちが庭を荒らし、珍しい花々を盗んでいった。他の植物は茨や藪になるか、枯れ果ててしまった。

マリユスがヴェルノンにいたのはたった四十八時間だけだった。葬式がおわると、パリにもどり、ふたたび法律の勉強に打ちこんだ。父親のことは、まるで生きていなかったとでもいうように、まったく考えなくなった。大佐は二日で葬られ、三日で忘れられた。

マリユスは帽子に喪章をつけていた。それだけだった。

第五章　ミサに行くと革命家になるのに役立つ

マリユスは幼年時代の宗教的習慣をたもっていた。ある日曜日、彼はサン・シュルピス教会にある、ちいさいころ伯母に連れていかれたのと同じ聖マリア信心会の礼拝堂のミサに参列した。

その日はぼんやりし、いつもより夢見がちだったので、何気なしに柱のうしろの椅子に席をとって跪いた。それはユトレヒト・ビロードの椅子で、その背には「教会財産管理委員、マブーフ氏」と書いてあった。ミサがはじまって間もなく、ひとりの老人があらわれてマリユスに言った。

「ちょっと、あなた、これはわたしの席ですが」

マリユスは急いでその席を立ち、老人がじぶんの席を取りもどした。

ミサがおわると、マリユスは数歩離れたところで物思いにふけっていた。ふたたび老人が近づいてきて言った。

「さっきはおじゃまして、いままたおじゃまして申し訳ありません。きっと不愉快なやつだと思っておられましょうから、わたしとしては釈明しなくてはなりません」

「いいえ」とマリユスは言った。「それにはおよびません」

「いや！」と老人はつづけた。「わたしのことを悪く思ってもらっては困りますからな。じつは、わたしはあの席が大好きなのです。あそこで聞くミサが最高だと思えるからですよ。なぜか？これからお話ししましょう。あの場所からだと、ここ何年ものあいだ、二か月か三か月に一度、きまってやってこられるある気の毒で、善良な父親の姿が見えるからですよ。その父親にはわが子を見る他の機会、他の手段がありません。というのも、家族の取り決めで、わが子に会ってはならないからです。その方は息子さんがミサに連れてこられる時刻に合わせて来ておられました。お子さんのほうでは、じぶんの父親がそこにいるなどとは思ってもみなかったことでしょうね。もしかするとじぶんに父親がいることさえ知らなかったのかもしれません、あの無邪気なお子さんは！　お父さまのほうは、他人に見られないように、この柱の陰に隠れておられました。わが子を見て、泣いておられましたよ。お子さんのことがさぞかしお好きだったのでしょうね、あの気の毒なお父さんは！　わたしはその様子をこの目で見ました。そんな経緯で、あの場所はわたしにとって聖なるところとなり、あそこにミサを聞きにくる習慣になったわけです。わたしとしては教会財産管理委員として持っている指定席よりも、あの席のほうが好きなのです。わたしはあの不幸なお方をすこしばかり存じあげていました。あの方には義父、お金持ちの伯母、それによく知りませんが、いろいろ親戚もおありで、その方々が、もし父親の彼が息子に会うなら、その子には財産相続権がなくなると脅されたそうです。あの方は、いつか息子が豊かになり、幸せになるようにと、わが身を犠牲にされたわけです。また、政治的な意見によっても父子は引き離されていました。わたしごときものでも、いろんな政治的意見があるのを認めていますよ。でも、世間にはほどほどにしておくことを知らない人たちもいるのですね。いやはや、ワーテルローの戦いに出たからといって、なにも鬼や畜生じゃあるまいし。そんなことくらいで、父親を子供から引きはなすなど、あってはならないことです。あの方はボナパルトの大佐でした。たしかお亡くなりになりましたね。ヴェルノンにお住まいでしたが、あそこはわたしの兄が主任司祭をしているところです。お名前はポンマリーとかモンペルシーとか……そうそう、ひどいサーベルの傷跡がありましたよ」

「ポンメルシーでは？」とマリユスは蒼ざめながら言った。

「そう、まさしく、ポンメルシーです。あの方を知っておられましたか？」

「ええ」とマリユスが言った。「それはぼくの父です」

老教会財産管理委員は両手を合わせ、声をあげた。

「そうですか！　あなたがあのお子さんで！　そう、もっともなことです。あの子供も、いまではすっかり大人になっているはずですからね。気の毒なお子さん、いまやあなたはじぶんには父親がいて、その父親に心から愛されていたと胸を張ってもいいのですよ」

マリユスは老人に腕を差しのべ、その住まいまで送っていった。その翌日、彼はジルノルマン氏に言った。

「友人たちと狩りにいくことになりました。三日間留守をしてもかまいませんか？」

「四日でもいいさ！」と祖父は答えた。「行って、楽しんでおいで」

それから、目配せしながら、小声になって娘に言った。

「可愛い子ちゃんのところじゃよ！」

第六章　教会財産管理委員に出会った結果

マリユスはどこに行ったのか？　それはもうすこし先に見ることにしよう。

マリユスは三日間留守にしたあと、パリにもどって、真っ直ぐに法学校の図書館に行き、全巻揃いの『モニトゥール』紙を借りだした。

彼は『モニトゥール』紙を読み、『セント・ヘレナの回想〔1〕』など共和国と帝政の歴史書のすべて、手記、新聞、公報、宣言書などを片っ端から貪り読んだ。「大陸軍」公報で初めて父の名前に出会ったときには、まる一週間熱を出した。彼はジョルジュ・ポンメルシーが仕えた将軍たち、なかんずくH伯爵に会いにいった。彼がふたたび会いにいった教会財産管理委員マブーフ氏は、ヴェルノンでの生活や、大佐が隠居していた家や、大佐の花々や孤独な暮らしぶりなどのことを話してくれた。マリユスは類稀な、崇高で、心優しいその男、じぶんの父親であったなかばライオン、なかば子羊とも言える人物を完璧に知ることになった。

他方、じぶんのありとあらゆる時間も考えも奪ってしまうほどその研究に没頭しているうちに、彼はまったくと言っていいくらいジルノルマン家の人びとの顔を見なくなっていた。食事の時間には顔を見せるものの、そのうちいくらさがしても、家のなかでは見かけなくなった。伯母はぶつぶつ文句を言っていた。ジルノルマンじいさんは、にこにこしてこう言っていた。「なあに、なあに！　ぴちぴちした娘が欲しくなる年頃なんじゃよ！」時には、この老人はこう付けくわえることもあった。「ちくしょう！　わしはほんのお遊びだと思っておったが、どうやらこれは本気らしいぞ」

じっさい、それは本気だった。マリユスはじぶんの父親を崇拝しはじめていたのである。

それと同時に、彼の思想のなかにひとつの異常な変化が生じた。変化はめまぐるしく次々と起こった。この作品はわたしたちの時代の多くの者たちの精神史なのであるから、筆者としては、その全局面を一歩一歩辿り、そのすべてを示すことが有益だと信ずる。彼は目を向けたばかりのこの歴史に狼狽した。最初の印象は眩しさだった。

共和国、帝政などは、それまでの彼にとってひたすらおぞましい言葉でしかなかった。共和国は黄昏どきのギロチンであり、帝国は夜陰のサーベルだった。いまそれをながめてみて、ただ暗闇の混沌しか見られないと思っていたところに、ミラボー、ヴェルニョー、サン・ジュスト、ロベスピエール、カミーユ・デムーラン、ダントンといった星がきらめき、ナポレオンという太陽が昇ってくるのを見て、恐れと喜びが入り混じり、かつて経験したことがないような一種の驚きを覚えた。彼はじぶんがどうなっているのかさえ分からなくなった。あらゆる明かりに目が眩み、たじたじになった。そんな驚きがすこしずつ薄れてくると、今度はその光輝にも慣れてきて、目眩を覚えずに彼らの活動を考察し、恐怖を覚えずに人物を検討することができるようになった。革命と帝国は彼の夢見がちな瞳のまえに輝かしい視界を広げた。出来事と人間たちのふたつのグループがそれぞれ、ふたつの巨大な事実に要約されるのが見えた。すなわち、共和国は大衆に返された市民の至上権として、帝国はヨーロッパに課されたフランス的観念の至高性として要約されるのである。彼には革命から民衆の偉大な姿が、帝国からフランスの偉大な姿が出現するのが見えた。彼はみずからの良心にかけて、これらはすべてよいことだったと宣言した。

あまりにも大まかなこの最初の評価のうちで、目が眩むあまり彼が見損なったことについて、筆者はここで述べる必要はないと思う。筆者が確認しているのはある精神の進行形なのであり、進歩がすべてかならずしも第一段階でなされるわけではないからである。前後の関係から、そのことを一度断ったうえで、先をつづけることにしよう。

そこで彼は、これまでのじぶんが父親を理解しなかったのと同様に、祖国も理解していなかったことに気づいた。彼はそのいずれも知らなかったばかりか、じぶんの目のうえに、あえて一種の闇をかぶせていたのだった。いまや彼にはすっかり見えるようになった。そして一方を崇拝し、他方を崇敬した。

彼は心残りと後悔でいっぱいだった。これまで心のうちにあったすべてが、いまや墓に向かって言うしか手立てがないのかと思うと絶望的な気持ちになった。ああ！　もし父が生きていて、まだぼくの父であってくれるなら、神のご憐憫とご好意であの父がまだ生きていることが許されるなら、いますぐにでも駆けつけて、こう叫ぶだろうに。「お父さん！　来ましたよ！　ぼくですよ！　ぼくはお父さんと同じ気持ちなんですよ。なにしろ、お父さんの息子ですから！」そしてあの白髪の頭を掻き抱き、あの白髪を涙で濡らし、あの傷跡をじっくり見つめ、あの両手を握りしめ、あの衣服に見とれ、あの足に口づけするだろうに！　ああ！　いったいどうしてあの父はこんなに早く、それほどの年でもないのに、正義が認められないうちに、息子の愛も知らないうちに死んでしまったのだろうか！　マリユスはたえず心のなかで嗚咽していたが、その心はいつも「ああ！」と嘆息をくりかえしていた。それと同時に彼は、じつに真剣に、重々しくなり、みずからの信念と思想に自信をもつようになっていった。真実の光が絶えることなく、彼の理性の足りないところを補ってくれた。じぶんのうちに内面の成長のようなものが生じ、彼にとっては新しい父親と祖国というふたつのものが、ごく自然にじぶんという人間をひと回りも、ふた回りも大きくしてくれるのを感じていた。

鍵を持っていると、すべてが開かれるものだから、彼はじぶんが憎悪していたものが説明できるようになり、じぶんが嫌悪していたものが洞察できるようになった。これ以後というもの、嫌うように学ばされていた偉大な事柄や、呪うように教えられていた偉大な人物などの、摂理による神的および人間的な意味がはっきり分かるようになった。つい昨日のことにすぎないのに、ずいぶん昔のものに思えてくる以前のじぶんの考え方に憤慨すると同時に微笑を禁じえなかった。

父の名誉を回復させると、当然ながら、今度はナポレオンの名誉も回復させることになった。もっとも、後者のほうは、はっきり言って、かなりの苦労が必要だったのだが。

幼いころから、彼はボナパルトについて一八一四年の一派[2]の意見を信じこまされていた。ところで、王政復古時代のあらゆる偏見、利害、本能などは、なんとかしてナポレオンの実像を歪めようとしていた。王政復古はロベスピエールよりもナポレオンのほうを蛇蝎視し、国民の疲弊と〔わが子を兵隊にとられた〕母親たちの憎悪をかなり巧妙に利用したので、ボナパルトはほとんど神話的な怪物みたいにされていた。さきに指摘したように、一八一四年の一派は子供の想像力に似ている民衆の想像力にナポレオンを描いてみせるのに、恐ろしいが壮大でありつづけるものから、恐ろしいがグロテスクになるものまで、ティベリウスから子供を食らう妖怪まで、ありとあらゆる身の毛もよだつ仮面を次々と登場させた。その結果、ボナパルトを話題にするときには、憎悪さえもとにあれば、泣きじゃくろうとぷっと吹きだそうと、なにをしてもよいことになった。マリユスは——当時の言い方では、「あの男」について——それ以外の考えを心にいだいたことは一度もなかった。その考えは彼の本性にあった強情さと結びあっていた。彼のうちにはナポレオンを憎悪する頑固な少年がいたのである。

歴史書を読み、ことにさまざまな記録や資料にあたって歴史を研究するうちに、マリユスの目からナポレオンを隠していたヴェールが、どんどん剝がれていった。なにか広大なものがかいま見えてきて、これまでじぶんは他のことと同じく、ナポレオンについても見誤っていたのではないかという気がしてきた。日一日とよく見えるようになってきた。そして彼は一歩ずつゆっくりと階段を昇りはじめるようになった。出だしこそ心がはずまなかったが、やがてすっかり陶酔し、まるで抗しがたい魅惑に惹きよせられるみたいに、最初の暗い階段を進み、それからかすかに照らされた階段を辿って、ついに光輝く壮麗な熱狂の段階に達した。

ある夜、彼は屋根裏にあるじぶんの小部屋にひとりでいた。ろうそくが灯っていた。彼は開け放たれた窓のそばにあるテーブルに肘をついて読書していた。ありとあらゆる種類の夢想が天空からやってきて、彼の考えにはいりこんできた。夜とはなんという光景だろう！　どこからともなく鈍い音が聞こえ、地球より千三百倍も大きな木星が燠のように輝き、蒼穹が黒くなり、星々がきらきら光っている。なんとも素晴らしい光景だ。

彼は「大陸軍」の公報、戦場で書かれたあのホメロスの詩のような文章を読んでいた。ところどころに、父親の名前があり、いつも皇帝の名前があった。大帝国がそっくり彼の眼前にあらわれてきた。彼は身中にふくれ、盛りあがる潮のようなものを感じた。ときおり父親が微風のようにそっとそばを通り、耳元に話しかけてくるような気がした。彼はだんだん異様な気持ちになってきた。太鼓の音、大砲の轟音、ラッパの響き、軍隊の整然とした足音、騎兵隊が疾駆する遠くかすかな谺などが聞こえてくるように感じた。ときどき空に目を向け、底知れぬ奥底に巨大な星座が輝いているのをながめた。そしてふたたび目を本のうえに落とすと、別の巨大ななにかがぼんやりと動いているのが見えた。彼は心が締めつけられた。われを忘れて、震えおののき、息をはずませていた。突然、心のなかでなにが生じたのか、じぶんがなににしたがっているのかも分からないまま、彼はすっくと立ちあがり、両手を窓の外に突きだし、じっと闇、しじま、暗い無限、永遠の広がりを見つめながら、「皇帝万歳！」と叫んだ。

　この瞬間から、すべてが決まってしまった。「コルシカの人食い鬼」「簒奪者」「妹たちの愛人になった怪物」「タルマに教えを乞うた道化役者」「ヤッファ[3]の毒殺者」「虎」「ブオナパルテ」など、そんなものはすべて消えうせて、彼の心のなかでなにかぼんやりと眩しい光輪に代わってしまった。この光輪の近づきがたい高みにカエサルの大理石像の青白い幻が輝いていた。彼の父にとって、皇帝はひとから敬愛され、じぶんが献身する最愛の指揮官でしかなかった。だが、マリユスにとってはそれ以上のなにかであった。世界支配においてローマ軍のあとを引きつぐべき宿命にあったフランス軍の建設者だった。崩壊を立て直す驚異的な建築家、シャルルマーニュ、ルイ十一世、アンリ四世、リシュリュー、ルイ十四世、公安委員会の後継者だった。人間であるからにはたしかに、彼には汚点も、間違いもあり、犯罪さえおかしたかもしれない。だが、間違いにおいてさえ堂々とし、汚点のなかでも華々しく、犯罪においても力強い人間だった。皇帝はあらゆる国民をしてフランス人を「大国民」と言わしめる宿命を負った人物だった。いや、それ以上だった。手にする剣によってヨーロッパを、投げかける光によって世界を征服するフランスの化身そのものだった。マリユスはボナパルトのうちに、つねに国境に颯爽と立ちはだかって未来を守る、眩しいばかりの亡霊を見た。ボナパルトは独裁者だといっても執政官であり、共和国から生まれ、革命を集約する独裁者なのだった。彼にとって、イエスが「神＝人」であるのと同様、ナポレオンは「民衆＝人」となったのである。

ここに見られるように、宗教へのあらゆる新参者のように、彼はみずからの改宗に酔い、加入を急ぐあまり、先に行き過ぎてしまおうとしていた。それが彼の本性であり、いったん坂道をくだりかかると、もうブレーキが利かなくなるのだ。剣による狂信が彼をおそい、心のなかで、思想にたいする熱狂と絡みあってしまった。だが、彼はじぶんではそうと気づかずに、天才と力を結びつけ、天才と力を混同しながら、力を崇拝していたのだ。つまり、身を置いた偶像崇拝のふたつの区画の一方に神的なものを、他方に獣的なものを入れていたのである。あらゆる点で、彼は別の間違いをしそうになっていた。彼はなにもかも容認した。これは真理に向かって進みながらも、過ちに出会うやり方である。彼には一種激しい善意があったが、この善意によって清濁あわせて取り入れてしまった。こうして踏み入った新しい道では、ナポレオンの栄光を測るのと同じやり方で、旧体制の過誤を裁くことによって、情状酌量すべき状況を無視してしまったのである。

ともあれ、驚くべき一歩が踏みだされた。彼はかつて王政の失墜を見ていたところに、いまやフランスの到来を見るようになった。向かう方向が変わってしまった。かつて西であったところが東になった。彼は転向したのだった。

このような革命はすべて、家族がまったく気づかないうちに、彼の内心で成しとげられた。

そんな不思議な変容によって、彼は古いブルボン派と過激派からすっかり脱皮し、貴族主義、勤王派、王党派の殻をさっぱりと捨て去って、完全な革命派となり、心から民主主義者となり、ほとんど共和派になると、オルフェーヴル河岸の彫版師のところに行って、「男爵マリユス・ポンメルシー」という名刺を百枚つくらせた。

これは彼のうちで起こった変化、つまりすべてがじぶんの父親を中心にまわることになった変化の当然至極な結果だった。ただ、彼にはだれひとり知合いもなく、まさか相手かまわずどこの門番にでも配り歩くというわけにもいかないので、その名刺をポケットにしまいこんだ。

また、もうひとつ当然の結果として、父親、父の記憶、大佐が二十五年間そのために戦った事柄に近づくにつれ、祖父から遠ざかっていった。

すでに述べたことだが、ずっとまえからジルノルマン氏の気質はすこしも彼の気に入らなかった。ふたりのあいだには生真面目な青年と軽薄な老人との不協和音があった。ジェロント[4]の陽気さというものは若きヴェルテルの憂愁を傷つけ、苛立たせるものである。同じ政治的意見や同じ思想をもっているあいだは、マリユスとジルノルマン氏はちょうど橋のうえで出会うような関係にあった。その橋が落ちてしまうと、深い溝が生じた。それになにより、このジルノルマン氏こそ、馬鹿げた理由で、情け容赦なく大佐からじぶんを引きはなし、その結果父親から子供を、子供から父親を奪った張本人ではないかと考えると、なんとも言いようのない反逆の衝動を覚えるのだった。

父親にたいする孝心がつのるあまり、マリユスは祖父をほとんど嫌悪するようになった。

それに、これもすでに述べたことだが、そうしたことはなにひとつ表にはあらわれなかった。ただ、彼はすこしずつ冷淡になっていった。食事のときは口数が少なく、家で口をきくことはめったになかった。そのことで伯母に文句を言われると、とても物静かな態度で、勉強やら、講義やら、試験やら、講演会やらを口実にしていた。祖父はぜったい間違いないと信じているみずからの見立てをあくまで貫きとおした。「恋煩いじゃよ！　わしにも覚えがある」

マリユスはときどき家を留守にした。

「あんなふうにして、いったいどこに行くのかしらね？」と伯母は尋ねていた。

いつもひどく短いそんな旅のひとつとして、彼は父が残した指示にしたがうため、ある日モンフェルメイユに赴いた。そこでワーテルローの元軍曹、旅籠の主人テナルディエをさがした。テナルディエは破産して、旅籠は閉まっていた。あの男がどうなったのか、だれも知らなかった。この探索のために、マリユスは四日間家を空けた。

「なるほどのう」と祖父は言った。「あいつもついに身を持ちくずしおったか」

そういえば、彼が黒いリボンにくくりつけたなにかを首にさげ、シャツの胸元につけていることに、家の者たちは気づいていた。

第七章　女の尻を追いまわす

まえにある槍騎兵のことを話した。

その槍騎兵はジルノルマン氏の父方にあたる甥の子で、家を出て、家族からも遠く離れて、ひとり兵舎住まいをしていた。このテオデュール・ジルノルマン中尉はまわりから美男の将校と呼ばれるにふさわしいすべての条件をみたしていた。「お嬢さんのような腰つき」をし、勝ち誇ったようにサーベルを佩き、カイゼルひげを生やしていた。パリにはめったに出てこなかった。そのため、マリユスは彼に会ったことが一度もなかった。このふたりの従兄弟は互いの名前しか知らなかったのである。すでに述べたと思うが、テオデュールはジルノルマン伯母のお気に入りだった。あまり顔を合わさなかったものだから、彼のことがとりわけ好きだった。ひとに会わないでいると、相手がいろんな美点を勝手に見つけてくれるようである。

ある日の午前、姉のジルノルマン嬢は日頃の平静さこそたもっていたものの、激しく動揺してじぶんの部屋にもどってきた。マリユスがまた小旅行をする許可を祖父に求め、しかも今晩のうちに発つと付けくわえたばかりだったからである。「行くがいいさ！」と祖父は答え、額のうえまで両の眉をつりあげて、だれに言うともなく言いそえた。「外泊しおるか。再犯じゃな」ジルノルマン嬢はひどくやきもきしながら自室にあがったが、階段で「あんまりだわ！」と感嘆符を、そして「でもいったい、どこに行くのかしら？」と疑問符を発した。なにかしら道ならぬ色恋沙汰、日陰の女、忍び会い、秘密といったものが目にちらつき、その方面に眼鏡をあててみるのも悪くはないと思った。秘密の謎解きは醜聞の早とちりに似ている。聖女はそれが嫌いではない。凝り固まった信心の秘かな片隅には、いくらかスキャンダルへの好奇心が潜んでいるものなのである。

そこで彼女は、事の真相を知ってみたいという漠然とした欲望の虜になった。そうした好奇心のために、いつもの習慣を違えるほどに落着きをなくしたので、気を紛らそうとじぶんの才能のなかに逃げこむことにし、刺繡をはじめた。それは二輪馬車の車輪がたくさんついた、帝政時代と王政復古時代の刺繡のひとつで、綿布のうえに綿糸で花綱をつけるものだった。気むずかしい女工のする陰気な仕事。そんなふうにして何時間ものあいだ椅子にすわっているど、ドアが開いた。ジルノルマン嬢は顔をあげた。するとテオデュール中尉が目のまえで、規則どおりの敬礼をしていた。彼女は嬉しそうな叫び声をあげた。おばあさんになっても、いくら貞淑ぶっていても、信仰に凝り固まっていても、伯母であっても、部屋にひとりの槍騎兵がはいってくるのを見ると、やはり心がはずむのである。

「まあ、テオデュール、来たのね！」と彼女は声をあげた。

「通りかかったものですから、伯母さま」

「じゃあ、キスをしてちょうだい」

「はーいはい」とテオデュールは言った。

そして伯母に接吻した。ジルノルマン伯母さんは事務机のところに行って、覆い蓋を開けた。

「少なくてもまる一週間くらいはいてくれるんでしょう？」

「伯母さま、わたしは今晩発ちます」

「まさか！」

「しかたないのです！」

「ねえ、テオデュール、お願いだから、泊まっていってちょうだい!」

「そうしたいのはやまやまですが、命令が許しません。簡単な話です。わたしは兵舎が変わるんです。ずっとムランにいましたが、今度はガイヨンに配置換えです。元の兵舎から新しい兵舎に行くには、パリを通らねばなりません。わたしは、伯母に会いにいくと言ってきたんですよ」

「これはそのご苦労のお駄賃よ」

彼女はルイ金貨十枚を彼の手に握らせた。

「ほんとうは、わたしを喜ばせるためなんでしょう、伯母さま」

テオデュールはもう一度彼女にキスをした。軍服の飾り紐ですこし首をすりむいたことに、彼女は喜びを覚えた。

「あなたは連隊といっしょに馬で旅をしているの?」

「いいえ、伯母さま。わたしはどうしても、伯母さまにお会いしたかったので、特別許可をもらったんです。わたしの馬は従卒が引いていきます。わたしは駅馬車で行きます。ところで、ひとつお尋ねしたいことがあるんですが」

「なあに?」

「従弟のマリユス・ポンメルシーも旅をするんですか?」

「そんなこと、あなた、どうして知っているの?」と答えた伯母は、突然ひどく好奇心をくすぐられた。

「パリに着いて、前仕切の席を予約しようと駅馬車の駅に行ったんです」

「それで?」

「もうひとりの客が来て、すでに屋上席を予約していましたよ。名簿にあったその名前を見たのです」

「どういう名前?」

「マリユス・ポンメルシー」

「素行の悪い子ねえ!」と伯母が声をあげた。「ああ、あれは従兄のあなたみたいにお行儀がよくないのよ。駅馬車で夜を過ごすだなんて!」

「わたしもですよ」

「でも、あなたの場合は義務によってでしょう。あの子のほうはだらしないからよ」

「これはまた!」

ここで姉のジルノルマン嬢にある出来事が生じた。ひとつの考えがひらめいたのだ。もし男だったら、彼女もぱちんと額を叩くところだったろう。彼女はテオデュールに面と向かって尋ねた。

「あの従弟はあなたのことを知らないわよね?」

「ええ。わたしは見かけたことがありますが、彼はわたしに見向きもしませんでした」

「それじゃ、ふたりはいっしょに旅をするわけね?」

「彼のほうは屋上席で、わたしは前仕切席で」

「その駅馬車はどこに行くの?」

「レ・ザンドリーですが」

「じゃあ、マリユスもそこに行くわけね?」

「ええ、もしわたしと同じように、途中で降りなければ。わたしのほうはヴェルノンで降りて、ガイヨン行きに乗り換えます。でも、わたしはマリユスの行き先は知りませんよ」

「マリユス! なんていやな名前なんでしょう! なにを考えてマリユスなんて名前をつけたのかしらねえ! そこへいくと、あなたの名前はいいわね、テオデュールだもの!」

「わたしとしてはアルフレッドのほうがよかったんですが」と将校は言った。

「ねえ、聞いて、テオデュール」

「聞いていますよ、伯母さま」

「よく注意してね」

「よく注意して聞いていますよ」

「いいですか?」

「はい」

「あのね、マリユスはよく家を空けるのよ」

「おやおや!」

「旅に出るのよ」

「あれあれ!」

「外泊するのよ」

「ほほう!」

「いったい、なにを隠しているのか知りたいのよ」

テオデュールは青銅の人間みたいに平然と答えた。

「どうせ女の尻を追いかけているんでしょう」

それから心のなかの確信を示すように、ほくそ笑んでこう付けくわえた。

「可愛い子ちゃんですよ」

「もちろんよ」と伯母は声をあげた。彼女はジルノルマン氏の言葉を聞くような気がし、大伯父とその甥の子がほとんど同じような口調で発したその「可愛い子ちゃん」という言葉から、揺るぎようのない確信が生じるのを感じた。彼女はなお言葉をついだ。

「ひとつお願いがあるの。マリユスのあとをつけてちょうだい。あれはあなたのことを知らないから、造作もないでしょう。もし小娘がいるんだったら、その小娘をよく観察してね。その話を手紙で知らせてちょうだい。おじいさまだって、きっとお喜びになるわ」

テオデュールはそんな探偵ごっこに大した興味ももっていなかったが、例のルイ金貨十枚にいたく心を動かされ、また同じものにお目にかかれるかもしれないぞ、と思った。そこで、その用事を引きうけ、「伯母さま、かしこまりました」と言い、それからだれにも聞こえないように、「いよいよおれも、お目付ばばあになるのか」と独言を付けくわえた。

ジルノルマン嬢は彼にキスをした。

「テオデュール、あなただったら、こんな無分別なことはしないわよね。あなたは規律にしたがうし、命令に逆らわないし、几帳面で義理堅い男なんですもの。家族を捨てて女に会いにいくなんてことないわよね」

槍騎兵はまるでカルトゥーシュが正直さを褒められたみたいに、満足そうなしかめ面をしてみせた。

このような会話が交わされた日の晩、マリユスはじぶんに監視人がつけられているなどとはつゆ知らず、駅馬車に乗った。監視人のほうはといえば、最初におこなったのは眠りこむことだった、その眠りは完璧で念入りなものだった。アルゴス[1]はひと晩中いびきをかいていた。

夜明けになって、駅馬車の御者が叫んだ。「ヴェルノン！　ヴェルノン駅ですよ！　ヴェルノンで降りられるお客さま！」そこでテオデュール中尉は目を覚ました。

「さあ」と、彼はまだ半分眠ったまま、もぐもぐ言った。「おれはここで降りるんだ」

やがて目も覚めて、記憶がだんだんはっきりしてきた。彼は伯母のこと、ルイ金貨十枚のこと、マリユスの挙動を知らせる報告書のことなどを考えた。それでぷっと吹きだしてしまった。

普段服の上着のボタンをかけながら彼は思った——もしかしたらやつはもう馬車のなかにいないかもしれないな。ポワシーで下車したのかもしれない。トリエルで下車したのかもしれない。もしムランで降りなかったら、マントで降りたかもしれない。もっともこれは、ロルボワーズで降りず、あるいはパシーまでも来なかったとしての話だが。どっちにしろ、左に行けばエヴルー、右に行けばラロッシュ・ギュイヨンに向かうことだって思いのままだ。ねえ、伯母さん、勝手に追いかけてくださいよ。それにしても、あの人の好いばあさんになんと書いてやったらいいものか？

このとき、屋上席から黒いズボンが前仕切席のガラス窓越しに見えた。

「ひょっとしてマリユスかな？」と中尉は言った。

まさしくマリユスだった。

馬車のしたでは、馬や御者に混じって、ひとりの田舎娘が乗客に花を売り、「奥さまにお花をいかがですか？」と叫んでいた。

マリユスは花売娘に近づいて、平籠のなかでもいちばんきれいな花を買っていた。

「これはこれは」と、テオデュールは前仕切の席から飛びおりながら言った。「いよいよ面白くなってきたぞ。いったい、だれにあの花々を持っていくんだ？　あんな花束が似合うからには、よっぽどの美女に決まっている。おれもその顔をおがんでみたいものだ」

そしていまや彼は、頼まれたからではなく、みずからの好奇心から、まるでじぶんの獲物を追いかける犬みたいに、マリユスのあとをつけはじめた。

マリユスはテオデュールにはまったく注意を払っていなかった。優雅な女性たちが駅馬車から降りてきたが、彼は目もくれなかった。まわりがなにひとつ見えないようだった。

「こりゃ、よくよく惚れこんでいるな！」とテオデュールは思った。

マリユスは教会に向かった。

「いいね」とテオデュールは心に思った。「教会か！　そうだろうよ。少々ミサの香りを残す逢引なんて最高だもの。神様の頭越しの目配せほど心地のいいものは、ほかにないからな」

教会に辿りついたが、マリユスはなかにははいらず、後陣のうしろにまわった。そして後陣の控壁の角に消えた。

「逢引は外か」とテオデュールは言った。「さあ、いよいよ可愛い子ちゃんを見てやろうっと」

そして彼は、マリユスが曲がった角のほうに、長靴を爪立てて進んだ。

そこに着くと、彼は啞然として立ちどまった。

マリユスは額に両手を当てて、墓のうえの草に跪いている。花束からむしりとられた花びらが、あたりにまき散らしてあった。墓の端の、頭部を示す盛土のところに、黒い木製の十字架が立っていて、そこには白い文字で「陸軍大佐ポンメルシー男爵」という名前が書いてあった。マリユスが啜り泣いているのが聞こえた。

可愛い子ちゃんは墓場だった。

第八章　花崗岩と大理石

マリユスが初めてパリを留守にしたときに、やってきたのはそこだった。ジルノルマン氏が「やつは外泊しおる」と言うたびに、もどっていたのもそこだった。

テオデュール中尉は思いがけず墓場に出くわしたので、すっかり面くらってしまった。彼はじぶんでも分析できない不愉快で奇妙な気分を味わったが、それは大佐への尊敬と墓場への敬意とが混じりあったような気分だった。彼はマリユスひとりを残して退却したが、その退却には規律があった。死が大きな肩章をつけて眼前にあらわれたので、彼は思わず軍隊式の敬礼をした。伯母にはどう書いたらいいのか分からなかったから、結局なにも書かないことにした。もしこのままだったら、マリユスの色恋沙汰に関するテオデュールの発見からは、おそらくなにも起こらなかったことだろう。だが、偶然のうちにしばしば見られるなんとも不思議な天の配剤によって、ほどなくヴェルノンのその光景は、パリである種の跳ね返りを生んだのだった。

マリユスは三日目の早朝、ヴェルノンからもどって、祖父の家に帰った。二晩も駅馬車で過ごしたために疲れ、一時間ほど水泳学校に行って寝不足を解消しなければと思い、足早にじぶんの部屋に上がり、さっさと旅行用のフロックコートを脱ぎ、首につけた黒紐を外すと、ただちに水浴場に向かった。

元気な老人がすべてそうであるように、早くに起きていたジルノルマン氏は彼がもどった物音を聞きつけ、老人の脚にしてはこれ以上ないほど速く、マリユスが住んでいる屋根裏部屋の階段を駈けのぼった。彼を抱擁してやり、抱擁しながらいろいろ質問して、どこから帰ってきたのか、なんとか聞きだすためだった。しかし、青年が階段を降りるのに要する時間は八十歳の老人が昇るのにかかる時間よりもずっと短かったから、ジルノルマン氏が屋根裏部屋にはいったときには、もうマリユスの姿はなかった。

ベッドは乱れておらず、そのベッドのうえになんの警戒心もなく、フロックコートと黒紐が投げだされていた。

「わしにはこちらのほうが面白いわい」とジルノルマン氏は言った。

それからほどなく彼は客間にはいったのだが、そこにはすでに姉のジルノルマン嬢がすわって、例の二輪馬車の輪の刺繍をしていた。

　得意満面のご入来だった。

　ジルノルマン氏は片手にフロックコートを、もう片手に首のリボンを持ってこう叫んだ。

「うまくいったぞ！　いまに謎が解けるぞ！　底の底まで分かるぞ！　あの腹黒いやつの放蕩三昧が手に取るように見られるぞ！　小説の筋をじかに読めるぞ。肖像まであるんじゃぞ！」

　じっさい、メダイヨン[1]によく似た黒い鮫皮の小箱が、紐の先にぶらさがっていた。老人はその小箱を取って、開けずにしばらくしげしげとながめた。ひどく腹をすかした貧乏人が、じぶんのためではない素晴らしい晩餐が鼻のしたをかすめていくのをながめるみたいに、物欲しげで、うっとりとして、腹立たしそうな様子だった。

「というのもだ、これはどう見ても肖像だからじゃ。わしにも覚えがある。こいつは優しく胸につけるものなんじゃよ。やつらも馬鹿よの！　どうせ背筋が寒くなるような、いやらしい尻軽女に決まっておるのに。近頃の若い者どもときたら、なんとも趣味が悪いからのう！」

「お父さま、見てみましょうよ」と老嬢が言った。

　バネを押すと、小箱が開いた。そこには念入りに折りたたまれた紙のほかなにもなかった。

「ますます予想どおりだわい！」と言って、ジルノルマン氏はケタケタと笑った。「これがなにか、わしには分かっておる。恋文というやつじゃよ！」

「じゃあ、読んでみましょうよ」と伯母が言った。

　そして彼女は眼鏡をかけた。ふたりは紙を開いて読んだ。

「――わが息子に――皇帝はワーテルローの戦場で私を男爵にされた。王政復古政府は私が血の代償を払って得たこの称号を認めないが、わが息子にはこれを引き継いで、使ってもらいたい。息子がこの称号にふさわしい人間になることは言うまでもあるまい」

父と娘がどう感じたか、とても言葉で言いあらわすことはできないだろう。ふたりはまるで髑髏の息吹でも浴びせかけられたように、身も凍るような思いをした。ふたりは、ひと言も交わさなかった。ただジルノルマン氏がじぶん自身に言い聞かせるように、小声でこう口にしただけだった。

「これはあの荒武者の字じゃ」

伯母のほうはその紙をよくしらべ、あちこちひっくり返してから、小箱のなかにもどした。

そのとき、青い紙にくるまれた長方形のちいさな包みがフロックコートのポケットから落ちた。ジルノルマン嬢が拾い、紙を広げた。それはマリユスの名刺百枚だった。彼女がその一枚をわたすと、ジルノルマン氏は読んだ。「男爵マリユス・ポンメルシー」

老人は呼び鈴を鳴らした。ニコレットがやってきた。ジルノルマン氏はリボン、小箱、フロックコートをまとめて引っつかみ、客間の中央の床に投げ捨ててから言った。

「このぼろ着を持っていけ!」

深い沈黙のうちに、たっぷり一時間が過ぎた。

老嬢と老人は互いに背を向けあってすわり、それぞれ別々に、たぶん同じことを考えていた。

その一時間が過ぎると、ジルノルマン伯母さんが言った。

「まあ、ご立派なこと！」

しばらくして、マリユスがあらわれた。帰宅したのだ。彼は客間の敷居をまたぐまえから、祖父が名刺を一枚手にしていることに気づいていた。彼の姿を目にすると、祖父はブルジョワ的な優越感と、どこか威圧感のある嘲笑をあらわにして、声をあげた。

「おい！　おい！　おい！　おい！　おい！　おまえもいまじゃ男爵か。おめでとう。いったい、これはどういうことじゃ？」

マリユスはすこし顔を赤らめて答えた。

「ぼくはじぶんの父親の息子だという意味です」

ジルノルマン氏は笑いやめ、厳しい口調で言った。

「おまえの父親はこのわしじゃ」

「ぼくの父親は」と、マリユスは目を伏せ、厳しい顔つきになってつづけた。「謙虚で勇壮な人物でした。共和国とフランスにたいして華々しく奉仕しました。かつて人間がなしたもっとも偉大な歴史のなかにいた偉人でした。四分の一世紀ものあいだ、昼は散弾や砲火のしたで、夜は雪のなか、泥のなか、雨のなかで野営暮らしをしました。二つの戦旗を奪い、二十の傷を負いながら、忘れられ、見捨てられたまま死んでいきました。もしたったひとつだけ誤りがあったとすれば、ふたりの恩知らずを愛しすぎたことです、じぶんの祖国とじぶんの息子を！」

ジルノルマン氏にとっては、とうてい聞き捨てならない言葉だった。「共和国」という言葉に、彼は起きあがった。いやもっと適切にいえば、すっくと仁王立ちになった。マリユスが口にしたばかりの言葉の一つひとつが、この王党派の老人の顔に、真っ赤な熛火に鍛冶屋のふいごの風を吹きつけてやるみたいな効果をおよぼした。黒ずんでいたその顔色は赤くなり、赤から真っ赤になり、真っ赤から燃えあがる炎の色になった。

「マリユス！」と彼は叫んだ。「この不届き者めが！　わしはおまえの父親が何者か知らぬ！　知りたくもない！　あやつのことなどまったく知らぬ！　知らぬわい！　だがな、わしが知っておるのは、あの連中は揃いもそろってろくでなしだったということじゃ。あの者どもは全員、ならず者、人殺し、革命をたくらむ赤、泥棒だったということじゃ！　わしは全員と言っておるのだぞ！　全員だ、と！　あいつらなんぞひとりだって知るものか！　あいつらは全員同じ輩だ！　分かったか、マリユス！　いいか、いくらおまえが男爵だといってみたところで、そんなもん、わしのスリッパみたいなもんじゃぞ！　ロベスピエールに仕えた連中は全員ごろつきだぞ！　ブ・オ・ナ・パルテに仕えた連中は全員悪党だぞ！　あの裏切者どもは全員、みずからの国王を裏切りに裏切り、裏切りまくったのだ！　あの腑抜けどもは全員、ワーテルローでプロシア兵とイギリス兵を見て敵前逃亡しおったのだ！　わしが知っておるのは、まあそんなところじゃ。あなたさまのお父上がそのなかにおられたのかどうか、わしは知らぬ。もしそうだとしたら残念至極、まことにお気の毒なことでしたな！」

今度はマリユスが熛火になり、ジルノルマン氏のほうはふいごの風になった。マリユスは四肢をぶるぶる震わせ、じぶんがどうなってしまうのかも分からないまま、頭をかっかと燃え立たせた。彼は聖体のパンが風に煽られて残らず舞い散るのをながめている司祭、通行人がじぶんの偶像に唾を吐きかけるのを見ているイスラム教の行者のようだった。あのようなことがじぶんの眼前で口にされるのを黙って聞き流すなど、とうていあってはならないことだった。だが、どうすればいいのか？　彼の父親が目のまえで踏みにじられ、袋だたきにされたばかりなのだ。だれによって？　じぶんの祖父によってだ。一方を侮辱せずに、他方の復讐をするには、どうしたらいいのか？　じぶんの祖父を罵倒することはできなかった。だが、じぶんの父親の復讐をいっさいしないこともできなかった。一方には白髪があり、他方には神聖な墓があった。そんな渦巻が頭のなかでぐるぐるまわって、彼はしばらく酔ったように、ふらふらとしていた。やがて、目をあげると、祖父をじっと見つめて、とどろくような大声で叫んだ。

「ブルボン家を倒せ！　あの太った豚野郎ルイ十八世をぶっ殺せ！」

ルイ十八世は四年まえに死んでいたが、そんなことなどどうでもよかった。

真っ赤になっていた老人は、急に白髪のように白くなった。彼は暖炉のうえにあったベリー公[2]の胸像のほうをくるりと振りむき、どこか特別な威厳をもって深々と最敬礼した。それから二度、無言のままゆっくりと、暖炉から窓へ、窓から暖炉へと歩いて客間を横切り、まるで歩く石像のように床板をみしみしときしませた。二度目のとき、この衝突に立ち会って牝羊みたいに呆然としている娘のほうに身をかがめ、ほとんど平静と言っていいくらいの微笑を浮かべながら、こう言った。

「この方のような男爵さまとわしみたいなブルジョワふぜいが、同じひとつ屋根のしたで暮らすわけにはいかんだろうね」

それから突然、しゃんと背筋を伸ばし、顔面蒼白になってぶるぶる震え、物凄い形相になり、恐ろしい怒りの光で眉間をふくらませ、マリユスのほうに腕を突きだして叫んだ。

「出ていけ！」

マリユスは家を去っていった。

翌日、ジルノルマン氏は娘に言った。

「これからは半年に一度、あの吸血鬼に六百フランを送ってやってください。それから、あなたはもう二度と、あれのことをわたしに話してはなりません」

ぶちまけてやりたい怒りがまだまだ相当残ってはいたものの、それをどうしてよいのか分からないので、彼はじぶんの娘に向かって三か月以上あまりも、「あなた」と他人行儀な口をききつづけた。

マリユスのほうは憤懣やるかたなく表に飛びだした。ここで彼の激昂をさらに深刻にしたひとつの状況のことを述べておかねばならない。家庭内のもめ事を厄介にするちょっとした不幸な巡り合せはかならずあるものだ。そのことで過ちがじっさいに大きくなるわけではないにしても、不満の種はふえるのである。祖父の命令にしたがって、慌ただしくマリユスの「ぼろ着」を部屋に持っていったとき、ニコレットはたぶん、暗くなっていた屋根裏の階段のあたりで、大佐が書いた紙片のはいっている黒い鮫皮のメダイヨンを落としてしまったのだが、それには気づかなかった。その紙片もそのメダイヨンも二度と見つからなかった。マリユスは「ジルノルマン氏」――その日以後というもの、彼はもうそれ以外の呼び方をしなくなった――が「父の遺言」を火中に投げ入れてしまったものとばかり思いこんだ。彼は大佐の書いた数行を暗記していた。だから、なにもうしなわれたわけではなかった。しかし、あの紙、あの字、あの聖なる遺品、あれらはすべて父の心そのものだった。あれはどうなったのか？

マリユスはどこに行くとも告げず、どこに行くとも知らず、三十フラン、時計、すこしばかりの身の回り品をボストンバッグに入れて立ち去った。彼は辻待ちの二輪馬車に飛び乗り、時間決めで雇い、まったく当てもなく、ラテン区のほうに向かった。

マリユスはこれからどうなるのだろうか？

第四篇　〈ＡＢＣの友の会〉

第一章　歴史に名を残しそこねたグループ

その当時は、外見こそ平穏だったが、ある種の革命的な戦慄がそこはかとなく走っていた。一七八九年と九二年の民衆蜂起の深みからもどってきた息吹が、空中に漂っていたのだ。こんな言い方が許されるなら、青年たちは脱皮しつつあった。人びとはじぶんでも気づかないうちに、時代の動きそのものによって変貌していったのである。文字盤のうえで時計の針が進むように、心のなかでも針が進むのだ。各人がそれぞれ進むべき第一歩を踏みだしていた。王党派は自由派になり、自由派は民主派になった。

それは無数の引潮と絡みあった上潮のようなものだった。引潮の特質とは、混合をつくりだすことである。きわめて特異な思想の組合せもそこからくる。人びとはナポレオンと同時に自由を崇拝した。筆者はここで歴史を語っている。それがこの時代の蜃気楼だったと言ってもいいのだ。世論というものはあらゆる局面を経る。ヴォルテール的王党主義という奇妙な変種が、これにおとらず奇怪なボナパルト的自由主義と好一対をなしていたのである。

他の思想グループには、もっとまともなものがいくつかあった。そこでは原則を探り、権利を重んじていた。絶対に情熱を燃やし、それが際限なく実現されるものと予測していた。絶対とはもともと堅固なものだから、人びとの精神を蒼穹に向かわせ、無限のなかに漂わせる。夢想を生むには信条にまさるものはなく、未来を生みだすには夢想にまさるものはない。今日それがユートピアであっても、明日には肉と骨になるのである。

急進的な意見には二重の底があった。どこか疑わしく陰険な「既成秩序」は、ちょっとした不可解な気配にも胆をつぶしていた。革命のまたとない兆候だと思えたのだ。権力側の下心は坑道で民衆の下心に出会う。民衆蜂起が潜在しているとなれば、それがクーデターの予謀のきっかけになるのである。

当時のフランスには、ドイツの美徳同盟《トゥーゲントブント》やイタリアの炭焼き党《カリボナリ》といったような大きな地下組織こそなかったものの、あちこちでこっそり掘削がなされ、組織が枝分かれしつつあった。エクスではかぼちゃ党《クーグルド》[1]があらわれようとしていた。パリではこの種の結社が数あるなかで、〈ABCの友の会〉というのがあった。

〈ABCの友の会〉とはなんであったか？　表向きの目的は児童教育だったが、じつは大人の人間性の回復を目的としていた。

自称〈ABCの友の会〉の、A《アー》・B《ベー》・C《セー》とは見下され《アベセ》た者、すなわち民衆のことだった。彼らはなんとか民衆を立ち上がらせたいと願っていたのである。こんな語呂合せでも、政治においては時に重大な結果を生むことがある。たとえば、「宦官ガ陣営ヘ《カストウラトス・アド・カストラ》」は、じっさいにナルセス〔2〕を一軍の将にした。また、「蛮族ノナサザルコトヲべるべりーにガナセリ《バルベリ・エト・バルベリーニ》」〔3〕、さらに「憲章とかまど《フエロス・イ・フエゴス》」〔4〕、そして「アナタハぺてろデアル、ソシテワタシハ岩《ペテロ》ノウエニ、教会ヲ建テヨウ」〔5〕等々。

〈ＡＢＣの友の会〉は少人数の生まれたての秘密結社だった。もし党派というものが英雄にまでなるなら、ひとつの党派だったと言ってよいだろう。彼らはパリではふたつの場所、中央市場のそばにあるコラントという酒場――これはあとで問題になるだろう――と、パンテオンのそばにあるサン・ミシェル広場〔6〕のちいさなカフェ、いまではなくなっているカフェ・ミュザンに集まった。前者の会合場所は労働者街に、後者は学生街に近かった。

〈ＡＢＣの友の会〉のいつもの秘密集会はカフェ・ミュザンの奥まった一室でおこなわれた。その部屋はカフェの本体からかなり離れ、カフェとはひじょうに長い廊下でつながっていて、ふたつの窓と、グレー小路に出る隠し階段があった。そこではみんなが煙草をふかし、酒を飲み、賭事をし、笑っていた。なんでも大声で話し、特別なことだけはひそひそ声で話していた。壁には共和国時代のフランスの古い地図が鋲で貼ってあり、これだけで警官に嗅ぎつけられるのに充分な目印になった。

〈ＡＢＣの友の会〉の大半は学生で、何人かの労働者とも気脈が通じていた。以下は主要な会員の名前だが、彼らはある程度まで歴史上の人物になっている。アンジョルラス、コンブフェール、ジャン・プルヴェール、フイイ、クールフェラック、バオレル、レグルまたはレーグル、ジョリー、グランテールである。

これらの青年たちは友情のおかげで、互いに家族のようになっていた。レーグルをのぞいて、全員が南仏出身だった。

　このグループは注目に値したが、いまではわたしたちの背後にある目に見えない深淵のなかに姿を消してしまっている。わたしたちのドラマが達したこの時点で、彼らが悲劇的な冒険の闇に沈みこんでしまうのを見るまえに、これらの若者たちに一条の光を向けておくのも、おそらく無駄ではあるまい。

　筆者が真っ先に名前をあげた——その理由はいずれ分かるであろう——アンジョルラスは、裕福な家のひとり息子だった。

　アンジョルラスは魅力のある青年だったが、恐ろしい人間にもなりえた。彼は天使のように美しかった。いわば取っつきにくいアンティノウス[7]といったところだった。その目の考え深げな煌めきを見ると、前世ですでに革命の大惨事を経験してきたのかもしれないと思わせた。彼は革命の証人のように、その伝統を身につけていた。あらゆる偉大な事柄を詳細にわたって知っていた。青年にしては異例なことだが、司教の性質と戦士の性質を併せもっていた。祭司にして闘士だった。じかに見れば民主主義の兵士であり、同時代の運動を超えたところから見ると、理想の神官だった。深い瞳、すこし赤みをおびた瞼、ことあるごとに侮蔑的になる厚い下唇、高い額。顔に広い額があるのは、地平に大きく空が開けているようなものだ。今世紀初頭や前世紀末期に若くして名声をはせた一部の青年たちと同じように、彼は時には顔色がさえないこともあったが、少女みたいに瑞々しく、若さにみちあふれていた。もう大人になっているのに、子供のようにも見えた。二十二歳だったが、十七歳くらいにしか見えなかった。謹厳そのもので、地上に女と呼ばれるものがいることを知らないようだった。権利というただひとつの情熱しかもたず、障害をひっくり返すというただひとつの思想しかもっていなかった。古代ローマのアウェンティヌスの丘でならグラックス[8]に、大革命時の国民公会でなら、さしずめサン・ジュストになっていたことだろう。彼はろくにバラも見ず、春を知らず、小鳥のさえずりにも耳を傾けたことがなかった。エウアドネ[9]のあらわな乳房にも、アリストゲイトンと同じようにすこしも心を動かされなかったことだろう。彼にとっては、ハルモディオスと同じように、花もただ剣を隠すのに役立つだけのものだった。[10]共和的でないものいっさいには、潔癖に目を伏せた。喜びのなかにさえも厳しさがあった。彼は〈自由〉の大理石に恋をしていた。彼の言葉は激しい霊感に震え、賛美歌のようなおののきがあった。浮気娘が彼にちょっかいを出そうという気を起こそうものなら、とんでもない災難だった！　カンブレ広場やサン・ジャン・ド・ボーヴェ通りの尻軽なお針子が、学校から抜けだしてきたみたいな彼の顔、小姓みたいな体つき、ブロンドの長い眉毛、青い眼、風に乱れる髪、バラ色の頰、瑞々しい唇、愛らしい歯などを見て、そのじつに初々しい姿に欲望をそそられて、アンジョルラス相手にじぶんの美しさを試してみようなどとすれば、びっくりするような恐ろしい一瞥に出会い、たちまち深淵をのぞかされ、ボーマルシェの恋に憧れるシェリュバンと『エゼキエル書』の恐ろしいシェリュバンをいっしょにしてはならないことをたっぷり思い知らされたことだろう。[11]

革命の論理を代表するアンジョルラスと並ぶコンブフェールは、革命の哲学を代表していた。

革命の論理とその哲学のあいだには、こんな違いがある。革命の論理が戦争という結論に達することがあるのにたいして、革命の哲学はただ平和にしか行きつかないということである。彼のほうは考えに高さがなかったぶん、幅があった。コンブフェールはアンジョルラスを補完し矯正していたのである。彼が望んでいたのは、普遍的な思想の広範な原則を人びとの精神に注ぐことだった。彼は「革命も結構だが、なによりも文明だ」と言っていた。彼は切り立った山のまわりに、広く青い地平を開いていた。ここから、コンブフェールのあらゆる見解のなかに、どこか近づきやすく、実現できるものがふくまれることになったのである。コンブフェールの革命はアンジョルラスの革命よりも息苦しさがなかった。アンジョルラスは革命の神権を表現し、コンブフェールは革命の自然権を表現していた。前者はロベスピエールと結びつき、コンブフェールはコンドルセ[12]に近かった。コンブフェールはアンジョルラスよりも世俗の経験が豊かだった。もしこのふたりの青年が歴史に名を残すことがあったとしたら、アンジョルラスは義人、コンブフェールは賢人とされたことだろう。アンジョルラスは男性的で、コンブフェールは人間的だった。「人間《ホモ》」と「男性《ヴィル》」、たしかにこのふたりにはそのようなニュアンスの違いがあった。アンジョルラスがもって生まれた無垢によって厳格なように、コンブフェールは穏和だった。彼は市民という言葉を好きだったが、それ以上に人間という言葉を好んだ。できればスペイン人のように、「オンブレ〔「人間」、男の意〕」とすすんで言いたかったのかもしれない。彼はなんでも読み、芝居に通い、公開講義を聴きにいき、アラゴから光の偏光作用を学び、ジョフロワ・サン・チレールの授業に熱中した[13]。サン・チレールは外頸動脈と内頸動脈のうち、一方は顔をつくり、他方は脳をつくるのだと説明していた。彼は世情に通じ、一歩一歩学問を進め、サン・シモンとフーリエ[14]を引き比べ、象形文字を解読し、見つけてきた小石を砕いて地質学を論じ、蚕蛾の絵をそらで描き、『アカデミーの辞典』のフランス語の誤りを指摘し、磁気説の専門家ピュイゼギュールとドゥルーズ[15]の研究をし、なにも、奇蹟でさえも肯定せず、なにも、幽霊でさえも否定せず、『モニトゥール』紙の綴込みをめくり、物思いにふけっていた。未来は教師の手にあると宣言して、教育問題に腐心した。社会がたゆみなく知的および道徳的水準の向上、科学の到来、思想の普及、青年の精神の成長に尽力することを願い、現代の研究方法の貧弱、古典派と呼ばれるわずか二、三世紀に限られた文学的観点の貧困、官学的衒学者の独断的な教条主義、スコラ派的な偏見、型どおりの言動などによって、わが国の学校が人為的な牡蠣〔間抜け〕養殖場にされてしまうのではないかと心配していた。彼は物知りで、言葉については潔癖で、的確で、多芸で、勉強家だったが、それと同時に、友人たちの言では、「空想的なまでに」思索にふけっていた。彼は鉄道、外科手術における苦痛の除去、暗室内での写真の現像、電報、気球の操縦といった夢がすべて実現されると信じていた。そのうえ、いたるところで迷信、専制、偏見によって人類にたいして築かれる城砦をさほど恐れていなかった。彼は科学がいずれ攻守ところを変えるだろうと考えている者のひとりだった。アンジョルラスは結社の頭目であり、コンブフェールは先導役だった。だれでも戦うなら前者といっしょのほうを、歩くなら後者といっしょのほうを望んだことだろう。これはなにも、コンブフェールが戦うことができなかったということではない。彼はじゃまする者と格闘し、力ずくで、爆発的に攻撃することを厭わなかった。しかし、自明の理を教え、実定法を公布することで、徐々に人類をその運命に一致させることのほうが、ずっとよいと思っていた。ふたつの光のうち、燃えあがる光よりも、明るく照らす光のほうを好ましいと思う傾向があった。なるほど、火事は曙光をつくりだすかもしれないが、どうして夜明けを待たないのか？ 火山はまわりを照らしはするが、曙光のほうがずっと広く照らすのだ。コンブフェールはおそらく、燃えあがる崇高さよりも、純潔な美しさのほうを好ましく思っていたのだろう。煙によって曇らされる光、暴力によって贖われる進歩は、この優しく健気な精神を半分しか満足させなかった。たとえば、九三年の恐怖政治のときのように、民衆がまっしぐらに真理に殺到することは彼を怯えさせた。だが、それよりもずっと停滞のほうに嫌悪をもよおした。そこには、腐敗と死が感じられたからだ。結局のところ、彼には瘴気よりも泡のほうが、掃溜よりも奔流のほうが、モンフォーコンの沼よりもナイヤガラの滝のほうが好ましかった。要するに、彼は早瀬も淀みも望まなかったのである。彼の騒がしい友人たちが騎士道的に絶対に夢中になり、壮麗な革命の冒険を崇拝し、切望するのに反して、コンブフェールは着実な進歩にまかせたいという気持ちに傾いていた。冷たいかもしれないが純粋な、整然としているうえに完全無欠な、平静であるうえに揺るがないよき進歩に。彼は未来が本来の純真無垢のまま到来するためなら、民衆の限りなく高邁な進化がなんによっても妨げられないためなら、跪き、両手を合わせたことだろう。「善は無垢でなければならない」と、たえずくりかえし言っていた。そしてじっさい、もし革命の偉大さとはまぶしい理想をじっと見つめ、雷を突きぬけ、爪を血や火だらけにしてその理想に向かって飛んでいくことなら、進歩の美しさとは汚れがないことである。進歩を代表とするワシントンと革命を体現するダントンのあいだには、白鳥の翼をもった天使と鷲の翼をもった天使とを隔てる違いがあるのだ。

ジャン・プルヴェールには、コンブフェールよりもさらに穏和な持ち味があった。ジュアンと自称していたが、それは中世に関して不可欠の研究を生じさせた、あの過激で強力な運動[16]に首を突っこんだ一時期の、ちょっとした気紛れのせいだった。ジャン・プルヴェールは惚れっぽく、鉢植えの花を育て、フルートを吹き、詩をつくり、民衆を愛し、女性に同情し、子供を哀れみ、未来も神もいっしょくたに信頼し、国王の首とアンドレ・シェニエ[17]の首を斬ったことで革命を非難していた。ふだんは繊細だが、いきなりドスのきいた男の声に変わった。碩学と言えるほど博識で、ほとんど東洋学者だった。なにはともあれ、善良だった。善意と偉大とは隣りあっていると知る者にはごく当たり前のことだが、詩においてはとくに雄大なものを好んでいた。イタリア語、ラテン語、ギリシャ語、ヘブライ語に堪能だったが、それを役立てたのはつぎの四詩人を読むためだけだった。ダンテ、ユウェナリス、アイスキュロス、イザヤ[18]である。フランス語では、ラシーヌよりコルネイユを、コルネイユよりアグリッパ・ドービニェ[19]を好んでいた。烏麦や矢車草のある野原をぶらつくことが好きで、世間の出来事と同じくらいに雲のことを気にかけていた。彼の精神にはふたつの姿勢があって、ひとつは人間にたいしてであり、もうひとつは神にたいしてだった。彼は研究をしているか瞑想しているか、そのどちらかであった。一日じゅう社会問題、すなわち賃金、資本、信用、結婚、宗教、思想の自由、恋愛の自由、教育、刑罰、貧困、結社、所有権、生産と分配といった、蟻塚のような人間集団を影でおおう世俗の謎について知見を深め、晩になると、あの巨大な存在である天体をながめていた。アンジョルラスと同じく、彼も裕福な家のひとり息子だった。彼は穏やかに話し、頭をかしげ、目を伏せ、困ったように苦笑し、身なりを気にせず、ぎごちない様子で、なんでもないことに顔を赤らめ、なんとも内気だった。とはいえ、時に大胆不敵になることもあった。

フィイは扇子職人だったが、父も母もいない孤児で、やっとの思いで一日三フランの金を稼ぎ、世界を解放するという、ただ一念しか頭になかった。もうひとつ気がかりがあった。それは学習することで、彼はこれも自己の解放だと呼んでいた。彼は独学で読み書きを学び、知っていることはすべて、独学で身につけたものだった。フィイは寛大な心の持ち主で、とても広い包容力があった。この孤児は諸国民を家族にした。じぶんに母親がいなかったので、祖国に思いを寄せた。彼の望みは、この地上に祖国のない人間がひとりもいなくなることだった。庶民のひとりがもつあの深い直観によって、こんにちわたしたちが「国民思想」と呼んでいるものを胸中に温めていた。彼がわざわざ歴史を学んだのは、事情をわきまえたうえで憤慨するためだった。フランスのことばかりに気をとられているこの若い夢想家たちの結社において、彼は国外を代弁していた。専門はギリシャ、ポーランド、ハンガリー、イタリア。彼はこれらの国々の名前をたえず、なにかにつけ、また話題にお構いなしに、まるでじぶんの権利だと言わんばかりのしつこさで口にした。クレタ島やテッサリア地方にのしかかっているトルコ、ワルシャワにのしかかっているロシア、ヴェネチアにのしかかっているオーストリア、これらの凌辱行為に彼は憤激していた。なかんずく、一七七二年のポーランドの大暴虐〔20〕にはかんかんに怒っていた。真実のこもっている憤慨ほど雄弁になるものはない。彼にはそんな雄弁があった。一七七二年というこの忌まわしい年代について、裏切によって抹殺されたこの高貴で勇敢な国民について、三国がおかしたこの犯罪についていて、それ以来いくつもの国民をおそい、いわばその国民の出生証明を抹消するにひとしい、あらゆる国家抹殺の原型と雛形になったあの大がかりな不意打ちについて、彼は滔々と語って倦むことを知らなかった。現代のあらゆる社会的襲撃はポーランド分割に端を発している。ポーランド分割がひとつの定理になり、こんにちのあらゆる政治的大罪もその必然的帰結にほかならない。そろそろ一世紀になろうとしているが、ポーランド分割が「変更サレナイヨウニ」と承認の署名、連署、花押をしなかった、ただひとりの独裁者も、ただひとりの裏切者もいない。近代の裏切の資料を参照すれば、これこそが最初にあらわれてくるものだ。ウィーン会議[21]はみずから犯罪をおかすまえに、この犯罪を参考にしたのだ。一七七二年は猟師の叫び声であり、一八一五年は獲物の分捕り合戦である。――これがフイイお得意の殺し文句だった。この貧しい労働者はみずからを正義の後見人とし、そして正義のほうはその報いに彼を偉大にしたのだった。それというのも、じっさい権利には永遠性がふくまれているからである。ワルシャワがタタール化しえないのは、ヴェネチアをゲルマン化しえないのと同断である。そんなことをすれば、王たちは骨折損になるどころか、名誉まで失墜してしまうことになる。早晩、沈められた祖国は水面に漂い、ふたたび姿をあらわす。ギリシャはふたたびギリシャになり、イタリアはふたたびイタリアになるだろう。事実にたいする権利の抗議は不滅である。一国民の強奪に時効というものはない。いくら高度なものだろうが、そんな詐欺などに未来はいっさいないのだ。ハンカチのイニシャルではあるまいし、一国民の沽券はそう簡単に消すことなどできはしないものなのである。

クールフェラックには、ド・クールフェラック氏と呼ばれる父親がいた。貴族制度や貴族に関して、王政復古時代のブルジョワの間違った考え方のひとつに、「ド」という小辞を信じていたということがある。周知のように、そんな小辞にはどんな意味もありはしない。しかし、『ミネルヴ』紙時代のブルジョワがこの哀れな「ド」をたいへんありがたがったので、逆にそれを捨てねばならないと思う者たちが出てきた。ド・ショーヴラン氏はショーヴラン氏と、ド・コーマルタン氏はコーマルタン氏と、ド・コンスタン・ド・ルベック氏はバンジャマン・コンスタンと、ド・ラファイエット氏はラファイエット氏と呼ばれるようになった。〔22〕ド・クールフェラックは時流に乗り遅れたくなかったので、たんにクールフェラックと名乗った。

クールフェラックに関しては、筆者はこれだけにしておく。あとはトロミエス〔23〕を見ていただきたいと言うにとどめておこう。

じっさい、クールフェラックには咲きそめた機知の花とでも言えそうな、若々しい活気があったが、そんなものは子猫の可愛さと同じで、やがて消えてしまう。そしてその魅力といってもせいぜい、二本足で歩く人間ならブルジョワ、四本足で走る動物なら鼠を獲るのがうまい雄猫程度になるのが関の山である。

このたぐいの機知は卒業していく代々の学生、次々と登場する若者に引きつがれ、「サナガラ〔松明ノ〕走者ノゴトク」〔ルクレティウス〕、いつもほぼ同じようなものとして手わたしされる。その結果、さきに指摘したように、一八二八年にクールフェラックの話を聞くものはだれでも、一八一七年のトロミエスの話を聞くような思いがしたのである。ただ、クールフェラックは善良な青年だった。一見したところ、ふたりの外面的な精神が似ているように見えても、トロミエスと彼との違いは大きかった。ふたりのあいだに潜んでいる人間は、前者と後者とではまるで別物だった。トロミエスのなかには検察官が、クールフェラックのなかには正義漢がいた。

アンジョルラスは頭目であり、コンブフェールは先導役だったが、クールフェラックは中心だった。他のふたりは多くの光をあたえたが、彼は多くの熱をあたえた。じっさい彼は、丸みと輝きという、中心となるのにふさわしい資質をそなえていたのである。

バオレルは一八二二年六月の流血騒ぎのとき、ラルマン青年の葬儀に姿を見せていた。[24]

バオレルはいつも上機嫌な男で、育ちが悪いが正直で、浪費家で、もうすこしで無私無欲と言えるほど金遣いが荒く、もうすこしで雄弁と言えるほどおしゃべりで、もうすこしで破廉恥になるくらいに剛胆で、これ以上はないほどの好漢だった。奇抜なチョッキを着て、真っ赤な気炎を吐いていた。大の騒動好き、すなわち暴動でなければ喧嘩のほかは、革命でなければ暴動のほかはなにも愛さなかった。つねに、窓ガラスを壊し、通りの敷石をはがし、政府を瓦解させ、その結末がどうなるのか見てやろうと待ち構えていた。学生生活は十二年目で、法律の匂いを嗅いでみたが、いっこうに勉強しなかった。彼のモットーは「弁護士はまっぴらだ！」というものだったが、角帽[25]がちらりと見えるナイト・テーブルを紋章にしていた。めったにないことだが、法律学校のまえを通るときには、フロックコートのボタンをきちんとかけた。当時はまだオーバーコートが考案されていなかったのだ。彼は保健衛生に気をつけていた。学校の校門について「なんと立派な老いぼれだ！」と言い、学部長のデルヴァンクールについては「なんという立派な記念物なんだ！」と言っていた。授業から小唄の題材を、教授たちから風刺画のきっかけを見つけていた。彼はなにもしないで、三千フランほどのかなり多額の仕送りを食いつぶしていた。彼の両親は農民で、この両親に息子孝行というものを叩きこんでおいたのである。

彼は両親について、「あれは農民で、ブルジョワじゃないから、いくらか物分かりがいいのさ」と言っていた。

気紛れな男だったバオレルは、いくつものカフェを渡りあるいた。他の連中には行きつけの店があったが、彼にはそんなものはなかった。彼はぶらぶら歩いていた。さ迷うのが人間的なら、ぶらぶら歩くのはパリ的だった。根本のところでは、彼は鋭い精神をもち、見かけよりずっと思慮深かった。

彼は〈ABCの友の会〉と、まだはっきりしなかったが、やがてくっきりと姿が見えてくる他のグループとの連絡係を務めていた。

この若者たちの会議の場に、禿頭の男がひとりいた。

アヴァレー侯爵〔26〕は、ルイ十八世が国外に亡命した日に、辻馬車に乗るのを助けた功により公爵にしてもらった人物だが、よくこんな話をしたものだった。一八一四年、フランスへの帰国にさいして、国王がカレーに上陸すると、ひとりの男が国王に請願書を提出した。「なにが望みか？」と国王は尋ねた。「陛下、郵便局でございます」「名はなんと申す？」「レーグル L'Aigle と申します」

国王は眉をひそめ、請願書をながめると、レグル Lesgle と書かれている名前が見えた。国王はこのボナパルト風ではない綴りに心を動かされ、思わず微笑した。[27]「陛下」と請願書の男がつづけた。「わたくしの先祖は犬の番人でして、レグール〔動物の口〕という渾名でございました。わたくしの名前はレグール、これをつづめてレグル、卑しめてレーグルでございます」ここで国王は、ついに顔をほころばせた。のちになって、特別の計らいか、それともついうっかりしたものか、その男にモーの郵便局をあたえた。

このグループの禿頭の男はそのレグルもしくはレーグルの息子で、レーグル（ド・モー）と署名していた。彼の仲間たちは手短にボシュエ[28]と呼んでいた。

ボシュエは愉快な青年だが、ちょっと不運なところがあった。彼の特技は何事にも成功しないことだった。だから逆に、なんでも笑い飛ばしていた。二十五歳で、禿になった。彼の父親は結局一軒の家と畑を手に入れたが、息子のほうは、いかがわしい投機に手を出して、たちまちその家と畑をなくしてしまった。彼にはなにも残っていなかった。学問も才気もあったが、中途で挫折した。なにをしてもやり損ない、なにもかも期待はずれにおわった。積みかさねたものが頭上に崩れ落ちてきた。薪を割れば、指を切った。恋人ができると、たちまち相手に男がいるのが分かった。のべつまくなしに、なにか悲惨なことが生じた。だからこそ快活なのであった。「おれは落ちてくる瓦屋根のしたに住んでいるのさ」と言っていた。物に驚かなかったのも、彼にとって災難は折込済みのことだったからで、突発事故にも平然とし、まるで冗談を聞き流すみたいに、運命の悪戯にも微笑していた。貧しくはあったが、ポケットには上機嫌がぎっしり詰まっていて、尽きることがなかった。彼はたちまち最後の一スーを使い果たしたが、最後の哄笑に事欠くことはなかった。逆境におちいると、彼はその昔なじみに丁重に挨拶し、破局には懐かしそうな顔をし、悲運にも慣れ親しんで、愛称で呼ぶまでになっていて、「やあ、きみか、ギニョン〔不運の意〕くん」などと言っていた。

彼はさんざん運命に迫害されたために、創意工夫に長けていった。手練手管に不自由しなくなった。無一文でも、気が向けば「桁外れの金遣い」をしてみせる才覚があった。ある夜、彼はおしゃべりで頭が空っぽの娘との夜食で百《サン》フランも飲み食いした。そこで大酒宴の最中にこんな記憶すべき言葉を思いついた。「サン・ルイの娘よ、おれの長靴を脱がせよ」〔29〕

ボシュエはゆっくりと弁護士稼業への道を進んでいたが、法律の勉強の仕方はバオレル流だった。彼には住み家らしいものはなく、時にまったくの宿なしになることもあった。転々と泊まりあるき、だいたいジョリーのところに泊まっていた。ジョリーは医学生で、ボシュエより二歳年下だった。

ジョリーは若いくせに、気で病む男だった。医学を学んで得たものは、医者になるよりも病人になることだった。弱冠二十三歳にして、みずから病気と思いこみ、舌を鏡に映して見ることで日々を過ごしていた。人間は磁石の針みたいに磁化されると称して、部屋ではベッドの先を南向きに、足を北向きにしていたが、それは血流が地球の大磁気流に妨げられないためだった。嵐のときは脈を測った。それでいながら、彼はだれよりも陽気だった。若くて、偏執で、病弱で快活といった、こんなちぐはぐな性質が仲よく同居し、その結果、調子外れで愉快な人物になっていた。仲間たちは軽やかな子音をたっぷりつけて、ジョリリリリー Jollly と呼んでいた。「おまえは四つの翼《エル》〔四つの1〕で天翔られるんだぞ」と、ジャン・プルヴェールは彼に言っていた。
ジョリーにはステッキの先で鼻をさわる癖があったが、これは鋭敏な頭脳をしている証拠だった。

各人各様だが、真面目に話してやらねばならないこの若者全員には、〈進歩〉という、ひとつの宗教があった。

全員がフランス大革命の直系の息子たちだった。八九年というその年代を口にするときは、どんな軽薄な者も厳粛になった。彼らの肉親の父親たちはフイヤン派〔30〕であったり、王党派であったり、純理派であったりした。そんなことはどっちでもかまわない。若い彼らには、前時代のゴタゴタなど知ったことではなかった。彼らの血管を流れていたのは原理原則という純血だったのだ。彼らは中途半端な違いなどに惑わされることなく、腐敗することのない権利と絶対的な義務と結びついていたのである。

入会し、入信した彼らは、秘かに理想を思い描きはじめていた。

情熱あふれる心をもち、確信にみちた精神をもったこれらの若者たちに混じって、ひとりの懐疑派がいた。どうして彼はそこにいたのか？　ただ頭を並べていただけのことだ。この懐疑派はグランテールという名前でいつも語呂合せのRと署名をしていた〔大文字のRはフランス語でグランテールと読む〕。グランテールは物事を信じないようによくよく用心する男だった。彼はパリで授業をうけているあいだに、いちばん多く物事を学んだ学生のひとりだった。もっとも美味しいコーヒーはカフェ・ランブランにあるとか、もっともいい玉突き台はカフェ・ヴォルテールにあるとか、もっともいい菓子ときれいな女の子がいるのはメーヌ大通りのエルミタージュだとか、骨を抜いて網焼きにするクラポディーヌ風の鳥料理がサゲおばさんの店にあるとか、キュネット市門には淡水魚のワイン煮があるとか、コンバ市門にはちょっといける白葡萄酒があるなどということを知っていた。なんにつけても穴場を知っていた。そのうえ、キックボクシング、フランス古式ボクシング、いくつものダンスの心得もあり、手練れの棒術家でもあった。おまけに大酒飲みだった。とんでもない醜男で、当時いちばんの美女だった靴縫い女工のイルマ・ボワシーはその醜さに気分を損ね、「グランテールはダメよ、ぜんぜんお呼びじゃないわ」という判決をくだしたが、自惚れの強かったグランテールは平気の平左だった。彼は女という女を優しくじっと見つめ、どの女についても、「おれさえその気になれば！」と言わんばかりの顔つきをしていた。そして仲間にはいつも、じぶんがもてていると思わせようとした。

グランテールにとって、人民の権利、人権、社会契約、フランス革命、共和国、民主制、人類、文明、宗教、進歩などといった言葉はすべて、ほとんど意味をなさないにひとしかった。そういうものに彼は苦笑を浮かべていた。知性の乾いた腐敗ともいうべき懐疑主義は、彼の精神にいかなる考えもそっくり残すことはなかった。彼は皮肉とともに生きていた。彼の公理はこうだった。「たったひとつ確実なのは、おれのグラスがいっぱいだということだけさ」彼はあらゆる党のあらゆる献身を嘲笑い、弟も父親も、すなわち革命時にみずから申しでて兄といっしょに処刑されたロベスピエールの弟も、息子の身代わりに断頭台にのぼったロワズローズもいっしょにした。「死んだとは、やつらもずいぶん進歩したものだ」と声をあげていた。キリストの十字架については、こう言うのだった。「こいつは上出来の絞首台だ」女好きで、賭博好きで、無信仰で、しばしば酔っぱらっていた彼は、「いいな、いいな、娘っ子は。いいな、いいな、いい酒は」と、しょっちゅう口ずさんで、若い夢想家たちを不愉快にさせていた。それは「アンリ四世万歳！」〔31〕の節だった。

だが、この懐疑派が心酔しているものがひとつあった。彼が心酔していたのは、理念でも、信条でも、芸術でも、学問でもなく、ひとりの人間、すなわちアンジョルラスだった。グランテールはアンジョルラスを賛美し、敬愛し、崇拝していた。このアナーキーな懐疑家は、この絶対的な精神の結社のなかで、何者に結びついていたのか？　もっとも絶対的な精神の持ち主である。アンジョルラスはどのようなかたちで彼を魅了したのか？　思想によってか？　違う。性格によってである。よく見られる現象である。懐疑派が信念の人に密着するのは、補色の法則と同じように簡単なことなのだ。じぶんにないものに惹きつけられるのである。盲人ほど光を愛する者はいない。背の低い女は長身の鼓笛隊隊長に憧れる。ガマガエルはいつも目を空に向けている。なぜか？　鳥が飛んでいるのを見るためである。心中に懐疑が這いずりまわっているグランテールは、アンジョルラスのうちに信念が飛翔するのを見るのが好きだった。彼にはアンジョルラスが必要だった。じぶんでもはっきり分からなかったし、また分かろうともしなかったが、アンジョルラスの純潔で、健全で、堅固で、廉直で、厳格で、率直な性格に魅入られたのだった。彼は本能的にじぶんの対極にあるものを賛美していた。軟弱で、曲がりやすく、ばらばらで、病的で、いびつな彼の思想は、さながら脊髄にからみつくように、アンジョルラスにしがみついた。彼の精神の脊柱はアンジョルラスという強固な支柱によりかかっていた。アンジョルラスのそばにいると、グランテールもなんとか、一端の人間にもどれたのだ。もっとも、彼自身も一見矛盾するふたつの要素から成り立っていた。彼は皮肉屋でありながら親切だった。冷淡だったが、愛があった。彼の精神は信念なしでもすませられたが、心は友情なしではすまなかった。深い矛盾である。というのも、情愛とはひとつの信念だからである。ともかく、それが彼の本性だった。他人の裏面、裏側、背面になるべく生まれてきたような人間がいる。ポリュデウケス、パトロクロス、ニソス、エウダミダス、ヘベスティオン、ペクメジャなど[32]がそうである。彼らはただ、他人に寄りかかるという条件でしか生きていない。彼らの名前は付け足しで、「と」いう接続詞のあとにしか書かれない。彼らの人生は彼らに固有のものではなく、彼らのものではない運命の裏面でしかない。グランテールはそんなたぐいの人間のひとりだった。彼はアンジョルラスの裏側だった。

親和力というものはそもそも、アルファベットの文字からはじまると言ってもいいだろう。並び順ではOとPは隣同士だから切り離せない。読者は好きなように、OとPと言ってもいいし、オレステスとピュラデスと言って[33]もいい。

グランテールはアンジョルラスの真の衛星と言ってよく、この若者たちのサークルに住みつき、そこで生き、そこでしか生き甲斐を感じなかった。彼はどこでも彼らのあとを追っていった。彼の喜びは仲間の人影が行き来するのを、葡萄酒に酔ってとろんとした目で見ていることだった。みんなは、彼が上機嫌なので、大目に見てやっていた。

アンジョルラスは信念の人だったので、この懐疑家を軽蔑し、また酒をたしなまなかったので、この大酒飲みを軽蔑していた。見下すような哀れみをすこしばかりかけてやっていた。グランテールはまったく受け入れてもらえないピュラデスだった。いつもアンジョルラスに邪険にされ、ぴしゃりと撥ねつけられ、突きはなされ、それでもかならずもどってきて、アンジョルラスのことをこう言うのだった。「なんて美しい大理石なんだ！」

第二章　ボシュエのブロトー追悼演説

ある日の午後——といっても、やがて分かるように、これはさきに述べた出来事と偶然符合していた——、レーグル・ド・モーはカフェ・ミュザンの戸口の額縁に気持ちよさそうにもたれかかっていた。お休み中の女神像といった格好で、ひたすら夢想にふけり、サン・ミシェル広場をながめていた。もたれかかることは、立ったまま寝ているようなものだから、夢想家にはすこしもいやなことではなかった。レーグル・ド・モーはべつに憂鬱そうな顔をするでもなく、法律学校で前々日身にふりかかった、ちょっとした災難のことを考えていた。それはさして明確なものではなかったとはいえ、彼自身の将来計画を変えてしまう災難だった。

夢想しているからといって、馬車はどうしたって通るし、夢想家のほうも馬車に気づかないわけではない。レーグル・ド・モーはあちこちほっつき歩くみたいに目をさ迷わせていたが、その夢見心地のうちにふと、一台の二輪馬車が広場を通りかかるのに気がついた。その馬車は並足で、その行き先が決まらないようだった。あの二輪馬車はだれに用事があるんだ？　どうして並足で走っているんだ？　レーグルは注意して見た。なかには御者と並んでひとりの青年がいて、その青年のまえに、かなり大きなボストンバッグがあった。ボストンバッグの布に縫いつけられた名刺に黒く大きな字で「マリユス・ポンメルシー」と書いてあるのが、通行人にも見てとれた。

その名前を見て、レーグルは態度を変えた。彼ははっと体を起こし、馬車の青年にこう呼びかけた。

「マリユス・ポンメルシーさん！」

呼びとめられて馬車は停まった。

青年のほうも深い夢想にふけっているようだったが、目をあげて、

「えっ？」と言った。

「あなたはマリユス・ポンメルシーさんですね？」

「そうですが」

「あなたをさがしていたんですよ」とレーグルはつづけた。

「どういうことですか？」とマリユスは尋ねた。というのも、なにしろ彼は祖父の家から飛びだしてきたばかりで、目のまえにしているのは初めて見る人物だったからだ。「ぼくはあなたを存じあげません」

「こちらもですよ、ぼくもあなたをまったく知りません」とレーグルは答えた。

マリユスはどこかの剽軽者にでも出会い、これから通りの真ん中で詐欺でもはかられるのかと思いこんだ。このときの彼があまり上機嫌でなかったのも事実である。彼は眉をひそめた。レー

グル・ド・モーは平然としてつづけた。

「あなたは一昨日学校にいなかったですね？」

「そうかもしれません」

「たしかですよ」

「あなたは学生ですか？」

「そうですよ、あなたと同じでね。ぼくは一昨日、たまたま学校に顔を出してみた。まあ、時にはそんな気になることもあるわけで。すると教師が出席をとっていた。あのときの連中ときたら、とんでもない馬鹿なことをするのを知っているね。三度呼んで返事がなかったら、登録者名簿から名前を取り消してしまう。それで授業料の六十フランがぱあになる」

マリユスは耳を傾けはじめた。レーグルがつづけた。

「出席をとっているのはブロンドー教授だった。きみはブロンドーを知っているね、やたらに尖って、ひどく意地悪そうな鼻をしている奴だよ。あの鼻で欠席者を嗅ぎだすのが嬉しくってたまらないんだ。奴は陰険にも、Ｐの文字からはじめやがった。ぼくは聞いていなかった。その文字にはなんの関わりもないからね。出席調べはすいすい進んだ。除籍はひとりもいなく、全員出席さ。ブロンドーは悲しそうだった。ぼくは秘かにこう言ってやった。『ブロンドーさんよ、今日はあんた、ひとつの処刑もできないだろうよ』突然、ブロンドーは『マリユス・ポンメルシー』と呼んだ。だれも答えない。希望に胸をふくらませて、ブロンドーはさらに大声でくりかえす。『マリユス・ポンメルシー』そして、ペンを手に取る。きみね、ぼくにも心情ってものがある。とっさにこう思ったのさ。「さあ、いい奴がひとり除籍になるぞ。気をつけるんだ。あいつはほんとうの呑気坊主で、几帳面じゃない。模範生じゃない。本の虫でもないし、勉強家でもない。いろんな学問、文学、神学、哲学に強いが、それをひけらかす青二才でもない。いちいち乙にすます馬鹿な才子のたぐいでもない。あいつは尊敬すべき怠け者で、ぶらついているか、田舎で遊んでいるか、浮気なお針子に手を出しているか、美女に言い寄ってでもいるんだろう。ひょっとして、いまこのときにも、おれの彼女のところにいるかもしれないぞ。こいつを助けてやろう。ブロンドーなんか死んじまえ！」ちょうどそのとき、ブロンドーは除籍の黒いペンをインクに浸し、獰猛な瞳を講堂に泳がせて、三度目にくりかえした。「マリユス・ポンメルシー！」ぼくは「はい！」と答えた。それできみは除籍されずにすんだのさ」

「あなたって人は……」とマリユスは言った。

「そして、このぼくが除籍になったわけさ」とレーグル・ド・モーは言いそえた。

「分からないな」とマリユスが言った。

レーグルはつづけた。

「なに、これくらい簡単な話はないさ。ぼくは返事をするために講壇の近くに、そしてエスケープするために扉の近くにいた。教師はしばらくぼくをじっと見すえていた。突然、ブロンドーめ、どうせあのボワロー[1]言うところの食えない奴にちがいないが、Lの文字に飛びやがった。Lはぼくの文字でね。ぼくはモーの出身で、名前はレーグル Lesgle ていうんだ」

「レーグル Laigle か！」マリユスが口をはさんだ。「なんて美しい名前だ！」

「きみね、その美しい名前にブロンドーが達して、「レーグル！」と叫んだ。ぼくは「はい！」と答えた。するとブロンドーは、虎が優しくなってもこの程度かといった微笑を浮かべ、こう言いやがった。「もしきみがポンメルシーなら、きみはレーグルじゃないね」きみにも不愉快な文句だろうが、害がおよんだのはこのぼくだけさ。そう言ってから、奴はぼくを除籍にした」

マリユスは叫んだ。

「それでは、ぼくとしては、なんとも心苦しいかぎりだ……」

「まず」とレーグルはさえぎった。「容赦ない弔辞でブロンドーの奴を葬ってやりたい。あいつを死んだことにするんだ。痩せこけて、蒼白くて、冷たくて、こちこちで、いやな臭いがするんだから、死んだところで、大した変わりはないだろう。そこで、ぼくはこう言う。――汝地ヲ裁ク者ヨ、戒ヲ受ケヨ〔2〕、ブロンドーここに眠る。鼻のブロンドー、鼻ノぶろんどー、規律の牡牛、規律ノ雄牛、命令の番犬、点呼の天使、彼は真っ直ぐにして四角四面、厳正にして厳格、正直にして忌まわしきかぎり。彼がぼくを除籍したがごとく、神は彼を除籍した――とね」

マリユスは言葉をついだ。

「申し訳ない……」

「青年よ」とレーグル・ド・モーが言った。「これを教訓とするんだな。今後は、せいぜい几帳面になるんだね」

「本当に何度でもあやまりたい……」

「もう二度と隣の男を除籍にする危険をおかさないことだね」

「ぼくはどうしていいのか分からない……」

レーグルはワハハッと笑いこけた。

「ところが、ぼくのほうは嬉しいんだよ。なにしろ、弁護士に身を落とす坂道を転がろうとしていたんでね。この除籍で救われたわけだ。おかげで弁護士の栄冠はふっつりあきらめられた。未亡人の弁護をしなくてもすむし、みなし子を痛めつけなくてすむ。弁護士の礼服を着なくてもいいし、研修なんかしなくてもよくなった。ぼくは晴れて登録抹消されたわけだ。ポンメルシーくん、きみのおかげだ。ぼくとしては正式にお礼に伺いたいと思う。きみの住まいはどこだね？」

「この二輪馬車のなかですよ」と、マリユスは言った。

「富裕のしるしだね」と、レーグルは落着きはらって応じた。「おめでとう。きみの家賃は年に九千フランだな」

このとき、クールフェラックがカフェから出てきた。

マリユスは寂しそうに苦笑した。

「もう二時間まえからそんな家賃を払っているのです。外に出たくてしょうがない。でも、ある事情があって、行き先が分からないのです」

「それなら、きみ」とクールフェラックが言った。「ぼくの家に来るんだね」

「優先権ならぼくにあるはずだが」とレーグルが言った。「でも、おれには家がないし」

「きみは黙っていろ、ボシュエ」とクールフェラックがつづけた。

「ボシュエだって」とマリユスが言った。「たしかレーグルという名前だったような気がするが」

「それにド・モーを加える」とレーグルが答えた。「ボシュエは渾名だよ」

クールフェラックは二輪馬車に乗った。

「御者」と彼は言った。「サン・ジャック門ホテルだ」

こうしてその晩から、マリユスはサン・ジャック門ホテルの、クールフェラックの隣の一室に落ち着いた。

第三章　マリユスの驚き

幾日かのうちに、マリユスはクールフェラックの友人になった。青春時代とは、心がたちまち溶けあい、傷口もすぐさま癒えてしまう季節である。クールフェラックのそばにいると、マリユスはのびのびと息がつけるようになった。これは彼にとって、かつてなかったことと言ってよかった。クールフェラックはあれこれ尋ねはしなかった。そんなことなど思ってもいなかった。この年齢では、顔がただちに、すべてを語ってしまう。言葉は無用なのだ。青年のなかには、顔つきだけでぺらぺらおしゃべりすると言ってもいい者もいる。互いに見ただけで、知合いになるのである。

ところが、ある朝、クールフェラックが出し抜けにこんな質問をしてきた。

「ところで、きみにはなんか政治的な意見があるのかね?」

「そりゃね!」と、マリユスはその質問にむっとしたように答えた。

「何派なんだ?」

「民主的ボナパルト主義者だ」

「無難な鼠色ってやつだな」と、クールフェラックは言った。

翌日、クールフェラックはマリユスをカフェ・ミュザンに連れていった。それから、にやりとしながら耳元にこう囁いた。「きみには革命の入門をしてもらわなくちゃ」それから〈ABCの友の会〉の部屋に案内した。仲間に紹介するときに、たったひと言「生徒だ」と言っただけだが、マリユスにはその意味が分からなかった。

マリユスは蜂の巣みたいに多種多様な精神が群がっているところに落ちこんでしまった。もっとも彼は、いくら物静かで生真面目であっても、精神の羽も針ももたない男ではなかった。

それまでは習慣、そして趣味から孤独を好み、他人から離れて独りごちたり、脇台詞を言ったりする癖がついていたので、マリユスがまわりの若者たちの一団にすこし怖じ気づいたのは事実である。さまざまな独創的な発言が同時に彼をそそのかし、引っ張りあった。自由に活動するこれらの精神の騒然とした往来のせいで、彼の思想はぐるぐる渦を巻いた。時には、じぶんの考えが混乱したまま、あまりにもかけ離れたところに飛んでいってしまうので、それを取りもどすのにかなり苦労することもあった。哲学、文学、芸術、歴史、宗教などが思いもかけない調子で話されるのが聞こえてきた。奇妙な場面もいくつかかいま見えたが、それを展望することができないので、いつも混沌としたものを見ているような気がしてならなかった。祖父の意見を捨てて、父の意見にしたがったとき、彼はじぶんの立場は不動だと信じた。ところがいまになって、かならずしもそうではなかったのかもしれないと思えてきて不安になったが、かといって、はっきりそうと認めてしまうこともできなかった。万事を見ていたみずからの視点が、ふたたび動きだした。ある種の揺れが生じて、彼の頭脳のあらゆる地平がぐらぐらとしてきた。内面の奇怪な大混乱であった。彼はほとんど耐えられないような気がした。

これらの青年たちには、「聖なるもの」などなにひとつないように思われた。マリユスはあらゆることについて、奇妙な言葉遣いを聞いたが、まだ臆病な彼の精神には耳障りなものだった。

表に芝居の広告が一枚出ていた。それがいわゆる古典派の、古い演目の悲劇の題名で飾られていた。「ブルジョワお気に入りの悲劇などくたばってしまえ！」とバオレルが叫んだ。するとマリユスには、コンブフェールがこう応酬するのが聞こえた。

「きみは間違っている、バオレル。ブルジョワ階級が悲劇を好む。この点については、ブルジョワ階級を大目に見てやらなくては。かつらをかぶってやる悲劇にだって、それなりの存在理由があるんだ。ぼくは、アイスキュロスを楯にとって、それが存在する理由に文句を言い立てる者ではない。自然には、いろいろと荒削りなものがある。神の創造したもののなかにだって、そっくり出来合いのパロディーみたいなものがあるのだ。嘴ではない嘴、翼ではない翼、水かきではない水かき、足ではない足、思わず笑いたくなる苦痛の叫び、それがアヒルっていうものだよ。ところで、鳥類のかたわらに家禽類が存在しているのなら、どうしてギリシャ悲劇の正面に古典悲劇が存在して悪いというのか、ぼくにはぜんぜん分からないね」

あるいは、たまたまマリユスはアンジョルラスとクールフェラックにはさまれて、ジャン・ジャック・ルソー通りを歩いていた。

クールフェラックはマリユスの腕をつかんだ。

「いいかい。ここはプタトリエール通りなんだ。もっともいまではジャン・ジャック・ルソー通りと呼ばれているがね。それというのも、六十年まえ、ここにひと組のおかしな夫婦者が住んでいたせいだ。それがジャン・ジャックとテレーズだった。ときどき子供が生まれた。テレーズは子供を産んだが、ジャン・ジャックは片っ端から孤児院送りにしたんだな」

すると、アンジョルラスがクールフェラックをどなりつけた。

「ジャン・ジャックのことであれこれ言うな！　ぼくはあの男を崇拝しているのだ。なるほど、じぶんの子供を見捨てたかもしれない。だが彼は民衆を養子にしたのだ」

この青年たちのうち、「皇帝」という言葉を口にする者はひとりもいなかった。ジャン・プルヴェールだけがときどき「ナポレオン」と言ったが、大半は「ボナパルト」と言っていた。アンジョルラスは「ブオナパルト」と発音した。

マリユスはなんとなく驚いていた。いわゆる「知恵ノ始マリ」[1]というやつである。

マリユスが立ち会い、時には加わったこの青年たちの会話のひとつが、彼の精神にとって真の衝撃になった。

その会話はカフェ・ミュザンの奥広間でなされたものだった。その晩、〈ＡＢＣの友の会〉のほとんど全員が集まっていた。ケンケ灯がものものしくともされていた。みんなが大して熱もはいらず、がやがやと四方山話をしていた。めいめいがそれぞれ勝手に弁じていたが、アンジョルラスとマリユスだけは別で、ふたりとも黙っていた。仲間同士の話合いは時に、こんな静かな喧騒になることがある。それは会話であると同時に遊びであり、混乱だった。みんなが互いに言葉を投げたり、捕えたりし、あちらこちらで話の花が咲いていた。

この奥広間は女人禁制だったが、カフェの皿洗い女ルイゾンだけは別で、洗い場から「調理室」へ行くためにときどき横切っていた。

グランテールは完全に酔っぱらい、陣取った一隅で、盛んにくだを巻いていた。あらんかぎりの大声でこんな理屈や屁理屈を並べ立てて叫んでいた。

「喉が渇いたぞ、人間諸君。おれは夢を見ている。ハイデルベルクの酒樽[1]が卒中を起こし、蛭を一ダース吸いつかせたんだが、おれもその蛭の一匹だという夢だ。おれは飲みたい。人生を忘れたい。人生なんて、だれだか分からん奴が考えだしたものだ。長持ちしないし、なんの値打ちもない。生きようとすれば、首の骨を折る。人生なんて、舞台装置みたいなもので、実物はほとんどない。幸福なんて、片面だけ色を塗った古い框だよ。『伝道の書』曰く、いっさいは空の空、となっ。おれはたぶん存在しなかったそのおじさんと同意見だね。ゼロは素っ裸で歩きたくなかったから、虚栄を身にまとった。ああ、虚栄よ！　大げさな言葉でなんでも取り繕ってしまう虚栄よ！　台所は調理室、ダンサーは師匠、軽業師は体操教師、ボクサーは拳闘家、薬屋は化学者、床屋は芸術家、左官は建築家、ワラジ虫は翼足類と呼ぶ。虚栄には裏と表がある、表は愚かで、ガラス玉を身につけて喜ぶ黒人みたいだ。裏は間抜けで、ぼろを着て気取っている哲人みたいだ。おれは前者をかわいそうに思うが、後者はとんだお笑い種だ。名誉とか尊厳とか言われているもの、また名誉や尊厳そのものだって、だいたいは模造金属だよ。王さまどもが人間の自尊心をおもちゃにするわけさ。カリグラは馬を執政官にしたし、チャールズ二世にいたっては上等な牛肉《アロワイヨー》を騎士にした。〔2〕じゃあ、諸君、どうか疾駆《インキタトウス》する馬執政官とローストビーフ准男爵にはさまれて偉そうに胸を張ってみるがいい。人間の本質的な価値といっても、もう大して尊敬に値しない。隣人が隣人についておこなう称賛演説を聞いてもらいたい。白対白は、そりゃ猛烈なものだよ。もし白百合が口をきいたら、どれくらい白鳩をこっぴどくやっつけるものか！　信心に凝り固まった女に敬虔な女信者のことをしゃべらせようものなら、エジプトコブラや青い毒蛇よりずっと毒のある言葉が飛びだすだろうよ。おれが物知りじゃないのは残念だ。こんな話をわんさと聞かせてやれるのにな。だが、このおれは無知蒙昧だ。もっとも、おれにはいつだって機知があったんだぞ。グロ〔3〕の生徒だったころ、おれは下手くそな図画なんか描かずに、リンゴをくすねて時間をつぶしていた。画家の内弟子《ラパン》は掠奪《ラピーヌ》の男性形というわけでね。おれについては以上だ。で、諸君のほうだが、きみたちの値打ちだっておれと大して変わらんぞ。きみたちがいくら完全で、優秀で、上質だろうと、そんなことはどうでもいい。どんな長所も欠点におちいる。倹約は吝嗇に近いし、鷹揚は浪費とすれすれだし、勇敢は虚勢と境を接している。きわめて敬虔とはちょっと偽善家だってことよ。ディオゲネス[4]の外套に穴が開いているのとちょうど同じだけ、美徳には悪徳が混じっている。きみたちはだれを崇拝するのか？　殺された人間か殺した人間か、カエサルかブルータスか？　たいていの奴は殺したほうに味方する。ブルータス万歳！　彼は殺した。それが美徳というものだ。美徳？　よかろう。だが、それはまた狂気の沙汰でもある。これらの偉人にはどこか奇妙な汚点がある。カエサルを殺したブルータスはある少年像に恋い焦がれていた。この像は前五世紀ギリシャの彫刻家ストロンギュリオンの手になるものだったが、この彫刻家はまた、『美しい脚』と呼ばれたアマゾン、エウクネモスの像もつくっていた。ネロが旅行に持ち歩いた例の彫像だ。このストロンギュリオンはふたつの彫像しか残さなかったのだが、そのふたつがブルータスとネロを結びつけたわけだ。なにしろブルータスは一方に、ネロはもう一方に恋したんだからね。歴史なんてものはそっくりそのまま、くどくどした繰り返しにすぎない。どの世紀も他の世紀の剽窃なんだよ。マレンゴの戦いはピュドナの戦いの引写しだし、クローヴィスのトルビアクムの戦い[5]とナポレオンのアウステルリッツの戦いは、まるで二滴の血みたいによく似ているじゃないか。おれは勝利というものを大して評価しない。敵を打ち負かすほど馬鹿げたことはない。真の栄光は相手を説得することなのだ！　だが、まあ諸君、なにかを実地に証明するように努めてくれ！　きみたちは成功することだけで満足している、なんたる凡庸！　征服することだけで満足している、なんたる悲惨！　悲しいかな、どこでも虚栄と卑劣しか見られない！　万事が成功にしたがっている、文法までもが。「慣習ガソレヲ望ムナラ[6]」とホラティウスは言っている。ゆえに、おれは人類を軽蔑する。全体から部分に降りてみようか？　諸君はおれが諸民族を崇拝することを望んでいるのかね？　どうか言ってくれ、いったいどの民族がいいと言うんだい？　ギリシャ民族か？　往時のパリッ子だったあのアテナイ人は、コリニー提督〔7〕とも言うべきフォキオンを殺し、暴君どもにへつらい、アナケフォラスにいたってはペイシストラスについて、「殿のお小水は蜜蜂を引きよせます」などとほざく始末だった。五十年のあいだギリシャのもっとも尊敬すべき人物は、文法学者のフィレタスだったが、こいつはあんまりチビで痩せていたので、風に吹き飛ばされないように、靴に鉛をつけてやらねばならなかった。コリントスのいちばん大きな広場にはシラニオンが彫って、プリニウスの博物誌にも載っている彫像があった。その彫像はエピスタテスの像だった。このエピスタテスはなにをしたのか？　足払いの術を考案しただけだよ。これがギリシャと栄光を要約するものなのだ。別の民族に移ろう。おれがイギリスを崇拝するのか？　フランスを崇拝するのか？　フランス？　なんでだ？　パリのせいか？　おれはいま、アテナイについて意見を言ったばかりだ。イギリス？　なんでだ？　ロンドンのせいか？　おれはあんなカルタゴみたいな町は嫌いだ。それに栄華の都ロンドンは貧困の首府なのだ。チャリング・クロス一教区だけで、年間百人もの餓死者が出る。これがアルビヨン〔イギリスの古名〕だよ。ついでに付けくわえておくが、おれはお上品ぶっているイギリス女がバラの冠なんぞをかぶり、青眼鏡をかけて踊っているのを見たこともある。したがって、イギリスなんか真っ平だ！　おれがジョン・ブル〔イギリス人の異名〕に感心しないなら、じゃあその弟ジョナサン〔アメリカ人の異名〕に感心するとでも言うのかね？　おれは奴隷持ちのその弟なんぞ、ちっともいいとは思わない。「時は金なり time is money」を取り除いてみたまえ。イギリスのなにが残る？「木綿は王なり coton is king」を取り除いてみたまえ。アメリカのなにが残る？　ドイツは愚鈍だし、イタリアはころころ気分を変える。ロシアに夢中になろうというのか？　ヴォルテールはロシアを賛美した。彼はまた中国も賛美した。ロシアにはそれなりの美点があることを認めよう。なかんずく強力な独裁政治だ。だが、おれは独裁者というものを哀れに思うね。やつらはひ弱なんだ。アレクセイは首を斬られ、ピョートルは刺し殺され、パーヴェルは絞め殺され、もうひとりのパーヴェルは長靴の踵で踏みつけにされ、あっちこっちのイヴァンは喉を抉られ、いろんなニコライやヴァシリーやらが毒殺された。これはロシア皇帝の宮殿があきらかに、不衛生きわまりないことを示している。文明化したあらゆる民族は、思想家に感心してもらおうと、こんなつまらないもの、すなわち戦争を持ちだしてくる。ところが、戦争、文明化された戦争というやつは、ヤクサ山の峡谷のトラブカール党の山賊行為からダウトフル・パスのインディアン、コマンチ族の掠奪にいたるまで、あらゆる形態の強盗をひとつ残さず集めたものなのだ。なんだって、だけどヨーロッパはアジアよりましだと、おっしゃいますかね？　おれだってアジアが滑稽だとは認めるさ。だがね、なんで諸君がダライ・ラマのことを笑わなくちゃならないのか、いっこうに分からないのだ。きみたち西洋の人民は、イザベラ女王の汚れた下着からフランス皇太子の穴の開いた便器用椅子まで、ありとあらゆる種類の汚物に勿体をつけて、諸君の流行やらおしゃれやらのなかに混ぜたではないか。人類諸君、おれはきみたちに言う、おあいにくさま！　と。ビールをいちばん消費するのはブリュッセル、ブランディーはストックホルム、ココアはマドリード、ジンはアムステルダム、ワインはロンドン、コーヒーはコンスタンチノープル、アブサンはパリだ。これだけ知っておけばなにかの役に立つだろう。要するに、パリがいちばんだ。パリでは屑屋まで遊蕩好みときている。ペイライエウス〔アテナイの外港〕あたりで哲学者をやっていたディオゲネスだって、パリのモブール広場の屑屋になら喜んでなっただろうよ。もうひとつ、このことを覚えておくがいい。屑屋が入り浸る居酒屋のことを一杯飲み屋《ビビーヌ》という。なかでもカスロールとアバトワールなんぞが有名だ。そこでだ、おお、安居酒屋よ、ほろ酔い酒場よ、縄のれんよ、小料理屋よ、一膳飯屋よ、安酒屋よ、場末の酒場よ、酒場の亭主よ、屑屋のビビーヌよ、カリフの隊商宿よ、誓って言う、おれは色好みだ。リシャールの店でひとり四十スーの飯を食ってはいるが、おれにはペルシャ絨毯が必要なんだ、クレオパトラを裸で転がしてやるために！　クレオパトラはどこだ？　ああ！　おまえか、ルイゾン。こんにちは」

　ミュザンの奥広間の片隅で、へべれけに酔いつぶれたグランテールは、通りがかりの皿洗い女を引き留めて、そんなふうに言葉をわめき散らしていた。

　ボシュエが彼のほうに手を伸ばして、黙らせようとしたが、グランテールはかえって饒舌になった。

「エーグル・ド・モー、手を引っこめろ。ヒッポクラテスがアルタクセルクセスのがらくたの山を拒んだみたいな手つきをしたって、おれにはなんの効き目もないぞ〔8〕。おまえに落ち着かせてもらわなくても結構。それに、おれは寂しいんだ。きみたちは、おれになんと言ってもらいたいのか？　人間は性悪だ、いびつだ。蝶々はうまくいったが、人間は出来損ないだ。この動物については、神もしくじったのさ。こいつらが大勢集まったところを見るがいい。醜悪ばかりが選り取り見取りだ。どいつもこいつも惨めったらありゃしない。女《ファム》は汚辱《アンファーム》と韻を踏んでいる。そう、このおれは憂鬱《スプリーン》なんだ。それにメランコリーが混じり、ノスタルジーとヒポコンデリアが加わっている。そこでおれは、むかむかし、ぷりぷりし、あくびし、ほとほといやになり、うんざりし、ぴりぴりしているんだ。神なんか、悪魔に食われろ！」

「まあ、静かにしろよ、大文字のR！」とボシュエがつづけた。彼はろくに話を聞いていない相手と法律問題を論じ、一連の法律用語になかばはまりこんでいたが、その結末はこうだった。

「……ぼくはまだ法学者じゃない、せいぜいアマチュア検事というところだが、こう主張したい。ノルマンディー地方の慣習法の条項によれば、聖ミカエルの祭日には、毎年、領主にたいし、権利が他に属する場合をのぞき、土地所有者および遺産相続者は全員ならびに各人が〈等価物〉を払わなくてはならなかった。そしてこれはすべての永代借地、賃貸借契約、自由地、所有地《ドマニエール》および国有地《ドマニオー》に関する契約、抵当《イポテケール》および抵当権《イポテコー》契約についての……」

「おお、嘆きのニンフ、こだま《エコー》するエコー[9]よ」と、グランテールは口ずさんでいた。

グランテールのそばでは、ほとんど静まりかえっているテーブルのうえに、一枚の紙、それから二個の小グラスのあいだにインクとペンがあって、ひとつの軽喜劇が書きかけられていることを示していた。この大事業は小声でなされ、仕事中のふたつの頭がくっつきあっていた。

「まず名前を見つけようじゃないか。名前が分かれば、主題は見つかる」

「もっともだ。言ってくれ。ぼくが書きとる」

「ドリモン氏ではどうか?」

「年金生活者か?」

「まあそんなところだ」

「彼の娘はセレスチーヌ」

「……チーヌね。それから?」

「サンヴァル大佐」

「サンヴァルは陳腐だよ。ぼくならヴァルサンにするな」

この軽喜劇作者志願者のそばに別のグループがいたが、こちらのほうもまわりのざわめきをいいことに、小声で話し、決闘の議論をしていた。三十くらいの年をくった男が十八歳の若者に忠告し、相手がどんな手強いかを説明していた。

「おいおい、気をつけろよ。やつは剣の使い手だぞ。手練れだぞ。攻撃一点張りだ。無駄なフェイントはかけない。小手が得意で、電光石火、相手をかわすのも正確なら、反撃も狂いがない。畜生! おまけに左利きときやがる」

グランテールの反対側の角では、ジョリーとバオレルがドミノ遊びをしながら、恋の話をしていた。

「おまえ、おまえは幸せだよ」とジョリーが言った。「いつもにこにこしている恋人がいるんだからな」

「それがあいつの悪いところよ」とバオレルは答えた。「恋人は笑っちゃいかんよ。浮気するように男をけしかけるからな。楽しそうにしているのを見ると、後ろめたさもなくなってしまう。逆に、悲しそうにしていられると、良心が咎めるってわけさ」

「この恩知らず！　笑っている女なんて、じつにいいじゃないか！　それにきみらは喧嘩をぜったいしないいんだろ！」

「それはおれたちが交わした契約のおかげだ。ちょっとした神聖同盟を取り結んで、おれたちはそれぞれ、けっして越えてはならない境界線を定めたのさ。北風が吹くほうがヴォーの領土で、南風が吹くほうがジェクスの領土[10]というわけだ。だから平和なんだよ」

「平和ね、つまりは幸福の消化ってことか」

「ところで、ジョリリリリー、おまえと例のなんとかというお嬢さんとのゴタゴタはどうなってる？　言わなくても、だれのことか分かっているだろう」

「あいつは残酷なくらいしつこく拗ねているよ」

「だけど、おまえは痩せ細らんばかりに恋い焦がれているんだろ」

「残念ながら！」

「おれだったら、放りだしてしまうがな」

「言うは易しさ」

「行うも易しだよ。名前はたしかミュジシェッタと言ったよね」

「そうさ。なあ、バオレルくんよ、あれは素敵な娘でね、とても文学的で、ちっちゃなあんよ、ちっちゃなお手て、着こなしもばっちり、色白で、ぽっちゃりしている。おまけにトランプ占い女みたいなお目々をしているんだぜ。おれはもう、メロメロさ」

「じゃあ、きみ、彼女に取り入るんだね。せいぜいおしゃれをして、くたくたに疲れるまで通い詰めるんだね。ストップの店でドスキンの上等のズボンでも買うんだな。効果てきめんだぜ」

「そいつはいくらするんだ?」と、グランテールが叫んだ。

三つ目の隅では、詩について激論がおこなわれていた。異教の神話がキリスト教の神学と取っ組み合いを演じていた。問題は、ジャン・プルヴェールがロマン主義によって味方したオリュンポスのことだった。ジャン・プルヴェールがおとなしいのは休んでいるときだけだった。ひとたび興奮すると、彼は爆発し、一種の陽気さが熱狂に拍車をかけるのだった。彼はにこにこすると同時に抒情的になった。

「神々を侮辱するのはやめよう」と彼は言った。「たぶん神々はいなくなってはいないのかもしれない。ぼくにはユピテルが死んだとはとうてい思えない。神々など空想の産物にすぎない、ときみたちは言うのかね。ところがだ、神々が通りすぎたあとの、こんにちあるがままの自然のなかにさえ、異教の古い偉大な神話がことごとく見いだされるのだよ。たとえば、ピレネー山脈のヴィニョマル山みたいに、城砦のかたちをした山などは、ぼくにはまだ大地の女神キュベレの頭飾りに見えるんだ。夜に牧人と家畜の神パンがやってきて柳の幹の穴に息を吹きかけ、次々と指でふさいでいくような気がしてしようがない。また、ぼくはイオがスイスのピスヴァッシュの滝[11]となにか関係があるとずっと思ってきたよ」

最後の一隅では政治論議をやっていた。一八一四年の欽定憲章がこき下ろされていた。コンブフェールが弱々しく支持したが、クールフェラックは猛烈に攻撃した。あいにくテーブルのうえに有名なトゥーケ版の憲章が置いてあった。クールフェラックはそれをつかんで揺すぶり、じぶんの議論にその紙の震えを混ぜあわせた。

「だいいち、おれは国王など望まない。ただ経済的観点だけでも、国王なんぞ要らないのだ。国王とは寄生虫だ。無料で置いておける国王なんて存在しないのだぞ。こういう話がある。国王というものがいかに高くつくか。フランソワ一世が死んだとき、フランスの公債は年三万リーヴルだった。ルイ十四世が死んだとき、それが一マール[12]当たり二十八リーヴルとして、二十六億リーヴルになった。デマレ[13]によれば、これは一七六〇年の金で四十五億に当たり、現在では百二十億になるだろうという。つぎに、コンブフェールには悪いが、欽定憲章など文明の姑息な手段にすぎない。過渡期を乗りきり、移行を円滑にし、動揺を緩和し、憲法上の虚構の実践によって、それとなく国民を君主制から民主制に移すなど、そんなことはすべて唾棄すべき理屈だ！　いや！　偽りの光明で人民を照らすことは断じてあってはならない。そんな憲法の穴倉では、原理原則がしおれ、蒼ざめる。先祖返りは真っ平。妥協は真っ平。人民への欽定憲章など真っ平だ。そこには第十四条[14]という条項がかならずある。あたえる手と並んで、取りあげる爪があるわけだ。おれははっきりと諸君の憲章を拒絶する。憲章など仮面で、したには嘘が隠されている。憲章を受け入れる人民は、自己を放棄するにひとしい。権利は完全であって初めて権利なのだ。いや！　憲章など真っ平だ！」

冬だった。暖炉では二本の薪がパチパチ音を立てていた。気になる火だった。クールフェラックは抵抗できなかった。彼は哀れなトゥーケ版の憲章をにぎって、もみくしゃにすると、火のなかに投げ捨てた。紙は燃えあがった。コンブフェールは達観してルイ十八世の傑作が燃えるのをながめ、こう言っただけだった。

「めらめらと炎と化す憲章かな」[15]

それから皮肉や、機知や、冷やかし、それにフランス的なものと呼ばれる活気、イギリス的なものと呼ばれるユーモア、興趣や悪趣味、理屈や屁理屈、狂った鉄砲玉みたいな会話などが一斉に盛りあがり、広間のあらゆる隅で交差し、居合わせた者たちの頭上で陽気な砲撃戦をおこなっているようだった。

第五章　広がる地平

若い精神が互いにぶつかりあうと、こんな素晴らしいことが生ずる。それはどんな火花が散るのか予見できず、どんな閃光がきらめくのか見通せないということである。これからなにがほとばしるのか？　分からない。しんみりした雰囲気から哄笑がはじける。滑稽なときに深刻なことが到来する。どんな衝動が起こるかは最初の言葉しだいである。めいめいの感興がそれぞれ比類のないものになる。悪ふざけひとつで、予想外な平原が開かれる。そういう談話には急な曲がり角がいくつもあって、そのたびに視界がたちまち変わってしまう。そんな会話の裏方と言うべきなのは偶然である。

グランテール、バオレル、プルヴェール、ボシュエ、コンブフェール、それにクールフェラックなどががやがや口論し、言葉が入り乱れているなかを、ひとつの厳しい思想が、ある男のはったりめいた言葉遣いから奇妙なぐあいに飛びだして、不意に駆けぬけた。

　いったい、どうしてある文句が対話から生じるのか？　その文句が聞いている者たちの注意をふと集めて、おのずから引き立つのは、どういうわけなのか？　すでに述べたが、それはだれにも分からない。がやがやとしたどよめきのただなかで、ボシュエはコンブフェールになにか呼びかけながら、つぎの年代によって急に口を閉じた。

「一八一五年六月十八日、つまりワーテルローだ」

　このワーテルローという言葉に、テーブルのうえの水のはいったコップの脇に肘をついていたマリユスは、顎を支えていた手をはずして、じっとみんなを見つめはじめた。

「そうだとも《パルディユ》」とクールフェラックは声をあげた（当時、「しかり《パルブルー》」はつかわれなくなっていた）。「この一八というのは不思議な数字でね、びっくりさせられるよ。これはボナパルトの運命の数字なんだね。このまえにルイをつけ、あとに霧月《ブリュメール》とつけてみたまえ。[1]この男の運命がそっくり手にはいることになる。おまけに、その運命の結末が発端にぴったりつきまとわれているという、意味深長な特徴まで分かるのだ」

　それまで無言だったアンジョルラスが沈黙を破って、クールフェラックにこんな言葉をかけた。

「きみは犯罪のことを贖罪と言いたいのか」

　この「犯罪」という言葉は、突然ワーテルローが話題になったことですでにひどく興奮していたマリユスには、許容の範囲を超えるものだった。

彼は立ちあがり、壁に広げたフランス地図のほうにゆっくり歩いていった。地図のしたのほうにある別枠に島が見えた。彼はその別枠を指さして、こう言った。

「コルシカ島。フランスをずいぶん偉大にしたちいさな島だ」

冷たい空気がさっと通りすぎたようだった。みんなが口を閉ざした。なにかがはじまろうとする気配が感じられた。

ボシュエに反論していたバオレルは、いつもよくやる彫像のようなポーズをとろうとしていたが、あきらめて耳を傾けた。

アンジョルラスはその青い目をだれにも向けず、虚空を見つめているようだったが、マリユスを見ずに答えた。

「フランスが偉大になるのに、コルシカなんぞ必要としない。フランスが偉大なのは、それがフランスだからだ。何故ナラ、ワガ名ハ獅子ナレバ〔2〕」

マリユスは一歩も引く気になれなかった。彼はアンジョルラスのほうを向き、はらわたが煮えくりかえっているために、ぶるぶる震えながら声を爆発させた。

「ぼくがフランスを見くびっているなどとは思わないでくれ！　しかし、ナポレオンを混ぜたからといって、フランスを見くびることにはけっしてならないのだ。ああ、このことについてなら、とことん話そうではないか。なるほどぼくはここでは新参者だが、正直なところ、きみらには驚いている。われわれはどんな状況にあるのか？　われわれは何者なのか？　きみたちは何者なのか？　ぼくは何者なのか？　皇帝のことをはっきりさせようではないか。ぼくはきみらの口から、まるで王党派みたいに「ユ」に力をこめてビュオナパルトと言われるのを耳にする。言っておくが、うちの祖父だってそれよりましだよ。彼はブオナパルテと言う。ぼくはきみらが青年だと思っていた。じゃあ、きみらの熱狂はどこに置いてあるのか？　また、きみらはその熱狂をどうしてしまったのだ？　もし皇帝を崇拝しないというなら、きみらはだれを崇拝しているのか？　きみらはこれ以上なにが必要だというのか？　もしきみらがあの偉人を望まないというなら、いったいどんな偉人がお望みなのか？　彼はすべてを持っていた。彼は完璧だった。彼の頭脳には人間的な能力が無数にあった。彼はユスティニアヌス皇帝と同じように法典をつくった。カエサルのように命令した。彼の談話にはパスカルの稲妻がタキトゥスの雷鳴に混じっていた。彼は歴史をつくり、歴史を書き、その報告書はまるで『イリアス』だった。ニュートンの数字とマホメットの比喩を組みあわせ、ピラミッドのように偉大な言葉を東方に残してきた。ティルジット[3]では、皇帝たちに尊厳を教え、科学アカデミーではラプラス[4]に反駁し、元老会議ではメルランに刃向かった。一方では幾何学に、他方では八百代言に魂をあたえた。検事に向かえば法学者のよう、天文学者に向かえば恒星のようだった。二本のろうそくのうちの一本を吹き消していたクロムウェルのように、タンプル大通りではカーテンの玉飾りを値切っていた。彼はすべてを見て、すべてを知っていた。だからといって、じぶんの幼い子供の揺籠で、好々爺のように笑わないわけではなかった。ところが、突然、ヨーロッパは怖じ気づいて耳を澄ました。軍隊が進軍しはじめ、砲廠が移動し、船橋が河にわたされ、雲のような騎兵隊の大軍が嵐のなかを駆けまわる。

鬨の声があがり、ラッパの音が鳴りひびく。いたるところで王座が揺らぎ、地図上では王国の国境が揺れ動く。鞘を払う超人の剣の音が聞こえ、その超人がすっくと地平に立つ姿が見えてくる。手に炎を掲げ、両目をらんらんと輝かせ、轟音のうちに両翼、すなわち大陸軍と百戦錬磨の近衛兵とを展開する。それはまさに戦争の大天使だった！」

みんなは黙ったままで、アンジョルラスは顔を伏せていた。沈黙はいつも、いくらか同意するか、もしくは決断を迫るような効果をもたらす。マリユスはほとんど息もつがずに、ますます熱狂してつづけた。

「諸君、公平になろう。このような皇帝の帝国であるとは、一国民にとってなんと素晴らしい運命だろうか！　しかもその国民がフランスの国民であり、その国民がみずからの天才をこの男の天才に加えるのだ！　出現し君臨する、進軍し凱旋する。あらゆる首府を宿営地とし、擲弾兵を取り立てて国王にする。諸王朝の没落を宣言し、突撃歩に合わせてヨーロッパを変貌させ、敵を脅すときには神の剣の柄を手にしているように感じさせる。おのが一身にハンニバル、カエサル、シャルルマーニュを体現する偉人のあとにしたがい、一夜明けるごとに、戦勝の輝かしい報せをもたらすこの人物の国民となり、廃兵院の大砲を目覚まし時計とし、マレンゴ、アルコレ、アウステルリッツ、イエナ、ワグラムといった永久に燃えつづける驚くべき言葉を光の深淵のなかに投げこむ！　たえまなく勝利の星座を諸世紀の天頂に花開かせ、フランス帝国をローマ帝国に匹敵させ、大国民となって大陸軍を生みだし、山が四方八方に鷲を放つように地上のいたるところに軍を飛び立たせ、征服し、支配し、粉砕する。凱旋につぐ凱旋によって、ヨーロッパのいわば黄金の国民となり、歴史を貫いて巨人族のファンファーレを鳴りひびかせ、世界を二度征服する、一度目は征服によって、二度目は驚嘆によって。これは崇高なことだ。そして、これ以上に偉大なことが、またとあるだろうか？」

「自由になることだよ」と、コンブフェールが言った。

今度はマリユスが顔を伏せた。この単純で冷淡なひと言が、まるで鋼鉄の刃のように、彼の叙事的な真情の吐露を貫き、彼はじぶんの真情が心中で消え去るのを感じた。目をあげると、コンブフェールはもういなくなっていた。華麗きわまる終局に冷水をかけてやったことに満足したのだろうか、彼は立ち去ったばかりで、アンジョルラスをのぞいて、他の者たちもあとについて出ていった。広間はがらんとし、マリユスとふたりきり取り残されたアンジョルラスは、彼を厳しく見つめていた。けれどもマリユスは、すこし考えをまとめてみて、じぶんが負けたとは思っていなかった。彼の心中にはまだ感情の高ぶりが尾を引いていて、それがいまにもアンジョルラスに反対する三段論法に変わろうとしていた。ちょうどそのとき、だれかが立ち去りながら階段で歌っている声が聞こえた。それはコンブフェールで、彼はこう歌っているのだった。

たとえカエサルがこのおれに
栄光と戦争をくれたとて、
愛しい母さんを捨てろというのなら
おれは大カエサルに言ってやろう

おまえの王杖も戦車も持ってゆけ、
母さんのほうがましだよ、あれ愉快！
おれには母さんのほうがましなん〔5〕だ。

コンブフェールが歌っている優しくも荒々しい音調が、その節にどこか不思議な偉大さをあたえていた。思案げに目を天井に向けたマリユスは、ほとんど釣られるようにくりかえした。「おれの母さん？……」

このとき、彼はじぶんの肩にアンジョルラスの手がふれるのを感じた。

「同志よ」とアンジョルラスは彼に言った。「おれの母さんとは、共和国のことなんだよ」

第六章　〈困窮《レス・アングスタ》〔1〕〉

その晩のことはマリユスを深く動揺させ、心に悲しい影を残した。彼は、大地が麦の粒をまくために鉄具で抉られたら感じるかもしれないような苦しみを覚えた。大地は傷口の痛みしか感じない。芽生えのおののきや結実の喜びは、ずっとあとにしかやってこないのだ。

マリユスは暗くなった。彼はやっとひとつの信念を固めたところだった。では、その信念をここで捨てなければならないのか？　彼はじぶん自身にきっぱりと、そうではないと言った。だが、いくら疑うまいとじぶんに言い聞かせても、心ならずもついつい疑いはじめてしまうのだった。ふたつの宗教のあいだにはさまれ、一方からはまだ脱却できず、他方にはまだ入信していない。それは耐えがたい状態だ。このような黄昏を喜ぶのはコウモリみたいな人間だけだろう。マリユスは率直な瞳の持ち主だったから、真の光を必要とした。疑いという薄暗がりは苦痛だった。現状にとどまり、現状にしがみつきたいという願いがあるにはあっても、彼はどうしても継続し、前進し、検討し、思考し、さらに先に行かざるをえなかった。それが彼をどこに連れていこうとしているのか？　これまで父親に近づこうとさんざん努力してきたあげく、いまさら父親から遠ざかろうと歩を進めるなどできない相談だった。あれこれ考えれば考えるほど、彼の不安はいや増していった。まわりに断崖が切り立っているような気がしてきた。彼は祖父とも、友人たちとも意見を異にした。彼は祖父から見れば向こう見ずだし、友人たちから見れば時代遅れだった。彼はじぶんが二重に、老人からも青年からも孤立しているのに気づいた。彼はカフェ・ミュザンに足を向けなくなった。

そんなふうに気持ちが混乱していたため、彼は実生活の真面目な側面をすこしも考えなくなっていた。だが人生の現実のほうは忘れたままでいてはくれない。現実はいきなりやってきて、肘でそっと彼をつついた。

ある朝、ホテルの主人がマリユスの部屋にやってきて、こう言った。

「あなたの保証人はクールフェラックさんでしたね」

「そうです」

「ぜひとも部屋代をいただきたいのですが」

「クールフェラックに話があるから来るように言ってください」と、マリユスは言った。

クールフェラックがやってくると、主人は彼らをふたりきりにした。マリユスはこれまで言うつもりのなかったこと、つまりじぶんは天涯孤独で身寄りがないということを彼に語った。

「きみはなんになるつもりかね？」とクールフェラックが尋ねた。

「分からない」とマリユスは答えた。

「これからどうするんだ？」

「分からない」

「金はあるか？」

「十五フラン」

「いくらか貸そうか？」

「とんでもない」

「服はあるか？」

「そこにあるだけだ」

「なにか金目のものは？」

「時計がひとつ」

「銀時計か？」

「金時計だ。これだよ」

「顔見知りの古着屋がある。きみのフロックコートとズボンは買ってくれるだろう」

「そりゃいい」

「きみにはズボン、チョッキ、帽子、それに上着しかなくなるぞ」

「それに長靴」

「なんだって！　素足で歩かないのか？　なんたる贅沢！」

「それで充分だろう」

「それから知合いの時計屋がいる。きみの金時計を買ってくれるだろう」

「そいつはいい」

「いや、よくはないさ。そのあとはどうするんだ？」

「必要なことならなんだってやるさ。少なくとも、まともなことなら」

「きみは英語ができるか？」

「いや」

「ドイツ語ができるか？」

「いや」

「しょうがないな」

「どうして？」

「ぼくの友人に本屋がいてね、百科事典みたいなものをつくっている。きみが英語かドイツ語の項目の翻訳でもやれたら、と思ったのさ。ペイは悪いが、まあなんとか食っていける」

「じゃあ、英語とドイツ語を勉強するよ」

「だが、当座は?」

「当座は古着と時計を食っていくさ」

古着屋に来てもらった。彼の古着は二十フランで買いとられた。時計屋に行った。金時計を四十五フランで買ってくれた。

「悪くないな」と、ホテルにもどりながらマリユスはクールフェラックに言った。「手持ちの十五フランを合わせると八十フランになるな」

「じゃあ、ホテルの勘定はどうする?」とクールフェラックが指摘した。

「しまった、忘れていた」とマリユスは言った。〔2〕

ホテルの主人が勘定書を見せて、即金で払ってもらいたいと言った。勘定は七十フランになっていた。

「ぼくには十フランしか残らないな」とマリユスが言った。

「やれやれ」とクールフェラックは言った。「きみは英語を学ぶあいだに五フラン、ドイツ語を学ぶあいだに五フランで食いつなぐわけか。たちまちひとつの語学を呑みこんでしまうか、五フランをゆっくりちびちびと飲み下していくか、そのどっちかだね」

そうこうするうちに、ひとが窮状にあるとなればかなり心根が優しくなるジルノルマン伯母が、なんとかマリユスの住み家をさがしあてていた。ある午前、マリユスが学校からもどると、伯母から一通の手紙と封印した箱にはいった「六百フラン」の金貨が届いていた。

マリユスはその六百フランを伯母に送りかえし、生活手段を見つけたので、これからは充分自活していけるという内容の、丁重な手紙を添えた。このとき、彼の手元には三フラン残っていただけだった。

伯母は、ますます祖父を逆上させかねないと恐れて、その拒絶のことは内緒にしておいた。そもそも、「あの吸血鬼のことをもう二度と、わたしに話してはなりません！」と言ったのはお父さまなんだから。

マリウスは借金をしたくなかったので、サン・ジャック門ホテルを引きはらった。

第五篇　不幸の美点

第一章　無一物のマリユス

マリユスにとって生活は厳しいものになった。[1] 衣服や時計を食べ物に代えるのは日常茶飯事だった。彼は俗に「食うや食わず」と言うような生活をした。ひどいものだった。パンのない日々、眠れない夜々、ろうそくのない晩、火のない暖炉、仕事のない毎週、希望のない未来、肘に穴の開いた服、娘たちがぷっと吹きだす古い帽子、家賃を払っていないので晩には締出しをくらう戸口、門番や安料理店主の威張りくさった態度、隣近所の嘲笑い、屈辱的な仕打ち、踏みにじられる面目、なんでもかまわず引きうける仕事、嫌悪感、苦々しい気分、意気消沈。マリユスはどのようにそれらを甘受し、いかにしばしばそれが甘受すべき唯一のものになるのか学んだ。愛を求めるがゆえに自尊心が必要になる人生のこの時期、彼は身なりが粗末なために馬鹿にされ、貧しいために物笑いにされるのを感じた。若々しさがあたりを払う誇らしさにぐいと胸を張れる年齢で、穴の開いた長靴に一度ならず目を落とし、貧困というものの不当と言うほかない恥辱と、かっと火の出るような赤面を経験した。それは信じられないほど恐ろしい試練であり、この試練をくぐりぬけると、弱者は卑劣になり、強者は崇高になる。これは、運命が悪党もしくは半神をつくりたくなるたびに、ひとりの人間を投げこむ坩堝である。

というのも、ちいさな闘いのなかでこそ多くの偉大な行為がなされるからだ。さまざまな窮迫や破廉恥な襲撃が避けようもなく押しよせてくるのに抗して、暗闇のなかで必死に身を守る、人知れず粘り強い武勲というものがある。これは高貴で神秘的な勝利であるが、だれからも見られず、どんな名声によっても報われず、どんなファンファーレによっても祝されない。人生、不幸、孤立、断念、貧困などはそれぞれ戦場であり、それなりの英雄を生む。時には名高い英雄よりもずっと偉大な無名の英雄を。

堅固で類稀な性格はそのようにしてつくられる。だいたいは意地の悪い継母である貧困は、時には母親になる。貧窮は魂と精神の力を生みだす。窮乏は矜持の乳母であり、高邁な人間には、不幸は上質の母乳となるのである。

マリユスは人生の一時期、階段の踊場をじぶんで掃除し、八百屋で一スーのブリ・チーズを買い、黄昏どきを待ってこっそりパン屋に忍びこみ、パンをひとつ買って、まるで盗んできたみたいに、こそこそと屋根裏部屋に持ちかえることがあった。街角の肉屋では、小脇に本をかかえた、ひとりのぎごちない青年がそっとなかにはいり、からかい好きの料理女たちと袖ふれあう姿が見られた。おずおずとし、どこか怒ったような様子で、店内で玉の汗がしたたる額から帽子を脱ぎ、びっくりしている肉屋の女房に深々とお辞儀をし、店の小僧にもお辞儀をして、羊肉の骨付き背肉を一本買い求め、六スーか七スーを払って、紙にくるんだその羊肉を腋下の本のあいだに隠して立ち去ることがあった。それがマリユスだった。彼はその骨付き背肉をじぶんで調理し、三日間食いつないだ。

初日に肉を食べ、二日目に脂身を食べ、三日目に骨をかじった。

ジルノルマン伯母は何度も手立てを見つけて、六百フランの仕送りをしてきた。マリユスはそのたびに、じぶんはなにひとつ不自由していないからと言って送りかえしていた。

筆者がさきに物語った革命が内心に起こったときから、彼はずっと父の喪に服していた。それ以後は喪服を身につけていたのである。そのうちに、黒の服も手元になくなった。ある日、彼にはもう着るものがなにもなくなった。さらに、ズボンまでなくなりそうになっていた。どうすればいいのか？　彼のほうでもいくらか親切にしてやっていたクールフェラックが古着を一着くれた。マリユスは三十スー払って、どこかの門番にそれを裏返しにしてもらったので、新品同様になった。ただ、その服は緑色だった。そこでマリユスは日が沈んだあとにしか外出しなくなった。その時刻だと服が黒く見えたからだ。つねに喪に服していたい彼は、「夜」を身にまとうことにしたのである。

そうこうするうちに、弁護士試験に合格した。彼は表向きにはクールフェラックの部屋に住んでいることになっていた。そこはまずまずの部屋で、書架には相応の法律書もあり、小説の端本などで穴埋めすれば、弁護士規定にあるような蔵書らしい体裁も取りつくろえるのだ。郵便物などもクールフェラックのところに送ってもらっていた。

弁護士になったとき、マリユスはそっけないが、恭順と敬意にみちた手紙でそのことを祖父に知らせた。ジルノルマンはわなわな震えながらその手紙を取って読み、すぐに四つ裂きにして屑籠に放りこんだ。それから二、三日して、ジルノルマン嬢には、部屋でひとりきりなのに、大声で話している父の声が聞こえた。なにかひどく興奮するたびに、きまってすることだった。彼女は耳を澄ました。老人はこう言っていた。

「おまえが馬鹿でないなら、男爵と弁護士を兼ねられないことぐらい、分かっておるはずじゃ」

第二章　貧しいマリユス

貧困といっても結局、他のことと同じである。ついにはなんとかやっていけるようになり、それなりの形ができて、やがて相応の格好もついてくるものだ。細々とした暮らし、いくら貧乏な暮らしぶりでも、ひとは成長し、命にまで関わることはない。マリユス・ポンメルシーがどのように生活をやりくりしていたか、以下に述べることにしよう。

マリユスはもっとも窮屈な隘路を抜けだしていた。目のまえの狭い道も、すこしは明るく開けてきた。苦労、勇気、辛抱、意志などのおかげで、彼はじぶんの仕事で年に七百フラン程度の収入を得るようになった。ドイツ語と英語を学び、友人の出版社とコネをつけてくれたクールフェラックのおかげで、文芸出版社で「なんでも屋」の役割を果たしていた。内容見本をつくったり、外国の新聞を翻訳したり、刊本に注釈をつけたり、伝記をまとめたり等々のことをしていた。良い年も悪い年もあったが、年間の純収入は七百フランだった。それで生活していたのだが、まあまあの暮らしぶりだった。それはどのようなものだったか？　こうである。

マリユスは年間三十フランの家賃を払ってゴルボー屋敷に住み、書斎と称する暖房なしのあばら部屋を借りていた。家具としては必要最低限のものしかなかったが、それは彼のものだった。借家人代表のばあさんに月三フランを払って、あばら部屋の掃除をしてもらい、毎朝、少々のお湯と生卵一個と一スーのパンを届けてもらっていた。その卵とパンが彼の昼食だった。卵が高いか安いかによって、昼食代は四スーから二スーに変わった。夕方六時になると、サン・ジャック通りをくだって、マチュラン通りの角の版画商パセの向かい側にあるルソーの店で夕食をしたためた。彼はスープを注文せず、六スーの肉一皿、三スーの野菜半皿、それから三スーのデザートを頼んだ。三スー払えば、パンは食べ放題だった。葡萄酒は飲まずに水を飲んだ。当時もあいかわらず太っていたが、まだ若々しい色香のあったルソー夫人がどっしり居すわっている勘定場で支払いをすませ、ボーイに一スーのチップをやると、ルソー夫人はにっこり笑ってくれた。それから彼は立ち去った。十六スーで夕食と笑顔が得られたというわけだ。

葡萄酒の瓶はあまり空にならずに、水差しばかりがやたらに空になるこのレストラン・ルソーは強壮《レストラン》の場というより、せいぜい飢えの鎮静《カルマン》の場といったところだった。この店はもう存在していないが、主人は「水屋のルソー」というありがたい名をもらっていた。

こんなふうに昼食代に四スー、夕食代に十六スーだと、彼の食費は一日に二十スー、一年で三百六十五フランになる。これに家賃の三十フラン、ばあさんに払う三十六フラン、それから細々した雑費を足すと四百五十フランになる。マリユスはこの四百五十フランで食べ、住み、雑用を片づけてもらっていた。衣裳代に百フラン、下着類に五十フラン、洗濯代に五十フランかかった。合計でも六百五十フランを超えることはなく、手元に五十フランが残った。彼は金持ちになった。時には友人に十フラン貸してやることもあった。クールフェラックにいたっては、一度に六十フランも借りることができた。暖房費は、なにしろ暖炉がないので、マリユスは「簡素化」していた。

マリユスはいつもふた揃えの服を持っていた。古いほうは「普段着」で、真新しいほうはよそ行きだった。両方とも黒服だった。彼はワイシャツを三枚しか持っていなかった。一枚は身につけ、一枚は簞笥に入れ、もう一枚は洗濯屋にあずけてあった。すり切れてしまうと買い足した。ワイシャツはたいていぼろぼろだったので、顎まで上着のボタンをとめていた。

マリユスがこのようにすこしはましな生活ができるようになるには、相当の年月が必要だった。苛酷な年月。ある時は切りぬけるのが、ある時は越すのが難しくつらい年月だった。ただマリユスは一日たりともくじけなかった。窮乏という点については、なんでも耐えしのんだ。借金をのぞいて、なんでもした。だれにも、一度たりとも、びた一文も借りたことがなかったので、じぶんを褒めてやっていた。彼に言わせると、借金は隷属の始まりだった。債権者というものは主人よりもたちが悪いとさえ思っていた。というのも、主人は他人の人格を所有するだけだが、債権者はその人間の尊厳を所有し、これを辱めることがあるからだ。ひとに借金するくらいなら、なにも食べないほうがよかった。彼にはなにも口にせずに過ごした日が何日もあった。両極端は相通じるのであり、境遇が落ち目になれば魂まで堕落すると感じ、みずからの矜持を厳重に監視していた。別の状況であれば、敬意と思われたかもしれない言葉遣いや働きかけでさえも卑屈なことに思われて、きっぱり襟を正していた。あとになって尻込みしたくなかったので、思いきったことはなにもしなかった。顔にはどこか厳しい赤みが射していた。彼は刺々しいまでに内気だった。

どんな試練のさなかにあっても、彼はじぶんのうちにある秘かな力によって励まされ、時にはその力に運ばれるのを感じた。魂は身体を助け、ある瞬間には身体を持ちあげる。じぶんの鳥籠を支えるのは、ただ鳥だけなのである。

マリユスの心には、父親の名前と並んで、テナルディエという別の名前が刻まれていた。マリユスは熱狂的で生真面目な性格だったので、ワーテルローの砲弾や弾丸のただなかで大佐を救ってくれた勇敢な軍曹を父親の命の恩人だと考え、一種の後光でつつんでいた。彼はその男への思いを父親の思い出と切り離すことができず、ふたりをいっしょにして崇拝していた。それはいわば二段階の礼拝とも言うべきもので、大きな祭式は大佐のためであり、小さな祭式はテナルディエのためだった。彼の感謝の気持ちをいちだんと高めたのは、テナルディエが落ちこんだのだと知っている不遇のことを考えるためだった。マリユスはあの不幸な旅籠屋がモンフェルメイユで没落し破産したことを知った。それ以来、信じられないような努力をして、なんとかテナルディエの足跡を捕え、その男が落ちこんだ貧困の暗い深淵まで、会いにいこうとした。マリユスは全土を隈なくさがしまわった。シェルに、ボンディーに、グルネーに、ノジャンに、ラニーに行った。三年ものあいだ、そのことにかまけて、貯めたわずかばかりの金をつかった。だが、だれもテナルディエの消息を知らず、みんなは彼が外国に行ったものと思いこんでいた。彼の債権者たちのほうは、マリユスほどの愛情こそもたないものの、同じくらいの熱心さで彼をさがしたが、見つけられなかった。マリユスはじぶんを責め、その捜索でなんの成果もあげられないことをほとんど恨んでいた。それだけが大佐の残していった負債であり、マリユスはその清算をすることにこだわっていたのだ。——なんということか！　と彼は考えた。ぼくの父が戦場で瀕死の状態で横たわっていたところを、テナルディエは硝煙と一斉射撃をくぐり抜けて見つけ、父を肩に背負ってくれた。ところが、彼は父にはなんの負い目もなかったのだ。だが、このぼくは彼にこれだけの負い目がありながら、彼が断末魔の苦しみに喘いでいる暗闇でめぐり会えず、彼を死から生に連れもどして恩返しすることができないのだ！　ああ！　なんとしても、ぼくは彼を見つけだしてやりたい！——じっさいマリユスは、テナルディエを見つけられるなら、腕の一本もくれてやり、貧困から救いだせるなら、血をそっくり流しても惜しまないつもりだった。テナルディエに出会い、なにかしらの役に立ち、「あなたはぼくのことをご存じない。ところが、このぼくはあなたを知っているのです！　ここにぼくがいます。なんなりとお申しつけください！」と言ってやること、それこそマリユスのこのうえなく甘美で壮麗な夢だった。

第三章　成長したマリユス

このころ、マリユスは二十歳になっていた。彼が祖父の元を離れてから三年になっていたが、ふたりの関係は変わらず、互いに近づこうとも、また会おうともしなかった。もっとも、ふたたび会ったところで、なんになろうか？　また衝突するだけではないか？　どちらが相手を打ち負かすことになるのか？　マリユスは青銅の甕だったが、ジルノルマン老人は鉄の壺だった。

ここではっきり述べておくが、マリユスは祖父の心について誤解していた。彼はずっとこう思いこんでいた。ジルノルマン氏はじぶんを一度も愛してくれたことがない。いつも悪態をつき、怒鳴りちらし、大騒ぎし、杖を振りあげ、ぶっきらぼうで、辛辣で、笑いこけてばかりいるあの老人は、喜劇でお目にかかるどうしようもない老人ジェロントみたいに、軽薄なくせに厳格めかした情愛くらいしかじぶんには感じていないのだと。マリユスは間違っていた。この世にわが子を愛さない父親はままいるが、わが孫を熱愛しない祖父はいないのである。すでに述べたように、ジルノルマン氏はマリユスを溺愛していたのだ。その溺愛の仕方が独特なのであり、小突いたり、時には殴ったりするのである。いざその子がいなくなってみると、老人は心のなかにぽっかりと黒い穴が開いたような気がした。あいつの名前を二度と口にしてはならないと厳命してはいたものの、内心ではその厳命があまりにも遵守されすぎていることを苦々しく思っていた。最初のころは、あのブオナパルト主義者、あのジャコバン党員、あのテロリスト、あの革命派過激市民もいずれもどってくるだろうと期待していた。しかし、数週間たち、数か月たち、数年たっても、あの吸血鬼は二度と姿をあらわさなかった。——だが、わしとしては、奴を追いださないわけにはいかなかったんじゃ、と祖父は思った。そして、こう自問した。もしもう一度やらねばならなくなったら、わしは同じことをするじゃろうか？——彼の自尊心はただちに「そうだ《ウィ》」と答えたが、黙って横に振られるその年老いた頭は、「ちがう《ノン》」と悲しそうに答えていた。彼は何時間もしょんぼりしていた。マリユスがいないことが寂しいのだ。老人というものは日向と同じく愛情を必要とする。暖かさを求めるのだ。頑丈な性質だったが、あれっきりマリユスがいなくなったので、彼の心中でなにかが変わってしまった。あの「腕白小僧」には一歩たりとも歩み寄りたくはなかったが、苦しいことは苦しかった。マリユスについてなにか知ろうなどとはけっしてしなかったけれども、孫のことはいつも考えていた。彼はますますマレー地区に引きこもって暮らすようになった。昔と変わらず陽気でかんしゃく持ちだったが、その陽気さもまるで苦しみと怒りを封じこめているように、どこか引きつった強ばりが残っているように見られ、そのかんしゃくもどことなく穏やかで沈んだ気分に紛れてしまうのが常だった。時にはこう言っていた。

「ああ！　奴がもどってきたら、たっぷり平手打ちをお見舞いしてやるんじゃが！」

伯母のほうはさほど物を考えないたちなので、ひとを愛することもあまりなかった。彼女にとってマリユスは、黒くぼんやりした人影みたいなものでしかなかった。ついには、たしか飼っていたはずの猫かオウムほどにも彼のことを気にしなくなった。

ジルノルマン老人の秘かな苦しみがいや増したのは、その苦しみをそっくり封じこめ、なにひとつ気取られないようにしていたからだった。彼の悲哀は最近新しく発明された、みずから立てる煙まで燃やしてしまうあの大釜のようなものだった。ときどき察しの悪いおせっかい屋が、マリユスのことをわざわざ話題にして、こう尋ねた。

「ところで、お孫さんはなにをされているのですか、というか、その後どうされましたか？」

この老ブルジョワは悲しいときには溜息をつき、陽気な顔を見せたいときには飾りカフスを爪で弾きながら、こう答えるのだった。

「ポンメルシー男爵さまは、どっかの片隅で三百代言をしてござるわ」

老人が後悔しているというのに、マリユスのほうは得意になっていた。善良な心の持ち主ならみなそうだが、彼はさんざん不幸を味わったので、恨み辛みは忘れてしまった。ジルノルマン氏のことを考えると、ただひたすらしんみりした気分になったが、「父親をひどい目にあわせた」男からは、もうなにひとつ受けとるまいと決めていた。いまとなっては、当初の憤懣も和らいで、その程度のものに変わっていたのである。そのうえ、彼は苦しんだこと、いまなお苦しんでいることが嬉しかった。それは父のための苦しみだった。厳しい生活は彼を満足させ、彼の望むところだった。彼は一種喜びにも似た気持ちで「あんな苦しみなんて、なんということもなかった」と思っていた。――これは償いなんだ。この償いがなかったら、ぼくはいずれ、別のかたちで、じぶんの父、しかも父にたいするあのような親不孝な無関心のために、罰せられていたにちがいない。父があんなに苦しみに苦しんだのに、ぼくになんの苦しみもなかったなら、不公平もいいところだ。それに、大佐だった父の英雄的な人生にくらべて、ぼくの仕事や貧乏なんか、なにほどのものだろうか？　そしてぼくが父に近づき、父に似つかわしくなる唯一の手立ては、父が敵にたいして勇敢だったように、ぼくが困窮にたいして気丈にしていることなのだ。大佐だった父が「息子がこの称号にふさわしい人間になるであろう」という言葉で言いたかったのも、きっとこういうことだったのだろう。――大佐の遺言状はなくなってしまったから、マリユスはその言葉を胸のうえに掲げるのではなく、心のなかに持ち歩いていたのである。

しかも、祖父に追いだされたとき、彼はまだほんの子供にすぎなかったのに、いまでは一人前の男になっていた。彼もそのことを感じていた。くどいようだが、貧困は彼にとってはよいことだったのである。若い時期の貧乏には、うまくいった場合、こんな素晴らしい美点がある。貧乏がひとの意志をそっくり努力に、魂の全体をなにかの希求に向けさせてくれることだ。貧乏はすぐさま物質生活を赤裸々にし、これを忌まわしいものにする。このような貧乏からこそ、理想的な人生への言語を絶する飛躍も発生してくるのである。裕福な青年には競馬、狩猟、犬、煙草、賭博、美食その他、きらびやかで卑俗な気晴らしがありあまるほどある。それらは人間の魂の高尚で優美な側面を犠牲にして、もっぱらその低劣な側面を楽しませる活動だ。貧乏な青年はさんざん苦労して、みずからのパンを手にする。彼は食べる。食べてしまうと、もう夢想しかなくなる。彼は神様があたえてくださる無料の芝居に行く。すなわち空、空間、天体、花々、じぶんもそのひとりとして苦しんでいる人類、じぶんもその一部として光を放っている森羅万象をながめるのだ。人類をじっと見つめるから魂が見え、森羅万象をじっと見つめるから神が見える。彼は夢見る。すると、じぶんが偉大になるのを感じる。さらに夢見る。すると、じぶんが心優しくなるのを感じる。彼は苦しむ人間の利己主義から、瞑想する人間の惻隠の情に移っていく。彼の心中に感嘆すべき感情が花開く。すなわち自己忘却と万人への憐憫の情である。自然が開かれた魂にもたらし、あたえ、振りまくが、閉ざされた魂には拒む、数限りのない悦楽のことを思いうかべると、知性の百万長者は金銭の百万長者を哀れむようになる。精神のなかに存分に光がはいってくるにつれ、心からどんな憎しみも去っていく。それでも、彼は不幸なのだろうか？　いや、そうではない。ひとりの青年の貧困は、けっして惨めなものではないのだ。たとえ貧しくとも、若者ならだれしも健康、力、颯爽とした歩み、輝く瞳、熱く循環する血潮、潑剌とした頰、バラ色の唇、白い歯、澄みきった息などによって老いた皇帝を羨ましがらせる。それから毎朝、彼はふたたびその日のパンを得るために働く。彼の手がパンを稼ぐ一方で、その脊椎は矜持をふやし、その頭脳は思想をふやす。仕事がおわると、彼は得も言われぬ忘我に、観想に、歓喜にもどっていく。足こそ苦悩のなか、障害のなか、敷石のうえ、茨のなか、時には泥のなかに置いて生きてはいるが、頭は光のなかにある。彼には堅固、平静、穏和、静謐、熱意、実直、自足、親切しかない。そして、多くの富裕者に欠けているふたつの富、すなわち、じぶんを自由にしてくれる労働と、じぶんを毅然とさせてくれる思考とをあたえ給うた神に感謝する。

マリユスの内面に起こったのは、まさにそのようなことだった。包み隠さずに言えば、彼はいささか観想のほうに傾きすぎるきらいがあった。ほぼ確実になんとか自活できるようになったころから、それ以上の努力をするのをやめた。貧しいのはいいことだと思って仕事を切りつめ、思索にふけるようになった。つまり、時にはまるまる何日も夢想して過ごし、まるで幻視者のように、忘我と内面の光による無言の法悦に浸り没していたのだ。彼は生活の仕方をこのように定めていた。物質的な仕事はできるだけ少なくして、触知できない仕事をできるだけ多くすること。言いかえれば、実生活には数時間しか費やさず、残りの時間をすべて無限のなかに注いでやることである。なにひとつ不足がないと信じつつ、そんなふうに理解された観想がついには怠惰の一形式になることに、彼は気づいていなかった。最低限の生活を維持できることに満足して、あまりに早く休息しすぎていることに気づかなかったのだ。

マリユスのように精力的で雅量のある人間には、それが一過性の状態であり、いったん運命の避けがたい紛糾に出会えば、たちまち目覚めるのは自明のことであった。

さしあたって彼は弁護士になり、またジルノルマン氏がどう考えているにしろ、三百代言はおろか、弁護士活動もしなかった。夢想のために弁論の道から逸れたのである。代訴人を足繁く訪れたり、裁判所にお百度を踏んだり、鵜の目鷹の目で訴訟漁りをするなど、退屈きわまりないことだった。なんでそんなことをするのか？　彼には生業を変えるどんな理由も見いだせなかった。目立たないが商売第一のその書店は、ついに確実な仕事、さして労力の必要がない仕事をくれるようになっていて、さきにも説明したように、その給料だけで彼には充分だったのである。

彼の仕事相手で、たしかマジメル氏と言った書店主のひとりが、彼を雇い入れ、立派な家を構え、定期的に仕事をあたえ、千五百フランの年収を支給しようと申しでてくれた。立派な家を構える！　年収千五百フラン！　なるほど結構だ。だが、じぶんの自由をあきらめる！　雇人になる！　おかかえ文士みたいになる！　マリユスの考えでは、その申し出をうけるなら、彼の立場は以前より良くなると同時に悪くなるのだった。生活が快適になっても、人間としての品位がなくなる。それは完全で美しい不幸が、馬鹿げたみっともない不自由に変わることだった。ちょうど盲人が片目になるようなものだ。彼はその申し出を断った。

マリユスは孤独な暮らしをしていた。なんにつけても局外にいたいという生来の好みから、またあまりにもおぞましい目にあったことから、彼は結局、アンジョルラスが主宰するグループには加わらなかった。それでも彼らとは仲のよい友人同士であり、なにか事があれば、できるだけ助けあう気持ちでいたが、それ以上ではなかった。マリユスにはふたりの友達がいた。ひとりは若いクールフェラック、もうひとりは老人のマブーフ氏だったが、彼の心は老人のほうに傾いていた。それはまず、彼の内面に生じた革命がこの老人のおかげだったからである。また、じぶんの父親を知り、愛するようになったのも、この老人のおかげだった。「あの人はぼくの白内障の手術をしてくれたのだ」と、彼はよく言っていた。

たしかに、この教会財産管理委員の役割が決定的だったのは事実だろう。

けれどもこの場合、マブーフ氏は神意の物静かで公正な代理人以外の者ではなかった。だれかが持ってきてくれたろうそくのように、たまたま、それと知らずに、マリユスを照らしたにすぎない。彼はそのろうそくであっても、そのだれかではなかったのだ。

マリユスの内面に生じた政治的革命については、マブーフ氏はこれを理解し、望み、導くことはまったくできなかった。

のちになってこのマブーフ氏がまた登場することになるので、ここでいくらか彼に言葉を費やしておくのも無駄ではないだろう。

第四章　マブーフ氏

マブーフ氏がマリユスに、「わたしごときものでも、いろいろな政治的意見があるのを認めていますよ」と言ったとき、彼はじぶんの本当の精神状態を述べていたのであった。彼はありとあらゆる政治的意見に無関心で、どれも区別なしにそっくり認めていた。政治的意見などに心を煩わされないようにするためだったが、これはちょうどギリシャ人たちがフリアイ[1]のことを「美しく、善良な、魅力あふれる女神たち」、「エウメニデス」などと呼んでいたのと同じである。マブーフ氏の政治的意見とは、情熱的に植物を、それからとくに書物を愛することだった。この時代、「＊＊＊主義者」と言わなければだれも生きていけなかったので、彼にも語尾が「主義者」となるものがあったわけだが、彼は王党主義者でも、ボナパルト主義者でも、イギリス流の人民憲章主義者でも、オルレアン家擁立主義者でも、無政府主義者でもなく、愛書主義者だった。

　この世にながめることのできるあらゆる種類の苔、草木、灌木があり、めくってみることができる無数の二折判や三十二折判の書物があるというのに、人間たちが憲章、民主制、王位の正統継承権、君主制、共和制などといった愚にもつかないことで、一生懸命になって憎しみあっていることが彼には理解できなかった。彼は無用な人間になるまいと充分に気をつけていた。いくら本をためこんでも読む妨げにはならなかったし、植物学者であっても庭師になる妨げにはならなかった。ポンメルシーを知ったとき、彼と大佐とのあいだにはこんな共感があった。大佐が花々のためにしていることを、じぶんは果実のためにしているという共感である。マブーフ氏はサン・ジェルマンの梨と同じくらい美味な梨を種から実らせることに成功していた。現在では名高い、夏のミラベル〔黄色いスモモ〕にもおとらず香り高い十月のミラベルは、もともと彼の工夫のひとつだったらしい。彼がミサに行くのは信仰心というより、むしろ穏やかな心情のためだった。また、人間の顔を見るのは好きだが、騒々しさを嫌った。そんな人間が見つかるのはただ、人びとが静かに寄り集う教会だけだった。じぶんもなにかしら国の役に立たねばならないと思って、教会財産管理委員の職を選んだ。彼は結局、チューリップの球根ほどに女性を愛したり、エルゼビル版の書物〔2〕ほどに男性を愛することはついにできなかった。六十の坂も越えてだいぶたったある日、だれかが彼にこう尋ねた。

「あなたは一度も結婚されなかったのですか？」

「とんと忘れておったな」と彼は言った。

ときどき彼もこう言うときがあった――だれだって同じことを言うのではないだろうか？――「ああ、もしわたしが金持ちだったら！」だがこれは、ジルノルマン氏のように美しい娘を横目に見ながらではなく、じっと一冊の古本を見ながらのことだった。彼は年とった家政婦を雇って、ひとり暮らしをしていた。すこしばかり手痛風にかかっていた彼は、眠っているとき、リューマチによってこわばる老いた指をシーツの皺のなかで引きつらせていた。彼は『コートレー付近の植物誌』を制作し、着色図版付きで出版していた。これはかなり評判のよい本で、彼はその銅版を手元に置いて、みずから販売していた。そのために日に二度か三度、メジエール通りの自宅のベルを押す者がいた。これによって年に二千フランほど儲けていたが、それがほぼ彼の全財産だった。いくら貧しくても、忍耐と節約をし、時間をかけてあらゆる種類の稀覯本の収集をしていた。外出するときにはかならず小脇に一冊の本をかかえ、帰宅するときにはしばしば二冊かかえていた。彼の住まいとなっている、ちいさな庭付きの家の一階の四部屋にある装飾といえば、額縁に入れた押葉の標本と昔の大家たちの版画だけだった。彼はサーベルや銃を見ただけで身も凍る気がした。生涯、大砲に近づいたことはなく、廃兵院からさえも遠ざかっていた。胃はまあまあ丈夫なほうで、主任司祭をしている兄がいて、真っ白な髪をし、口にも精神にももう歯はなく、全身がわなわなと震え、ピカルディー訛りがあり、子供のように笑い、すぐに怖じ気づき、老いた羊のような様子をしていた。これにくわえて、ロワヨルという名前のサン・ジャック門の年老いた本屋をのぞけば、生きている者たちのなかにひとりの友人も、ひとりの顔なじみもいなかった。彼の夢はフランスに藍を移植することだった。

彼の召使い女もまた、純粋無垢の変わり種だった。この人の好い老女は哀れにも未婚だった。システィナの礼拝堂でアレグリ[3]の名作「ミゼレーレ」でもニャオニャオ歌えそうな雄猫シュルタンが、ばあさんの心を独り占めにし、彼女がかかえている情念の量にはそれだけで充分だった。彼女の夢はどれひとつとして男に及ぶことはなく、想像が猫を超えることはついぞなかった。猫と同じように、口ひげが生えていた。そんな彼女の自慢は、いつも真っ白な縁なし帽子だった。日曜日のミサのあと、彼女はトランクのなかの下着の数をかぞえたり、買ってはみたものの、一度も仕立ててもらったことのない服地をベッドに広げたりしながら、時を過ごすのであった。彼女は字が読めた。マブーフ氏は彼女に「プリュタルク[4]」という渾名をたてまつっていた。

マブーフ氏がマリユスを気持ちよく迎えていたのは、若くて優しいマリユスが内気な彼の胆を冷やさずに、老いの日々を暖めてくれるからだった。若さに優しさが加わると、老人は風のない日向にいるような心地がする。武勲、弾薬、行進、後退、父がサーベルで壮大に攻撃したり、攻撃されたりするといったような信じられない戦闘の話に飽きると、彼はマブーフ氏に会いにいった。すると、マブーフ氏は花の観点から英雄たちの話をしてくれるのだった。

一八三〇年ごろ、兄の主任司祭が亡くなった。それからほとんど時をおかず、まるで夜がやってきたように、マブーフ氏の前途は真っ暗になってしまった。(公証人の)破産によって、一万フランという大金をなくしてしまったからである。それが兄とふたりの名義で持っていた全財産だった。同年の七月革命は出版業に危機をもたらした。不況になると、いちばん売れなくなるのは植物誌のたぐいだ。『コートレー付近の植物誌』はぴたりと売れなくなった。何週間も買手がつかない日々がつづいた。ときたまベルの音が鳴ると、マブーフ氏は思わず身を震わせていた。「だんなさま」と、プリュタルクばあさんが悲しそうに言った。「水屋でございます[5]」

とどのつまり、ある日マブーフ氏はメジエール通りを立ち退き、教会財産管理委員の職を辞し、サン・シュルピス教会とも縁を切って、書籍ではなく、版画——これにはまったくこだわりがなかった——の一部を売りはらって、モンパルナス大通りのちいさな家に落ち着いた。ただ、そこにもわずか三か月しか住まなかった。それにはふたつの理由がある。まず、一階部分と庭とで三百フランもしたが、彼は家賃に二百フラン以上払う気にはなれなかったからだ。つぎに、その家がファトゥー射撃場の隣だったものだから、一日中ピストルの音が聞こえ、とても耐えられなかったからだ。

彼は『植物誌』、銅版、押葉の標本、書類入れ、蔵書などを持って、サルペトリエール施療院そばのオーステルリッツ村にある田舎風の家に引っ越した。それでも家賃は二百五十フランで、三部屋に生垣で囲まれた庭、それに井戸がついていた。彼はこの引越を機に、家具をほとんど売りはらってしまった。新居にはいった日、すこぶる上機嫌で、じぶんで釘を打って、版画や押葉の標本をかけた。その昼の残り時間は庭で鶴嘴を振るって過ごした。夕方になると、プリュタルクばあさんが浮かない様子で考え事をしているのを見て、その肩をぽんと叩き、にこにこしながらこう言った。

「なあに！　いまに藍ができるさ！」

ふたりの客、すなわちサン・ジャック門の本屋とマリユスだけが、オーステルリッツの田舎家に会いにくることを許された。ちなみに、この村の戦場を連想させる名前は、マブーフ氏には端的に不愉快だった。

ところで、すでに指摘しておいたことだが、叡智あるいは狂気、もしくはこれはよくあることだが、同時にその双方に没入している頭脳は、きわめてゆるやかにしか、実生活の事柄に影響されないものである。そういう人びとにとっては、じぶん自身の人生さえもはるか遠くのものになる。このような精神集中の結果として、ある受身の状態が生じ、もしこの状態に筋道をつけてやれば、哲学に似たものになってくるだろう。衰え、屈し、流され、壊れようとさえしているというのに、じぶんではそのことに気づかない。もちろん、そんな状態にも、いずれ覚醒の時期が訪れるのだが、それでは遅すぎる。それまでは、みずからの幸福と不幸とのあいだで勝負がなされているのに、まるでじぶんには関係がないような顔をしている。じぶんこそ掛金だというのに、どこ吹く風と手をこまねいてその勝負をながめているのである。

こんなふうに、みずからのまわりに暗闇ができ、じぶんの希望がひとつ、またひとつと消え去ってゆくというのに、マブーフ氏はいくらか子供っぽく、だが心の底から平然としたままだった。彼の心には、時計の振子の往復運動みたいな習性があった。なにかの幻想にいったんねじを巻かれると、たとえその幻想が消え去っても、振子運動が長々とつづくのである。時計は、ねじ巻きのキーをなくしたからといって、そのとたんにぴたりと止まるわけではない。

マブーフ氏には無邪気な楽しみがいくつもあった。だれも思いつかないような、しかも金のかからない楽しみで、ちょっとした偶然によってあたえられるものだった。ある日、プリュタルクばあさんが部屋の片隅で小説を読んでいた。そのほうがずっとよく理解できると思って、大きな声を出して読んでいた。大声で読むのは、たしかに読んでいるということをじぶん自身に納得させることである。きわめて大声で読んで、いまじぶんが読書しているのだと、名誉にかけて誓わなければ気のすまない人びともいるのだ。

そんなふうに読みながら、プリュタルクばあさんはこんな文句に辿りついた。竜騎兵の将校と美女が登場するところである。

「……美女はすねた。仏陀《ブッダ》と、竜騎兵《ドラゴン》は……」

ここで彼女は中断して眼鏡をふいた。

「仏陀《ブッダ》と竜《ドラゴン》」と、マブーフ氏は小声でくりかえした。「そうだよ、まったくだね。ある洞穴に竜がいて、口から火を吹いて天を燃やしてしまった。この怪物に焼かれてしまった星はすでにいくつもあるが、そいつはおまけに、虎のような爪をもっていた。仏陀はその洞窟に赴かれ、あっぱれ竜を改心させられた。プリュタルクさん、あなたも良い本を読んでいるね。これほど美しい伝説はまたとないものだよ」

それからマブーフ氏は甘美な夢想に落ちた。

第五章　悲惨のよき隣人としての貧困

マリユスは、ゆっくりと極貧にとらえられてくるのが分かり、すこしずつ驚くようになっても、ことさら悲しむわけでもないこの無邪気な老人が好きだった。クールフェラックとはたまに出会うだけだったが、マブーフ氏にはわざわざ会いにいった。もっともそんなこともじつにまれで、せいぜい月に二、三度だった。

マリユスの楽しみは、市外の大通りとか、シャン・ド・マルスとか、リュクサンブール公園の人通りの少ない散歩道などを長々と散歩することだった。時には、野菜栽培人の庭や、サラダ畑や、堆肥のなかにいる雌鶏や、揚水機の輪をまわしている馬などをながめて、半日も過ごすことがあった。通りがかりの人びとはびっくりして彼を見つめ、なかにはその身なりを胡散くさく感じ、顔つきを薄気味悪く思う者もいた。だが、彼はただの貧しい青年で、当てもなく夢想しているにすぎなかった。

そんな散歩をしていたある日、彼はたまたまゴルボー屋敷を見つけ、ひっそりした佇まいと家賃の安さに心を惹かれて、そこに住むようになった。そこでの彼はただ、マリユスさんという名前で知られているだけだった。

昔の将軍や父の戦友たちが彼のことを知って、会いにくるよう誘ってくれた。マリユスはけっして断らなかった。そのようにして彼はときどきパジョル伯爵、ベラヴェーヌ将軍、廃兵院の院長フリリオン将軍〔1〕の邸宅に赴いた。そこでは音楽が奏でられ、ダンスがおこなわれた。そんな晩には、マリユスは新しい服を着こんだ。ただし、石も割れそうなほど凍てついて道に泥がない日でなければ、舞踏会や夜会にはけっして行かなかった。というのは、馬車賃が払えなかったし、一足しかないピカピカの鏡みたいな長靴《ブーツ》をはいていけないから、行く気になれなかったのだった。

ときどき彼は、べつだん悔しさを見せるわけでもなくこう言っていた。

「サロンというのは、靴さえのぞけば、あちこち泥だらけでも、大丈夫なところだよ。ちゃんと迎えられるには、申し分のないものがひとつだけあればよい。良心？　いや、長靴さ」

愛の情熱を別にすれば、あらゆる情熱は夢想のなかで霧散してしまうものだ。マリユスの政治熱もそのうちに消えてしまった。一八三〇年の革命〔2〕が彼を満足させ、落ち着かせたという事情も、それにあずかっていた。怒りをのぞけば、彼はなにひとつ変わっていなかった。あいかわらず同じ政治的意見をもっていたが、ただその意見が柔軟になった。もっと適切にいえば、もう政治的意見をもたなくなり、ただ共感を覚えるだけになった。彼はどの陣営の味方だったのか？　人類の味方だった。人類のなかではフランスを選び、フランス国民のなかでは民衆を選び、民衆のなかでは女性を選んでいた。彼の同情が向かうのは女性たちのほうであった。いまや彼は事実よりも理念を、英雄よりも詩人を好み、マレンゴの戦いのような事件よりも『ヨブ記』のような書物を称えていた。ある日のこと、彼は一日中瞑想にふけったあと、夕方になって帰宅し、木々の枝越しに底なしの空間、名もない微光、深淵、暗闇、神秘をかいま見たとき、ひたすら人間的にすぎないものはいっさい、なんとも卑小に思えてきた。

彼は人生と人間の哲学の真実に到達したと思いこんだが、もしかするとじっさいにそうだったのかもしれない。しまいに空しか見なくなった。空こそは、真理がその井戸の底から見上げることができる唯一のものだからである。

かといって、将来の計画、設計、足場、企画などを胸中にいだかなかったわけではない。そんな夢想状態にあるマリユスの内面を覗く者があったとしたら、この魂の純粋さに目もくらむ思いがしたことだろう。じっさい、もし人間が肉眼で他者の意識を見ることができるなら、その他者が思考しているものよりも、夢想しているものを基準にして判断するほうがずっと確実だろう。思考には意志がはいりこむが、夢想にははいりこまない。夢想はごく自然に生ずるものだから、たとえ途方もないものや理想的なものに浸っていても、人間の精神の姿を帯び、たもつものだ。いや、壮麗な運命への度外れで故しれぬ熱望ほど、人間の魂そのものの奥底から直接かつ真率に出現するものはないのだ。組み立てられ、筋道をあたえられ、整理された理念ではなく、そのような熱望のうちにこそ、各人の真の性格を見いだすことができるのであり、わたしたちの空想こそがもっともわたしたちに似ているのだ。各人はそれぞれの性質にしたがって、未知と不可能を夢見るのである。

この一八三一年という年の中ごろ、マリユスの世話をしていた老女が、彼の隣人の気の毒なジョンドレット一家が追い出しをくらおうとしているという話をした。マリユスはほとんど毎日外で暮らしていたので、じぶんに隣人がいるなどとは思ったこともなかった。

「どうして追いだされるのですか?」と、彼は言った。

「家賃を払っていないからですよ。二期分もたまっていますから」

「いくらくらいですか?」

「二十フランですよ」と、老女は言った。

マリユスは引出しに三十フラン別にしてあった。

「さあ」と彼は老女に言った。「ここに二十五フランあります。その気の毒な人たちに代わって払ってください。五フランはその人たちにあげてください。ただ、ぼくからだとは言わないでください」

第六章　代役

たまたま、テオデュール中尉の所属する連隊がパリに駐屯することになった。これがジルノルマン伯母に第二の考えをあたえる機会になった。最初はテオデュールにマリユスを監視させたのだったが、今度はテオデュールをマリユスの後釜にしようとたくらんだのである。

どんなときでも、また──廃墟はときどき曙の光を喜ぶものだから──祖父が家で若々しい顔を見たいと思うときなど、マリユスの代わりになってくれる青年が見つかれば都合がよかった。──いいじゃないの、と伯母は考えた。これは本のなかに見かけるちょっとした誤植みたいなものよ。マリユスと書いてあったら、テオデュールと読んでやるだけのことだわ。なるほど甥の息子はほとんど孫と言ってもいい。弁護士がいないのなら、槍騎兵に来てもらえばいいわけだ。

ある朝、ジルノルマン氏が『コティディエンヌ』紙かなにかを読んでいると、娘がはいってきて、これ以上ないというくらい優しい声で言った。というのも、これから話そうとするのは、じぶんのお気に入りのことだったからだ。

「お父さま、テオデュールが今朝ご機嫌をうかがいにまいるそうですよ」

「だれじゃ、そのテオデュールというのは?」

「お父さまの甥の息子ですよ」

「ああ!」と祖父は言った。

それから彼はふたたび新聞を読みだし、テオデュールとかいう甥の子のことをまったく考えていなかったものの、間もなくみるみる不機嫌になった。これはなにかを読むと、つねに起ることだった。手にしている「新聞紙」は言うまでもなく王党派の新聞だったが、そこにはいたってそっけない調子で、当時のパリでは日常茶飯事だったある騒ぎが翌日に予定されていると告げてあった。——法律学校および医学学校の学生たちは正午を期してパンテオン広場に集合する予定になっている。——討論のためであり、議題は時局に関する問題、つまり国民軍の砲兵の問題、それからもうひとつ、ルーヴル宮の中庭に据えられた大砲をめぐる、陸軍大臣と「市民軍」の衝突の問題である。学生たちはこの点について「討論」する予定、とのことであった。ジルノルマン氏はもうすこしでかんしゃくを起こしそうになった。

彼は、マリユスも学生であり、おそらく仲間といっしょに、「正午を期してパンテオン広場で討論をしに」いくのだろうとぼんやり考えていた。

そんな悲しい物思いにふけっているとき、テオデュール中尉が気を利かせて平服姿ではいってきた。ジルノルマン嬢がそっと案内してきたのである。槍騎兵にはこんな下心があった。——ドルイド僧みたいなこの頑固爺も、まさか全財産を終身年金につぎこんではいまい。こんなふうに、ときどき私服姿を見せてやるのもいいだろう。

ジルノルマン嬢は父親に大声で言った。

「テオデュールです、お父さまの甥の息子さん」

それから小声になって、中尉にこう言った。

「なんでもはいはいと相づちを打っておくのよ」

そして彼女は退出した。

中尉はこんなに改まって人に会うのは初めてだったので、どこかどぎまぎして「こんにちは、伯父さん」と口ごもり、それから思わず、習慣になっている軍隊式の敬礼をしかけたが、思い直してブルジョワ風の挨拶をした。

「ああ! おまえか。よろしい。すわりなさい」と老人が言った。

そう言ったとたん、彼は槍騎兵のことなどすっかり忘れてしまった。

テオデュールがすわると、ジルノルマン氏は立ちあがった。

ジルノルマン氏は両手をポケットに突っこんで、あちこち歩きまわりながら、大声で話し、チョッキの小ポケットに入れたふたつの時計を、皺だらけの手で苛立ちもあらわに激しく揺すっていた。

「洟垂れ小僧ども！　あいつらがパンテオン広場に集結だと！　もってのほかだ！　昨日まで乳飲み子だった腕白坊主どもが！　鼻を押してやれば、乳が出てくるわい！　なに、明日の正午に討論するだと。それでどうなる？　どうなるというんじゃ？　奈落に落ちこむのが目に見えておるではないか。シャツなしのデスカミザドス〔スペインの王党派が革命派につけた蔑称〕どものせいで、こんなことになったんじゃ。市民の砲兵だと！　市民の砲兵について討論するだと！　国民軍のぶっ放す屁のことを、お天道さまのしたでぺちゃくちゃしゃべりにいくのだと！　で、そのあと、いったいだれといっしょになるのかね？　ジャコバン派どもにどこに連れていかれるのか、ちっとは考えてもみろ。わしは言われるだけ金を賭けてもいいぞ、これには百万フラン賭けたっていい、どうせ集まってくる奴らは前科者か釈放徒刑囚と決まっておる。共和派と徒刑囚なんぞ鼻と鼻紙みたいなものじゃ。カルノー[1]は言った。「裏切者、おれにどこへ行けというのか？」フーシェは答えた。「愚か者、どこでもおまえの好きなところにだよ！」これが共和派という奴らの正体なんじゃよ」

「お説のとおりです」とテオデュールが言った。

ジルノルマン氏はなかば顔を向け、テオデュールを見てからつづけた。

「あのやくざ者、よくぞ悪辣な炭焼き党員《カルボナロ》なんかになってくれたものだ！　おまえはなんでわしの家を出ていったのじゃ？　家出して共和派になるためか？　フン！　だいいち、民衆はおまえの共和制なんぞ望んではおらぬわ。ご免こうむりますと言っておるんじゃよ。民衆には良識があり、これまでずっと国王がいたし、これからもずっと国王がいるだろうってことぐらい、ちゃんと分かっておるのだ。民衆というのは、とどのつまり、民衆でしかないとしっかり心得ておるのじゃよ。おまえの共和制なんぞ、連中はせせら笑っておる。分かったか、このたわけ者！　なんというひどい世迷い言じゃ！　やくざな『デュシェーヌ親父』[2]紙なんぞに惚れこみ、ギロチンに色目をつかい、九三年という女のバルコニーのしたで恋歌をうたい、ギターを奏でる。そんな若造ども全員に唾をかけてやりたいわい。それぐらい、あいつらは馬鹿なんじゃ！　どいつもこいつも馬鹿ばかり！　ひとり残らずじゃ！　町に出てあたりの空気を吸っただけで、もう正気をなくしてしまう。十九世紀には毒が混じっておるのか。どこかの悪童が山羊みたいなひげを生やすと、それで一端のやくざ者だと本気で思いこみ、年とった身内を置き去りにする。そいつらが共和主義者だの、ロマン主義者だのとぬかす。だが、ロマン主義者とはいったいなんのことかね？　どういうものなのかひとつお教え願いたいね。どうせ、考えられるかぎりのありとあらゆる狂気の沙汰のことだろ。それで一年まえ、おまえたちは『エルナニ』[3]に駆り立てられたわけだ。ちょっと聞きたいが、『エルナニ』とはなんだね？　対句の寄せ集め、フランス語でさえもない言葉で書かれている忌まわしい代物じゃないか！　そして今度は、ルーヴル宮の中庭に大砲を据えつけるという話。いまの時代の悪党なんて、そんな程度なんじゃ」

「おっしゃるとおりです、伯父さま」とテオデュールは言った。

ジルノルマン氏はつづけた。

「博物館の中庭に大砲を！　なにをするためじゃ？　大砲よ、おまえはなにがお望みじゃ？[4]じゃあ、おまえたちはベルヴェデールのアポロ像に一斉射撃でもしたいのか？　薬嚢はメディチのヴィーナスになんの関係があるというのか？　ああ！　いまどきの若いもんは、揃いもそろってろくでなしどもじゃ！　あいつらが崇拝するバンジャマン・コンスタンなんぞ、まったく取るに足らない男だよ！　おまけに、ならずものでない奴は間抜けときている。連中は醜男になるためなら、なんでもする。みっともない身なりをして、女を怖がっておる。そのくせして、ペチコートのまわりを物欲しげに這いずりまわっては、娘っ子どもにぷっと笑われる始末。誓って言うが、連中は恋することを恥ずかしがっておる哀れな腰抜けだ。不格好なうえ、ご丁寧にも、阿呆の上塗りをしておる。なにかと言えば、ヴァリエテ座の俳優のチエルスランやポティエの地口を猿真似し、袋のような服に、馬丁みたいなチョッキ、粗末な綿のシャツ、粗末なラシャのズボン、粗末な厚革の長靴という出立で、そのおしゃべりときたら羽根飾りみたいにふわふわしたもんじゃ。連中はてめえの古靴の靴底を替えるために、わけの分からぬ隠語をつかっておる。おまけに、あの低脳のガキどもは政治的意見をもっていやがる。ここはどうしても、政治的意見をもつことを厳禁せねばなるまい。あの者どもはいろんな体制なるものをでっち上げ、社会を作りかえ、君主制をくつがえし、法律という法律を地面に叩きつけ、屋根裏部屋と地下倉を、門番と王様を取りかえ、ヨーロッパをとことんひっくり返し、世界を作りかえ、そのくせ荷馬車に乗りこむ洗濯女たちの足を、これ幸いとばかり、こっそり覗いておるのじゃ！　ああ！　マリユス。ああ！見下げた奴だ！　広場に行ってわめき散らすだと！　討論し、討議し、対策をこうじるだと！

あいつらはそんなものを対策などと称しておる。いやはや！　無秩序もみみっちくなると間抜けたものになりおるものだわい。昔わしは混沌を見たものだが、いま見えるのはただのゴタゴタじゃ。学校の生徒どもが国民軍について討議するなんぞ、未開のオジブワ族やカドダーシュ族にさえ見られないことじゃろうが。素っ裸で、羽子板の羽根みたいなものを頭にのせ、棍棒を持って歩く野生の人間だって、あの若造どもほど野蛮じゃあるまいよ！　ちゃちな青二才どもめ！　きいたふうな口をたたきやがって命令しくさる！　あんな者どもが討議し、屁理屈をこねる。世も末じゃ。水と陸からなるこの哀れな地球もあきらかにおしまいじゃ。臨終にしゃっくりのひとつもしなければならないというので、いまフランスがそれをやっておる。討論するだと、あのやくざ者どもが！　オデオン座のアーケードのしたに新聞を読みにいけば、討論の種なんぞいくらだってあるじゃろうよ。一スーも出せば良識やら、知性やら、心やら、魂やら、精神やらと、なんでも手にはいると思いこんでおる。そこを卒業すると、親元からとんずらを決めこむ。新聞というものは全部ペストみたいなものじゃ。『ドラポー・ブラン』さえもだ。マルタンヴィル[5]なんぞ、本当のところは、ジャコバン派だったのじゃ。ああ！　なんていうことだ！　おまえなんぞ、この祖父を絶望させておいて、せいぜい得意になっておるがいいさ！」

「もちろんですよ」とテオデュールが言った。

それから、ジルノルマン氏がひと息つく隙に、テオデュールは尊大な口調でこう言いそえた。

「新聞は『モニトゥール』紙だけ、本は『軍事公報』だけということにすべきでしょうね」

ジルノルマン氏はつづけた。

「奴らが崇拝するシェイエスのように[6]、国王殺しが元老院議員に就く。というのも、連中はいつだってそこで功成り名遂ぐわけじゃからな。最初は市民だの同志だのと親しく呼びあってさんざん刃傷沙汰をやらかしたのも、最後には伯爵さまなどと呼ばれる身分に成り上がるためだったんじゃ。なんとも呆れ果てた伯爵さまもあったものよ。あいつらは九月の虐殺者どもだったじゃないか！　哲学者シェイエス！　わしにはな、こんな自負心がある。あの手の哲学者の哲学なぞただの一回も、チヴォリあたりをうろついておる道化師の鼻眼鏡ほどにもありがたがらなかったということじゃ。いつだったか、元老院議員どもがナポレオン風の蜜蜂模様をあしらった外套を着て、アンリ四世風の帽子をかぶってマラケ河岸を通りかかるのを見たことがある。見るもおぞましかった。虎の宮廷に伺候する猿どものようじゃったよ。市民諸君、わしは宣言する。諸君の進歩なんぞ狂気の沙汰じゃ、諸君の言う人類なんぞ夢幻じゃ、諸君の革命なんぞ犯罪じゃ、諸君の共和国なんぞ怪物じゃ、諸君の若く純潔なフランスなんぞ淫売屋から生まれたものなんじゃ。もう一度わしは諸君全員に向かってそう主張する。諸君がだれであろうと、新聞記者であろうと、経済学者であろうと、法学者であろうと、ギロチンの刃以上に自由、平等、友愛の目利きであろうと、わしは親愛なる諸君にそう通告する！」

「そのとおり」と中尉が絶叫した。「それはまことに素晴らしい真理です」

ジルノルマン氏はやりかけていた動作を途中でやめて振りかえり、槍騎兵をまじまじと見すえてこう言った。

「おまえは馬鹿者じゃのう」

第六篇　ふたつの星の出会い

第一章　渾名――新しい姓のでき方

　このころのマリユスは中背の美青年で、とても濃い黒髪、広く理知的な額、開いて情熱的な鼻孔、誠実で穏和な態度、そして顔つき全体になんとも知れず昂然とし、思慮深く、汚れのない風情があった。すべての線が丸みを帯びているものの、毅然とした気配をうしなわない横顔には、アルザス・ロレーヌ地方を経てフランス人の顔に染みわたった、あのゲルマン的な穏和さが見られた。刺々しいところがまったくないのは、ローマ人のなかにあってもきわめて古いシカンブル族だとすぐに見分けさせ、ライオン族を鷲族と区別する特徴である。彼は考える人間の精神がほぼ均等な割合で、深遠さと素朴さとで成り立っている人生の季節にあった。いざ深刻な状況になれば、とんでもない馬鹿な真似をするかと思えば、しばらくしてもう一度ねじを巻いてやれば、崇高な人間になったりもする。物腰は控え目で、よそよそしく、丁重で、開けっぴろげなところはなかった。口が魅力的で、唇が赤く、歯が白かったので、にっこり笑うと顔つきの厳めしさも和らいだ。時には純潔な額と肉感的な微笑とが、奇妙な対照を見せることもあった。目は小さかったが、ものを見るときには大きくなった[1]。

どん底の貧乏暮らしをしていたころ、彼はじぶんが通りかかると、若い娘たちがうしろを振りかえって見ていることに気づき、しょげこんで逃げだしたり、隠れたりしたものだった。娘たちがこんな古着をきているじぶんを見て、笑い物にしているのだと思っていたのだ。ところが、事実は逆で、娘たちは彼の美男ぶりに見とれ、夢見心地になっていたのだった。

彼と通りがかりの美女たちのそんな無言の誤解のせいで、彼はとっつきにくい性格になった。彼にはこれはという女がひとりもいなかった。それもそのはずで、なにしろ女と見ればさっさと逃げだしていたのだから。そんなふうに彼は漫然と——クールフェラックに言わせると、馬鹿みたいに——暮らしていた。

クールフェラックはさらにこうも言っていた。「おまえね、聖人みたいに尊敬されようなんて思うなよ（というのも、ふたりは「おれ」「おまえ」と呼びあうようになっていたからだ。若い友人同士がすぐに馴れ馴れしい口をきくようになるのは自然の成行きである）。なあ、おまえ、ひとつ忠告しておくよ。そんなに本とにらめっこせず、ちょっとは女をおがんでみろよ。おい、マリユス、おてんば娘にだっていいところがあるんだぜ！　逃げて、顔を赤くしてばかりいると、いまに馬鹿になっちまうぞ」

別の折には、マリユスとばったり出くわすと、クールフェラックはこう言った。

「やあ、こんにちは、司祭さん」

クールフェラックにその種のことを言われると、マリユスはかつてなかったほど、老いも若きも、いっさいの女を避け、あまつさえクールフェラックまで避ける始末だった。

とはいえ、この広大な世の中でマリユスが逃げもせず、すこしも警戒しない女がふたりいた。じっさい、だれかがあれは女だと言ってやれば、マリユスはひどく驚いたことだろう。ひとりは部屋の掃除をしてくれる、ひげの生えた老婆で、クールフェラックに言わせると、「あの手伝いばあさんがひげを生やしているのを見たばっかりに、マリユスの奴、なにがなんでもひげを生やす気になれないのだ」ということだった。もうひとりはよく見かけはするが、一度もゆっくりながめたことのない少女のような娘だった。

かれこれ一年以上もまえから、彼はリュクサンブール公園の人影がなく、苗床の手すりに沿った散歩道に、ひとりの男とごく幼い娘がいるのに気づいていた。ふたりはほとんどいつもウエスト通りに面した、散歩道の寂しい片隅にあるベンチに並んですわっていた。目がひたすら内面を見つめている者たちが散歩するときには、よく偶然が重なるものだが、マリユスの足がその散歩道に向くたびに、かならずと言ってよいほど、そこにふたりの姿があった。男は六十歳くらいで、寂しげで生真面目そうに見えた。全身から退役軍人のように頑強だが、どこか疲れた雰囲気が感じられた。この男が勲章をつけていたら、マリユスはきっと、あれは元将校だと言ったことだろう。男は善良そうだが、どこか近づきがたい様子をして、けっしてだれとも目を合わせなかった。青のズボンをはき、青のフロックを着て、鍔広の帽子をかぶっていたが、いつも新品のようだった。それに黒いネクタイをし、クエーカー教徒のような、まぶしいほど白いが、粗末な麻のワイシャツを着ていた。ある日、彼のそばを通りかかった蓮っ葉な町娘が、「ずいぶん清潔な男やもめもいるもんだわ」と言った。彼の髪は真っ白に近かった。

男に連れられた少女が、すっかりじぶんたちのものと決めたらしいそのベンチに初めていっしょにすわったとき、まだ十三歳か、十四歳くらいにしか見えない小娘だった。痩せこけ、そのせいでほとんど醜く、ぎごちなく、なんの取柄もない少女だったが、もしかするといつの日か美しい目になるかもしれない、そんな気配もあった。ただ、あまり感じがいいとは言えない自信をちらつかせて、いつも上目づかいをしていた。少女は修道院の寄宿生のように、子供っぽいのに年寄りじみた身なりをしていた。地の厚い黒のメリノの、仕立ての悪いドレス姿だった。ふたりは父と娘のようだった。

マリユスは二、三日のあいだ、まだ老人とまではいかないその年老いた男と、まだ大人になってはいないその少女を注意深くながめたが、やがてまったく注意を払わなくなった。相手のほうでも彼のことは目にもはいらないようだった。娘はたえず、活発にしゃべっていたが、年とった男のほうは口数が少なかった。だが、ときどき得も言われぬ父性愛にみちた眼差しを少女に注いでいた。

マリユスはとくに意識しなかったが、いつの間にかその散歩道を歩く習慣が身についていた。ふたりはいつも間違いなくそこにいた。この事態がどのように進んだのか以下に述べよう。

マリユスは同じ散歩道でも、ふたりがいる反対側の端から歩きだすのを好んでいた。散歩道を歩きつづけて、ふたりのまえを通りすぎてから、くるりと身をひるがえし、やってきた地点までもどると、また同じことをくりかえしていた。同じ散歩道を五、六回も往復し、しかも週に五、六回も同じ散歩をくりかえしたというのに、その人たちと彼のあいだで挨拶が交わされる機会は、ついぞなかった。この人物とこの少女は人目につかないようにしていたのに、いや、むしろ人目につかないようにしていたからこそ、苗床に沿ってときどき散歩する五、六人の学生たちの注目をごく自然に集めるようになっていた。これらの学生たちのうち、勤勉な学生は授業のあとに、そうではない学生は玉突きの勝負のあとにその散歩道にやってきた。後者の部類の学生だったクールフェラックは、しばらくふたりをしげしげと観察していたが、やがて娘が不器量だと見てとるや、いち早く、しかも細心にふたりを避けるようになった。彼は退却しつつ矢を射る名手のパルティア人みたいに逃げながら、このふたりに渾名を放った。少女のドレスと老人の白髪がとくに印象に残っていたので、彼は少女を「ラノワール嬢〔黒服嬢〕」と、父親を「ルブラン氏〔白髪氏〕」と呼ぶことにした。その結果、だれもふたりの姓名を知らなかったし、名前も分からなかったので、この渾名が通用することになった。学生たちは、「ああ！　ルブラン氏がいつものベンチにいるぞ！」と言い、マリユスもほかの者たちと同じく、この見知らぬ男性を「ルブラン氏」と呼ぶことにした。筆者も彼らと同様、この物語の便宜上「ルブラン氏」と言うことにしよう。

　こんなふうに、マリユスは最初の一年のあいだ、毎日のように同じ場所でこのふたりを見ていた。彼にはその男が好ましく思えたが、少女のほうは陰気くさいと思った。

第二章　ソシテ光ガアッタ〔1〕

　二年目になると、これはちょうど読者が物語のこの地点に辿りつかれたところなのだが、マリユス自身も理由がよく分からないまま、リュクサンブール公園通いの習慣もふっつりやんで、かれこれ半年以上もその散歩道に足を踏み入れていなかった。ついにある日、彼はもう一度そこに行ってみた。夏のうららかな朝で、天気のよい日はだれでもそうなるように、マリユスはうきうきしていた。聞こえてくる鳥たちの歌声や木々の葉をとおしてちらほら見える青空が、そっくりそのままじぶんの心のなかにあるような気がした。

　彼は真っ直ぐに「じぶんの散歩道」に向かった。そして散歩道の端に達すると、いつものベンチに顔見知りのふたりが腰かけているのに気づいた。ただ、近寄ってみると、男はたしかに同じ人物だったが、少女のほうはまるで別人のようだった。いま彼のまえにいるのはすらりとして美しい女、まだあどけない可愛らしさをそっくり残しながら、女性としての魅惑的な姿かたちを申し分なくそなえている、ちょうどそんな年頃の女――ただ十五という二語だけがあらわしうる束の間の、清らかな年頃の女――であった。金色の輝きがいく筋もやわらかに波打つ栗色の惚れ惚れするような髪、まるで大理石でつくられたような額、バラの花びらかと見紛う頬、ほのかに紅色がにじんだ目も覚めるような白い肌、微笑みが光のように、言葉が音楽のように漏れる愛らしい口、ラファエロが聖マリアのために描いたかと思われる頭、その頭がジャン・グージョン[2]がヴィーナスのために彫ったかと思われる首のうえに載っている。また、このうっとりとする顔立ちに一点も欠けるものがないように付けくわえておけば、その鼻は美しくはなかったが可愛らしかった。真っ直ぐでも曲がってもおらず、イタリア風でもギリシャ風でもなく、パリ風の鼻であった。つまり、きりっとして才気を感じさせ、ほっそりとして、端正ではないが清純で、画家を絶望させるが詩人を虜にさせる鼻だった。

マリユスが彼女のそばを通ったとき、その目を見ることはできなかった。ずっと伏せられていたからである。彼には影と恥じらいのこもった栗色の睫毛が見えただけだった。

それでもときどき、この美少女が白髪の男の話に耳を傾けながら微笑することがあった。目を伏せながらにっこりする、その花も恥じらう乙女の微笑ほど心をそそるものはまたとなかった。

マリユスはとっさに、これは同じ男の別の娘、たぶん最初の娘の姉だろうと考えた。ところが、いつも変わらぬ散歩の習慣で、二度目にそのベンチに近づいて、しげしげと見入ったとき、やっぱりこれは同じ娘だと気づいた。半年のあいだに、少女は若い娘になっていた。たったそれだけのことなのだ。このような現象は珍しいことではない。娘がまたたく間に開花し、突如バラになってしまう瞬間というものがあるのだ。昨日はほんの子供だと思ってほっておいたのに、今日見ると、こちらがはっとするほど美しくなっているのである。

この少女はたんに成長しただけでなく、理想的な娘になっていた。四月には三日もすれば花におおわれてしまう木々があるのと同じように、この少女はわずか半年ですっかり、美を全身にまとってしまったのである。彼女の四月がめぐってきたのだ。

貧しくケチケチした人間がにわかに目を覚まし、貧乏暮らしから、いきなり豪勢な生活をしはじめ、急に派手で、気前がよく、堂々とした人物になるということがときどき見られる。それは年金が転がりこんだからで、昨日がその支払期限だったからだ。この少女の美も、いわば半年定期の大金を手にしたようなものだった。

それに、彼女はもうビロードまがいの帽子、メリノのドレス、学童の靴、赤くなった手といった姿の寄宿生ではなくなっていた。美しくなるにつれ、趣味もよくなっていたのである。気取らず、高価だが、飾り気のないしゃれた身づくろいで、黒いダマスク布のドレス、同じ生地のケープ、白いクレープの帽子という装いだった。中国の象牙の日傘の柄をもてあそんでいる白い手袋が、ほっそりとした手を際だたせ、絹の編上げ靴がちいさな足の形を浮彫にしていた。彼女のそばを通ると、その佇まいからは若々しく心に染み入るような香気が匂いたっていた。

男のほうは、あいかわらずの姿だった。

マリユスが二度目にそばに達すると、若い娘が瞼をあげた。その目は深々とした天上の青さをたたえていたが、ヴェールにおおわれたその蒼天にあるのは、まだ子供の眼差しにすぎなかった。彼女はまるで、大楓のしたを走りまわっている男の子か、ベンチに影をつくる大理石の壺でも目にするように、なんの関心もなさそうにマリユスをながめた。またマリユスのほうも、ほかのことを考えながら散歩をつづけた。

彼はなお四、五回も若い娘がいるベンチのそばを通ったが、その娘に目を向けようとはしなかった。

その後も数日、彼は普段どおりリュクサンブール公園に行ってみた。いつもと同じように、例の「父と娘」がいたけれども、彼はもう注意を払わなかった。その娘が不器量だったときと同じように、美しくなったいまも彼女のことをまったく考えなかった。あいかわらず、彼女のいるベンチのすぐそばを通っていたが、それはただ習慣によるものだった。

第三章　春の効力

ある日、空気が生暖かく、リュクサンブール公園は影と日の光にあふれていた。朝に天使たちが掃除をしてくれたかのように、空は澄みわたり、深々としたマロニエの木立で、雀たちがしきりにさえずっていた。マリユスは魂をそっくり自然に向かって開き、なにも考えていなかった。ただ生きて呼吸しているだけだった。例のベンチのそばを通りかかると、若い娘がふと彼を見あげた。ふたりの眼差しが出会った。

このとき、若い娘の眼差しになにがあったのだろうか？　マリユス自身にも説明のつかないことだったにちがいない。なにもないが、すべてがあった。それは不思議な閃光だった。

彼女は目を伏せ、彼は歩きつづけた。

彼がそのとき見たのはたんなる子供の天真爛漫な目ではなかった。なかば開いたかと思うと、たちまち閉じてしまう謎めいた深淵だった。どんな娘でもそんなふうにひとを見る日がある。そこに居合わせた者こそ災難だ！

まだおのれを知らない魂のそんな眼差しは、空の仄かな光のようなものだ。それはなにかしら光り輝き、未知なものの目覚めである。この思いがけない微光の魅力は、どんな言葉によっても言いつくせないだろう。この微光は素晴らしい暗闇を突如ぼんやり照らし、現在の無垢と未来の情念とが一体となって生じるものなのである。それはずっと待機していて、たまたま外にあらわれる、ある種のはっきりしない情愛なのだ。無垢な心がそれと知らずに仕掛け、そうとは望んでいるのでもなく、知らないうちに男心を捕えてしまう罠なのだ。いわば女盛りの処女とでもいうべき眼差しなのである。

こうした眼差しが落ちるところに深い夢想が生まれないはずはない。ありとあらゆる清浄と熱情がこの宿命的な天上の光に凝縮されるのであり、その光には妖婦のいかにも技巧をこらした流し目など及びもつかない魔力——芳香と毒素にみち、愛と呼ばれるあの暗い花を、魂の奥底にぱっと開かせる魔力があるのだ。

夕方、じぶんのあばら部屋に帰ってくると、マリユスはみずからの服装を一瞥し、その不潔さ、不作法さ、「普段着」でリュクサンブール公園に行くことのとんでもない馬鹿さ加減に初めて気がついた。「普段着」とはすなわち、飾り紐の縁が裂けた帽子、馬車引きがはくような粗末な長靴、膝のところが白くなっている黒ズボン、肘のところが薄白くなっている黒の上着のことである。

第四章　大病の始まり

翌日、いつもの時刻に、マリユスは簞笥から新しい上着、新しいズボン、新しい帽子、それに新しい長靴を取りだした。彼はこの完璧なひと揃いを身にまとうと手袋をはめ、驚くような豪華な出立でリュクサンブール公園に出かけた。

途中でクールフェラックに出会ったが、気がつかないふりをした。クールフェラックは帰宅すると、友人たちにこう言った。

「さっきおれは、マリユスの新しい帽子と新しい服に出くわしたよ。なかにはマリユスご本人がいた。どうせ試験でもうけにいくんだろう。ひどくとんまな格好だったぜ」

リュクサンブール公園に着くと、マリユスは泉水盤をひとまわりして、白鳥に見入った。それから長いあいだ、頭部が黴で黒ずみ、腰が一か所欠けた彫像のまえに立って、じっとながめていた。泉水盤のそばに腹の突きでた四十がらみの町人がひとりいて、五歳くらいの男の子の手を引いてこう言っていた。「行き過ぎたことはやめるんだよ。坊や、専制主義からも無政府主義からも、同じように離れているんだぞ」マリユスはその町人の言うことを聞いたが、やがてもう一度泉水盤をひとまわりした。そしてついに、「じぶんの散歩道」のほうに向かったが、ゆっくりと、まるでしぶしぶ行くみたいにだった。どうしても行かなくてはならないのに、どうしてもなにかに妨げられる、とでもいった感じであった。だが、彼自身はそのようなことにまるで気づかず、いつものように振る舞っているつもりだった。

いよいよ散歩道にさしかかると、反対側の端の「ふたりのベンチ」にルブラン氏と娘の姿が見えた。彼は上着のボタンをうえまできっちりかけ、皺ができないように上半身をつつむ上着を引っぱり、ズボンの艶がいいのを満足げにながめ、いざとばかりベンチに向かって進撃した。その歩みにはどこか攻撃じみたところと、それからたぶん、征服の意志のような気迫があった。だからこそ筆者は、「ハンニバルはローマに向かって進撃した」とでもいうように、「彼はベンチに向かって進撃した」と述べたのである。

もっとも、彼の動きはすべて無意識のものであり、精神と仕事の通常の関心事をいささかなりとも忘れたわけではない。このとき彼が考えていたのは、『大学入学資格試験入門書』は愚かしい本であり、人間精神の傑作としてラシーヌの悲劇を三作も取りあげながら、モリエールの喜劇を一作しか取りあげずに解説するところなど、めったにいない馬鹿者が書いたにちがいないということだった。だが、彼の耳のなかでは、ひゅうひゅうと鋭い音が鳴っていた。彼はベンチに近づきながらも、上着の皺をのばし、目をしっかり若い娘に向けていた。その娘がぼんやりとした青い薄明で、散歩道の端をすっぽりとつつんでいるように思えた。

近づくにつれ、彼の歩みはだんだんゆるやかになった。ベンチからある程度の距離に達すると、まだ散歩道の端まで行っていないのに、彼はぴたりと止まり、じぶんでもどうしてそんなことになったのか分からないまま、くるりとまわって後に引きかえした。じぶんが端まで行かなかったことさえ考えなかった。若い娘が遠くから彼の姿を認め、新しい服装にこめた立派な押し出しを見たのかどうかも分からなかった。それでも彼は、だれかが背後からながめている場合にそなえて、しっかり背筋を伸ばし、堂々とした外見をたもとうとした。

彼は反対側の端に着くと、また折りかえし、今度はもうすこしだけベンチに近づいた。並木の間隔三つほどのところまでなんとか辿りついたが、そこでどうしてなのか分からないが、そこから先までは行けないように感じ、ためらった。若い娘の顔がじぶんのほうにかしげられるのが見えたような気がした。けれども彼は、男らしくがむしゃらな努力をして、ためらう気持ちを抑えつけ、まえに進みつづけた。数秒後、ベンチのまえを通りすぎたが、そのときの彼は直立不動の姿勢で、耳まで赤くし、政治家のように手をポケットに突っこんだまま、右にも左にも目を向ける勇気はなかった。そこを通りすぎた瞬間——まるで要塞の大砲のしたを通るような心地がした——、心臓が恐ろしくドキドキするのを感じた。前日と同じように、彼女はダマスク布のドレスを着て、クレープの帽子をかぶっていた。なんとも曰く言いがたい声が聞こえたが、きっと「彼女の声」にちがいなかった。彼女は静かに話していた。彼女はじつにきれいだった。彼は見ようとはしなかったけれども、そのことを肌で感じた。——でも、彼女だって、と彼は思った。——『ジル・ブラーズ』[1]の巻頭にフランソワ・ド・ヌフシャトー氏が本人の直筆だとしている、マルコス・オブレゴン・デ・ラ・ロンダに関する論文の真の作者がぼくだと知ったら、ちょっとは尊敬し、見直してくれるかもしれないじゃないか。

　彼はベンチを通りすぎ、すぐそばにあった散歩道の端まで行き、それから踵を返してもう一度美しい娘のまえを通った。今度は彼の顔面は蒼白だった。しかも、なにかひどく不愉快なことしか感じられなかった。ベンチと若い娘から遠ざかり、背を向けながらも、娘に見られていると想像して、思わずなにかにつまずいてしまった。

　彼はそれっきりベンチに近づこうとせず、散歩道の途中で立ちどまると、これまで一度もしなかったことだが、へたりこんだまま、きょときょとあたりを見まわして、心の奥底の片隅でぼんやりとこう思った。——いくらなんでも、こちらがあの人たちの白い帽子や黒いドレスに見とれているというのに、相手がこのつやつやしたズボンや新しい上着を見てまったくなにも感じないなんて、そんなはずはないじゃないか。

十五分ほどして、彼はまるで輪光につつまれたかのようなあのベンチに向かってふたたび進撃する体勢で立ちあがった。だが、立ったまま身じろぎひとつしなかった。十五か月もたって初めてこう思ったのだ。毎日娘といっしょにあそこにすわっているあの老人のほうでも、きっとこちらに気づいて、こんなに熱心にそばに寄ってくるのを変に思っているにちがいないと。

また初めて、あの見ず知らずの老人を、いくら心のなかだけだとはいえ、ルブラン氏などという渾名で呼ぶのは失礼ではないかとも感じた。

そこで彼は頭を垂れ、手にしていた細い棒でなにやら模様を描いていた。それから、ルブラン氏とその娘がいるベンチと反対側のほうにくるりと身体を向けて、そのまま帰宅してしまった。

その日の彼は夕食に出かけるのを忘れていた。晩の八時にそのことに気づいたが、サン・ジャック通りにくだっていくには遅すぎた。「なんてことだ！」と彼は言って、ひと切れのパンを食べた。

彼は床につくまえに、上着にブラシをかけ、念入りに折りたたんだ。

第五章　ブーゴンばあさん何度も胆をつぶす

翌日、ブーゴンばあさん——クールフェラックはゴルボー屋敷の門番兼間借人代表兼家政婦の老女をそんなふうに呼んでいたが、筆者がさきに述べたように、本名はビュルゴン夫人だった。

しかし壊し屋のクールフェラックは何事も尊重しなかった――、さてそのブーゴンばあさんは、マリユスさんがまた新しい服で外出するのを目にして、すっかりたまげてしまった。

彼はまたリュクサンブール公園に足を向けたのだが、散歩道のなかほどにあるじぶんのベンチから先には行かなかった。前日と同じく、そこにすわって遠くから目でさがすと、白い帽子、黒いドレス、そしてなによりも青い輪光がはっきりと見えた。彼はそこから動かず、リュクサンブール公園の門が閉まったとき、ようやく帰路についた。彼にはルブラン氏と娘が引きあげるのが見えなかった。そこから、ふたりはウエスト通りの格子門から公園の外に出たのだという結論をくだした。のちになって、それも数週間してからだが、その日のことを考えていると、あの晩の夕食はどこで食べたのか、まったく思いだすことができなかった。

その翌日、これは三日目のことだが、ブーゴンばあさんはまたまたぶったまげた。マリユスがまた新しい服を着て外出したのだ。

「三日もつづけて!」と、彼女は声をあげた。

彼女は彼のあとをつけようとした。しかし、マリユスはさっさと大股で歩いていた。それはまるで羚羊を追跡する河馬のようなものだった。彼女は二分間で彼を見失ってしまい、息を切らして――その四分の三は喘息による息切れだったが――怒り狂ってもどってきて、

「とんでもないこったわ」と不平を鳴らした。「毎日あんなきれいな服を着て、ひとをこんなに走らすなんて!」

マリユスはリュクサンブール公園に赴いていた。若い娘はルブラン氏といっしょにそこにいた。

マリユスは本を読みふけっているふりをして、できるだけふたりに近づいた。とはいえ、まだかなり離れた地点で足をとめ、やがてじぶんのベンチにもどって腰かけた。そして気ままな雀たちが散歩道を飛び跳ねているのをながめて、四時間ばかり過ごした。雀どもに笑い物にされているような気がした。

そんなふうに二週間が過ぎた。マリユスがリュクサンブール公園に行くのは、もはや散歩するためではなく、わけも分からずいつも同じ場所にすわるためだった。いったんすわってしまうと、もう動きまわることもなくなった。毎朝新しい服を着るのも、ことさら目立とうとするためではなくなっていたが、それでも翌日も同じことをくりかえした。

彼女はまったく素晴らしい美女だった。ただ、ここで難癖をつけると思われかねない指摘をしておけば、彼女の寂しそうな眼差しと明るい微笑とがどこかそぐわない感じがして、心なしか顔が戸惑っているように見えた。そのためにときどき、この穏やかな顔立ちも、愛くるしさこそ損なわないものの、いっぷう変わった風情になった。

第六章　囚われの身となる

二週目も最後になろうというある日、マリユスはいつものとおりじぶんのベンチにすわって、一冊の本を手にしていた。といっても、二時間まえからただの一頁もめくっていなかった。突然、彼はぎくりとした。散歩道の端で一大事が起こっているではないか。ルブラン氏と娘がベンチを離れたところなのだ。娘は父親の腕を取って、ふたりでマリユスがいる散歩道のなかほどへ、ゆっくりと向かってくる。マリユスは本を閉じたが、やがてまた開いて、読むように努めた。彼はぶるぶる震えていた。あの後光が真っ直ぐ彼のほうにやってくる。——ああ、困ったな！　と彼は思った。これじゃ、なんのポーズも取れないじゃないか！

そのあいだにも、白髪の男と若い娘はどんどんまえに進んでくる。彼にはそれが一世紀の長さにも、一秒の短さにも思われた。——あのふたりはこちらに来て、いったいなにをするつもりだろう、と彼は自問した。——どうしよう！　彼女はここを通るのだ！　彼女の足がこの散歩道の、ぼくのすぐそばの砂のうえを歩いていくのだ！

彼はすっかり腰を抜かし、もしじぶんがもっと美男子だったら、もし十字勲章でもつけていたらなあ、などと思っていた。ふたりのゆっくりした、乱れのない足音が聞こえてくる。彼はルブラン氏がさぞかし怒った目つきでじぶんを睨みつけるのだろうと想像した。

——あの老人がぼくに話しかけてくるのか？　と彼は思って顔を伏せた。もう一度顔をあげると、ふたりは彼のすぐそばにいた。若い娘は通りすぎたが、去り際に彼を見た。彼女はじっと、物思わしげな優しさで彼を見た。その優しさに、マリユスは頭から爪先まで震えあがった。彼女に責められているような気がした。こんなにも長いあいだ、あなたがあたしのところに来てくれなかったので、こっちのほうから来てあげたのよ、とでも言われたように。

マリユスは光明と深淵をたたえたその瞳をまえに、しばらく目がくらんだようになっていた。頭のなかでかっかと火が燃えさかっているのが感じられた。——彼女がこのぼくに近づいてきてくれたのだ！　なんと嬉しいことだろう！　そのうえ、なんという瞳でぼくのことを見つめてくれたのだろう！　彼には彼女がこれまでよりもなおいっそう美しく思えた。それは女性の美と天使の美とがいっしょになったような美しさ、ペトラルカをして称えさせ、ダンテをして跪かせるような完璧な美しさだった。彼はじぶんが紺碧の空のただなかを泳いでいるような気がした。それと同時に、ひどく不快でもあった。長靴に埃がついていたからである。

彼は彼女もきっとこの長靴を見たにちがいないと思った。

彼は彼女が見えなくなるまで、その姿を目で追っていた。それから、リュクサンブール公園のなかを狂ったように走りまわった。時にはひとりで笑ったり、大声でわめいたりしていたのかもしれない。子守娘たちのそばでなんとも夢見がちな目つきをしていたので、どの子守女もこの男はじぶんに恋しているとばかり思いこんだ。

彼は通りでもう一度彼女を見かけるのを期待して、リュクサンブール公園の外に出た。

オデオン座のアーケードのしたでクールフェラックとすれ違ったので、彼にこう言った。

「いっしょに晩飯でも食いにいこうよ」

ふたりはルソーの店に行って、六フランつかった。マリユスはなんでもむさぼり食った。ボーイには六スーのチップをはずんだ。デザートになって、クールフェラックにこう言った。

「新聞を読んだかい？　オードリー・ド・ピュイラボー[1]はなんとも立派な演説をしたものだね！」

彼は狂おしいほど恋していた。夕食のあと、クールフェラックに言った。

「芝居をおごるぜ」

ふたりはフレデリック・ルメートル[2]が『レ・ザドレの宿屋』を演じているのを見にポルト・サン・マルタン座に行った。マリユスは大いに楽しんだ。

その一方でいつもより気難しい側面も見せていた。劇場から出たとき、帽子屋の女店員がどぶ川をぽんとまたごうとした拍子に、ちらりとガーターをのぞかせたとき、彼はそれを見ようとしなかった。クールフェラックが「あんな女なら、喜んでおれのコレクションに入れてやるがなあ」と言ったが、彼はほとんど虫酸が走るような気がした。

クールフェラックは翌日、彼をカフェ・ヴォルテールへ昼食に誘った。マリユスはそこに出かけ、前日よりさらに食べまくった。彼はすっかり考えこんでいるふうであったが、またとても陽気だった。まるで大笑いするためなら、どんな機会でもとらえてやろうとしているようだった。紹介されたどこかの田舎の青年を優しく抱擁してやったりした。テーブルのまわりには学生たちのサークルができて、国費でソルボンヌの講壇から切り売りされる駄弁についての議論がおこなわれていた。やがて会話がキシュラ[3]の辞書や韻律論のあら探しのことに移った。だが、マリユスはその議論をさえぎってこう声をあげた。

「でも、十字勲章をもらうのはいいものだぜ!」

「こりゃどうかしているぞ!」と、クールフェラックが小声でジャン・プルヴェールに言った。

「いやいや」とジャン・プルヴェールが答えた。「ありゃ本気なのさ」

じっさい、それはたしかに本気だった。マリユスは大恋愛を開始する、あの激しく心楽しい時期にいたのだ。たったひとつの眼差しがすべてを成しとげたのである。地雷が仕掛けられ、爆発寸前になっているときには、これほど容易なことはまたとない。眼差しひとつでも口火になるのだ。

万事休す。マリユスはひとりの女性を愛していた。彼の運命は未知の世界にはいったのだった。女性の眼差しは一見静かだが、空恐ろしくも感じられるある種の歯車に似ている。毎日、なんの不都合もなく平静に、またなにも怪しまずにそばを通っている。そんな物があるなどということさえ忘れているときもある。行ったり、来たり、夢見たり、話したり、笑ったりしている。突如、なにかに捕えられるのを感じる。そこで進退きわまる。歯車につかまれ、眼差しに囚われる。どこからでも、どうやってでも、尾を引いていた考えのどこからでも、ぼおっとしていた心の隙間からでも囚われるのだ。もう破滅だ。そっくりどこかに持っていかれる。一連の不可解な力におそわれる。じたばたしても無駄だ。人間の手では救いようがない。手詰まりから手詰まりに、不安から不安に、煩悶から煩悶に、だんだん深みに落ちてゆく、全身が、精神が、運命が、魂が。そして捕えているのが性悪な女か、気高い女かによって、男はそのおぞましい機械から、恥辱によって不格好な顔になるか、情熱によって美しく面変わりして出てくることになるのである。

第七章　Uという字をめぐるさまざまな憶説

孤立、万事からの脱却、矜持、独立、自然への関心、日常的で物質的な活動の欠如、暮らしぶりそのもの、童貞をたもつための秘かな闘い、森羅万象をまえにした恵みの忘我などによって、もともとマリユスには恋愛と呼ばれる、あの憑依におちいる下地ができていた。父親への崇拝は徐々にひとつの宗教になり、どんな宗教とも同じく、魂の奥底に引きこもっていた。前面にはなにかが必要だった。愛が到来した。

まるひと月が過ぎた。そのあいだマリユスは毎日リュクサンブール公園に行っていた。その時刻になると、なにをもってしても彼を引きとめられなかった。

「あいつは勤務中なんだよ」と、クールフェラックは言っていた。

マリユスは有頂天な毎日を送っていた。あの若い娘がじぶんを見てくれるのは確実だったからだ。

彼はついに大胆になり、ベンチに近づくようになった。といっても、内気な本能と同時に恋人特有の警戒の本能にしたがって、そのベンチのまえを通ることはなくなった。「父親の注意」をけっして惹かないことが得策だと判断したのだ。マキャヴェッリばりの深謀遠慮を尽くして、居場所を木々の背後にしたり、彫像の台座の背後にしたりといろいろ工夫をし、娘にはできるだけ見られるように、老人にはなるべく見られないようにした。時には、まるまる半時間ものあいだ、手に一冊の本を持って、レオニダスの像なりスパルタクス像なりの陰にずっととどまっていることもあった。彼の目は本から離れ、そっとうえをうかがって、美少女の姿をさがした。すると彼女のほうでも、かすかな笑いを浮かべながら、可愛らしい横顔を彼のほうに向けてくれた。世にも自然に、物静かに白髪の男と話しながらも、初々しく情熱のこもった眼差しで、マリユスにありとあらゆる夢想をいだかせたのである。この世の始まりからイヴが知り、人生の最初の日からどんな女性も知っている、大昔からの古い手管だ！　娘の口はひとりに答え、眼差しはもうひとりに答えていた。

だが、ルブラン氏がいずれなにかに気づくことになると思わねばならなかった。というのも、マリユスがやってくると、彼はしばしば立ちあがって、歩きだすからであった。彼は慣れた場所を去って、並木道のもう一方の端の、古代ローマの剣闘士像の脇にあるベンチまで行った。まるでマリユスがじぶんたちのあとをつけてこないかどうか試すかのように。マリユスはその意味がまるで分からず、そのとおりにしてしまうという間違いをおかした。「父親」はだんだん時間を守らなくなり、毎日かならず「娘」を連れてくるということもなくなった。時にはひとりで来ることもあった。そんなとき、マリユスはさっさと帰ってしまった。これが第二の間違いだった。

マリユスはそんな兆候をすこしも警戒しなかった。これは当然の避けがたい進み行きだが、彼の気持ちは内気な局面から盲目の局面に移っていた。彼の愛はつのるばかりだった。毎夜、愛の夢を見た。やがて、火に油を注ぐというべきか、病膏肓に入るというべきか、彼はひとつの僥倖に恵まれた。ある日の黄昏どき、「ルブラン氏とその娘」が立ち去ったベンチのうえに一枚のハンカチを見つけた。刺繍もほどこしてない、ごくありふれたものだが、白くて上質なハンカチだった。そのハンカチから得も言われぬ香気が漂ってくるような気がした。彼は夢中でそれを拾いあげた。そのハンカチにはU・Fという文字が記されていた。マリユスはその美少女についても、家族についても、姓名についても、住所についても、なにも知らなかった。このふたつの文字だけが、彼女について彼がとらえた最初の手がかりだった。なんとも可愛いイニシャルだった。彼は早速そのうえに足場を築きはじめた。——Uはもちろん洗礼名だ。ユルシュルだ！　と思った。なんと気持ちのいい名前なんだ！　彼はそのハンカチに口づけし、香りを嗅ぎ、昼のあいだは胸のうえや肌のうえに押しあて、夜になると唇に押しあてて眠った。

「彼女の魂の香りがたっぷり嗅げる！」と、彼は声をあげた。

そのハンカチは老紳士のもので、ただたんにそれをポケットから落としただけのことだった。この拾い物があってからの数日というもの、マリユスはリュクサンブール公園に姿をあらわすときには、かならずそのハンカチに口づけしたり、それを胸に押しあてたりしていた。美少女にはそれがなんのことか分からず、なにげない仕草で彼にそっと知らせた。

「ああ、恥じらいだ！」と彼は声をあげた。

第八章　廃兵でも幸せになれる

筆者は「恥じらい」という言葉をつかったのだし、またなにひとつ隠すつもりもないので、たった一度だけだが、恋にわれを忘れていたマリユスに「彼のユルシュル」がひじょうに深刻な不満の種をあたえたことを述べておかねばならない。それは彼女がルブラン氏を説きふせてベンチを立たせ、散歩道を歩いたある一日のことであった。晩春の風が勢いよく吹いて、プラタナスの高い梢を揺らしていた。父と娘が腕を組んでマリユスのベンチのまえを通りすぎたところだった。

恋に狂った精神状態にあっては当然のことながら、マリユスはすぐに立ちあがって、ふたりの後姿を目で追っていた。

突然、一陣の風――他の風よりもずっと陽気で、おそらく春の悪戯を果たす役目を帯びていたらしい一陣の風が、苗床のあたりで巻きあがり、散歩道におそいかかって、ウェルギリウスのニンフやテオクリストス[1]の牧神にふさわしいような、愛らしいおののきに乙女をくるんだかと思うと、彼女のドレス、女神イシスの衣よりも神聖なドレスを、ガーターのところまでふわりとまくりあげた。うるわしい脚があらわれた。マリユスはそれを見た。彼はやりきれなくなり、腹を立てた。[2]

若い娘は驚いた女神の手際も鮮やかに、ドレスをさっと引き下ろしていたが、それでも彼は憤慨していた。――たしかに、この散歩道にいるのはぼくだけだ。だけど、だれかがいるということもありえるのだ。そしてもし、だれかがじっさいにいたとしたら！　こんなことは納得できるものだろうか！　彼女がさっきしたのは、身の毛もよだつことだったのだ！――ああ！　かわいそうな少女はなにをしたというわけでもない。だれか悪いものがいるとすれば、それは風だったのだ。しかし、マリユスの胸中では、シェリュバンのなかにひそむバルトロ[3]がわななわなと身を震わせて、不満を抑えることができず、じぶんの影に嫉妬していたのだった。じっさい、こんなふうにして、人間の心のなかでは肉体にたいする刺々しく奇妙な嫉妬心が芽生え、たとえ不当だろうとも、頭をもたげてくるものなのである。そのうえ、このような嫉妬心は別にしても、あの愛らしい脚を見たことは彼にはすこしも愉快なことではなかった。行きずりの女の白い靴下を見るほうが、はるかに目を楽しませてくれたことだろう。

「彼のユルシュル」が散歩道の端まで行って、ルブラン氏といっしょに踵を返し、マリユスがすわりなおしていたベンチのまえを通りかかったとき、マリユスは彼女につっけんどんで狂暴な一瞥を投げはなった。若い娘はちょっとうしろに身を反らし、瞼をうえにあげた。それはこう言う意味だった。「あの人、いったいどうしたのかしら?」

それがふたりの「最初の諍い」だった。

マリユスが目で喧嘩を売りおえたか、おえないうちに、何者かが散歩道を横切った。それはルイ十五世時代の軍服を着た、すっかり背中が曲がり、皺だらけの、白髪の廃兵だった。胸には剣十字のついた赤いラシャのちいさな卵形の略章、すなわち兵士用の聖ルイ十字勲章をつけていた。そのうえ、なかに腕がないので垂れさがったままの上着の片袖、顎に生やした銀色のひげ、一本の義足がその男の飾りだった。マリユスにはその男がすこぶる満足そうな様子をしているように見うけられた。この破廉恥な老人が足をひきずりながら彼のそばを歩くときに、いやに親しげで得意そうな目配せをしたようにさえ思われた。まるで、ふたりで示しあわせ、いっしょに眼福を堪能したとでもいうように。――あの軍神の残骸め! いったいなんであんなにも嬉しそうな顔をしているんだ? マリユスは嫉妬の極致に達した。――奴はここにいたんだ! と思った。きっと見たのだ!――そこで彼は、あの廃兵をぶっ殺してやりたい気がした。

時がたつと、どんな切っ先でも鈍くなる。「ユルシュル」にたいするマリユスの怒りも、いくら正しく真っ当なものであったにせよ、やがて跡形もなくなった。彼はついに許すことにした。

だが、それはたいへんな努力で、彼は娘に三日間もすねていた。

とはいえ、そういうことすべてを経て、またそういうことすべてがあったからこそ、彼の恋心はますますつのり、狂おしくなった。

第九章　雲隠れ

マリユスがいかにして〈彼女〉の名前が「ユルシュル」だと突きとめた、あるいは突きとめたと思ったかは、さきに述べたところである。

欲望も愛するうちに昂じてくる。彼女の名前がユルシュルだと知るのは、すでにたいへんなことだった。しかし、それでは足りない。マリユスは三、四週間のあいだはその幸福を貪ったものの、別の幸福が欲しくなった。彼女がどこに住んでいるのか知りたくなったのだ。

彼はすでに古代ローマの剣闘士像そばのベンチで罠にかかるという、最初の間違いをおかしていた。ルブラン氏がひとりでリュクサンブール公園にいるときに、さっさと帰宅するという第二の間違いをおかしていた。今度は第三の間違いをおかした。途方もない間違い。彼は「ユルシュル」のあとをつけたのである。

彼女はウエスト通りでも、もっとも人通りの少ない一角にある、質素な外観の家に住んでいた。

このときからというもの、マリユスはリュクサンブール公園で彼女を見るという幸福のうえに、家まで彼女のあとをつけるという幸福をくわえた。彼の飢えはいや増した。彼は彼女の名前を、少なくとも洗礼名を、可愛らしい名前を、いかにも女らしい名前を知っていた。どこに住んでいるのかも知った。今度は娘の身分を知りたくなった。

ある晩、彼は家までふたりのあとをつけ、ふたりが正門から姿を消すのを見届けると、勇敢にもあとにつづいて、なかにはいりこみ、門番に尋ねた。

「いまもどってきたのは二階の人ですか?」

「いや」と門番が答えた。「四階の人ですよ」

また一歩進んだ。この上首尾にマリユスは大胆になった。

「表の部屋ですか?」と彼は尋ねた。

「もちろんですよ!」と門番。「この家は通りに面して建っているんですから」

「ところで、あの人の身分はなんでしょうか?」とマリユスは応じた。

「年金暮らしのお方ですよ、だんな。いいお人でしてね、さほど豊かでもないのに、不幸な者たちに施し物をされているんですから」

「なんという苗字の方ですか?」

門番は顔をあげて言った。

「だんなは、なにか探っておられるのですか?」

マリユスもこれにはまいったが、内心ひどくほくそえんで立ち去った。ぐっと前進したのだ。

「よし」と彼は思った。「彼女の名前はユルシュル、年金生活者の娘、住所はウエスト通り四階と分かったわけだ」

翌日、ルブラン氏とその娘はほんの短い時間しかリュクサンブール公園に姿を見せなかった。ふたりはまだ日が高いうちに帰っていった。マリユスはいつもどおりに、ふたりのあとをつけてウエスト通りに行った。正門に着くと、ルブラン氏は娘を先にやってから、敷居を越えるまえにくるりと振りかえって、マリユスをじっと見すえた。

そのつぎの日、ふたりはリュクサンブール公園に姿をあらわさなかった。マリユスは昼のあいだずっと、空しく待ちつづけた。夜になって、ウエスト通りに行くと、四階の窓に明かりが見えた。彼はその明かりが消えるまで、窓のしたを歩きまわっていた。

つづく日もまた、ふたりはリュクサンブール公園に姿を見せなかった。マリユスは一日じゅう待って、ガラス窓のしたでの歩哨をおこなった。それが晩の十時までつづいた。夕食はあり合わせのものですますことになった。熱は病人を養い、恋は恋人を養う。

そんなふうにして一週間が過ぎた。ルブラン氏と娘はそれっきりリュクサンブール公園にあらわれなくなった。マリユスはいろいろと悲しい憶説をした。さすがの彼も昼間に正門を見張る勇気はなかった。彼は夜にガラス窓の赤っぽい光をずっと凝視するだけにとどめていた。ときどき人影が見えると、胸をときめかした。八日目に窓のしたに来てみると、明かりはなかった。

「おや！」と彼は言った。「ランプがまだ灯っていないぞ。こんな夜だというのに。もしかして外出しているのかな？」

彼は待った。十時まで。夜中の十二時まで。翌日の一時まで。四階の窓にはいっさい光がなく、だれも帰宅しなかった。彼はとても暗い気持ちになって立ち去った。

翌日――というのも、彼は翌日こそ、翌日こそと考えて暮らしていたので、いわば今日という日はないも同然だったからだ――、だから翌日、リュクサンブール公園にはふたりとも姿を見せなかった。やっぱりだ、と彼は思った。黄昏どきになって家に行ってみた。窓にはいかなる薄明かりもなく、鎧戸は閉まっていた。四階は真っ暗だった。

マリユスは正門の扉を叩いて、なかにはいり、門番に言った。

「四階の人は？」

「引っ越されました」と門番が答えた。

マリユスはよろめき、力のない声で言った。

「いったい、いつですか？」

「昨日ですよ」

「いまはどこにお住まいですか？」

「なんにも知りません」

「じゃあ、新しい住所を残していかれなかったのですね？」

「そのとおりです」

それから門番は顔をあげて、マリユスだということに気づいた。

「おや！　あなたでしたか！」と彼は言った。「やっぱりその筋の方だったんですね？」

第七篇　パトロン・ミネット

第一章　坑道と坑夫たち

あらゆる人間社会には演劇の言葉で「奈落」と呼ばれるものがある。社会の地面はいたるところで、ある時には善のため、ある時は悪のために掘られる。この工事は積みかさねられる。上部の坑道もあれば、下部の坑道もある。時には文明の重みで崩れたり、人びとの無関心や無頓着によって踏みつけにされたりするこの暗い地下坑にも、上層と下層がある。十八世紀の『百科全書』[1]もひとつの坑道であり、しかも露天掘りも同然の坑道だった。暗闇、つまり原始キリスト教という卵をかえしていた、あの黒い親鳥は、ただ一度だけの好機を待ち、歴代のローマ皇帝のもとで炸裂し、人類に光明を浴びせた。というのも、聖なる暗闇には光明が潜んでいるからである。火山は燃えあがる力をもつ影にみちているし、どんな溶岩も初めは暗闇なのである。最初のミサが唱えられた地下墓地《カタコンベ》は、たんにローマの洞穴だったのではなく、世界に通じる地下室だったのだ。

社会という建造物の下層には、恐ろしくこみ入ったぼろ屋敷や、あらゆる種類の穴道がある。宗教の坑道、哲学の坑道、政治の坑道、経済の坑道、革命の坑道など。ある者は思想を、ある者は数字を、ある者は怒りを鶴嘴とする。ひとつのカタコンベと別のカタコンベとが互いに呼びあい、応えあう。ユートピアはこうした地下の導管をとおして伝わっていき、あらゆる方向に枝分かれし、時には出会って、兄弟のように親しくなる。ジャン・ジャック・ルソーがディオゲネスに小鶴嘴を貸すと、ディオゲネスがジャン・ジャックにカンテラを貸してくれる。これらのユートピアは時に闘いあうこともある。カルヴァンはソチーニ〔2〕と取っ組み合いの喧嘩をする。だが、目的に向かうこうしたエネルギーや、暗がりで行ったり来たり、昇ったり降りたり、また昇ったりして、ゆっくりと上を下に、外を内に変えてしまう同時的な、広大なその活動をとめたり、妨げたりすることなどは、なにをもってしてもできはしない。それは未知の無辺のうごめきなのだ。社会はこうした掘削作業にはほとんど気づかない。それが表面にこそ手をつけないものの、やがて内部をすっかり変えてしまうというのに。地下の層の数が多ければ多いほど、作業も多種になり、掘りだされるものも多様になる。だが、これらすべての深い掘削現場から、いったいなにが出てくるのだろうか？　未来である。

深く掘り進めばすすむほど、その作業をおこなう者は神秘の色を濃くする。社会哲学者に認知される段階までなら、その作業は正しい。この段階を超えると、疑わしく不純になる。もっと下となれば、恐ろしいものとなる。ある程度の深さに達すると、その掘削作業は文明的な精神には不可解になり、人間が呼吸できる限界を超えてしまう。どんな怪物が出てきてもおかしくない深さになってしまうのだ。

下降の梯子は奇怪であり、一段一段にそれぞれ哲学が基盤を置くことができ、時には神々しい者、時には異形の者に出会える段階が対応している。ヤン・フス[3]のしたにはルターがいる。ルターのしたにはデカルトがいる。デカルトのしたにはヴォルテールがいる。ヴォルテールのしたにはコンドルセがいる。コンドルセのしたにはロベスピエールがいる。ロベスピエールのしたにはマラーがいる。マラーのしたにはバブーフ[4]がいるといったふうに、つづいてゆくのだ。もっとも低いところ、かすかに見えるものとまったく見えないものとを隔てている極限のところに、その他の暗い人影、おそらくまだ存在していない人間たちの姿がぼんやりと見える。過去の人間たちは亡霊であり、未来の人間たちは幼虫である。精神の目にはそれらがなんとなく見分けられる。未来の幼虫の作業を見るのは、哲学者としての予知能力のひとつにほかならない。

胎児の状態にある漠たる世界とは、なんという驚くべき影絵だろうか！

サン・シモン、オーエン[5]、フーリエらもまた、その脇の坑道にいるのである。

たしかに、だいたいはみずからが孤立していると信じていたけれども、じっさいにはそうでなかったこれらすべての地下開拓者たちは、知らぬうちにひとつの目に見えない神聖な鎖で結びつけられていた。とはいえ、彼らの作業はじつに多様であり、ある者たちの火が他の者たちの炎といちじるしい対照を見せることもある。ある者たちは楽園的であり、他の者たちは悲劇的である。だが、その対照がどのようなものであれ、これらの作業者たちには、もっとも高いところにいる者からもっとも暗いところにいる者まで、もっとも賢明な者からもっとも常軌を逸した者まで、ひとつだけ同一のものがある。この同一のものとは無私無欲ということである。マラーはイエスのように、おのれを忘れている。彼らはじぶんを脇に置き、じぶんを捨て、じぶんのことをいっさい考慮せずに、じぶん以外のものを見ている。彼らにはひとつの眼差しがあるが、この眼差しは絶対をさがしている。最初の者は空をそっくり目におさめている。最後の者は、たとえどんなに謎めいていても、絶対の蒼白い光を眉のしたにたたえている。彼がなにをしようとも、星のような瞳というあのしるしをもっている者なら、だれであれ尊敬しようではないか。

影のような瞳は、また別のしるしである。

この瞳から悪がはじまる。どんよりした目をしている者のまえでは、注意し、恐れなくてはならない。社会秩序のしたにも、それなりに腹黒い坑夫たちがいるのだ。

深く掘ることが闇に葬ることになり、光が消え去ってしまう地点がある。

筆者がさきに示したすべての坑道のした、すべての地下道のした、進歩とユートピアのあの無辺の地下静脈系のした、地中はるか深くに、マラーよりも低く、バブーフよりも低く、ずっと低く、はるか低くに、上層とはなんの関係もない最後の地下壕がある。恐るべき場所である。筆者が奈落と呼んだ場所だ。それは闇の墓穴、盲者の穴倉、「冥界《インフエリ》」である。

これは深淵に通じている。

第二章　どん底

そこでは無私無欲など跡形もなくなり、悪霊がぼんやり姿をあらわす。自分勝手な世界だ。目のない自我が吠え、ねらい、たぐり、かじる。集団になったウゴリーノ[1]がこの淵にいるのだ。

この墓穴のなかをうろついている残忍な人影は獣も同然、亡霊も同然で、世界の進歩など歯牙にもかけず、そんな理念や言葉も知らない。ひたすら個々人の欲望の充足にしか関心がない。彼らは無意識も同然で、その心のなかには身の毛もよだつ忘却しかない。彼らにはふたりの母親がいて、いずれも継母だが、その名前は無知と貧困という。彼らには欲求という案内人がいる。満足の形態といえば、ただひとつ欲望しかない。彼らは猛烈に貪欲、つまり獰猛であり、しかもそれは暴君のようにではなく、虎のようにである。これらの怨霊どもは苦しみから犯罪に走るのだが、これは暗黒の宿命的な親子関係、目もくらむような増加、論理的な必然である。社会の奈落で這いずりまわっているのは、もはや息がつまるような絶対への要求ではなく、物質のおこなう抗議である。ここでは人間が竜になる。飢え、渇くことが、悪魔になる出発点であり、到達点である。このような穴倉からラスネール[2]が生まれてくる。

筆者は本書第三部第四篇で上層の坑道、つまり政治、革命、哲学の大地下壕の一郭を見たばかりである。そこではすべてが高貴、純粋、立派、正直だと述べた。たしかに、そこでもひとは間違うこともありうるし、じっさいに間違いもするのだが、英雄的な行為がふくまれているかぎり、その間違いは尊敬に値する。そこでなされる作業の全体には〈進歩〉という名前がついているからである。

いまや別の深み、おぞましい深みをかいま見る時がきた。

ここで強調しておくが、社会のしたには無知が一掃される日まで、巨大な悪の穴倉が存在することになるだろう。

この穴倉はすべての穴倉のしたにあり、すべての穴倉の敵である。すべてにたいする容赦ない憎悪である。この穴倉は哲学を知らない。その匕首は一度もペンを削ったことはない。その黒さはインク壺の黒さとはなんの関係もない。窒息しそうなその天井のしたでひきつる夜の指は、本の一冊をめくったこともなければ、新聞の一枚を開いたこともない。バブーフも盗賊の首領カルトゥーシュにくらべれば、開拓者にすぎない。マラーもシンデスハンネス〔3〕にくらべれば、貴族である。この穴倉の目的はすべてを瓦解させることだ。

すべて。このすべてのなかには、この穴倉が忌み嫌っている上層の地下壕もふくまれる。これはぞっとするようなうごめきで、現在の社会秩序に穴を開けるだけでなく、哲学に、学問に、法律に、人間の思考に、文明に、革命に、進歩に穴を開ける。それはたんに強盗、売春、殺人、暗殺と呼ばれるものにすぎない。それは暗闇であり、混沌を欲する。その天井は無知でつくられている。

上層にある他のすべての穴倉は、この最下層の穴倉を廃絶することしか目的としていない。哲学と進歩がそれぞれの器官を一斉に働かせ、絶対の観想によって現実を改善することでめざすのも、この目的にほかならない。〈無知〉という穴倉を破壊すれば、〈犯罪〉というモグラも退治できるからだ。

これまで書いたことを数語で要約すれば、唯一の社会的危険とは〈暗黒〉だということである。

人類とは、同一ということである。すべての人間は同じ粘土でつくられている。少なくともこの世では、神の定めた運命になんの違いもない。前世は同じ暗闇、現世は同じ肉体、来世は同じ灰。しかし、人間をつくる原料に無知が混ぜあわされると、この原料を真っ黒にしてしまう。この癒しがたい黒が人間の内部を浸食すると、その内部で〈悪〉になるのである。

第三章　ババ、グールメール、クラクスー、そしてモンパルナス

クラクスー、グールメール、ババ、そしてモンパルナスという四人組の悪党が一八三〇年から一八三五年までパリの奈落を牛耳っていた。

グールメールは落ちぶれたヘラクレスといった男で、アルシュ・マリオンの下水道を住処にしていた。身の丈一メートル九十あまり、大理石のような胸板、青銅のような力こぶ、洞穴みたいな息づかい、巨像のような上半身、鳥みたいな頭蓋。見る人が見れば、ズックのズボンをはき、綿ビロードの上着をきたファルネーゼのヘラクレス像[1]だと信じたかもしれない。彫像のようにつくられたグールメールは、怪物でもしたがわせることができそうだったが、じぶんが怪物になったほうが手っ取り早いと思った。狭い額、広いこめかみ、四十まえなのに目尻によった皺、ぼさぼさで短い髪、ブラシみたいな頬ひげ、猪みたいな顎ひげ。これでこの男のおおよそが思いうかべられるだろう。彼の筋肉はしきりに働きたがっていたが、愚かな頭のほうはそうは望まなかった。つまりは力のありあまった怠け者だった。平気で人殺しをした。植民地生まれだと思われて

いた。一八一五年にアヴィニョンで労務者をしていたから、ブリュンヌ元帥[2]の事件にもすこしは関係があったのかもしれない。このような見習い期間のあと、悪党になった。

影の薄いバベは、筋骨たくましい肉づきのグールメールと好対照をなしていた。バベは痩せこけた物知りだった。姿こそ薄っぺらだが、胸の底をうかがわせない男だった。骨をとおして日の光が見えても、瞳をとおすとなると、なにひとつ見えなかった。自称化学者だったが、ボベーシュのところで道化役者をしたり、ボビノのところでピエロをやったりしていた[3]。サン・ミイエルでは田舎風のヴォードヴィルを演じたこともある。いろいろ下心のある男で、話がうまく、わざとらしい微笑をうかべたり、大仰な身ぶりをしてみせたりしていた。大道で「国家元首」の石膏像や肖像画を売りつけることが生業だった。そのうえ、抜き歯もしていた。縁日でげて物を見せる商売もやり、ラッパで人寄せする屋台店も持っていた。それにはこんな貼紙がかかっていた。「バベ、歯科医、アカデミー会員。金属並びに非金属の物理実験を行い、歯を抜き取り、同業者が匙を投げた歯根も除去いたす。治療代、歯一本一フラン五十サンチーム、二本二フラン、三本二フラン五十サンチーム。どうか、この機会をお見逃しなく」(「どうか、この機会をお見逃しなく」というのは、この機会にできるだけ歯を抜いてもらえ、という意味だった)。彼は結婚して子供も幾人かいたが、妻子がどうなったのか知らなかった。まるでハンカチでもなくすように、妻子をなくしてしまったのだ。この裏社会ではまったくの例外と言うべきだが、彼は新聞を読んでいた。ある日、まだ屋台店の車に家族といっしょに住んでいたころだが、『メサジェ』[4]紙で、ある女が子牛のような顔の男児を産んだが、この男児は充分に育つ見込みがあるという記事を読んで、声をあげた。「こりゃひと財産になるぞ！　うちのかかあなんぞ、こんな子供を産むなんて気の利いた芸当のできる女じゃねーや！」

それからというもの、彼はなにもかも打ちすてて、「パリに手を出す」ことにした。この言い方は彼のものである。

クラクスーとは何者だったのか？　これは夜の男だった。彼は空がべったりと黒くなるのを待って、ようやく姿を見せるのである。晩になると穴から出てきて、夜明けまえにその穴にもどっていた。その穴がどこにあるのか？　だれひとり知る者はいなかった。彼はどんな真っ暗闇のなかでも、相棒に話すときはかならず背を向けていた。彼はクラクスーという名前だったのか？　違う。じぶんでは、「おれの名はパ・デュ・トゥ〔「まったくない」の意〕というのさ」と言っていた。ろうそくが差しだされると、彼は仮面をつけた。彼は腹話術もつかった。ババが言うには、「クラクスーは声ふたつを使い分ける夜の鳥さ」ということだった。クラクスーは正体不明で、巷をうろつきまわる、恐るべき人間だった。はたして名前があるのかどうかもたしかでなく、クラクスーというのは渾名だった。顔があるのかどうかもたしかでなく、だれも彼の仮面しか見たことがなかった。彼は煙のように姿を消し、地の底からわき出るように姿をあらわした。

不気味なのはモンパルナスだった。モンパルナスはまだ子供だった。二十歳にもなっていなかったが、美しい顔、さくらんぼうみたいな唇、魅力的な黒髪をし、目には春のような輝きがあった。彼はあらゆる悪徳を身につけ、あらゆる犯罪に憧れていた。悪を消化すると、もっと悪いものが欲しくなるたちだった。浮浪児からやくざ者に、やくざ者から殺人鬼になった。彼はおとなしく、女のようで、優雅で、逞しく、物憂げで、残忍だった。帽子の縁を左に持ちあげ、髪の房をのぞかせているのは、一八二九年のスタイルだった。彼は強盗をやって生計を立てていた。フロックコートは極上の仕立てだったが、すり切れていた。モンパルナスは悲惨な暮らしをしながら殺人をおかしている、モード誌のグラビア・モデルみたいな男であり、この未成年者のあらゆる襲撃の動機は、ちょっとはましな身なりをしたいという欲望だった。初めて会ったある尻軽なお針子が、「あんた、いい男ね」と言ったことが、彼の心に暗黒の染みを投げつけ、このアベルみたいな青年をカインにしたのである。じぶんがいい男だと思うと、今度はおしゃれをしたくなった。ところが、第一のおしゃれはのらくら遊んでいることである。貧乏人がのらくら遊んでいると、犯罪に走ることになる。モンパルナスほど恐れられている無頼漢もいなかった。十八歳にして、すでに何人もの人間を死骸にしていた。腕を広げ、顔を血の沼につけて、この極悪人の影に倒れた通行者も、ひとりやふたりではなかった。髪をカールし、ポマードをこてこてつけ、上半身をぴったり締めつける服を着て、女のような腰つきで、プロシアの将校よろしく胸を張って大通りを歩き、周囲の娘たちの、あら、素敵ね、という囁き声を小耳にはさみながら、巧みにネクタイを結び、ポケットに棍棒をしのばせ、ボタン穴には一輪の花を挿している。これが墓場のしゃれ男の姿であった。

第四章　一味の構成

この四人の悪党どもは四人だけで、一種のプロテウス[1]になり、くねくね動いては警察の監視をまんまと巻き、「木や炎や泉など、いろんな姿に身を隠して」は、ヴィドック[2]の遠慮会釈のない目を逃れようとした。互いに名前や手口を貸しあい、じぶんたちの影のなかに逃げこむばかりか、お互いに秘密の部屋や隠れ家を融通しあい、仮面舞踏会で付け鼻を取りはずすようにじぶんたちの人相を変えた。時には、じぶんたちをたったひとりの人物かと思わせるくらい姿を一様にし、時にはヴィドックの部下ココ・ラクールさえも群衆と取り違えるほど姿を多様にした。

この四人の男は、じつは四人だけではなかった。パリを舞台に大仕事をしている、不思議な四頭の盗賊のようであり、社会の奥底に棲む悪の奇怪な腔腸動物だった。

方々に枝分かれしたお互いの地下連絡網のおかげで、バベ、グールメール、クラクスー、そしてモンパルナスはセーヌ県の陰謀の総元締になっていた。彼らは通行者たちにたいして下からのクーデターをおこなっていた。この種の考えを夢見た者や、夜の仕事を考えついた者たちは、その実行を彼らに相談しにいった。この四人の悪漢に筋書を持ちこむと、彼らがその演出を引きうけてくれた。あとは脚本どおりに仕事をした。手助けが必要で、充分な実入りが見込まれるどんな襲撃にも、彼らはいつも相応の、適切な人員を送りこむ用意を整えていた。ある犯罪に助っ人が求められると、共犯者を又貸しした。彼らは穴倉のどんな悲劇にもつかえる闇の役者一座を率いていた。

彼らはだいたい、じぶんたちが目覚める時刻、つまり夜の帳がおりるころに、サルペトリエール施療院近くの荒草原に集合した。そこで手筈を整えるのである。これから闇夜の十二時間があり、その使い方を取り決めたのだった。

パトロン・ミネット、これがこの四人組の徒党に裏社会の者たちがあたえている通称だった。日に日に消え去っていくばかりの古い風変わりな俗語では、「犬と狼のあいだ」が晩を意味するのと同様、パトロン・ミネットは朝を意味する。パトロン・ミネットというこの呼び方はおそらく、彼らの仕事がおわる時刻、すなわち曙がやってきて亡霊どもが姿を隠し、悪党どもが解散する時刻からきているのだろう。四人組の悪党どもはその呼び名で知られていた。重罪裁判所の所長が獄中のラスネールを訪れ、ある悪事について尋問したが、ラスネールは否認した。「じゃあ、だれの犯行なのかね?」と所長が尋ねた。ラスネールは司法官にはさっぱり分からなかったが、警察には先刻承知のこんな答えを返した。「そりゃ、パトロン・ミネットでしょう」

時に、登場人物が発表されただけで芝居の内容があらかた察しがつくことがある。同じように、悪党の名簿を見ただけで一味の実体の見当がつくこともある。そこで以下に、パトロン・ミネットの腹心どもがどんな呼び名であったか、その名簿を掲げておこう。というのも、こうした名前は特殊な記録のなかに生き残っているものだからだ。

パンショー　別名プランタニエまたはビグルナイユ。

ブリュジョン（かつてブリュジョン王朝なるものがあったが、これについてはのちに一言することになろう）。

ブラトリュエル　わたしたちがすでにちらりとかいま見た道路工夫。

ラヴーヴ。

フィニステール。

オメール・オギュ　黒人。

マルディソワール。

デペーシュ。

フォーントルロワ　別名ブクティエール。

グロリユ　放免徒刑囚。

バールカロス　別名デュポン氏。

レスプラナード・デュ・シュド。

プサグリーヴ。

カルマニョレ。

クリュイドニエ　別名ビザロ。

マンジュダンテル。

レ・ピエ・ザン・レール。

ドミ・リヤール　別名ドゥ・ミリヤール。

その他。

あとは省略するが、これ以上悪い奴らはいない。これらの名前はそれぞれなにかを表象している。ただ個々の人間だけではなく、種族を表現しているのだ。これらの名前のそれぞれが、文明の下層のいびつな茸の変種に対応しているのである。

めったに人前に顔を出さないこれらの人間は、通りを行きかっている姿を目にできるたぐいの連中ではない。彼らは昼間、夜の荒仕事で疲れきって眠りにいった。ある者は石炭炉のなか、別の者はモンマルトルとかモンルージュとかのすたれた石切場のなか、また時には下水道のなかなど、地中に隠れ住むのである。

これらの人間たちはどうなったのか？　あいかわらず存在している。彼らはつねに存在してきた。ホラティウスもこう述べている。「笛吹キ娼ヲウル女ノ、薬売リ屋ノ、物乞イ者ドモノ、河原乞食女ノ群[3]」と。社会が現状であるかぎり、彼らも現状のままだろう。社会から滲出される彼らは、穴倉の暗い天井のしたで永久に再生するだろう。彼らはいつの世にも同じ幽霊のように立ちもどってくるだろう。ただ、彼らはもう同じ名前ではないだろうし、同じ役柄を演じることもないだろう。

個人が消されても、種族は生きつづける。

彼らはつねに同じ能力をもっている。浮浪者から無頼漢まで、彼らは彼らなりに純血をたもっている。ポケットの財布を見抜き、チョッキのポケットの時計を嗅ぎわける。彼らにとっては金や銀にも匂いがあるのだ。いかにもカモになってくれそうな様子をしている愚直な町人がいる。この男たちは辛抱強くそんな町人たちのあとをつける。外国人や田舎者が通りかかるのを見ると、蜘蛛みたいにぞくぞく身震いする。

真夜中ごろ、人影のない大通りでこの連中に出くわすと、いや、ちらりとかいま見るだけでも、ぞっとさせられる。彼らは人間でなく、生命をもった靄の塊といった形に見える。ふだんの彼らは暗闇と結託し、暗闇と区別できず、影の他に魂をもたず、ひととき、わずか数分のおぞましい生をいきるためだけに、闇夜から這いだしてくるようだ。

これらの怨霊を一掃するには、なにが必要なのだろうか？　光である。あふれんばかりの光である。曙に逆らうコウモリはいない。裏社会を照らしてやらねばならないのである。

第八篇　性悪な貧乏人

第一章　マリユスは帽子をかぶった娘をさがしていたのに、鳥打帽の男に出会う

夏が過ぎ、秋も過ぎて、冬がやってきた。ルブラン氏も若い娘も二度とリュクサンブール公園に足を踏み入れることはなかった。マリユスはたったひとつのことしか考えていなかった。もう一度あの優しく愛らしい顔を見ることである。たえずあらゆるところをさがしてみたが、なにも見つからなかった。マリユスはもはや、熱狂的な夢想家、決然として熱烈な、確固たる男、運命に立ち向かう大胆な挑戦者、次々に未来を築きあげてゆく頭脳、計画、企画、矜持、理念、意志などにあふれた若い精神ではなくなり、途方に暮れた犬のようだった。彼は暗い悲しみのなかに落ちこんだ。もうすっかりだめになった。仕事には嫌気がさし、散歩にはすぐ飽き、孤独にはうんざりした。かつてはさまざまな形、光、声、勧め、見通し、見晴らし、教えなどにみちみちていた広大な自然も、いまや空しく見えるばかりだった。彼にはすべてが消え去ってしまったような気がした。

いつも考えるには考えていた。というのも、ほかにできることがなかったからだ。しかし、考えてみても、心ははずまなかった。ああすればよい、こうすればよいと、頭がいろいろ小声で囁いてくれたが、そのいずれにも、彼は暗い気分でこう答えるのだった。「そんなことをしてどうなる？」

　彼はうじうじとじぶんを責めていた。――どうしてぼくは彼女のあとをつけたりなんかしたんだ？　彼女の姿が見られるだけで、あんなに幸せだったんじゃないか！　彼女はぼくを見つめてくれた。それだけでも途方もないことだったんじゃないのか？　どうやら彼女はぼくのことが好きだったようだ。それでも不足だったというのか？　いったい、このぼくはなにを得たいと思っていたのか？　あれ以上、なにもないじゃないか。ぼくはどうかしていた。ぼくが悪いんだ。云々。クールフェラックになにひとつ打ち明けなかったのは彼の性分からだったが、なんでもうすうすそれと察するところがクールフェラックという男の性分だったので、マリユスが恋をしていることを、まずはびっくりしながら祝福した。やがて、マリユスが憂いに沈んでいるのを見て、ついにこう言った。

「まあ、おまえが馬鹿だったというだけのことさ。さあ、ショミエール[1]にでも行こうぜ！」

　マリユスは一度、九月のうるわしい太陽に心惹かれて、クールフェラック、ボシュエ、グランテールらに誘われるままソー公園の舞踏会に行ってみた。なんというお目出度さだろうか！　彼はもしかすると彼女がそこにいるかもしれないと期待していたのである。もちろん、彼がさがしている女性には会えなかった。「おかしいな、ここでは、見失ったどんな女だって見つかるはずなんだが」と、グランテールは独言のようにぶつぶつ言った。マリユスは友人たちを舞踏会に残して、ひとりで歩いて帰った。ぐったりして、熱っぽく、夜陰のなかで、目はどんよりと悲しそうだった。快活に歌をうたいながら、お祭騒ぎからもどる大勢の若者たちをのせた乗合馬車が、次々に通りすぎてゆく。彼はその騒音と塵埃にくらくらした。すっかり意気消沈し、街道に沿った胡桃の木の刺すような匂いを嗅いでは、頭を冷やしていた。

彼の暮らしぶりは日を追うごとに孤独なものになっていった。彼は途方に暮れ、打ちひしがれ、内面の不安に浸りきって、罠にかかった狼みたいに苦しみのなかを転々としながら、いなくなった娘の姿をいたるところに追い求めては、恋煩いで腑抜けのようになっていた。

一度、彼はひとりの人間に出会って、奇妙な印象をうけたことがあった。廃兵院大通り近くの小路を歩いていたとき、労働者のような服装をし、庇の長い鳥打帽をかぶり、真っ白な髪をのぞかせた男とすれちがった。マリユスはその美しい白髪にはっとし、歩みをゆるめて、なにかつらい物思いに沈んでいるらしいその男をじっと見つめた。奇妙なことだが、これは間違いなくルブラン氏だと確信した。帽子のしたからのぞいているのは、同じ髪、同じ横顔、同じ物腰だったが、違っているのは以前より悲しげに見えることだった。──それにしても、いったいどうしてあんな労働者風の格好をしているのか？　あのような変装にどういう意味があるのだろうか？　ふとわれに返った彼が最初にとった行動は、その男のあとをつけることだった。──ぼくが追跡していることの手がかりをようやくつかんだのかもしれないじゃないか？　いずれにしろ、どうしてももう一度あの男の顔を間近に見て、この謎を解かなくちゃならない。だが、その考えに気づくのが遅すぎた。男はすでにいなくなっていた。どこかの脇道に消えてしまい、マリユスは二度と見つけられなかった。この出会いのことが数日気になっていたが、やがて忘れてしまった。結局のところ、と彼は思った。あれは他人の空似にすぎなかったんだ。

第二章　拾い物

マリユスはずっとゴルボー屋敷に住みつづけていたが、住人のだれひとりにも注意を払わなかった。

じつをいえば、当時このあばら屋には彼とあのジョンドレット一家のほか住人はいなくなっていたのだ。彼は一度この一家の家賃を払ってやっていたのだが、もとよりそのことは父親にも、母親にも、娘たちにも言っていなかった。他の住人たちは引越するか、死んでしまったか、あるいは家賃が未払いだったために、追いだされるかしていた。

この冬のある日、午後になって太陽がぼんやり姿を見せたが、なにしろ二月二日、つまり昔からの聖マリアお清めの祝日だった。その心もとない太陽はこれからつづく六週間の寒気の先触れだった。これが次の二行の詩句の着想をマチュー・レンスベルグ[1]にあたえ、この二行が古典となったのもけだし当然だった。

日がてらてらしても、ちらちらしても

熊はかえる、じぶんの洞穴に。

マリユスはじぶんの洞穴から出てきたところだった。夜の帳が落ちようとしていた。夕食に出かける時間だった。というのも、食事はなにがあってもしなければならないものだから。ああ！理想の大恋愛の、なんたる興ざめな弱み！　部屋の戸口を出たちょうどそのとき、ブーゴンばあさんが掃除をしながら、こうひとりごちていた。

「きょうび、いったい、なにが安いのやら？　なんでもかんでも高い。安いのはこの世の苦労だけ。まるっきり只だもんね、この世の苦労てのは！」

マリユスはサン・ジャック通りに行くために、市門に向かってゆっくりと通りをのぼっていた。頭を垂れて、思案げに歩いていた。

出し抜けに、霞のなかでだれかにさわられたような気がした。振りかえると、ぼろをまとったふたりの娘が見えた。ひとりは背が高く痩せていたが、もうひとりはそれよりすこし小柄で、ふたりとも息を切らし、怯えきったように、足早に通りすぎ、まるで逃げているようだった。ふたりは前方からやってきて、彼のことなど目にはいらず、通りすがりにぶつかったのだ。マリユスには夕闇にぼんやり浮かぶふたりの蒼白な顔、髪をふり乱した頭、ぼさぼさの髪の毛、ひどい帽子、ぼろぼろのスカート、靴をはいていない素足が見えた。ふたりは走りながら、話しあっていた。背の高いほうの娘がごくちいさな声で言った。

「サツがきやがった。ぶっ飛んだよ。円交差路のあたりでパクられそうになったもんね」

もうひとりが答えた。

「あたいも見たさ。そんでトントン、とんズラだよ！」

マリユスはその殺伐とした隠語から、憲兵か警官がこのふたりの子供を捕まえそこねて、ふたりは逃げてきたのだと理解した。

ふたりは彼の背後にある木立の奥深くにはいりこみ、しばらくのあいだ、その暗がりのなかに、ぼんやり白い人影を浮かべていたが、やがて消え去った。

マリユスはしばし立ちどまっていた。また歩きだそうとすると、足元の地面に灰色っぽいちいさな包みがあるのに気づいた。身をかがめて、それを拾いあげた。それは封筒のようなもので、なかには紙切れが何枚かはいっているようだった。

「そうか」と彼は言った。「あの気の毒な娘たちが落としていったのだろう！」

彼は引きかえして声をかけてみたが、ふたりは見つからなかった。彼はすでに遠くに行ってしまったのだと思い、包みをポケットに入れて、夕食に向かった。

途中、ムフタール通りの小路に、黒い布におおわれた子供の棺が三脚の椅子のうえに置かれ、一本のろうそくに照らされているのが見えた。夕闇のふたりの娘の姿がもう一度心に浮かんできて、

「気の毒な母親たち！」と思った。「わが子が死ぬのを見るよりずっと悲しいことがひとつある。それはわが子が悪に染まっているのを見ることだ」

やがて、悲しみを別の色に変えていたそんな影も頭から消えて、彼はふたたびいつもの憂いに

落ちこんだ。またしても、リュクサンブール公園の美しい木立のしたで、大気と日光につつまれて過ごした愛と幸福の半年のことを考えだしたのである。

「ぼくの生活もなんて暗くなってしまったんだろう!」と彼は思った。「いつでも若い娘たちが目のまえにあらわれる。ただ、以前は天使のようだったのに、いまはまるで吸血鬼の女みたいに見える」

第三章 「頭ガ四ツアル男」

その晩、寝ようとして服を脱いでいたとき、彼の手は上着のポケットのなかの包みにふれた。さきほど大通りで拾ったものだったが、すっかり忘れていたのだ。ふと、この包みを開けてみるのも無駄でないと考えた。もしこの包みがじっさいあの娘たちのものなら、ふたりの住所が書いてあるかもしれない。いずれにしろ、これをなくした人に返すのに必要な手づるが得られるかもしれない。

彼は包みを開いた。封はしていなかった。なかに四通の手紙がはいっていたが、これにも封がしていなかった。宛名が書いてあった。四通ともひどく煙草臭かった。

第一の手紙の宛名は「下院前広場正面＊＊＊番地、グリュシュレー公爵夫人様」とあった。

マリユスはここにはおそらく、なんらかの手がかりがあるだろうし、しかも、手紙に封がされていないのだから、読んでも別段さしつかえもなさそうだと判断した。

それは以下のような文面だった。[1]

公爵夫人様

仁慈と敬虔の美徳は社界〔社会〕をいちだんと緊密に結びつけるものであります。正当王朝〔正統王朝〕の聖なる大義への忠誠と愛着の犠牲となり、この大義を護るために、おのが血を流し、財産をしっくり〔そっくり〕使いはたし、今日最低の非参〔悲惨〕な境遇にあるこの悲運なスペイン人の身の上に、なにとぞあなた様のキリスト教徒としてのお情けをかけられ、憐れみの眼差しを注いでくださいますように。あなた様の気高いお人柄からして、教育と名誉とを兼ね備えながらも、全身に傷を負っているひとりの軍人が、局端〔極端〕に因難〔困難〕な生活をつづけるためだけにでも、なにかしらのご円助〔援助〕に〔が〕ほどこされることをゆめ疑ってはおりません。あなた様に〔が〕准進〔推進〕されておられまする人類愛と、公爵夫人がかように不幸な国民にお寄せくださるご関心に、あらかじめ期待する〔します〕。彼らの折り〔祈り〕が無駄におわることなく、感謝の念はいついつまでもお夫人様〔ご夫人様〕のうるわしい思い出を残すことでありましょう。

衷心からの敬意を表して、

フランスに亡命し、祖国にむかう族中〔旅中〕なれども、族費〔旅費〕を〔に〕事欠く、王党派の馬兵〔騎兵〕隊中尉

ドン・アルバレス

この署名にはどんな住所も添えられていなかった。マリユスは二番目の手紙には住所が見つかるものと期待したが、その上書にはこうあった。「カセット通り九番地、モンヴェルネー泊爵〔伯爵〕夫人様」

マリユスが読んだ文面は以下のとおりである。

泊爵〔伯爵〕夫人様

六人の子どもをかけ〔か〕えた夫幸〔不幸〕な母新〔母親〕でございます。末の子はやっと八か月です。このまえのお産のときから病気になり、五か月まえにつれあいにもすてられ、この世になんのたくあい〔たくわえ〕もなく、ひどいぴんぽう〔びんぼう〕暮らしをしておるものです。

泊爵〔伯爵〕夫人様におすがりするばかりでございます。どうか、どうか、よろしゅうおねがいいいたします。

バリザールの家内

マリユスは三番目の手紙にうつった。やはりまえと同じ嘆願状だった。内容はこうである。

サン・ドニ通り、オ・フェール通り角、選挙人、メリヤス製品卸問屋、バブールジョ殿ぶしつけながらこの手紙を差し上げるのは、貴殿の気重〔貴重〕なるご高意〔好意〕とご同状〔同情〕をたまわり、先頃「テアトル・フランス座」に戯曲を送った文士に、ご関心を寄せてくださるようお願いするためであります。この戯曲の主題は歴史に題材を取り、筋は帝政下のオーヴェルニュ地方で展開するものであります。小生の信ずるに、文体は自然、簡潔、いささか価値があるものです。四箇所で歌われる対句もございます。滑稽さ、真摯さ、意外さが、登場人物の多彩な性格、並びに筋立て全体にほんのり広がるロマン主義色と渾然一体となっております。筋は深秘〔神秘〕的な運びを見せ、驚くべき運命の急辺〔急変〕の数々を経て、目もさます〔目もさめる〕名場面にて大円団〔大団円〕を迎えます。

小生の主たる目的は、今世紀の人間を駆りたてる欲求、すなわち〈流行〉を慢足〔満足〕させることにありました。これは風向きが変わるごとにくるくる変わる、気まぎれ〔気まぐれ〕にして奇妙なる風見のごときものであります。

かかる長所にもかかわらず、小生が恐れますことは、特剣的〔特権的〕な作者らの嫉妬と利己主義により、拙作が門前払いされるかもしれないということであります。なんとなれば、小生とて新参者がたっぷり飲まされる苦杯を知らぬ者ではないからであります。

バブールジョ殿、かねてより貴殿の文人黒脚〔墨客〕への開明的な保護者としての正当なる評判を聞き及び、この度思いきって、小生の娘をお手元に遣わす次第であります。娘はこの減冬〔厳冬〕の時期にパンも火もないわが家の赤貪〔赤貧〕洗うがごとき状況をご説明申しあげることでしょう。また、この度の戯曲および今後執筆予定の作品すべてを貴殿に献じたく、なにとぞご仮納〔嘉納〕くださるようお願い申しあげることでしょう。これは小生が貴殿の保護の下におかれ、ご尊名をもって拙作を飾る名誉をいかに切乏〔切望〕しているか、その証としたいがためであります。もしも貴殿にしてささやかなりともご援助の手を差しのべていただけるなら、小生としては早速にも一片〔篇〕の詩をものし、もって感謝の印といたしたいと存じております。小生ができるかぎり完璧なものにすべく勤め〔努め〕るつもりのその一片は、戯曲の冒頭に掲げられ、舞台で朗読されるに先立って、貴殿に贈られる〔送られる〕でありましょう。

バブールジョ殿並びに令夫人へ、心からの敬意を捧げつつ。

文士、ジャンフロ

追伸、たとえ四スーでも結構でございます。
なお、娘を遣わし、小生みずから参上いたさぬ失礼の段、どうかお許しくださいますよう。悲しいかな！　見苦しい服装の都合上、外出はいたしかねる故であります……

マリユスはとうとう四番目の手紙を開いた。宛名は「サン・ジャック・デュ・オ・パ教会の慈善家殿」

慈善家殿

もしあなた様が娘にご同道くださるならば、わたくしども一家の非参〔悲惨〕な現況がごらんになれるでしょうし、わたくしの証明書類などもお目にかけましょう。

このような手紙をごらんになるならば、寛大なお心は見著〔顕著〕な慈善の念に揺すぶられることでありましょう。なぜなら、真の哲学者はつねに激しい感動を覚えるものだからであります。

お分かりいただきたいのですが、ご慈悲深い方、わたくしどもが雀の涙ほどの救済を得るにも、世にも酷い欲求に苛まれるばかりか、そのことを当局によって証明してもらわねばならないのです。このような事態ほどつらいものはありません。これではまるで、わたくしたち一家の非参〔悲惨〕が救済されるのを待ちながら、飢我〔飢餓〕で苦しんでも、死んでもならないと言われるのも同然ではありませんか。運命はある者たちにはじつに致命的であり、また別の者たちにはあまりにも浪費的もしくは保護的なのであります。

わたくしはあなた様がお超し〔お越し〕くださるか、しかるべき施しをしてくださるのを心待ちにしております。もしそうしてくださるなら、衷心からの敬意をお受けとりくださいますようお願いいいたします。

真に寛仁なお方へ
貴下のいとも卑しく
いとも従順なる僕
舞台俳優、P・ファバントゥー

以上四通の手紙を読んでみても、マリユスは以前より事情がよりよく分かるようになったわけではない。まず、どの署名者も住所を書いていなかった。つぎに、四通の手紙はドン・アルバレス、バリザールの妻、詩人ジャンフロ、舞台俳優ファバントゥーの四人の個人から出されたもののようだったが、奇妙なのはいずれも同じ筆跡で書かれていることだった。してみれば、これら四通の手紙はいずれも、同一人物のものだということにほかならないではないか？

しかも、これはその推測をさらに真実らしくすることになるが、粗末で黄ばんだ紙は四通とも同じで、同じ煙草の臭いがした。また、あきらかに文体を変えようと試みたらしいが、綴字の同じ間違いがなんとも平然とくりかえされている。この点では、文士ジャンフロもスペイン人の中尉となんら変わるところはなかった。

このちいさな謎を解こうとするのは骨折損だった。もしこれが拾い物でなかったなら、マリユスはたんなる詐欺みたいなものと見なしただろう。彼は悲しみに暮れていたので、偶然の悪戯を真に受けなかったし、街路の敷石が彼に仕掛けるつもりだったにちがいない遊びに手を貸すつもりもなかった。彼は四通の手紙相手に目隠しされて鬼ごっこをして、じぶんがみんなから愚弄されているような気がした。

もっとも、これらの手紙が大通りでマリユスが出会った娘たちのものだという証拠はなにもなかった。とどのつまり、それはあきらかになんの値打ちもない紙屑にすぎなかった。マリユスは手紙を封筒に入れ直すと、そっくり部屋の片隅に放りだして床についた。

翌朝の七時ごろ、彼は起きあがって朝食をとったところだった。さあこれから仕事に取りかかろうというとき、だれかがそっと戸を叩いた。

彼はもともと無一物だったので、鍵というものを掛けたことがなかった。もっとも、ごくたまに、なにか急ぎの仕事をしているときは別だったが。しかも、部屋を留守にするときでさえ、彼は鍵を錠前に差しこんだままにしておいた。

「盗人にはいられますよ」とブーゴンばあさんが言っていた。

「なにを盗む？」とマリユスは言っていた。

しかし、じつをいえば、ある日、だれかに古靴を一足盗まれたことがあったので、それ見たことか、とブーゴンばあさんは大得意になっていた。

もう一度戸が叩かれた。最初と同じように、そっと遠慮がちに。

「どうぞ」とマリユスは言った。

戸が開いた。

「なんの用ですか、ブーゴンさん？」と、マリユスは机のうえに置いた本や原稿から目を離さずにつづけた。

ブーゴンばあさんのものではない声がこう答えた。

「すみませーん、あのー……」

それはくぐもり、しゃがれ、息苦しそうな、かすれた声、コニャックや強い酒でしわがれた老人のような声だった。

マリユスがさっと振りむくと、若い娘の姿が見えた。

第四章　貧苦のなかの一輪のバラ

ごく若い娘がひとり、なかば開いた戸口に立っていた。日光が射しこむ屋根裏部屋の天窓が、ちょうど戸の真向かいにあって、その姿をどんよりした光で照らしている。それはやつれ、弱々しく、ぎすぎすした女だった。震え凍えそうな裸体にシュミーズとスカートしかまとっていない。ベルト代わりに細紐で腰を結び、髪も細紐でたばね、とがった両肩がシュミーズからはみ出している。蒼白い顔色は黄ばんで活気なく、鎖骨は土色、両手は赤らみ、口は半開きでだらしなく、歯は何本か欠け、目はとろんとし、不敵で、下卑ている。体つきは不格好な少女だが、目つきはすれっからしの老女のようだ。五十歳と十五歳が入り混じっている。弱れば弱るほど凄みを増し、ひとをぞっと身震いさせるか、同情の涙を流させるかする、あの手の女のひとりだった。

マリユスは立ちあがって、どこか啞然とした様子で、夢に出没する人影みたいなその女をじっと見つめていた。

ことのほか痛ましいのは、その娘が醜くなるべくこの世に生まれてきたようには見えないということだった。幼いころには、むしろきれいだったにちがいない。年相応の魅力がかろうじて、生活の乱れと貧困による早すぎる老年のおぞましさに逆らっている。冬の日の明け方、ぞっとするような雲のしたに消えてしまう青白い太陽みたいに、美しさの名残もこの十六歳の顔のうえではいまにも消え入りそうに見えた。

マリユスにはその顔にまったく見覚えがないというわけではなかった。どこかで見かけたことがあるように思われた。

「なんのご用ですか？　お嬢さん」と彼は尋ねた。

若い娘は酔っぱらった徒刑囚のような声で答えた。

「あんたに手紙だよ、マリユスさん」

彼女はマリユスを名指しで呼んだ。彼としては、娘がじぶんに用事があるのだと思わないわけにはいかなかった。しかし、この娘は何者なのか？　どうやってぼくの名前を知ったのか？

彼がどうぞと言うのを待たずに、娘はなかにはいってきた。遠慮もなくずかずかはいりこんで、部屋のなかをぐるりと、乱れたベッドまでながめ回した。その落着きぶりはこっちが胆を冷やすほどだった。彼女は裸足だった。ペチコートのいくつもの広い穴から、長い脛と痩せこけた膝がのぞいている。彼女はぶるぶる震えていた。

彼女はじっさい、手紙を手に持っていて、それをマリユスにわたした。

マリユスはその手紙を開封しながら、広くべったりついた封緘用の糊がまだ湿っていることに気づいた。この便りはそんなに遠くから届いたものではなさそうだった。彼は読んだ。

ご親切なわが隣人の青年よ！

私は六か月前に支払い期限がきた家賃を肩代わりしてくださったという、あなたのご好意を知りました。青年よ、私はあなたに感謝します。私の上の娘が言うでしょうが、私たち四人家族は、二日前からひとかけらのパンもなぐ〔く〕、あまつさえ妻は病気で寝こんでおります。もし私の考え偉〔違〕いでなければ、あなたの寛大なお心からして、このような話には当然人情を示され、恵み深くも、いくばくかの施しをされることを期待できるものと存じております。

私は人類の恩人にたいして深甚なる敬意を表する者であります。

ジョンドレット

追伸　私の娘はあなたのご指示をお待ちします、マリユス様

前夜からマリユスの気にかかっていた曖昧模糊とした出来事の渦中にあって、この手紙はまるで、地下倉に一本のろうそくが灯ったようなものだった。突如、すべてが明らかになった。その手紙は他の四通と出所が同じだった。同じ筆跡、同じ文体、同じ綴字の間違い、同じ紙、同じ煙草の臭いだった。

五通の書簡、五つの話、五つの名前、五つの署名があっても、署名者はひとりだ。スペイン人の中尉ドン・アルバレス、気の毒な母親バリザール、劇詩人ジャンフロ、老役者ファバントゥーは、四人ともジョンドレットという名前だったのだ。もっとも、これはジョンドレットがジョンドレットという名前だとしての話だが。

マリユスがこのあばら部屋に住みはじめてからかなりになるが、先述のとおり、隣人たちを見

るどころか、ほんの一瞬でもかいま見ることさえ、ごくまれだった。彼の心は別のところにあった。そして目というものは、心が向けられるところにおのずと向くものである。廊下や階段でジョンドレット一家とすれちがったことも一度ならずあったはずだが、彼にとってその連中はただの人影でしかなかった。これまでろくに気にもしていなかったせいで、前夜大通りでぶつかったのが、あきらかにジョンドレットの娘たちだったのに、彼はそれと気づかなかった。さらにいまも、彼の部屋にはいってきた娘に不快と同情の気持ちを覚えながら、たしかどこかで出会ったことがあるというかすかな思い出が、やっとよみがえってきたのだった。

いまや彼には全容が見えてきた。すべてが分かった。隣人のジョンドレットは貧苦のあまり、慈善家たちの善意につけこむことを生業としていること。そこでたくさんの住所を手に入れて、裕福で人情があると思われる人びと宛に偽名で手紙を書くこと。娘たちがみずからの危険をかえりみずに、その手紙を相手に届けること。この父親は娘たちを危険にさらすまでに追いつめられ、運命を相手に賭をして、娘たちをその勝負の賭金にしていること。マリユスはこうも理解した。ふたりの前夜の逃げ方、息の切らし方、怯え方、耳にした隠語などから判断すれば、おそらくあの不運な娘たちも、なにかは知れないが、後ろめたい仕事をいまでもやっていること。だからこそ、ほかでもなく現在の人間社会のまっただなかに、子供でも、娘でも、女でもないふたりの惨めな人間――貧困によって生みだされ、不純だが無垢といったたぐいの怪物が姿を見せるのだということである。

名もなく、歳もなく、性別もなく、痛ましい者たち。この者たちには善も悪もありえない。幼児期を過ぎるや、この世で持っているものなどなにひとつない。自由も、徳も、責任もない。道端に落ちて泥まみれになり、やがて車輪に押しつぶされてしまう花にも似て、昨日開花したかと思うと、今日はもう色あせる魂。

マリユスが驚き、痛ましい思いで見つめているあいだ、若い娘のほうはさながら幽霊のような傍若無人さで、屋根裏部屋のなかを往来していた。裸も同然な身なりを気にするふうもなく動きまわり、ときどき、破れたぼろぼろのシュミーズが腰のあたりまでずり落ちることがあった。娘は椅子を動かしてみたり、簞笥のうえの化粧道具をちょっといじくってみたり、マリユスの服にさわってみたり、部屋の隅にあるものをあさったりしていた。

「あら」と彼女は言った。「あんた、鏡もってるんだ!」

それから、まるで部屋にじぶんしかいないかのように、聞きかじりの軽歌劇の曲や陽気なリフレインを口ずさんでいたが、その喉にかかってしゃがれた声のせいで、かえって陰惨に響いた。そんな図々しさのしたに、なんとも言えずわざとらしく、おどおどし、辱められたところが見え隠れしていた。厚顔は羞恥なのであった。

日に怯えた鳥、もしくは翼を折った鳥みたいに、部屋のなかを跳ねまわり、飛びまわる娘の姿を見るほど気が滅入ることはない。もっと別の教育をうけ、違った境遇にあったなら、この若い娘の快活で自在な足取りも優美で魅力のあるものになっていただろうに。動物界にあっては、鳩になるべく生まれた生物が尾白鷲に変わることはない。そんなことが見られるのは、ただ人間界においてだけなのだ。

マリユスはぼんやり考えこんで、娘の勝手にさせていた。彼女は机に近づいた。

「へえ！」と彼女は言った。「なんと本だよ！」

どんよりしたその目に微光が走った。彼女はつぎのようにつづけたのだが、その声の調子は、人間ならだれしも感ずるはずの、なにかを自慢するときのあの幸福感をあらわしていた。

「あたし、字が読めんのよ」

そして机のうえに開いてあった本をさっと取って、かなりすらすら読んでみせた。

「……ボーデュアン将軍は、旅団の五大隊を率いて、ウーゴモンの城を攻略せよとの命令をうけた。ウーゴモンの城はワーテルロー平原の中央にあり……」

彼女はそこで中断して、

「へえ！　ワーテルローか！　知ってる。昔の戦争だね。うちの父ちゃんも行ってた。父ちゃんは軍隊に勤めてたんだ。うちはみんな、すごいナポレオンびいきなんだから！　ワーテルローでは敵がイギリスだったよね」

彼女は本をもどすと、ペンを一本取って、いちだんと声を高くした。

「それにあたし、字も書けるんだ！」

彼女はペンをインク壺に浸し、マリユスのほうを振りかえった。

「見てみたい？　じゃあ、なにかひとこと書いてあげる」

そして答える暇もあたえずに、机の中央にあった一枚の白紙にこう書いてみせた。「ポリ公がいる」

それから、ペンを投げだして、

「綴字の間違いはないはず。見てもかまわないよ。あたしたち、妹とあたしは教育をうけたんだ。あたしたち、ずっとこんなんじゃなかった。あたしたちだって、むかしはこんな……」

ここで彼女は話しやめ、光のない目でマリユスをまじまじと見つめたが、やがてワハハッと笑いこけながら、いくら恥知らずに見えようとも心の苦しみだけはいっさい顔に出さないといった抑揚の感じられる声でこう言った。

「なあに！」

それからこんな歌詞を明るい節で口ずさみだした。

はらがへったよ、父ちゃん
食うもんがねえ。
さむいよ、母ちゃん
着るもんがねえ。
ふるえてな、
ロロットちゃん！
なきじゃくれ、
ジャコーくん！

この一節を歌いおえるとすぐ、彼女は声をあげた。

「マリユスさん、あんた、たまには芝居に行く？　あたしは行くんだ。弟がいて、俳優たちと友達だから、ときどき切符をくれんのよ。だけど、バルコニー席なんて好きじゃない。窮屈だし、居心地がよくないから。ぼてぼてに太った客がいるし、ときどき、いやな臭いのする客だっているからね」

それから彼女はマリユスをじっと見つめて、いきなり顔つきを変えて言った。

「ねえ、マリユスさん。あんた、じぶんがすごくいい男だって知ってる？」

そしてこのときふたりは同時に同じことを考えて、ひとりはにっこり笑みを浮かべ、もうひとりは顔を赤らめた。彼女は彼に近づいて、肩に片手を置いた。

「あたしなんかにゃ見向きもしないけど、マリユスさん、あたし、あんたのこと知ってるよ。この階段でばったり出会ったことだってあるし、それにほら、オーステルリッツ近辺にマブーフじいさんとかいう人が住んでるよね。あのへんをぶらぶらしていると、ときどきあんたがあの家にはいるのを見たりするんだ。とってもあんたに似合うね、そのぼさぼさの髪の毛」

彼女の声は優しくなろうとすればするほど、やたらに低い声になるばかりだった。言葉の一部が、ちょうど音の出ないところのあるピアノの鍵盤みたいに、喉から唇までのあいだで消えてしまうのである。

マリユスはそっと後ずさりして、

「お嬢さん」と重々しく冷淡に言った。「あそこに包みがあります。あれはあなた方のものだと思いますが、お返ししてよろしいですか」

それから彼は四通の手紙をおさめた包みを差しだした。

娘は両手をぱちんと叩いて、声をあげた。

「あたしたち、ほうぼうさがしたよ！」

それから娘は包みをさっとつかみ、封筒を開けながら言った。

「やれやれ！　さんざんさがしたわ、あたしと妹は！　それをあんたが見つけたわけか！　あの大通りだよね？　大通りに間違いないよね？　そうそう、あたしたち走っていたときに、落っことしたんだわ。妹の馬鹿たれがこんなヘマをやったんだ。うちに帰ってみると、見つからなかった。あたしたち、ぶたれたくなかったから、ぶたれたってなんにもならないから、まったくなんにもならないから、ぜったいなんにもならないから、家では手紙はちゃんと届けたけど、どこでも相手にされなかったって嘘をついてたんだ！　あの手紙がここにあったのか！　でも、なんでこれがあたしたちのものだって分かったの？　ああ、そうか、筆跡か！　じゃあ、きのうの晩、通りがかりにあたしたちがぶつかったのは、あんただったのね。なんたって、ものがよく見えなかったんだもの！　あたしは妹に言ったわ、あれは男だった？　妹は、そう、間違いなく男だったよ、と言ってたっけ！」

そうするうちに、彼女は「サン・ジャック・デュ・オ・パ教会の慈善家殿」宛の嘆願文を開いていた。

「おや」と彼女は言った。「これはミサに行くあのじいさんに届けるものね。ちょうど、その時間だ。それ、持っていこうっと。朝メシを食えるくらいのものは、たぶん恵んでくれるわ」

それから彼女はふたたび笑いだし、こう言いそえた。

「ねえ、あたしたちがきょう朝メシを食べるって、どういうことか知ってる？　おとといの朝メシ、おとといの晩メシ、きのうの朝メシ、きのうの晩メシ、それを今朝、一ぺんに食べるってことなんだよ。ええ！　もちろんそう！　それがいやなら、くたばっちまえ、こんちくしょう！　ってなわけさ！」

この言葉を聞いて、マリユスはその気の毒な女がなんの用でじぶんのところに来たのか思いだした。彼はチョッキのなかを探ったが、なにも見つからなかった。一方、娘のほうはまるでマリユスがそばにいることも忘れているように、飽かずに話しつづけた。

「あたしねえ、夜に出かけることがときどきあるのよ。うちに帰らないことだってあるわ。ここに来るまえ、去年の冬、あたしたち橋のアーチのしたに住んでたの。みんなでからだを寄せあって凍えないようにしてたわ。妹は泣いてばかりいた。水って、悲しいものよ！　溺れてしまおうかって頭で思ってたら、口が、いや、冷たすぎる、なんて言うんだもの。あたしなんか、好きなときに、ひとりでどこでも行っちまうよ。溝のなかで寝ることだって、しょっちゅうあるし。ねえ、あんた、分かる？　夜にね、あたしが大通りを歩いてると、木立が死刑台の熊手に見えたり、真っ黒い大きな家がノートル・ダム寺院の塔のように見えたりするのよ。白壁が川みたいに思えてきて、あら、水だわ！　なんて、じぶんで言ったりしてる。お星さんなんて飾りつけの提灯みたいなもの。まるで煙を出したり、風に吹き消されたりしてるようよ。それに、あたしね、なんかこう、耳元に馬がいて、鼻息をかけてくるような気がして、ぼーっとすることもあるんだ。夜でも、手風琴の音とか、なんだか知らないけど、製糸工場の機械みたいな音が聞こえてくるのよ。みんなに石を投げつけられると思いこんで、わけもなく逃げたりしてる。なにもかも、ぐるぐる、ぐるぐるとまわってる。ものを食べてないときには、そりゃ、ひどく気が変になってくるものなのよ」

そして彼女は、血迷ったような目で彼をながめた。

マリユスはポケットの奥深く、隅々までさがしたおかげで、なんとか五フラン十六スーを集めることができた。このときの彼にとって、それが全財産だった。

「とにかく、これで今日の夕食代にはなる」と彼は思った。「明日は明日の風が吹くさ」

彼は十六スーをのけて、五フランを娘にあたえた。娘は硬貨をつかんだ。

「よーしと」と娘は言った。「ちょっとばかしお日さまが射してきたみたい!」

そして、どうやらそのお日さまには、頭のなかの卑語の雪崩を溶かす功徳があったらしく、彼女はこうまくしたてた。

「五フランか! ピカピカなやつだよ! 王さまのゼニだよ! こんなへぼい部屋で! しゃれたことをしてくれるね! あんた、やっぱりいっぱしの男だよ! あたしの心はあんたにメロメロさ! この大金にブラボー! 二日間、がぶ飲みだ! ビフテキにシチューだ! たらふく食ってやる! なんたって、久しぶりのゴチなんだから!」

彼女はシュミーズを肩のところまでもどし、深々とマリユスにお辞儀をしてから、馴れ馴れしく手で合図し、戸のほうに向かいながらこう言った。

「アバよ、だんな。あたし、やっぱり、じいさんに会いにいってみるわ」

出がけに彼女は、戸棚のうえに干からびたパンがひと切れ、埃にまみれて黴が生えているのを見つけ、それに嚙みつきながら、もぐもぐと言った。

「うまい！　固い！　歯が欠けそう！」

それから彼女は出ていった。

第五章　天佑の覗き穴

マリユスは五年まえから、貧乏暮らし、無一物の生活、さらには困窮さえも経験してきたが、真の貧困がどういうものか、すこしも分かっていなかった。今し方、その真の貧困を見たところだった。さきほど彼の眼下を通った怨霊のような娘こそがそれであった。じっさい、男の貧困しか見なかった者はなにも見なかったにひとしい。女の貧困を見なければならない。女の貧困しか見なかった者もまた、なにも見なかったにひとしい。子供の貧困を見なければならないのである。

男がこれ以上はないほどの窮地に追いこまれたときには、やむをえず窮余の一策を見つけるようになる。不幸なのは、まわりの無抵抗な者たちだ！　仕事、給料、パン、火、勇気、善意など、すべてがそっくりなくなる。外では日の明かりが消えたようになり、内では精神の光が消えてしまう。このような暗がりのなかで、男は女や子供の弱さにつけこみ、どんな恥ずかしいことでも力ずくでやらせるようになる。

こうなると、いくらおぞましいことでもできるようになる。絶望を取りまく仕切壁はいとも簡単に壊れ、すべての場所が悪徳や犯罪への道に通じてしまうのだ。

まだ未熟な肉体の健康、青春、名誉、清らかでなびきにくい繊細さ、心情、純潔、羞恥、そうした魂の表皮は、男がなんとか見つける窮余の一策という、たとえ恥をかいても、やがては慣れっこになってしまうその手によって、酷たらしい扱いをうけることになる。父親たち、母親たち、子供たち、兄弟たち、姉妹たち、男たち、女たち、娘たちがくっつきあい、性別、血縁、年齢、汚濁、無垢などが入り乱れる靄のようなところで、まるで鉱物が形成されるみたいに固まってしまう。彼らは運命の芥溜のなかで、互いに背をくっつけあい、うずくまっている。互いに哀れんで見つめあっている。ああ、不運な者たちよ！　彼らはなんと蒼白いのだろう！　なんと寒そうにしているのだろう！　彼らはわたしたちよりも、太陽からずっと離れた天体にでもいるかのようだ。

マリユスにとって、あの若い娘は暗闇から遣わされた使者のようなものだった。彼女は闇夜のぞっとするような側面をあからさまに見せてくれたのだ。

マリユスは夢想と情熱にかまけて、この日までみずからの隣人たちに一瞥もくれてこなかったことで、ほとんどじぶんを責めていた。——彼らの家賃を肩代わりしてやったといっても、あれは場当たり的な衝動みたいなもので、あんな衝動ならだれだって覚えるだろう。ぼくとしては、もっとなんとかすべきだったのだ。なんということか！　このぼくとあの見捨てられた人たち、世間からのけ者にされ、夜のなかで手探りするように生きているあの人たちを隔てているのは、わずか一枚の壁にすぎないではないか。あの人たちと袖振りあっていたこのぼくは、いわば、彼らが触れることができる人類最後の環だった。ぼくはじぶんのかたわらであの人たちが生きている、というかむしろ、喘いでいるのが聞こえているというのに、まるで気づいていなかった！　毎日、彼らが歩き、行き来し、話しているのが、壁越しにたえず聞こえていたというのに、耳ひとつ傾けなかった！　あの言葉のなかには当然、うめき声も混じっていたにちがいないというのに、聴こうともしなかったのだ！　ぼくの心は別のところにあって、いろんな夢想やら、ありもしない輝きやら、宙に浮いた恋やら、狂気の沙汰などにかまけていた。ところが一方で、じぶんと同じ人間たちが、イエス・キリストをとおしての兄弟たちが、民衆としての兄弟たちが、ぼくのかたわらで死に瀕していた！　空しく死に瀕していたのだ！　ぼくは彼らの不幸に荷担さえもして、その不幸をいっそうひどくしていた。というのも、もし彼らの隣人が別の人間、もうすこし現実を直視できる、もっと注意深い人間、まともで慈悲心のある人間だったら、もちろん彼らの窮状に目が届き、遭難信号にも気づき、彼らはたぶん、ずっとまえに収容され、救助されていたにちがいないからだ！　なるほど彼らは、かなり退廃し、堕落し、品位を落とし、忌まわしくさえ見えるかもしれない。だが、身を持ちくずしてなお品位をたもっている人間など、めったにいるものではない。それにある地点まで行きつけば、不運な者たちと恥知らずな者たちとは混じりあい、区別できなくなって、ただひとつの宿命的な言葉、「惨めな人たち《レ・ミゼラブル》[1]」という言葉で言いあらわされることになるだけだ。これはいったい、だれの罪なのか？　それに、零落が深みにはまればはまるほど、慈愛が大きくなるべきではないのか？

彼はこのような教訓をみずからに垂れながら——というのも、マリユスには、真に誠実な心の持ち主たちとして、じぶん自身の教育者となり、必要以上にみずからを叱責することがあったからだが——じぶんとジョンドレット一家を隔てている壁をじっと見つめた。まるでその仕切をとおして哀れみにみちた眼差しを送りこみ、この不幸な者たちを暖めることができるとでもいうように。読者もすでに読まれたように、壁は木摺と梁に支えられた薄い漆喰で、言葉も人の声も筒抜けだった。これまでそんなことにも気づかなかったとは、マリユスもよほどの夢想家だったにちがいない。この壁には、ジョンドレット一家の側にも、マリユスの側にも、紙の一枚さえ貼っていなかった。粗雑な造りがむき出しに見えた。マリユスは何気なく、その仕切を観察してみた。時には夢想も、思考と同じく観察し、考察し、詮索することがある。彼はふと立ちあがった。上方の天井近く、三枚の木摺のあいだに隙間があって、それが三角形の穴になっているのに気づいたのだ。その隙間を埋めていたはずの漆喰がなくなっていたので、整理簞笥のうえにのぼると、穴になっているところから、ジョンドレット一家のあばら部屋がすっかり見わたせそうだった。惻隠の情にもそれなりに好奇の念があるし、またあってしかるべきだろう。その穴は一種の覗き穴になっているのであった。人の不運は、もし救う気さえあるなら、不実なやり方で見ることも許される。

「彼らがどんな人たちなのか、ちょっと見てやろう」とマリユスは思った。「それにどんな状態になっているのかも」

彼は整理簞笥のうえによじ登り、瞳を割れ目に近づけて、ながめてみた。

第六章　住処にこもる野獣のような男

森と同じように町にも、このうえなく腹黒く恐るべきものが隠れる洞穴がある。ただ町では、そんなふうに隠れているものは残忍、邪悪、卑劣、すなわち醜い。だが森では、そんなふうに隠れているものは残忍、野生、偉大、すなわち美しい。同じ隠れ家でも、動物の隠れ家は人間の隠れ家よりも好もしいのだ。洞穴はぼろ屋に優るのである。

マリユスに見えたのはぼろ屋だった。

マリユスは貧しく、彼の部屋はお粗末なものだった。しかし、彼の貧乏は気高く、屋根裏部屋は清潔だった。このとき彼の眼差しが見下ろしたあばら部屋はおぞましく、汚く、悪臭を放ち、不衛生で、暗く、あさましかった。家具はすべて引っくるめても、たかだか藁椅子一脚、がたがたのテーブル一台、古い陶器のかけら数片というところ。ふたつの片隅にはそれぞれ、なんとも形容しがたい粗末なベッドがあった。明かりはといえば、蜘蛛の巣におおわれた四枚ガラスの屋根裏窓があるばかり。その天窓から、人の顔がかろうじて幽霊の顔に見えるほどかすかな日の光が射している。四方の壁はレプラ患者のような様相を呈し、なにやら恐ろしい病気によって歪んだ顔みたいに、継ぎ接ぎだらけ傷跡だらけ。湿気が目脂のように滲みだしている。淫らな絵が木炭で粗雑に描かれているのが見える。

マリユスが住んでいた部屋は、わびしいものであっても、とにかくレンガで敷きつめられていたが、そこにはタイルもなければ、床板も張られていない。古くさいあばら部屋の、年中踏まれて黒くなった漆喰のうえを、じかに歩くようになっているのだ。掃除はただの一度もしたことがないらしく、でこぼこの床は埃がこびりついたような状態で、そのうえに古いスリッパ、古靴、見苦しいぼろ屑などがあたりかまわず散乱している。さらに、この部屋には暖炉がある。そのため家賃が年四十フランもしたのだ。その暖炉のなかにはありとあらゆる物が詰めこんであった。コンロ、鍋、割れた板、釘に掛けたぼろ切れ、灰、それに火まですこしあった。二本の薪の燃えさしが、物悲しく煙っている。

このあばら部屋をさらにおぞましくしているのは、それがやたらに大きいことだった。部屋のあちこちに突起部やら、角やら、黒い穴やらがいくつもあり、天井裏がのぞいていたり、湾や岬みたいなものまであった。そのせいでぞっとするような底知れない隅がいくつもでき、そこには拳ほどもあるずんぐりした蜘蛛とか、足裏ほどの大きさのゾウリムシとか、もしかすると、なんとも名状しがたい化け物じみた人間までうずくまっているのではないか、という気にさせられる。

粗末なベッドのひとつがドアのそばにあり、もうひとつはテーブルのそばにあった。両方とも片端が暖炉にくっついていて、マリユスの真向かいにある。

マリユスが覗き見している隙間に近い隅の壁には、黒い木の額縁にはめられた色刷りの版画が掛かり、そのしたには大きな文字で「夢」と書かれている。そこに描かれているのは眠っている女と子供で、子供は女の膝のうえに抱かれている。ふたりの頭上高く雲のなかを飛ぶ一羽の鷲が描かれ、嘴に王冠をくわえている。女は目を閉じたままだが、王冠が子供の頭にかぶらないように手でさえぎっている。遠景には栄光につつまれたナポレオンが、黄色の柱頭をあしらった青い大きな円柱に背中をあずけている。円柱にはこんな文字が刻んである。[1]

マリンゴ〔マレンゴ〕
オースレルリツ〔アウステルリッツ〕
イエナ
ヴァーグラム〔ワグラム〕
エロット〔アイラウ〕

この額縁のしたの床には、縦長の看板状の物が置かれ、ななめに壁に立てかけてある。絵を裏返しにしてあるのか、もしくは表にへぼ絵でも描いた木枠なのか、あるいは壁から取りはずしたきり、掛けなおすのを忘れたまま放置された鏡板かなにかなのだろう。

マリユスのところからは、一本のペン、インク壺、紙などが置いてあるテーブルのそばに、六十くらいの男がひとりすわっているのが見えた。小柄で、痩せこけ、顔面蒼白で、血走った目をした男で、鋭敏で、残忍で、無気味な様子をして、見るからにぞっとするような悪党面だった。

もしラヴァテル[2]がその人相を見たなら、禿鷹の相と検事の相を足して二で割った相だと見立てたことだろう。捕食性の鳥と警察稼業の人間とは、互いに相手を醜くし、補完しあう。警察稼業の人間は捕食性の鳥を卑しくし、捕食性の鳥は警察稼業の人間を恐ろしくするのである。

その男はごま塩の長い髭を生やしていた。女物のシャツを着ているので、毛むくじゃらの胸と、灰色の毛が逆立った腕とがむき出しになっている。そのシャツのしたに、泥だらけのズボンと靴が見えたが、靴から足の指が突きだしている。口にパイプをくわえ、煙草を吸っている。このあばら部屋にはパンはないが、煙草はあるのだ。男はなにか書いているが、おそらくマリユスが読んだような手紙だろう。

テーブルの片隅に、赤みがかった一冊の古い端本が置いてあった。それが貸本屋の昔の十二折版であることから、小説本だと知れる。表紙にはこんな題名が太い大文字で印刷されている。

「神、国王、名誉、そして貴婦人たち。デュクレ・デュミニル著[3]。一八一五年」

その男は書きながらも、大声でしゃべっているので、マリユスにもその言葉が聞こえてきた。

「人間、死んだって、平等じゃねえんだぜ！　まあ、ちょっとペール・ラシェーズの墓地を見てみろよ！　お偉方とか、金持ちなんぞは高いところ、アカシアの並木の石敷きの道におさまっていやがる。そこなら馬車で行けるからな。だが、小物っていうか、貧乏人っていうか、不幸な者たちっていうか、まあなんでもいいや！　とにかく、こいつらは下の低いところに入れられる。そこは膝まで泥につかる。穴っていうか、なんていうか、ともかく、じめじめした場所にぶちこまれるのさ。なんでまた、そんなところに入れられなきゃならないかってえと、そのほうが早く腐っちまうからよ！　墓参りに行こうたって、泥んこのなかに落っこちるのが、それこそ落ちってもんだぜ」

ここで彼は話をやめて、握り拳でテーブルを叩き、歯ぎしりしながらこう言いそえた。

「ああ！　おれは世間の奴らを食ってやりてえほどだよ！」

暖炉のそばに、四十歳とも百歳とも見える、でぶでぶの女がひとり、素足でしゃがみこんでいた。この女もまたシュミーズ一枚の姿で、古いラシャを継ぎ接ぎしたメリヤスのペチコートをまとっている。ペチコートの半分を、厚ぼったい布地のエプロンが隠している。女はからだを曲げて縮こまっていても、とんでもない背丈なのが分かる。亭主にくらべると、まるで巨人族の女のようだ。赤茶けたブロンドに白いものが混じって、ぞっとするような髪の毛をし、それを平たい爪のある、てかてかした巨大な両手でときどき掻きあげている。

その女の脇の床に、さきほどの本と同じ版の、おそらく同じ小説本とおぼしいものが一冊、大きく広げられたまま置いてある。

粗末なもうひとつのベッドのうえに、顔色が悪くひょろ長いひとりの少女の姿がちらっと見えた。裸も同然の格好で足をたらし、なにを聞くでもなく、見るでもなく、まるで生きていないような様子。たぶんさきほどマリユスの部屋に来た娘の妹にちがいない。

妹娘は十一歳か十二歳くらいに見えたが、よくよく観察してみると十五歳くらいになっているのが分かった。これが昨晩の夕暮、大通りで「そんでトントン、とんズラだよ！」と言っていた子供だ。

この子供はいわゆる虚弱児で、虚弱児というのは長いあいだ発育が遅れているが、ある時から突然、急激な成長をはじめる。こんな悲しい植物のような人間になったのも極貧のせいであり、この子には子供時代も少女時代もないのだ。十五歳で十二歳のように見え、十六歳で二十歳のように見える。今日は少女でも、明日は立派な女になる。できるだけ早く生涯をおえようと、人生を大股で駆けぬけるとでも言ったらいいのか。現在では、その娘はまだ子供のような様子をしている。

これにくわえ、この住まいにはいかなる仕事の形跡も、機織機とか、糸車とか、なにかしらの道具類などはまったく見られず、隅のほうに怪しげな鉄屑があるばかりだ。これは絶望のあとにつづき、死の苦しみに先立つ不吉なだらしなさである。

マリユスはしばらくのあいだ、墓穴よりも不吉なその室内をながめて、ぞっとした。というのも、そこでは人間の魂がうごめき、生命がぴくぴくしているのが感じられるからだ。

貧民たちが社会という建造物の最低部に這いずりまわっている屋根裏部屋、穴倉、地下牢などは、かならずしも墓場というわけではなく、墓場の控えの間とでもいうべきものである。だが、みずからの豪勢さを宮殿の入口で精一杯ひけらかす一部の金持ちのように、脇に控えている死は、どうやらできるかぎりの貧困をこの控えの間に入れておくものらしい。

亭主は黙ってしまい、女房は物を言わなくなり、娘は息もしていないようだ。紙のうえでペンがきしむ音だけが聞こえている。

亭主は書く手を休めず、もぐもぐとつぶやいた。

「ろくでなし！　ろくでなし！[4]　どいつもこいつもろくでなしだ！」

ソロモンの詠嘆をもじったこの一句を耳にして、女房はふっと溜息をついて、

「ねえ、あんた、そういらいらしないで」と言った。「からだを悪くしちまうよ。あんな連中にいちいち手紙を書くなんて、おまえさんも、とんだお人好しだよ」

悲惨な暮らしをしている者たちは、寒いときにそうするように、互いに体をくっつけたりしてみても、心は離ればなれになるばかりだ。どう見ても、この女房は心にあるかぎりの愛で亭主を愛していたにちがいないが、一家にのしかかるひどい貧困のせいで、たぶん毎日お互いに罵りあっていたせいだろうか、その愛もすっかり消え果てていた。彼女の心中にはもはや、亭主にたいする情愛の遺灰しか残っていなかった。それでも世間並に、猫なで声を出して、「ねえ、あんた、おまえさん」などと呼んでいた。だが、心は長いこと黙ったままだった。

亭主はふたたび手紙を書きだしていた。

第七章　戦略と戦術

マリユスが胸もふさがれる思いで、即席の観測所から降りようとしたとき、なにかの物音に気を取られ、その場に釘づけになった。

あばら部屋の戸がいきなり開いて、姉娘が入口に姿をあらわした。彼女は足にどでかい男物の靴をはいていたが、真っ赤なくるぶしのあたりまで泥だらけにしている。古いぼろぼろのマントをまとっていたが、これは一時間まえにマリユスに会ったときには身につけていなかったものだ。おそらく哀れみをいやがうえにも掻き立てるために戸口に置いてあったのを、出かける間際に引っかけたものだろう。彼女はなかにはいって、うしろ手で戸を閉め、立ちどまってひと息入れた。というのも、すっかり息を切らしていたからだ。それから、得意そうに、また嬉しそうに、こう叫んだ。

「くるよ!」

父親が目を向け、女房が頭を向けたが、妹のほうは身じろぎひとつしなかった。

「だれが?」と父親が尋ねた。

「じいさんだよ!」

「慈善家か?」

「そうだよ」

「サン・ジャック教会の?」

「そうだよ」

「あのじじいが?」

「そうだよ」

「これからくるのか?」

「あたしのあとからくるよ」

「たしかか?」

「たしかだよ」

「そりゃ、ほんとうか、やつはくるのか?」

「辻馬車でくるよ」

「辻馬車か。ロスチャイルドみてえだな！」

父親は立ちあがった。

「どうして、たしかなんだ？　じいさんが辻馬車でくるってのに、どうしておめえのほうが先に着くんだ？　おめえ、所番地ぐらいは教えておいたんだろうな？　廊下の突き当たりの右手の戸だと、ちゃんと言っておいたんだろうな？　間違えてくれなきゃいいんだが！　じゃあ、教会で会ったんだな？　やつはおれの手紙を読んだのか？　やつはなんて言ってた？」

「まあ、まあ！」と娘は言った。「あんたもせっかちだね、おじさん！　こういうわけだよ。あたしが教会にはいると、じいさんいつもの席にいた。あたしがあいさつして、手紙をわたした。するど、じいさんはそれを読んで、こう言ったってわけ。——「あなたはどこに住んでおられる？」あたしは言った。——「だんなさま、わたしがお連れします」——「いや、住所を教えてください。娘がいろいろ買物をしなければならないもので。わたしは辻馬車に乗ります。お宅にはあなたと同じ刻限に着くでしょう」ってじいさんが言ったよ。あたしが住所を教えると、じいさん、ちょっとびっくりしたような顔になって、しばらくためらっていたけど、「まあ、いい。行きましょう」と言った。ミサがおわると、じいさんが娘といっしょに教会から出て、ふたりが辻馬車に乗るのをこの目で見たのさ。それから、廊下の突き当たりの右手の戸口だって、ちゃんと言っておいたよ」

「で、どうしてくると分かったんだ？」

「あたし、さっき辻馬車がプチ・バンキエ通りに着くのを見たばっかしだよ。だから走ってきたんじゃないか」

「そいつが同じ辻馬車だって、どうして分かる?」

「だからさ、ちゃんと辻馬車の番号を見ておいたんだよ!」

「何番だ?」

「四百四十番」

「よーし。おめえはよく気が利く子だ」

娘はきっと父親を見つめ、はいている靴を見せながら、

「気が利く娘ね、そうかも。でも、言っとくけど、あたし、こんな靴なんかもうはかないからね。ぜったい、いやだよ。だいいち、からだに悪いよ。それよりなにより、汚らしいよ。おまけに、底がじめじめして、歩くたんびに、ギシ、ギシ、ギシ音がするしさ。こんな頭にくるもんありゃしない。いっそのこと、裸足で歩いたほうがましだよ」

「そりゃそうだな」と、父親は娘のがさつさとは裏腹な優しい口調で答えた。「けどな、それじゃあ教会に入れてくれねえだろう。いくら貧乏人でも靴くらいはかなくちゃならねえんだよ。素足で神様のもとにゃ行けねえぞ」と、苦々しく付けくわえた。それから、さきの気がかりなことにもどり、

「で、たしかなのか? やつがくるのは、たしかなんだな?」

「くるって、じきに」と娘は言った。

男はすっくと背筋を伸ばした。その顔になにやら光が射し、

「おい、おめえ！」と叫んだ。「聞いたか。いよいよ、慈善家のお出ましだ。火を消すんだ」

母親はぽかんとして身動きひとつしなかった。父親のほうは、軽業師のような敏捷さで、暖炉のうえの欠けた壺をつかむと、燃えさしの薪に大急ぎで水をかけた。それから姉娘に声をかけて、

「おい、おめえ！　おめえは椅子の藁を抜け！」

娘にはその意味がまるで呑みこめていないと見るや、彼は椅子をつかみ、踵で一発蹴りを入れ、たちまち藁のない椅子に仕立てあげた。片足が椅子を突きぬけていた。その足を引き抜きながら娘に尋ねた。

「外は寒いか？」

「すっごく寒いよ。雪が降っているもの」

父親は窓のそばの粗末なベッドにいる妹娘に向かって、とどろくような大声で叫んだ。

「早くしろ！　ベッドから降りるんだ、このぐうたら娘！　おめえはなにも手伝わんつもりか！　窓ガラスを割るんだ！」

小娘はベッドから降りて震えていた。

「窓ガラスを割るんだ！」と彼はもう一度言った。

末娘はぽかんとしていた。

「おい、おめえ、聞こえねえのか？」と父親がくりかえした。「窓ガラスを割れと言ってるだろ！」

末娘は怯えながらも従順に、爪先で伸びあがって窓ガラスに拳骨をくらわした。ガラスは割れ、大きな音を立てて飛び散った。

「よし」と父親が言った。

彼は重々しく、ぶっきらぼうだった。その目はこのあばら部屋の隅々まで素早く見まわし、まるで戦闘開始にさいして最後の準備をする将軍さながらだった。

それまでひと言も口をきいていなかった母親が腰をあげて、のろのろと、こもったような声で尋ねたが、その言葉はまるで、凍ったまま口から這いだしてきたようだった。

「おまえさん、いったいどうするつもりなんだい?」

「おめえはベッドに寝てろ」と男は答えた。

その口調には有無を言わせぬものがあった。母親は言いつけにしたがい、粗末なベッドにどすんと身を横たえた。そうこうしているうちに、部屋の片隅ですすり泣きの声が聞こえた。

「どうしたんだ?」と父親が叫んだ。

末娘は身をすぼめた暗がりから出ようともせずに、血まみれの拳を見せた。窓ガラスを割るときに負傷したのだ。彼女は母親のベッドのそばに行って、しくしくと泣いていた。

今度は母親のほうが身を起こして、叫ぶことになった。

「そら、見たことか。おまえさんがこんな馬鹿をやらしたんだよ! ガラス窓を割って、この子が手を切ったじゃないの!」

「そのほうがよかったのさ!」と男が言った。「それも織込済みだったのよ」

「なんだって？　そのほうがよかったって？」と、女房はつづけた。

「うるせい！」と父親が応じた。「おれは言論の自由を禁じる」

それから身につけていた女物のシャツを引きさいて布切れをつくり、女の子の血まみれの手をさっとくるんでやった。それがすむと、びりびりに破れたじぶんのシャツに満足そうに目を落とし、

「これで、シャツもよし」と言った。「用意万端怠りなし」

窓辺で冷たい北風がヒューヒュー鳴り、部屋に吹きつけていた。外の靄もなかにはいりこんできて、目に見えない指でふわりと解かれた白っぽい綿みたいに、部屋中に広がった。壊れたガラス窓越しに、雪が落ちているのが見えた。前日、聖マリアお清めの祝日の太陽に約束されていた寒さが、じっさいにやってきていたのだ。

父親は万事ぬかりないことを確かめるために、ひとわたり見まわした。彼は古いシャベルを取りだし、湿った燃えさしの薪がすっかり隠れるように、灰をすっぽりかぶせた。

それから、おもむろに立ちあがって、暖炉によりかかりながら、

「さあ、これで」と言った。「慈善家のだんなをお迎えできるぞ」

第八章　ぼろ屋に射しこんだ光

上の娘が近づいてきて、手を父親の手に置き、

「どんなに冷たいか、さわってみな」と言った。

「なあに！」と父親が応じた。「こんなもんより、おれという人間のほうがよっぽど冷てえさ」

母親ががまんできずに叫んだ。

「あんたはいつだってだれよりも上手《うわて》だよ、悪いこともね！」

「もうよせ！」と男は言った。

母親はひと癖ある目つきで睨まれ、口を閉じた。このあばら部屋が一瞬静かになった。姉娘は無頓着な様子でマントの泥を落としていたが、妹娘のほうはずっとすすり泣いていた。母親は妹娘の頭を両手でかかえ、口づけでおおってやりながら、小声でこう言った。

「いい子、いい子、さあいいから。なんでもないよ。泣かないで。父ちゃんに叱られるよ」

「ちがう！」と父親は叫んだ。「あべこべだ。泣け！　泣くんだ！　そのほうが効き目がある」

今度はもう一度、姉娘のほうに言葉をかけて、

「ああ、どういうこった！　こねえじゃねえか！　もしこなかったら、せっかくおれが火を消し、椅子に穴を開け、シャツを引きさき、窓ガラスを壊したのも、水の泡になっちまうじゃねえか！」

「おまけにこの子に怪我までさせてね！」と、母親がつぶやいた。

「いいか」と父親はつづけた。「このくそ忌々しいあばら部屋はやけに寒いだろ？　もしあの男がこなかったら！　ああ！　そうだ！　やつはわざと待たせてやがるんだ！　こう思ってやがる。

「さてと！　連中にはもうすこし待ってもらおう！　それが連中の仕事なんだから！」ああ！

おれは奴らが憎らしい。もし奴らを絞め殺してやれたら、どんなに欣喜雀躍、血湧き肉躍ることか！　あの金持ちどもを！　あの金持ちどもをひとり残さずだ！　あのいわゆる慈善家と称している奴ら全員だ！　奴らは乙にすまし、ミサに行き、くどくどとご託を並べるくそ坊主ども、司祭連中に入れあげ、てめえらは人のうえに立っていると思いこみ、おれたちを辱めにやってきやがる。着物を持ってくる、なんてぬかしやがる！　四スーもしねえぼろ着にパンだとよ！　しゃらくせえ！　おれが欲しいのはそんなもんじゃねえ、ろくでなしどもめが！　金だよ！　ああ！金をくれってえんだよ！　ところが金はこれっぽっちも出さねえ！　金をやると飲んじまう、おまえらは酔っぱらいの、ぐうたら者だなどと言いやがる！　じゃあ、てめえらはいったい何様だってんだ？　昔はなんだったたっていうつもりだい？　泥棒じゃねえか！　泥棒をやらずに、どうやって金持ちになれるってんだ！　ああ！　社会なんてまるごと風呂敷に引っくるんで、そっくり空中に放りだしてやりゃいいんだ。全部木っ端みじんだ。そうかもしれねえ。だれもかれも一文無しになっちまう。それだけでもましってもんじゃねえか！――それにしても、なにやってんだ、あのとんまな慈善家のじいさん？　やってくんのか、こねえのか？　あんちくしょう、住所を忘れやがったのか！　あのボケじじい……」

このとき、だれかがそっと戸を叩いた。男は飛んでいって戸を開け、最敬礼と追従笑いをくりかえしながら、大声をあげた。

「だんなさま、どうぞおはいりください！　どうか、どうか、お情け深い慈善家のだんなさま。さあ、さあ、美しいお嬢さまもごいっしょに」

年配の男と若い娘があばら部屋の戸口にあらわれた。マリユスはあいかわらず、さっきの場所にいた。このとき彼がなにを感じたか、人間の言葉ではとうてい言いあらわせない。

〈彼女〉だった。

恋をしたことがある者ならだれしも、〈彼女〉という二文字にふくまれる、ありとあらゆる輝かしいものの意味を知っている。

まさしく彼女だった。マリユスは突然目のまえに広がった光のような靄をとおして、やっと彼女の姿が見分けられた。姿を消したあの優しい人、六か月のあいだ輝いたあの星だった。あの瞳、あの額、あの口だった。背後に夜を残して立ち去っていったあの美しい顔だった。一度消え去ったあの幻が、ふたたび姿をあらわしたのだ！

彼女はこんな暗闇、こんなあばら部屋、こんな醜いぼろ屋、こんな恐ろしい場所に姿をあらわしてくれたのだ！

マリユスは気が狂ったように身を震わせた。なんと、彼女じゃないか！ 彼の心臓は高鳴って、目もくらむほどだった。彼はじぶんがいまにも涙に暮れそうになるのを感じた。なんということか、あれほど長いあいださがしまわって、やっと再会できたのだ！ 彼は一度なくしたじぶんの魂を、ようやく取りもどしたような気がした。

彼女は以前と変わっていないが、ただいくぶん蒼白くなっていた。優美な顔立ちは紫のビロードの帽子に縁取られ、からだは黒いサテンのコートのなかに隠されていた。長いドレスのしたに、きっちりと絹の編上げ靴をはいたちいさな足がちらりと見えた。

彼女はあいかわらず、ルブラン氏といっしょだった。彼女は部屋のなかにはいって、二、三歩進み、テーブルのうえにかなり大きな包みを置いた。

ジョンドレットの姉娘は戸の陰に退いて、そのビロードの帽子、その絹のコート、そして美しく幸福そうなその顔を、暗い目つきで見つめていた。

第九章　ジョンドレットが泣きそうになる

そのあばら部屋はあまりにも暗くて、だれでもそこに足を踏み入れたとたん、まるで穴倉にでも迷いこんだような心持ちにさせられる。そんなわけで、ふたりの新来者もどこかためらいがちに歩を進めるしかなく、まわりの物の形もぼんやりと見えるだけだった。ところが、薄暗がりに目が慣れているあばら部屋の住人には、ふたりの姿はしかと見え、じっくり観察することができた。

ルブラン氏はいつもの親切そうだが、どこか悲しげな眼差しで近づいて、ジョンドレットに言った。

「この包みには新しい衣類、靴下、毛布などがはいっています」

「天使のように優しい慈善家のお方、それはそれは痛み入ります」と、ジョンドレットは床に顔をつけんばかりにお辞儀をした。

そのあと、ふたりがぶざまな室内を見まわしている隙に、姉娘の耳元に身をかがめて、こっそりとこう早口で言いそえた。

「な、言ったとおりだろう？　ぼろ着さ！　金じゃねえ。連中はどいつもこいつも同じだよ！ところで、あの老いぼれじいさん宛の手紙にはどういう署名がしてあったんだ？」

「ファバントゥー」と娘が答えた。

「俳優だったたな、よし！」

これがジョンドレットにはもっけの幸いだった。というのも、ちょうどこのとき、ルブラン氏が彼のほうを振りむき、人の名前でも思いだそうとするような様子でこう言ったからである。

「なるほど、お気の毒ですな、ええと……」

「ファバントゥーでございます」と、ジョンドレットは素早く答えた。

「ファバントゥーさん、そう、そうでしたね。思いだしました」

「俳優をやっております、だんなさま。これでも昔は大当たりをとったこともありましてね」

ここでジョンドレットはむろん、「慈善家」を攻略する絶好の時がきたと確信したのである。そして縁日の香具師の大見栄と大道乞食のへりくだった物言いをいっしょくたにしたような大声をあげた。

「タルマの弟子です、だんなさま。わたしはタルマの弟子だったのでございますよ。昔は、運命の女神もそこそこ微笑んでくれましたが。ああ！　なんとも不運なことに、いまではこのように不幸な身の上になってしまいました。慈善家のだんなさま、見てのとおりパンもなければ、火もありません！　うちの哀れなガキどもには、火もないのでございます！　たった一脚しかない椅子にも藁がありません！　ガラス窓も割れてしまいました！　こんな天気なのに！　うちの家内は伏せっております！　病気なんでございますよ！」

「気の毒な奥さんだ」とルブラン氏が言った。

「おまけに子供が怪我をしておりまして！」とジョンドレットは付けくわえた。

その子は見ず知らずの人びとの来訪に気もそぞろになり、「お嬢さま」をじろじろながめながらも、すすり泣きはやめなかった。

「さあ、泣くんだ！　わあわあ泣きわめくんだ！」と、ジョンドレットはその子に耳打ちした。と同時に彼は怪我をしたその子の手をつねった。それらすべてを、まるで手品師のような手際でやってのけた。その子は大きな叫び声をあげた。

マリユスが心のなかで「ぼくのユルシュル」と名づけていた憧れの娘がさっと近づいて、「お気の毒なお嬢ちゃん！」と言った。

「見てやってください、美しいお嬢さま」とジョンドレットはつづけた。「この子の血だらけの手首を！　一日六スーを稼ぐための機械仕事をして、こんな目にあったのですよ。いずれ腕を切らなきゃならんでしょうな！」

「本当ですか？」と年配の男性が不安そうに言った。

女の子は、その言葉を真に受けて、いちだんと高く泣き叫びだした。

「まことに悲しいことですが、本当なんですよ、慈善家のだんなさま」と父親は答えた。

しばらくまえから、ジョンドレットは曰くありげな目つきでその「慈善家」を見つめていた。

まるであちこち思い出を拾いあつめようとするみたいに、話しながらも、鵜の目鷹の目で詮索していたようだった。新来のふたりが手の傷のことで小娘に関心をもち、あれこれ尋ねている隙に乗じて、彼はさっと身を移すと、打ちひしがれ、ぽかんとしたままベッドに寝ている女房のそばに行って、声をごくごくひそめて口早に言った。

「あの男をよく見ておくんだぞ!」

それからルブラン氏のほうを振りむいて、お涙頂戴の繰り言をつづけた。

「ごらんください、だんなさま。このわたしときたら、着るものとて女物の、しかもすっかり破けたシャツ一枚きりです! なにしろ服がないもので、外出もままならないのです。もしわたしにどんな粗末でも衣裳があったら、マルス嬢に会いにいっているんですがねえ。わたしはあの有名な女優さんを知っていまして、彼女わたしのことをたいそう好いていてくれるんですよ。彼女はあいかわらずトゥール・デ・ダム通りに住んでいるんですかね? だんなさん、ご存じですか、わたしたちがふたりでドサまわりしていたのを? いっしょに大当たりをとったこともありましてね。セリメーヌ[1]ならきっと、わたしに救いの手を差しのべてくれるでしょうに! エルミールだってきっと、このベリサリオスに施し物をしてくれるでしょうしね! でも、どっちにしろ無理です、着るものの一枚もないのですから! おまけに手元に一スーの持ち合せもありません! 家内が病気だというのに、一スーもない! 娘が命に関わるほど怪我をしているというのに、一スーもないのです! 家内はひどく息切れがすると申します。年も年ですが、それに神経もまいっているのでございます。なんとか助けてやらねばなりません! 娘のほうもですよ!

とはいうものの、やれ医者だ！　やれ薬屋だのと！　いったい、どうやってこのわたしに払えましょうか？　一銭もない始末なのですから！　わたしは十サンチームのまえにだって跪きますよ、だんなさま！　これが芸術家のなれの果てというものです！　それから、美しいお嬢さま、ご存じですか、またお心の広い庇護者のだんなさま、ご存じですか？　おふたりは美徳と善意にあふれ、あの教会を芳香でみたしておいでですが、じつはうちの娘も毎日あそこに祈りにまいり、おふたりの姿を拝見しているのでございます……。といいますのも、だんなさま、わたしは信心深い人間になるよう娘どもを育てているからです。娘どもには芝居の道なんかに進んでほしくなかったのです。ああ！　あのふしだらな女たち！　あの者たちがつまずくのをどれだけ見てきたことか！　そんな軽々なことはしませんよ、このわたしは！　こと名誉や道徳や貞操については、口やかましく言いきかせています！　なんなら、聞いてやってください。なんたって人間、真っ当に生きなきゃならないものですから。うちの娘どもには父親がちゃんとついております。家庭がないばかりに、しまいには身を売ってしまう不幸な女たちとはわけが違います。生まれつきの父《てて》なし娘は、いずれ不見転《みずてん》になるにきまっています。ああ、ありがたいことで！　おかげさまでファバントゥー家にはそんな者はおりません！　娘どもは徳高くしつけ、正直で心優しい人間になり、かならずや聖なる御名の神様を信じるようになってもらいたい一心なのです！——ところで、だんなさん、ご立派なだんなさま、明日はどういうことになるか、ご存じでしょうか？　明日は二月四日、運命の日、家主がきめた支払いの最終期限の日なのです。もし今晩支払わなかったら、明日には姉娘、わたし、熱のある家内、怪我をした末娘、わたしども四人はここから追いはらわれ、表の街路に、大通りに、雨が降り、雪まで降っているというのに、身を寄せるところとてなく、ぽいと放りだされてしまうことになります。だんなさま、そういう仕儀に立ちいたっているのでございます。一年分、四期分、すなわち六十フランたまっているのです！」

ジョンドレットは嘘をついていた。四期分でも四十フランにしかならないうえに、マリユスが二期分を払ってやって半年にもならないのだから、四期分ということはないはずだった。

ルブラン氏はポケットから五フラン出して、それをテーブルのうえに置いた。

ジョンドレットは隙を見つけて、姉娘の耳元にこう囁いた。

「悪党め！　五フランぽっちでどうしろってえんだ？　椅子と窓ガラス代にもならねえ！　弁償しやがれ！」

そのあいだに、ルブラン氏は青のフロックコートのうえにはおっていた褐色の大きな外套を脱いで、椅子の背に投げだした。

「ファバントゥーさん」と彼は言った。「手元には五フランしかありません。ひとまずこれから娘を連れかえって、今晩もう一度まいりましょう。支払い期限は、今晩でしたね？」

ジョンドレットの顔はみるみる明るくなって、どこか怪しげな表情になった。彼はとっさに答えた

「さようでございます、尊いだんなさま。八時に家主のところに行かねばなりません」

「では、六時にここに来ましょう。六十フラン持ってきます」

「ご恩は忘れません！」とジョンドレットは取り乱して叫んだ。

そのあと声をひそめて妻にこう言いそえた。

「おい、あいつをよく見ておくんだぞ！」

ルブラン氏は若く美しい娘の腕を取って、戸のほうに向かい、

「それでは、みなさん、今晩また」と言った。

「六時ですね？」とジョンドレット。

「六時きっかりに」

このとき、椅子のうえに置いたままの外套がジョンドレットの姉娘の目にとまった。

「だんなさん」と彼女は言った。「外套をお忘れですよ」

ジョンドレットはすさまじい目つきで娘を睨みながらぐいと肩をいからせた。

ルブラン氏は振りかえり、笑みを浮かべてこう答えた。

「忘れたのではありません。置いていくのです」

「ああ、守り神のだんなさま」とジョンドレットは言った。「もったいない恩人のだんなさま、泣けてきますよ！　どうか、馬車までお見送りさせてくださいますよう」

「もし外に出られるのなら」とルブラン氏が応じた。「その外套を着てください。本当にひどく寒いですから」

ジョンドレットは同じことを二度まで言わせず、褐色の外套をさっさとはおった。こうして三人は表に出た。ジョンドレットはふたりの外来者を先導した。

第十章　公営馬車の料金、一時間二フラン

マリユスはこの場面のなにひとつも見逃さなかったが、じつのところなにも見ていなかった。若い娘がこのあばら部屋にはいってきたときから、目は彼女に釘づけになり、心はその姿をとらえて放さず、そっくりそのままつつみこんでいたと言ってよい。彼女がそこにいるあいだずっと、身体の知覚は中断し、魂がただ一点に向かって急き立てられる、あの忘我の状態を経験していた。彼は若い娘というより、サテンのコートをまとい、ビロードの帽子をかぶった一条の光を打ちながめていた。たとえシリウス星がこの部屋にはいってきたとしても、これほどまでに眩しくはなかったろう。

若い娘が包みを開き、衣類や毛布を広げて、母親には優し気に、怪我をした娘には哀れみをかけながら、あれこれ尋ねているあいだ、彼は彼女の動静の一部始終を見守り、彼女の声を聴こうと努めた。彼女の目、額、その美しさ、背丈、歩き方はすでに知っていたが、声の響きは知らなかった。一度、リュクサンブール公園でいくつかの言葉を耳にしたような気もするが、ぜったいそうだという確信はもてなかった。彼女の声を聴き、ほんのすこしでもその音楽をじぶんの魂のなかに取りこむことができるなら、命を十年縮めてもよかった。しかし、ジョンドレットの哀願調の繰り言とラッパのような大声のせいで、すべてが台なしになった。われを忘れてうっとりしていたマリユスも、それには心から怒りを覚えた。彼は眼差しで彼女を大切につつみこんでいた。

こんなおぞましいあばら部屋の、こんな卑劣な者たちのあいだに、これほどまで神々しい女性がいるとは、とうてい信じられないことだった。まるで蟇蛙どものなかにいる一羽の蜂鳥を見る思いだった。

　彼女が外に出たとき、彼はただひとつのことしか考えていなかった。彼女を追いかけ、追いつき、あとをつけて、住んでいる場所を突きとめるまで離れないこと。こんなふうに奇跡的にめぐりあったのだから、万が一にも見失ってはならない！　彼は整理箪笥から降りて帽子をつかんだ。錠前の掛金に手をかけ、外に出ようとしたところで、ふとある考えが浮かんで足が止まった。――廊下は長いし、階段は急だし、ジョンドレットはおしゃべりだから、ルブラン氏はまだ馬車には乗っていないにちがいない。もし廊下か階段あたりで振りかえって、この家にぼくがいるのに気づいたら、かならず警戒し、またぼくから逃れる手立てを見つけるだろう。そうなれば万事休すだ。どうしようか？　ちょっと待ってみるか？　でも待っているうちに、馬車は出てしまうかもしれない。――マリユスはしばらく迷ったが、とうとう危険を覚悟で、部屋の外に出た。

　廊下にはだれもいなかった。彼は階段に駆けつけた。階段にもだれもいなかった。彼は階段を飛ぶように降りて、外の大通りに差しかかったちょうどそのとき、辻馬車がプチ・バンキエ通りの角を曲り、パリ市内にもどっていくのが見えた。

　マリユスはその方向に突っ走った。大通りの角に達したところで、辻馬車が急いでムフタール通りをくだっていくのがふたたび見えた。辻馬車はすでにひどく遠くに行ってしまっていて、追いつく手立てはなかった。――なに？　まだ追いかけようというのか？　とうてい無理だ。それに、辻馬車を追って全速力で走ってくる奴がいるのに気づけば、車内の父親にぼくだと分かってしまうだろう。――ちょうどそのとき、めったにない幸運な偶然だろうか、マリユスは客を乗せずに大通りをとおる一台の公営二輪馬車を目にした。こうなったら取るべき手段はただひとつ、その馬車に乗って、辻馬車を追いかけることだ。これほど確実で、有効で、危険のないことはなかった。

マリユスは御者に停まるよう合図し、叫んだ。

「時間払いで！」

マリユスはネクタイもせず、いくつかボタンが欠けている古い仕事服を着ていて、ワイシャツも胸の襞がひとつ破れていた。

御者は馬車を停め、目配せし、左手をマリユスのほうに差しだしながら、人差指と親指とを軽くこすりあわせてみせた。

「なんですか？」とマリユスは言った。

「前払いで」と御者が言った。

マリユスは懐に十六スーしか持ちあわせていないのを思いだした。

「いくらだ？」と彼は尋ねた。

「四十スーで」

「もどってから払おう」

御者は返事の代わりに、古風な軍歌ラ・パリスの節を口笛で吹いて、馬に鞭を当てた。

マリユスは二輪馬車が遠ざかるのを途方に暮れた様子でながめた。――たったの二十四スーがないばっかりに、ぼくはじぶんの喜び、幸福、愛をうしなうことになるのか！　またしても夜のなかに落ちていくのか！　ようやく目のまえが開けたというのに、またお先真っ暗になるのか！　彼は苦々しい思いで、またはっきり言っておかねばならないが、深く後悔しながら、今朝あのみすぼらしい娘にやってしまった五フランのことを考えた。――もしあの五フランがあったら、ぼくは救われ、生きかえり、冥府と暗黒の外に出、孤立と憂愁と寡居から抜けだしていただろう。ぼくの運命の黒い糸を、あの美しい金色の糸にふたたび結びつけていただろう。あの金色の糸が目のまえにひらひらしていたというのに、またまた切れてしまったのだ。――彼は絶望的な気持ちになってあばら部屋にもどった。

よくよく考えてみれば、ルブラン氏が晩にまた来ると約束していたのだから、今度こそうまくやって、あとをつければいいじゃないか、とじぶんに言い聞かせてもよかったはずだ。だが、そのときの彼は思いつめるあまり、内心の声にろくすっぽ耳を傾けていなかったのである。

彼が階段を昇ろうとしていたとき、大通りの向こう側にある、バリエール・デ・ゴブラン通りのうら寂しい壁に沿って、「慈善家」の外套にくるまったジョンドレットが、世間では「市門のごろつき」と呼びならわされている人相のよくない男のひとりと話をしているのに気づいた。この連中は怪しげな顔つきをし、いかがわしい独言をつぶやき、なにか悪事をたくらんでいるふうで、昼間はほとんど眠っている。ということは、どうやら夜に仕事をしているらしい。

ふたりの男は、雪が渦巻くように降っているというのに、身じろぎひとつせずにじっとしたまま打ち合わせていたから、警察官なら間違いなく目をつけたことだろう。だが、マリユスは大して気にとめなかった。

けれども、いかに深刻な悩み事があったとはいえ、彼はジョンドレットと話をしていたあの「市門のごろつき」がどうも、いつかクールフェラックに教えられたパンショーという男に似ているな、と考えざるをえなかった。これはプランタニエとも、ビグルナイユとも言われている男で、この界隈ではかなり危険な夜の徘徊者として通っていた。この名前は以前、本書でも見られたはずである。このパンショー、別名プランタニエ、別名ビグルナイユはのちに、いくつもの犯罪事件に連座し、それ以後有名な悪党になった。だが、このころはまだ、ちょっと名が知れた程度の悪党にすぎなかった。こんにちではこの男は、強盗や殺し屋どものあいだで伝説的な存在になっている。七月王政の終わりごろ、彼はすでに一派をなしていた。夕べになり、そろそろ夜の帳がおりようというころ、囚人たちがあちこちに集まってひそひそ話しあう時刻に、フォルス監獄の通称ライオンの穴、つまり中庭のあたりで話題になるのは、きまって彼のことだった。そればかりではない。この監獄には看守の巡視路の真下に便所の下水道が通っていたが、一八四三年、真っ昼間に三十四人の囚人が前代未聞の脱獄をおこなうのにこれが役立った。その便所の石畳のうえのほうに、パンショーという名前が読みとれた。彼は何度目かの脱獄を試みたとき、大胆にも巡視路の壁にじぶんの名前を刻みつけたのである。一八三二年には、警察はすでに彼を監視していたのだが、当時はまだ、本気で頭角をあらわそうとはしていなかった。

第十一章　貧困が苦悩に申しでる助力

マリユスはあばら屋の階段をゆっくりとした足取りで昇った。じぶんの部屋にはいろうとしているとき、あとを追ってきたジョンドレットの姉娘が背後の廊下にいるのに気づいた。見るも憎たらしい娘だった。あの五フランを持っているのがその娘だったのだ。だが、返してもらうには遅すぎる。二輪馬車はいなくなったのだし、辻馬車はずっと遠くに行ってしまっている。もっとも、返せと言っても、返しはしなかっただろう。さきほどやってきた人たちの住処を尋ねてみたところで無駄だ。ファバントゥーと署名された手紙が「サン・ジャック・デュ・オ・パ教会の慈善家殿」という宛名だったのだから、その娘がなにも知らないのは明らかだった。

マリユスはじぶんの部屋にはいって、うしろ手で戸を押した。戸は閉まらなかった。振りかえると、戸を半開きのままにしている手が見えた。

「いったい、どういうことです？」マリユスは尋ねた。「だれですか？」

ジョンドレットの娘だった。

「あなたですか？」と、マリユスはかなり厳しい口調でつづけた。「また、あなたですか？　なんの用です？」

娘は物思いにふけっているようで、答えがなかった。今朝の自信はもう消えうせていた。なかにははいらず、廊下の薄暗がりでじっとしている。マリユスにはその姿が半開きの戸越しに見えた。

「さあ、答えてください」とマリユスが言った。「なんの用ですか?」

彼女はどんよりした目で彼を見あげたが、その目にはかすかに光のようなものが灯っていた。

彼女が言った。

「マリユスさん、あんた寂しそうね。どうしたのさ?」

「ぼくが!」とマリユスは言った。

「そう、あんたよ」

「どうもしませんよ」

「うそ!」

「いいえ」

「うそだって言っているでしょ」

「ほっておいてください!」

マリユスはふたたび戸を押したが、娘はその戸をずっと押しとどめていた。

「ねえ」と彼女は言った。「やっぱし、あんた間違ってる。金持ちでもないのに、今朝のあんた、あたしに優しくしてくれた。あたしに食べ物を買うお金をくれたよね。だから今度は、どうしたのか話してみて。ああ、悩みがあるんだ。顔で分かるよ。あたし、あんたには悩んでなんかほしくない。どうしたらいい? あたし、なんか役に立てる? あたしをつかったら。秘密を教えてなんて言わない。そんなこと、あたしになんか言わなくていい。でも、あたし、きっと役に立てるよ。父ちゃんの手伝いをしてるんだから、あんたの手伝いだってできるさ。どこかに手紙を届けるとか、人の家に行くとか、一軒一軒たずねまわるとか、住所を見つけるとか、だれかのあとをつけるとか、そんなことがあったら、あたしにまかせなよ。だからさあ、どうしたのか言ってくれない。あたしが相手と話をつけてくるから。だれかが話しにいくだけで、事情が呑みこめて、なにもかもうまくいくことだってあるよ。あたしをつかって」

ひとつの考えがマリユスの心に浮かんだ。溺れる者は藁をもつかむというではないか？　彼はジョンドレットの姉娘に近づいて、

「ねえ、きみ……」と言った。

娘は目に喜びの色を浮かべて、その言葉をさえぎった。

「そう、そうこなくちゃ！　あたしには、きみって呼んで！　そのほうがずっといいよ！」

「それじゃあ」と彼はつづけた。「きみはあの老人と娘さんをここに連れてきたんだね……」

「そうよ」

「ふたりの住所を知っている？」

「知らない」

「じゃあ、見つけてくれないか」

せっかく明るくなっていた娘の目は、とたんにまたどんより曇ってしまった。

「やってほしいのは、そんなこと？」と彼女は尋ねた。

「そうだ」

「あの人たちを知っているの？」

「いや」

「ということは」と、彼女は素早く言葉をついだ。「あんた、あの娘《こ》を知らないけど、どうしても知合いになりたいってわけ？」

「あの人たち」が「あの娘」に代わった裏には、なにか深い意味があり、苦々しい事情があったのだろう。

「とにかく、できるかな？」

「あんたのために、きれいなお嬢さまの住所を見つけるってこと？」

この「きれいなお嬢さま」という呼び方にも、どこかマリユスの心にひっかかるものがあった。

彼は言葉をついだ。

「まあ、なんでもかまわない！　父親と娘の住所。ふたりの住所だよ！」

彼女は彼をじっと見つめた。

「ところであんた、なにをくれる？」

「きみが望むものならなんだって！」

「あたしが望むものならなんだって……？」

「そうだ」

「じゃ、見つけてやる」

彼女はうなだれていたが、やがてとっさに戸を引いて、閉めてしまった。

マリユスはふたたびひとりになった。

彼は椅子にぐったり倒れこみ、頭と両肘をベッドに乗せたまま、とらえどころのない物思いに沈み、まるで目眩におそわれたような状態だった。今朝から起こったすべてのこと、天使が出現したものの、そのあとに姿を消したこと、あの小娘が言ったこと、広大無辺な絶望の海に漂っている一縷の希望の光、それらすべてがごちゃごちゃになって彼の頭をいっぱいにしていた。

突然、彼は夢想から急に現実に引きもどされた。ジョンドレットの耳障りな大声が、とんでもなく奇々怪々で興味津々なこんな言葉を発するのが聞こえたのだ。

「言ってるだろう、こいつは間違《まちげ》えねえ、おれはやつに見覚えがあるんだよ」

ジョンドレットはだれのことを話しているのか？　だれに見覚えがあるっていうんだ？「ぼくのユルシュル」の父親か？　なになに、それじゃあジョンドレットは、あの人を知っているのか？　これからぼくは、突然、思いもかけないかたちで、すべてを、もし知らないでいたら、ぼくの人生が暗くなりかねない事実をすべて知ることになるのか？　ぼくはついに、じぶんがだれを愛しているのか、あの若い娘が何者なのか、彼女の父親が何者なのか知ることになるのか？あのふたりをおおっているなんとも深い影が、やがて晴れることになるのか？　ヴェールがはぎ取られようとしているのか？　ああ、ありがたい！

彼は整理箪笥にのぼるというより、跳びあがり、仕切壁のちいさな覗き穴近くに陣取った。ふたたび、ジョンドレットのあばら部屋の室内が見えた。

第十二章　ルブラン氏がくれた五フラン貨幣の使い方

見たところ、一家の様子になんの変わりもなかった。変わったところといえば、女房と娘たちが包みの中身を空っぽにし、靴下をはき、ウールの胴着を着こんでいたくらいだった。二枚の新しい毛布が二台のベッドに放りだしてある。

もちろん、ジョンドレットは今し方もどってきたばかりだった。はあはあと、外から持ちこんだ息切れがまだつづいている。娘たちは暖炉寄りの地べたにすわって、姉が妹に包帯をしてやっている。女房はびっくりしたような顔で、暖炉のそばの粗末なベッドにへたりこんでいる。ジョンドレットは大股であばら部屋のなかを行ったり来たりしている。異様な目つきだ。

亭主のまえで、おどおどとし、呆気にとられているようだった女房が、思いきってこう言った。

「なんだって、本当かね？　おまえさん、たしかなんだろうね？」

「たしかだとも！　八年めえだ！　だが、おれにゃ見覚えがある！　ああ！　忘れるわけはねえ！　すぐにあいつだと分かったさ！　なんだ、おめえは一目で分からなかったのか？」

「いや、分からなかったさ」

「だけどよ、おめえにちゃんと言ってやったじゃねえか、注意しろ！　とな。なにしろ、あの体つき、あの顔つきだぜ。ちっとも年とっちゃいねえ。なにをどうやってんのか知らねえが、世の中にはまるで年をとらねえ奴らがいるんだよ。あの声の調子だってそうだぜ。着るものがましになってる、それぐれえさ！　ええい！　あの奇っ怪なくそじじい、さあ、今度こそとっつかまえたぞ！」

彼は話をやめて、娘たちに言った。

「おい、おめえら、おめえらは出てゆけ！」――「それにしても変だな、おめえに一目で分からなかったとはな」

娘たちは言いつけどおりに立ちあがった。母親はぶつぶつ言った。

「手に怪我をしているのにかい？」

「なに、風にあたりゃよくなるさ」とジョンドレットは言った。「さあ、行け」

どうやらこの男には口答えしてはならないようだった。ふたりの娘は外に出ていった。ふたりが戸口を通りかかったとき、父親は姉娘の腕を取り、なにやら曰くありげな口調で言った。

「おめえらは五時きっかりにここにもどってこいよ。ふたりともだ。やってもらうことがあるからな」

マリユスはいちだんと注意を傾けた。

妻とふたりだけになると、ジョンドレットは部屋のなかを歩きだし、押し黙ったまま、二まわり、三まわりした。それから、着ていた女物のシャツの裾をズボンのベルトのしたに押しこむのに数分ほどかけた。

彼はやおら女房のほうを向きなおり、腕を組んで大声を張りあげた。

「ひとついいことを教えてやろうか？　あのお嬢さまはな……」

「なんなのさ?」と女房は言いかえした。「あのお嬢さまがどうしたって?」

マリユスはもう疑えなかった。話題になっているのは彼女のことにちがいない。彼は胸が焼けつくような不安に駆られながら耳を澄ました。全身をそっくり耳にした。

ところがジョンドレットの亭主のほうは、身をかがめ、小声で女房に話した。それから身を起こして、大声でこう締めくくった。

「あの娘《こ》だよ!」

「な、なんだって?」と女房が言った。

「そうなんだよ!」と亭主は言った。

どんな言葉をもってしても、女房の「な、なんだって?」という一語にこめられたものを伝えることはできないだろう。それは驚きであり、激痛であり、憎しみであり、怒りであり、それらが渾然一体となって、化け物じみたそんな口吻が生じたのだった。亭主が耳元に囁いたいくつかの言葉、ある名前を聞いたとたん、この寝ぼけた大女がかっと目覚め、それまではただ胸くそが悪くなるくらいだったのが、たちまち見るも恐ろしい女に変貌した。

「まさか!」と彼女は声をあげた。「うちの娘たちが裸足で歩き、着物の一枚も持っていないというのに! なんだい、あれは! サテンのコート、ビロードの帽子、編上げ靴、それになにもかも! 二百フランじゃきかない格好じゃないか! ひとさまが見りゃ、まるで貴婦人だよ! いや、あんたの間違いさ! だいいち、あれは二目と見られないブスだったけど、こっちのほうはまあまあの器量だったよ! 本当にまあまあの器量だったよ! まさか、あれだってことが、あるわけないいじゃないか！」

「あれだって言ってるだろう。いまに分かるさ」

こうまできっぱり言いきられて、ジョンドレットのブロンドの女房は赤くて大きな顔をあげ、表情を歪めながら天井を見あげた。このときの彼女は、亭主をうわまわるほど恐るべき女のようにマリユスには思えた。まるで虎の目をした雌豚だった。

「なんだって！」と女房は言葉をついだ。「それじゃあ、うちの娘たちを気の毒そうに見ていたさっきのひどく美しいお嬢さんが、あの乞食娘だっていうことになるじゃないか！　ああ！　あたしは木靴で思いっきり蹴とばして、あいつの土手っ腹をぶち破ってやりたいくらいだよ！」

女房はベッドから飛びおり、しばらく立ったまま、髪を振り乱し、鼻の穴をふくらませ、口を半開きにし、うしろにまわした両手をぎゅっと握りしめていた。それからまた、粗末なベッドに倒れた。亭主は女房にはお構いなしに、行ったり来たりしていた。そんなふうに数分ほど沈黙しつづけたが、彼は女房に近づき、さきほどと同じように腕を組んで、目のまえに立ちはだかった。

「おい、もうひとついいことを教えてやろうか？」

「なんだい？」と女房が尋ねた。

彼は小声で短くこう答えた。

「おれにひと財産ができたってことよ」

ジョンドレットの女房は彼をまじまじと見つめたが、その目は「この人、気が変になったんじゃないかね」とでも言いたげだった。

彼のほうはかまわずにつづけた。

「ちくしょう！　おれはもうずいぶん長いこと、〈日があるときゃ飢え死にしそう・パンがあるときゃ凍え死にしそう〉教区の区民をやってきたもんだよ！　貧乏暮らしはたくさんだ！　てめえが苦労し、はたにも苦労させるのはうんざりよ！　冗談じゃねえ、くそ面白くもねえや！　駄洒落はいらねえってえの！　ちくしょう！　笑い話もいい加減にしろ！　おれだって腹が減りゃ食いてえし、のどが渇きゃ飲みてえ！　たらふく食いてえ！　寝て暮らしてえ！　左うちわでな！　そろそろおれの番になってもいいころじゃねえか、ええい！　おれはくたばっちまうまえに、一回ぐれえ百万長者になってみてえ！」

彼はぼろ屋をひとまわりして、こう言いそえた。

「人並にな」

「どういうことだよ？」と女房は尋ねた。

彼は頭を振って、目配せし、いよいよ実演にとりかかる大道のまじない師みたいに声を張りあげた。

「どういうことだって？　いいか、よく聞け！」

「しっー」女房がつぶやいた。「声が大きいよ。ひとに聞かれちゃまずいことだろ」

「ふん！　ひとって、だれのことだ！　隣のガキか？　やつならさっき出ていったのを見たぜ。いたところで、あのバカになにが聞こえるもんか？　それに、やつが出てくのをおれはちゃんと見たんだぜ」

それでも彼は、一種の本能から声をひそめた。しかし、その言葉がマリユスに聞きとれないほどではなかった。具合よく、降りしきる雪が大通りの馬車の騒音を消してくれていた。おかげでマリユスは、会話をなにひとつ聞き漏らすことはなかった。

マリユスに聞こえたのは、こういうことだった。

「よく聞けよ、やつはとっつかまったんだ、あの百万長者はな！　まあ、捕まったも同じことよ。もうじたばたできねえ。手はすべて打ってある。おれは仲間にも会ってきた。あいつは今晩六時にやってくる。例の六十フランを持ってな、あの悪党め！　どうだ、おれの口上を聞いたかよ、六十フラン、家主、二月四日ときたもんだ！　だが、一期分だってたまっちゃいねえのよ、あの馬鹿野郎！　ともかく、やつは六時にやってくる！　その時間にゃ、隣のガキは夕飯を食いにいく。ビュルゴンばあさんは町に皿洗いにいく。この家にゃ、ひとっこひとりいねえ。隣のガキは十一時まで帰ってこねえ。うちの娘どもには見張りをやってもらう。おめえも手伝ってくれ。やつは金を吐きだすぜ」

「もし、吐きださなかったら？」と女房は尋ねた。

ジョンドレットは無気味な身ぶりをし、「なにがなんでも吐きださせてみせるのさ」と言って、ウヒヒッと笑った。

マリユスは彼が笑うのを見るのは初めてだった。その笑いは冷たく妙に穏やかで、思わず身震いした。

ジョンドレットは暖炉脇の戸棚から、古ぼけた庇帽を取りだし、袖で埃を払って頭にのせて、

「じゃあな」と言った。「おれは出かけてくる。まだ会わなきゃならねえ仲間がいるんでね。いい連中だぜ。まあ、見てろよ、仕事はとんとん拍子に片づくからな。なるべく早く切りあげてくるさ。この勝負は見物《みもん》だぞ。じゃ、留守を頼んだぜ」

それから彼は両手をズボンのポケットに突っこんで、しばらくじっと考えこんでいたが、やがて声をあげた。

「それにしても、あいつにおれの身元がバレなかったとはめっぽうついてるぜ！　おれだと気づいてたら、やつは二度とやってこねえだろうよ。やつを取り逃がしてしまうところだったぜ！　おれを救ってくれたのは、このおひげよ！　このロマンチックな山羊ひげよ！　このちっちゃな、かわいいロマンチックな山羊ひげちゃんよ！」

そこでまた、彼はウヒヒッと笑った。それから窓辺に向かった。あいかわらず雪が降りしきって、灰色の空に縞模様をつけていた。

「なんてくそ忌々しい天気なんだ！」と、彼は言った。

それから外套のまえを掻きあわせながら、

「このオーバーはだぶだぶだ」と言い、「まあ、どっちでもいいや」と付けくわえた。「これを置いていってくれたのは、あの老いぼれのろくでなしにしちゃ上出来だ！　こいつがなかったら、おれは外にも出られず、なにもかもおじゃんになってたところだ。それにしても、世の中、万事なんとかなるもんだぜ！」

そして、庇帽を目深にかぶって出ていった。

彼が外に二、三歩足を踏みだしたかと思うと、ふたたび戸が開いて、彼の狡賢く野獣のような横顔が戸口に見えた。

「忘れるところだった」と彼は言った。「コンロに炭をおこしといてくれ」

そして、「慈善家」が置いていった五フラン貨幣を女房のエプロンのなかに放りこんだ。

「コンロに炭を？」と女房が尋ねた。

「そうだ」

「何杯ぐらいかね？」

「たっぷり二杯だ」

「じゃあ、三十スーだわ。残りでごちそうを買っとくよ」

「なんだって、そいつはダメだ」

「なんで？」

「百スーをみな使っちゃならねえ」

「どうしてだい？」

「おれのほうでも買う物があるんでな」

「なにを？」

「いいもんだよ」

「いくら必要なんだい？」

「この辺に金物屋があるか？」

「ムフタール通りにね」

「ああ、そうだ。通りの角にあったな。あの店なら分かる」

「だけど、それを買うのに、いったいいくらかかるんだよ?」

「二フラン五十か、三フランてところかな」

「じゃ、ごちそう代にはいくらも残らないじゃないか」

「今日は、食いもんは二の次だ。もっと大事なことをやらなきゃならねえ」

「そんならいいよ、かわいいおまえさま」

女房がそう言うと、ジョンドレットはふたたび戸を閉めた。そしてマリユスの耳にはあばら屋の廊下を遠ざかり、急ぎ足で階段を降りていく足音が聞こえた。

このとき、サン・メダール教会では一時の鐘が鳴った。

第十三章　差シ向カエデ、フタリキリ、人目ニツカナイ所ニイルト、神ニ祈ッテイルトハ思ワレヌ

さきにも述べたように、マリユスは夢想家ではあったが、断固として精力的な性質をもった青年だった。孤独のうちに瞑想する習慣が、彼の心中に共感や憐憫の情を育て、おそらく以前のように、むやみに苛立つこともなくなっていたにちがいないが、ただ義憤を感じる力はそっくり残っていた。彼は賢者の思いやりと裁判官の厳しさを併せもっていた。蟇蛙は哀れんだが、蝮は踏

み殺してきた。ところが、今し方、彼が眼差しを注いだのは蝮の穴であり、眼下に見たのは怪物の巣だった。

「こんな見下げた奴らは、なんとしても踏みつぶしてやらねばならない」と彼は言った。解けるものと期待していた謎は、どれひとつとして明らかにならなかった。それどころか、すべての謎は深まるばかりだった。リュクサンブール公園の美しい娘とルブラン氏と呼ばれる男について、ジョンドレットがくわしく知っていることをのぞけば、これまで以上のことはなにも分からなかった。交わされていたわけの分からない言葉をとおして、はっきり見えはじめたのはただひとつのこと、すなわちなにかの罠が、なにやらはっきりしないが恐ろしい罠が仕掛けられているということだった。娘のほうはもしかしたら、父親のほうは間違いなく、なにかたいへんな危険にさらされているということだ。ふたりを救わねばならない、ジョンドレット夫婦のおぞましい悪だくみの裏をかき、その蜘蛛の巣を破いてやらねばならない。彼はしばらくのあいだ、ジョンドレットの細君を観察した。彼女は片隅から鉄製の古いストーブを引きだし、鉄屑のなかを掻きまわしていた。

彼はできるだけ静かに、物音ひとつ立てないよう気を配りながら、整理簞笥から降りた。彼はこれから起ころうとしている出来事への激しい恐怖感とジョンドレット夫婦からいやというほど味わわされた嫌悪感を抑えきれなかったが、愛する女性にじぶんがなにかしらの役に立てる機会が訪れたのかと思うと、ある種の喜びを感じた。

といっても、いったいどうすればいいのか？　狙われているふたりに危険を知らせることか？

しかし、彼はふたりの住所を知らなかった。ふたりはふたたび姿を見せたかと思うと、一瞬のうちにパリのはかり知れない深みに沈みこんでしまった。晩の六時にやってくるルブラン氏を戸口で待ち伏せ、罠が仕掛けられているのを教えてやることか？　しかし、ジョンドレットと仲間の連中には彼が見張っているのが見えるだろうし、その場所はひと気がない。連中は彼よりずっと腕っ節が強いだろうし、なんらかの手立てを講じ、彼を捕えるか、遠くに追い立てるかするだろう。そうなれば、マリユスが救いたいと願っている人物はそれっきりになってしまうだろう。一時の鐘が鳴ったばかりで、待伏は六時にされる予定だった。マリユスには、それまでに五時間あった。

なすべきことはただひとつだった。

彼はすこしはましな服を着て、首にスカーフを巻き、帽子を手に取ってから、素足で苔のうえを歩くときより気を配り、物音にも注意して外に出た。

もっとも、ジョンドレットの細君はあいかわらず、鉄屑のなかを引っ掻きまわしていた。

いったん家の外に出ると、彼はプチ・バンキエ通りに行った。

彼は通りの中程にあるとても低い壁のそばにいた。その壁はところどころに足でまたげる箇所があり、空地に面していた。気が気でないので、ゆっくりと歩いていたが、雪が足音を掻き消してくれた。突然、彼のすぐそばで話し声が聞こえた。そちらに頭を向けて見たが、通りにはひと気がなく、真っ昼間だというのに、人っ子ひとりいなかった。そのくせ、話し声だけはいやにはっきりと聞こえてくるのだった。

彼は境を接する壁越しに様子を見てみようと思いついた。じっさい、壁に背をもたせかけたふたりの男が、雪のなかにすわって小声で話しあっていた。ふたりとも彼には見覚えがなかった。ひとりはひげを生やして作業着姿で、もうひとりは長い髪をしてぼろ着をまとっている。ひげの男はトルコ帽をかぶり、もうひとりは無帽で髪に雪をかぶっている。頭をふたりのほうに突きだすと、マリユスには彼らの話を聞くことができた。長い髪の男が相手を肘で突いてこう言った。

「なんたってパトロン・ミネットがついてんだから、しくじるわけはねえ」

「そうかな?」とひげの男が言うと、長髪の男はこう応じた。

「分け前はひとり当たり大枚五百フランだぜ。悪く転んでも、五年、六年、せいぜい十年くらうだけの話よ」

相手はいささかためらい、トルコ帽のしたをぼりぼり掻きむしりながら、

「だが、そいつはやばい話だ。危ない橋をわたるわけにゃいかねえよ」

「だから言ってんだ、この儲け仕事にしくじりはねえと」と長髪が言った。「〈おやじさん〉の馬車にも、ちゃんと馬がつけてあんだぜ」

それからふたりは前日ゲテ座で見たメロドラマの話をはじめた。マリユスはまた歩きだした。なんとも異様な風体で壁のうしろに隠れ、雪のなかにしゃがみこんでいたあの男たちの要領を得ない言葉が、ジョンドレットの忌まわしい悪だくみと無関係ではなさそうだという気がした。これは例の「仕事」に間違いはない。

彼はフォブール・サン・マルソーのほうに向かい、ふと目にとまった店で、警察署の場所を尋

ねた。ポントワーズ通り十四番地だと教えられた。マリユスはそこに赴いた。

パン屋のまえを通りかかったとき、今晩は夕食が取れないかもしれないと考え、二スーのパンを買って食べた。

歩きながら、彼は神に感謝した。こう考えたのだった。もし今朝ジョンドレットの姉娘に五フランやらなかったら、ルブラン氏の辻馬車のあとをつけていただろう。その結果、なにも知らずにいたことになる。そうなると、ジョンドレットの待伏をじゃま立てするものはなにひとつなくなり、ルブラン氏ばかりかあの娘もいっしょに、のっぴきならぬ羽目におちいったことだろう。

第十四章　警察官が弁護士に〈げんこつ〉をふたつくれる

ポントワーズ通り十四番地に着くと、彼は二階に上がり、警視に面会を求めた。

「警視殿は不在です」と、警察署の給仕らしい少年が言った。「でも、代理の警部さんならおられます。お話しされますか？　急用ですか？」

「そうです」とマリユスは言った。

警察署の給仕は彼を警視の事務所に招じ入れた。ひとりの長身の男が、格子の向こうで、ストーブに寄りかかるように立って、三重襟の大きい外套の裾を両手でたくしあげていた。角張った顔、唇が薄く意志の強そうな口、いかにも凄みのある濃く半白の頬ひげ、他人のポケットを裏返してでも見そうな油断も隙もない目つき。なんでも見通すだけではなく、探りだすような目つきだった。

その男はジョンドレットにもひけをとらないほど残忍で、恐ろしい風体をしていた。番犬に出会うと、狼に出会ったのと同じくらい不安になることが時にある。

「なんの用かね？」と、男は横柄に言った。

「警視さんは？」

「留守だ。わたしが代理をしている」

「たいへん内密な件でまいりました」

「じゃあ、話してみたまえ」

「しかも緊急を要します」

「だから、早く話したまえ」

その男は落着きはらい、つっけんどんで、相手を怖がらせると同時にどこか安心させるようなところがあった。危惧と信頼の両方を抱かせるのである。マリユスはじぶんが見た出来事を話した。――わたくしが顔しか知らないある人物が、今晩のうちにも待伏に引っかかりそうになっています。わたくし、弁護士をやっているマリユス・ポンメルシーは、犯人の巣窟の隣の部屋に住んでいる者で、仕切壁越しに、ある陰謀の全容を聞いてしまったのです。この罠を思いついた卑劣漢は、ジョンドレットと申す男です。この男には共犯者がいるらしく、おそらく市門のごろつき、なかんずくパンショーとか、別名プランタニエとか、ビグルナイユとか言われている男です。ジョンドレットの娘たちが見張りをやるはずです。狙われている男に知らせようにも、その男の名前さえ分からないので、知らせる手立てはありません。ともかく、万事は今晩六時、ロピタル大通り五十―五十二番地の、もっともひと気のないところでおこなわれることになっているのです。

この番地を聞いて、警部は顔をあげ、冷たく言った。

「それは、廊下の奥にある部屋だな?」

「まさにそうです」とマリユスは答え、「あの家をご存じなのですか?」と言いそえた。

警部はしばらく黙ったままだったが、やがて靴の踵をストーブの火口のところで暖めながら答えた。

「どうもそうらしいな」

彼はそれからマリユスにというよりもじぶんのネクタイに話しかけるみたいに、口のなかでもぐもぐ言葉をついだ。

「おそらく、パトロン・ミネットが多少からんでいるはずだ」

この言葉にマリユスはびっくりした。

「パトロン・ミネットですか」と彼は言った。「そういえば、わたくしもその名前を耳にしたことがあります」

それから彼は、雪のなか、プチ・バンキエ通りの壁のうしろで交わされた長髪の男とひげの男の話を警部にした。

「長髪の男はブリュジョン、ひげの男はドミ・リヤール、別名ドゥ・ミリヤールにちがいない」

彼はふたたび瞼を伏せて、じっと考えこんでいた。

「〈おやじさん〉という奴も、だいたい見当がついている。おっと、外套を焦がした。だいたい、この忌々しいストーブの火が強すぎるんだ。五十─五十二番地か。元はゴルボーの持ち家だったな」

それから彼はマリユスを見つめ、

「見たのはそのひげの男と髪の長い男だけかね？」

「それからパンショーも」

「いいえ」

「あの界隈をうろついている、変にめかしこんだ小男を見なかったかね？」

「いいえ」

「植物園の象そっくりのデブの大男もか？」

「いいえ」

「昔の道化師みたいな格好をした抜け目のない奴もか？」

「いいえ」

「四番目の奴はだれも見たことがない。子分や、手下や使い走りの奴らだってな。あんたが見かけなかったとしても、べつに不思議ではない」

「見かけませんでしたが、そもそも」とマリユスが尋ねた。「そいつらは、いったい何者なんですか？」

警部はそれには答えず、こう言った。

「もっとも、まだあいつらが出てくる時刻じゃないがな」

男はまた沈黙に落ちたが、やがて言葉をついだ。

「五十─五十二番地だな。あのぼろ家は知っている。芸人どもに気づかれずに、なかに隠れるのは無理だろう。そうと気づくと、奴らはすぐに狂言をやめちまうから。揃いもそろって遠慮深い奴らよ！　なにしろ、観客がじゃまになるっていうんだから。だめだ、その手はいかん。おれは奴らに歌ったり踊ったりしてもらいたいんだ」

この独白がおわると、彼はマリユスのほうに振りむいて、じっと見つめながらこう尋ねた。

「あんたは怖いかね？」

「なにが、ですか？」とマリユスは言った。

「あの連中がさ」

「怖いといっても、あなたと同じ程度ですよ！」とマリユスはぴしゃりと応じた。彼はこの密偵がいつまでも言葉遣いを改めないことが、いいかげん癪にさわってきたのである。

警部はさらにマリユスをじっと見据え、勿体ぶった威厳をこめて言葉をついだ。

「あんたも勇敢で正直な口をきくね。勇気は犯罪を恐れず、正直は官憲を恐れずってわけか」

マリユスはその言葉をさえぎって、

「それはともかく、あなたはどうされるつもりですか？」

警部はただこう答えただけだった。

「あの家の住人は夜間に帰宅するための合鍵を持っているね？」

「そうです」とマリユスは言った。

「あんたは持っているかね？」

「持っていますよ」

「こっちによこしてくれたまえ」と警部は言った。

マリユスはチョッキから鍵を取りだし、それを警部にわたしてから、こう付けくわえた。

「わたくしの考えでは、ちゃんと手勢をかためてこられたほうがいいですよ」

警部は田舎出のアカデミー会員にある脚韻を提案されたヴォルテールのような目で、マリユスをじろりと一瞥した。それから、巨大な両手を外套のだだっ広いポケットに一挙にぐいっと突っこんで、鉄製のピストルを二丁取りだした。「げんこつ」と呼ばれているあのピストルだった。それをマリユスにわたしながら、手短にきびきびとした口調で言った。

「これを持っていたまえ。さっさと帰宅して、じぶんの部屋に隠れているのだ。いずれのにも弾丸が二発はいっている。じっと観察していたまえ。壁には穴があるということだったな。連中がやってきたら、しばらくそのままにしておく。機が熟し、そろそろ連中を捕まえる頃合だと見たら、ピストルを一発鳴らすんだ。早まってはならない。あとはこっちの仕事だ。空中でも、天井でも、どこでもかまわない。とにかくピストル一発だ。間違っても早まってはならないぞ。連中が実行に取りかかるのを待つんだ。あんたは弁護士だろう。事情は分かっているな」

マリユスはピストルを取って、上着の横ポケットに入れた。

「それだと出っ張って、外から見えてしまう。そこより、ズボンのポケットにしまうんだよ」

マリユスはピストルをズボンのポケットに入れた。

「さあ」と警部はつづけた。「だれも、ただの一分たりとも時間を無駄にしてはならないぞ。いま何時だ？　二時半か。予定は七時だったな？」

「六時です」とマリユスが言った。

「時間はある」と警部はまた言った。「だが、のんべんだらりとしている暇はない。さっき言ったことをなにひとつ忘れるんじゃないぞ。パーンと、ピストル一発だぞ」

「安心してください」とマリユスは答えた。

そしてマリユスが外に出ようとしてドアの取っ手に手をかけると、警部が叫んだ。

「そうそう、これからそのときまでにわたしに用があったら、こちらに来るか、使いを寄こしてくれ。ジャヴェール警部に面会だと言えばいい」

第十五章　ジョンドレットが買物をする

それからしばらくして、三時ごろ、クールフェラックはたまたま、ボシュエといっしょにムフタール通りをとおりかかった。雪はいちだんと激しさを増し、あたり一面に降りしきっていた。ちょうどボシュエはクールフェラックにこう言っているところだった。

「こんなに綿雪が落ちてくるところを見ると、空のうえでは白い蝶々のペストでも流行っているようだな」

　このときボシュエはふと、ただならぬ気配のマリユスが通りを市門のほうにのぼっていくのに気づいた。

「おや！」とボシュエは叫んだ。「マリユスじゃないか！」

「おれも気がついたが」とクールフェラックは言った。「声をかけないでおこう」

「どうして？」

「やつは夢中なんだよ」

「なんに？」

「きみには、あいつの顔つきが見えないのか？」

「どんな顔つきだっていうんだ？」

「だれかのあとをつけている様子だぜ」

「そうだな」とボシュエは言った。

「おい、あいつの目つきを見ろよ」と、クールフェラックは言葉をついだ。

「いったい、だれのあとをつけているんだ？」

「どうせ、かわいい・きれいな・いけてる・ねえちゃんさ！　恋しているんだよ」

「だけど」とボシュエが言った。「この通りにはかわいい娘も、きれいな娘も、いけてる娘も見あたらないぜ。だいいち、女なんぞひとりもいないじゃないか」

　クールフェラックはあたりをながめて、声をあげた。

「あいつ、男のあとをつけているぜ」

じっさい、庇帽をかぶり、うしろから見ても灰色のひげを生やしているのが分かるひとりの男が、マリユスの二十歩先を歩いていた。

その男は真新しいが、大きすぎる外套を着て、泥で真っ黒に汚れた、ぼろぼろのひどいズボンをはいていた。

ボシュエはワハハッと笑いこけた。

「あの男は何者なんだ？」

「あいつか？」とクールフェラックが応じた。「あいつは詩人だよ。詩人という者は、好きこのんで兎皮商人みたいなズボンをはき、貴族院議員みたいな外套をはおるものなんだよ」

「マリユスがどこに行くのか見てやろうぜ」とボシュエが言った。「あの男がどこに行くのか見てやろう。ふたりのあとをつけてやろう、どうだ？」

「ボシュエ！」とクールフェラックは声をあげた。「モーの鷲よ！　おまえさんも呆れ果てた野暮天だな。男のあとをつける男をつけるなんぞ！」

ふたりは来た道を引きかえした。

じっさいマリユスは、ジョンドレットがムフタール通りをとおるのを見て、様子をうかがっていたのであった。

ジョンドレットのほうは、じぶんをつけねらっている視線があるなどとはゆめにも思わず、マリユスのまえを歩いていた。彼がムフタール通りを逸れ、グラシューズ通りのこのうえなくひどいぼろ屋にはいるのが見えた。そこに十五分ほどいたあと、またムフタール通りにもどってきた。

そして当時はピエール・ロンバール通りの角にあった金物屋に立ち寄った。数分後、その店から出てきたときには、白木の柄のついた平鑿を持ち、それを外套のしたに隠すのがマリユスに見えた。プチ・ジャンティイー通りに達すると、左にまわり、足早にプチ・バンキエ通りにはいった。日が暮れかけ、しばらくやんでいた雪がまた降りだしたところだった。マリユスはいつものようにひと気のないプチ・バンキエ通りの角に身をひそめ、そこから先はジョンドレットのあとをつけるのをやめた。それが幸いした。というのも、さっき長髪の男とひげの男が話しているのを聞いた低い壁のあたりまで行くと、ジョンドレットが振りかえって、あとをつけてくる者がいないか、見ている者がいないか確かめてから、壁をひと跨ぎして、消え去ったからである。

その壁に沿った空地が、風評のよくない元貸馬車屋の裏庭に通じていた。この元貸馬車屋は破産したが、いまもぼろ馬車が何台か車庫に残っている。

マリユスはジョンドレットが留守をしている隙に帰宅するのが得策だと思った。それに、時間もたっていた。毎晩ビュルゴンばあさんが町に皿洗いに出かけるときには、家の戸口を閉めることになっていたから、暮方はいつも戸口が閉まっている。マリユスはじぶんの鍵を警部にわたしていたので、急いで帰る必要があったのだ。

日がとっぷり暮れ、夜の帳が下りようとしていた。地平線上にも大空のなかにも、太陽に照らされているのはただ一点、月だけだった。月はサルペトリエール施療院の低い円屋根のうしろに赤く昇っていた。

マリユスは大股で歩いて五十―五十二番地にもどった。彼が着いたとき、戸口はまだ開いていた。彼は階段を爪先で昇り、廊下の壁に身を寄せてじぶんの部屋まで滑るように進んだ。読者も覚えておられようが、この廊下は両側に屋根裏部屋が並んでいたが、当時はすべて貸間で、しかも空室だった。ビュルゴンばあさんは、いつもこの屋根裏部屋の戸を開けっ放しにしていた。屋根裏部屋のひとつのまえを通るとき、マリユスはひとが住んでいないはずの一室にじっと動かない男の四つの頭があり、その頭が天窓からもれる残照のなかに、白くかすんでいるのが見えるような気がした。マリユスはそれを確かめてみようとはしなかった。じぶんのほうが見られたくなかったからだ。彼はだれにも姿を見られず、物音も立てずに、ようやくじぶんの部屋にもどることができた。ぎりぎり間に合った。その直後に、ビュルゴンばあさんが出かけ、家の戸口が閉まる音が聞こえた。

第十六章　一八三二年に流行ったイギリス風の歌謡がまた聞こえる

マリユスはベッドのうえにすわった。五時半くらいにはなっているはずだった。事が起こるまで、たったの半時間しかなかった。暗がりで時計がカチカチ時を刻むみたいに、じぶんの動脈が脈打つのが聞こえた。彼はそのとき暗闇で進行しているふたつのことを考えていた。一方では犯罪が進められ、他方では司直の手がのびようとしている。怖くはなかったが、これから起こるはずの事態を思うと、どうしても身震いせずにはいられなかった。突然なにかしら驚くべき出来事におそわれる者はみなそうだが、今日のこの丸一日のことが夢のように思われた。彼は悪夢にでも取りつかれているのではないかという気持ちを振りはらうために、ズボンのポケットに手を突っこんで、二丁の鋼鉄製ピストルの冷たさを感じてみなければならなかった。

雪はもう降っていなかった。月はだんだん明るくなって靄から浮きだし、その微光が、降りつもった雪の白い反射と混じりあって、部屋をまるで黄昏どきのように見せていた。

ジョンドレットのあばら部屋にもいくらか光があった。マリユスには仕切壁の穴が赤く光り輝いているのが見えたが、それがまるで血のように思えた。

じっさい、その明かりはろうそくのものとはとても見えなかった。そのうえ、ジョンドレット一家にはなんの動きもうかがえず、だれひとり動いたり、話したりしている者もいなかった。息吹ひとつ聞こえず、氷のようにひんやりした深い沈黙が支配している。もしその光がなかったなら、きっと墓場のそばにでもいるような気がしたことだろう。

マリユスはそっと長靴を脱ぎ、ベッドのしたに押しやった。

数分たった。マリユスには階下の戸口の蝶番がきしり、重たい足がドタドタと階段を昇り、廊下を駆けぬけ、あばら部屋の戸の掛金がガチャリと鳴る音が聞こえた。たちまち、いくつもの声があがった。一家は全員、このあばら部屋にいたのだった。ただ、この一家は不在の親狼を待つ狼の子供たちのように、じっと鳴りをひそめていたのである。

「おれだ」と親狼は言った。

「お帰り、父ちゃん」と娘たちが金切声をあげた。

「どうだった？」と母親が尋ねた。

「なにもかもまずまずってとこだ」と父親は答えた。「だが、おれはひどく足元が冷えちまったぜ。よし、上等だ、おめえもえれえめかしこんだじゃねえか。あいつを信用させなきゃならんからな」

「このままでお出かけできるぐらいだよ」

「おれが言ったことを、なにひとつ忘れちゃいねえだろうな？　万事ぬかりなくやれるんだろうな？」

「安心しなよ」

「つまりな……」とジョンドレットはそこまで言って、やめてしまった。

マリユスには彼がテーブルのうえになにか重たいものを置く音が聞こえた。おそらく金物屋で買った平鑿だろう。

「それはそうと」とジョンドレットはつづけた。「おめえたち、腹ごしらえはしたんだろうな？」

「もちろんさ」と母親が言った。「大きなじゃがいもが三つ、それに塩をつけて。ちょうど火があったもんで、焼いて食べたのさ」

「よし」とジョンドレットは応じた。「あした、おめえたちを夕飯に連れてってやるぞ。カモ料理だのなんだの美味いものをたらふく食わせてやる。シャルル十世みてえな晩飯だ。万事、うまくいくぞ！」

それから彼は声をひそめて付けくわえた。

「ねずみ取り器は準備万端だ。猫どもがあっちに控えている」

彼はさらに声をひそめて言った。

「あれを火のなかに入れてくれ」

マリユスには、火ばさみかなにかの、鉄の道具が石炭にぶつかってガサガサと鳴る音が聞こえた。ジョンドレットがつづけた。

「戸の蝶番に油を塗って、音がしねえようにしておいたな？」

「ああ」と母親が答えた。

「いま何時だ？」

「もうじき六時だよ。サン・メダールの鐘が半を打ったところだから」

「おっと！」とジョンドレットは言った。「そろそろ娘どもを見張りに行かせなきゃならねえな。おめえたち、こっちきて、よく聞け」

彼はしばらくなにやらひそひそと話していたが、やがていきなり声を張りあげて言った。

「ビュルゴンばあさんは出かけたか？」

「ああ」と母親が言った。

「隣にだれもいねえのはたしかなんだな？」

「昼間から帰ってないよ。それに、いまごろは晩飯の時間じゃないのかい」

「まちげえねえな？」

「まちがいないよ」

「どっちにしろ」とジョンドレットはつづけた。「留守かどうか見にいったって不都合はねえ。

おい娘、ろうそくを持っていってきな」

マリユスは四つん這いになって、ベッドのしたに潜りこんだ。彼がうずくまるやいなや、戸の隙間から光がもれてきた。

「父ちゃん」と叫ぶ声がした。「出かけてるよ」

彼にはそれが姉娘の声だと分かった。

「なかにはいってみたか?」

「ううん」と娘が答えた。「でも、鍵が戸に差してあるから、出かけたんだよ」

父親がどなった。

「いいから、はいってみろ!」

戸が開いて、マリユスにはジョンドレットの姉娘がろうそくを手にして、はいってくるのが見えた。今朝と同じ姿だったが、明かりに照らされているぶん、よけいに恐ろしかった。

彼女は真っ直ぐベッドのほうに歩いてきた。マリユスは一瞬、言うに言われぬ不安を覚えた。だが、ベッドのそばの壁に鏡が打ちつけてあった。娘が近づいたのはそこだったのだ。彼女は爪先で立って、じぶんの顔を映して見た。隣の部屋から、鉄具を動かす音が聞こえてきた。

彼女は手の平で髪をなでつけ、鏡に向かってにっこりしながら、例のかすれた薄気味悪い声でこう口ずさんだ。


あたしたちの愛がつづいたのはまる一週間、

なのに、幸せな時はなんて短いの！

一週間愛しあうんだって、さんざん苦労したわ！

愛の時間はつづいてくれなくちゃだめ！

ずっとつづいてくれなくちゃだめ！　ずっと、ずっと！


このあいだ、マリユスはぶるぶる震えていた。じぶんの息づかいが彼女に聞こえないはずはないと思われた。

彼女は窓のほうに向かい、外をながめながら独特のなかば狂ったような感じで声高にしゃべっていた。

「白いシャツを着たパリって、なんてブスなんだよ！」と彼女は言った。

彼女はふたたび鏡にもどり、またもやあれこれ顔つきを変えてみて、正面から、ちょっと斜めからといったふうに次々と映し、一心不乱に見入っていた。

「おい！」と父親が叫んだ。「いったい、なにやってんだ？」

「ベッドのしたや、家具のしたを見てんのよ」と彼女は髪を整えるのをやめずに答えた。「だあれもいないよ」

「バカ！」と父親ががなり立てた。「すぐこっちにくるんだ！　時間を無駄にしちゃなんねえ」

「行くよ、行くよ！」と彼女は言った。「このおんぼろ家じゃ、なにする暇もないのかよ！」

彼女はふたたび口ずさんだ。

あなたはあたしを捨てて立派に出世したけど、
悲しいこの心はどこまでもあなたを追っていく。

彼女は鏡に最後の一瞥をくれてから、うしろ手で戸を閉めて出ていった。

しばらくするとマリユスには、素足のふたりの娘が廊下を歩くパタパタという音と、このふたりにこう叫んでいるジョンドレットの声が聞こえた。

「気をつけるんだぞ！　ひとりは市門のほう、もうひとりはプチ・バンキエ通りの角だぞ。家の戸口からちょっとでも目を離すんじゃねえぞ。なにかが見えたら、すぐにもどってこい！　大急ぎでな！　帰ったときの鍵は持ってるな」

姉娘がぶつぶつ言った。

「この雪のなかを裸足で見張りをすんのかよ」

「あしたにゃ、黄金虫色の絹の深靴を買ってやるからな！」と父親が言った。

ふたりが階段を降りていってから数秒すると、階下の戸が閉まる音がして、姉妹が外に出たことが分かった。

家のなかにはもはや、マリユスとジョンドレット夫妻、それにおそらく、マリユスが黄昏どきにひとの住んでいない屋根裏部屋の戸の陰に潜んでいるのをちらりと見た謎の男たちしかいなくなった。

第十七章　マリユスがあたえた五フランの使い方

マリユスはいよいよ観測所に陣取る時がきたと思った。彼は若者らしい身軽さで、またたく間に、仕切壁の穴のそばまでのぼった。

彼はなかを覗いてみた。

ジョンドレットの住居はすっかり様子が変わっているばかりか、マリユスはさきほどふと気にとめた奇妙な明るさについても合点がいった。なるほど一本のろうそくが緑青のふいた燭台に灯されてはいるが、じっさいに部屋を照らしているのはそれではない。どうやらこのあばら屋全体が、ジョンドレットの女房が午前のうちに準備したかなり大きい鉄のコンロ――暖炉のなかに置かれ、炭火がいっぱい詰まったコンロ――の照り返しによって明るくなっているようだった。炭はかんかんに燃えさかり、コンロが赤くなっている。そのなかで青い炎がめらめら揺れているおかげで、ジョンドレットがピエール・ロンバール通りで買った、あの平鑿が炭火に突っこまれ、そのままの形で真っ赤になっているのが見えた。戸口のそばの一隅には、なにかに使用するつもりで積みかさねられたらしいふたつの山が見える。ひとつは鉄屑の山で、もうひとつは綱の山のようだ。これからなにが起こるのかいっさい知らない者が見たら、心はひどく不吉な考えとすこぶる単純な考えのあいだで揺れうごいたにちがいない。こんなふうに照らされると、このあばら部屋は地獄の入口よりむしろ鍛冶場を思わせるが、その薄明かりに照らされたジョンドレットのほうはといえば、鍛冶屋よりむしろ悪魔じみた様子に見える。

炭火の熱が強烈すぎるので、テーブルに置かれたろうそくがコンロのそばで溶けかけ、斜めに減っている。大盗賊のカルトゥーシュに生まれ変わった哲人ディオゲネスにでも似つかわしそうな、古くて陰気な銅製の角灯が暖炉のうえに置かれている。

コンロは暖炉そのもののなかに入れられ、ほとんど燃えつきた煐のそばにあるために、煙が煙突に送りだされて臭いも広がらない。

四つのガラス窓からはいってくる月明かりは、真っ赤に燃えあがらんばかりの屋根裏部屋に白い光を投げかけ、マリユスのように行動すべき肝心なときにさえ夢見がちな詩的精神の持ち主には、その白光がさながら地上の醜い夢に入り混じった天上の思想に思われた。

壊れたガラス窓をとおして吹きよせる大気が、炭の臭いを払いのけ、コンロを隠すのに役立っている。

さきに筆者がゴルボー屋敷について述べたことを思いだしていただけるなら、ジョンドレットの住処は、陰険な暴力行為の舞台や犯罪の隠れ蓑としては、お誂え向きの場所だった。パリのなかでももっとも人通りが少ない通りにある、もっとも孤立した家であり、そこのもっとも奥まった部屋だった。たとえこの世に待伏というものがなかったとしても、ここに住んでいれば、きっとだれかが考えついたことだろう。

建物のたっぷりした奥行とたくさんの空部屋がこのあばら部屋と大通りとを隔て、しかも、たったひとつしかない窓は塀と柵にかこまれた空地に面しているのだ。

ジョンドレットは藁の抜けた椅子にすわり、パイプに火をつけて一服やっている。細君が小声で話しかけている。

もしマリユスがクールフェラック、つまり人生のあらゆる機会をとらえて笑い物にする人間だったなら、視線がジョンドレットの女房のうえに落ちたとき、ぷっと吹きだしたことだろう。彼女はシャルル十世の聖別式に並んだ侍従武官のものによく似た、羽根付きの黒い帽子をかぶり、メリヤスのペチコートのうえにタータンのショールをはおって、その朝姉娘がさんざん悪態をついた男物の靴をはいている。この衣裳を見て、亭主はさきほどこんな嘆声を口にしたのだった。

「よし、上等だ！　おめえもえれえめかしこんだじゃねえか！　あいつを信用させなきゃならんからな！」

ジョンドレットのほうはといえば、ルブラン氏からもらった、新品だがぶかぶかの外套を着たままで、その服装はクールフェラックの目に詩人の典型と見えた外套とズボンの不釣合をそのまま残している。

突然、ジョンドレットが声を張りあげた。

「おお、そうだ！　いいときに思いついた。こんな天気じゃ、やつは辻馬車でくるにちげえねえ。おめえは角灯に火をつけて、それを持って、したに降りてろ。階下の戸口の陰に立ってるんだ。馬車が止まる音がしたら、すぐ戸を開けてやれ。すると、やつは昇ってくる。おめえは階段と廊下で足元を照らしてやれ。そして、やつがここにはいったら、大急ぎでしたに降り、御者に金を払って、馬車を帰しちまえ」

「だけど、そのお金は？」と女房が尋ねた。

ジョンドレットはズボンのなかを探り、女房に五フランわたしてやった。

「どうしたんだよ、このお金は？」と彼女は声をあげた。

ジョンドレットは威張って答えた。

「今朝、隣のガキがくれた王様貨幣よ」

そしてこう言いそえた。

「なあ、おめえ？　ここにはやっぱし椅子がふたつ必要だよな」

「なんで？」

「すわるためよ」

ジョンドレットの女房がこともなげにこう答えるのを聞いたとき、マリユスの背筋に戦慄が走ってぞくっとした。

「そりゃそうだね！　じゃあ、隣に行って椅子をさがしてくるよ」

それから彼女は、さっとあばら部屋の戸を開けて廊下に出た。

マリユスにはじっさいに、整理簞笥から降り、ベッドまで行って、そのしたに隠れる時間はなかった。

「ろうそくを持っていけ」とジョンドレットが叫んだ。

「いらないよ」と彼女は答えた。「そんなもんじゃまになるさ。こっちは椅子をふたつ持たなきゃならないんだから。それにこんな月夜だし」

マリユスにはジョンドレットの女房の不器用な手が、暗がりのなかで部屋の戸の鍵をさがしあてようとする音が聞こえた。戸が開いた。彼は寒さと驚きでその場に釘づけになった。

ジョンドレットの女房がはいってきた。

屋根裏の天窓から射しこむ一条の月光が、部屋の闇を大きくふたつの面に区切っている。ふたつの闇の片面が、マリユスがぴたりと背を寄せている壁をつつみこんでいて、彼の姿はそのなかにすっぽり隠れている。

ジョンドレットの女房は目をあげたが、マリユスは見えず、二脚の椅子――マリユスが持っていた、たった二脚の椅子――をつかむと、戸をバタンと閉める音を残して立ち去った。

彼女はあばら部屋にもどって、

「ほれ、椅子ふたつだよ」

「じゃあ、つぎは角灯だ」と亭主が言った。「さっさとしたに降りてくれ」

彼女は急いで言われたとおりにして、ジョンドレットひとりが取りのこされた。

彼は二脚の椅子をテーブルの両側に配し、炭火のなかの平鑿をひっくり返し、暖炉のまえに衝立を置いてコンロを隠してから、綱の山のある一隅に行って、なにかしらべるように身をかがめた。このときマリユスは、さっきまで不格好な山だと思っていたものが、じつは横木と梯子を引っかけるふたつの鉤までついた、ひじょうによくできた縄梯子であることに気がついた。

この梯子と、戸の陰に積みあげられた鉄屑といっしょくたにされた、正真正銘の鉄の梶棒などいくつかの大きな道具は、今朝はジョンドレットの住処になかったのだから、どう見てもマリユスが留守にしていた午後のあいだに、運びこまれたもののようだった。

「あれは刃物師の道具だ」とマリユスは思った。

もしマリユスがこの方面にもうすこし明るかったら、彼が刃物師の道具だと見たもののなかに、錠前を破ったり戸をこじ開けたりすることができる機材とか、物を切ったり割ったりする機材などが混じっていることに気づいたことだろう。この二種類の物騒な道具は、泥棒どもが「カデ〔ペンチ〕」とか「フォシャン〔ハサミ〕」と呼んでいるものだった。

暖炉と二脚の椅子が備えられたテーブルは、マリユスのすぐ真向かいにある。コンロが隠されたので、部屋を照らすものは、もはやろうそくだけになっている。テーブルのうえにしろ、暖炉のうえにしろ、なにかのちょっとした破片があるだけでも、大きな影ができてしまう。口の欠けた水差しの影が、壁の半分をおおいつくしている。この部屋には、忌まわしい嵐のまえの名状しがたい静けさが漂っている。なにか恐ろしいことが待ちうけているように感じられる。

ジョンドレットは、よほど気がかりなことがあるらしく、パイプの火が消えるままにして、またもどってきてすわっている。ろうそくの光が彼の顔の残忍で狡猾な造作をいっそう際だたせている。ときどき眉をひそめたり、右手をぱっと開いたりしているのは、心中であああでもないこうでもないと暗い考えをめぐらしては、最良の策をじぶんに言い聞かせ、それに答えているためらしい。そんなふうにじぶんを相手に得体の知れない問答をしているうちに、なにを思ったのか、テーブルの引出しをぐいっと引き寄せ、なかに隠してあった料理用の長いナイフを取りだし、じぶんの爪を切って、その切れ味をしらべた。そうしてから、ナイフを元にもどし、引出しを閉じた。

マリユスのほうはズボンの右ポケットに入れておいたピストルをつかみ、ポケットから引きだして、撃鉄を起こした。撃鉄を起こすとき、ピストルがカチッと乾いたちいさな音を立てた。ジョンドレットがぎくりとして、椅子からなかば腰を浮かした。

「だれだ?」と彼は叫んだ。

マリユスは息を呑んだ。ジョンドレットは一瞬耳を澄ましたが、やがて笑いだしてこう言った。

「おれも馬鹿だな！　仕切壁がきしんだだけだ」

マリユスはピストルをしっかり握りしめた。

第十八章　マリユスの二脚の椅子が向かいあう

突然、遠くから物悲しい鐘の音が響いて、窓ガラスを震わせた。サン・メダール教会の鐘が六時を告げたのである。

ジョンドレットは鐘がひとつ鳴るたびにうなずいて、数をかぞえた。六つ目の鐘が鳴ったとき、ジョンドレットはろうそくの芯を指先で切った。それから部屋のなかを歩きだし、廊下に耳を澄まし、また歩いて、また耳を澄ました。

「奴がやってきさえすりゃ！」と、ぶつぶつ言ってからじぶんの椅子にもどった。

彼が腰をおろす間もなく、戸が開いた。ジョンドレットの女房が戸を開けたあと、じぶんは廊下に残り、ぞっとするようなお愛想笑いをした。そのなんともおぞましいお愛想笑いを、陰気な角灯の穴のひとつが下から照らしている。

「おはいりください、だんなさま」と彼女が言った。

「おはいりください、慈善家のだんなさま」と、あわてて立ちあがったジョンドレットがくりかえした。

ルブラン氏の姿があらわれた。平静そのものといった様子だったため、ことさら畏敬の念を抱かせた。彼は四枚のルイ金貨をテーブルのうえに置いて、

「ファバントゥーさん」と言った。「とりあえずあなたの家賃と当座の費用です。あとのことは、またいずれ」

「本当にありがとうございます、お心の広い慈善家のだんなさま！」とジョンドレットは言いざま、さっと女房に近づいて、

「辻馬車を帰せ！」

亭主がルブラン氏に向かってぺこぺこお辞儀をし、椅子に掛けるようすすめているあいだに、女房は姿をくらました。それから程なくもどってきて、亭主の耳元にこう囁いた。

「すんだよ」

朝から降りつづいた雪が深々と積もっていたので、辻馬車が着いた音も聞こえなかったし、立ち去る音も聞こえなかった。

そのあいだに、ルブラン氏はすわっていた。ジョンドレットもルブラン氏と向かいあって、も

うひとつの椅子に腰をおろしている。

さて、これからはじまる場面をきちんと呑みこむために、読者には以下の光景を心に浮かべていただきたい。凍てつくような夜、雪におおわれ、広大な死衣のように月光に白く照らされたサルペトリエール界隈の静寂。陰惨な大通りと黒い楡の長々とした木立をあちこち赤く染めている終夜灯の光。およそ一キロ四方にはまず通行者がひとりもいない土地柄。これ以上はない沈黙、恐怖、暗黒につつまれたゴルボー屋敷。このあばら屋敷のなか、その静寂と暗闇のただなかにあって、たった一本のろうそくに照らされたジョンドレットのだだっ広い屋根裏部屋。そしてこのあばら部屋のなか、一台のテーブルをはさんで椅子にすわっているふたりの男。落着きはらったルブラン氏。薄笑いを浮かべている恐ろしいジョンドレット。片隅に控えている牝狼のようなジョンドレットの女房。そして、仕切壁のうしろに隠れて立ち、ただひとつの言葉も、ただひとつの動きも見逃すまいと、目を皿のようにして、ピストルを握りしめているマリユス。

もっともマリユスは、身がすくむ思いこそしていたが、いかなる恐怖も覚えていなかった。ピストルのグリップをぐっと握りしめて、なんの心配も要らないと感じていた。「あの卑劣漢をいつでも捕まえてみせるぞ」と思っていた。

警察隊がこのあたりのどこかに伏せていて、示しあわせた合図をしたら、いつでもその威力を見せつけてくれるのだと信じていた。

さらに彼は、ジョンドレットとルブラン氏とのこの剣呑な対決から、じぶんがかねがね知りたいと思っていたすべてのことを解き明かしてくれる、なんらかの手がかりが得られるのではないかとも期待していた。

第十九章　暗い奥が気にかかる

ルブラン氏はすわるとすぐ、空っぽの粗末なベッドに目を向けた。

「怪我をされた気の毒なお嬢さまの具合は、いかがですか?」と彼は尋ねた。

「よくないのです」と、ジョンドレットは感謝の気持ちをこめながらも悲痛な色の残る微笑で答えた。「ひどく悪いのでございます、ご立派なだんなさま。姉娘がブルブ慈善病院に連れていって、手当をしてもらっております。あとでごあいさつをさせましょう。追っつけもどってきますから」

「ファバントゥー夫人のほうは、だいぶ元気になられたようですな?」と、ルブラン氏はつづけて、ジョンドレットの女房の奇妙きてれつな服装に目を向けた。女房はルブラン氏と戸口のあいだにでんと立って、まるで出口を固めたと言わんばかりに、脅し、挑むような体勢で、じっと彼を見つめていた。

「あれはいまにも死にそうなんですよ」とジョンドレットが言った。「でも、こっちとしてはお手上げです、だんなさま。なにしろひどく気丈なやつなんです、あの女は!　ありゃ女じゃありません。牛ですよ」

ジョンドレットの女房はこのお世辞にぐっときて、頭をなでられた怪物のような、しおらしいしなをつくってこう叫び声をあげた。

「あんたはいつだって、あたしに優しすぎるんだよ、ジョンドレットのだんなさん！」

「ジョンドレット？」とルブラン氏が言った。「あなたはファバントゥーというお名前だと思っていましたが」

「そう、ファバントゥー、別名ジョンドレットです！」と、亭主は素早く語をついだ。「つまり俳優の芸名というわけでして！」

それから、ルブラン氏からは見えないほうの肩をいからせて女房をどやしつけながら、声に大げさで甘ったるい抑揚をつけて話をつづけた。

「いやはや！　わたしどもはずっと夫婦円満にやってまいりました、この貧しく可愛い女とわたしとは！　もしこれがいなかったら、わたしどもになにが残りましょうや？　ご立派なだんなさま、わたしどもはそれほど不幸せなんでございますよ！　昨今は、腕があっても仕事はなし！元気があっても職はなし！　こんな状態を、政府がいったいどう始末するのか分かりません。しかし、だんなさま、誓って申しあげますが、わたしはジャコバン派でもなければ、いわゆるブーザンゴー[1]といった輩でもございません。べつに政府を恨んでいるわけじゃないんですよ。ですがね、もしこのわたしが大臣だったら、正直な話、事態はよっぽど違っていたことでしょう。まあ、たとえばですよ、わたしは娘たちにボール紙細工の手内職を習わせたいと思いました。なに、手内職？　と、だんなさまはおっしゃいますかな。そう、手内職ですよ！　ただの手内職ですよ！身過ぎ世過ぎの手内職ですよ！　ああ、慈善家のだんなさま、それにしてもわたしは、なんともひどい落ちぶれ方をしたものです！　なまじ昔の暮らしが羽振りのいいものだっただけに、まさかここまで尾羽打ち枯らすとは、われながらまったく面目もない次第です！　悲しいことに、わたしどもにはもう、昔日の繁栄の面影はなにひとつ残ってはおりません！　たったひとつのものをのぞいて、なにひとつですよ！　そのたったひとつのものとは、わたしが後生大事にしている一枚の絵なんですが。しかし、その絵とていずれ手放さなくてはならんでしょう。なんたって、食っていかねばなりませんからね！　ともかく、食っていかねばなりませんからね！」

一見とりとめないようでいて、そのじつ、考えに考えぬいて狡賢そうな、いつもの表情をすこしもそこなわずにジョンドレットがしゃべっているあいだ、マリユスが目をあげると、いままで見かけなかった人物が部屋の奥にいるのに気づいた。ひとりの男がさきほどはいってきたのだが、戸の蝶番がまわるのが聞こえないほどそっと忍びこんでいたのだった。その男の着ている紫色の手編みのチョッキは古く、すり切れ、染みがつき、折目がことごとく破れ、ぱっくりと穴が開いていた。コール天のだぶだぶのズボンをはき、足には木靴用の靴下をはいていたが、シャツは着ずに首筋をのぞかせ、むき出しの腕に入墨をし、顔は黒く汚れていた。男は手前のベッドに黙ってすわって腕組みしていたが、ちょうどジョンドレットの女房のうしろだったもので、その姿ははっきりと見分けられなかった。

他人の視線をいち早く察知する、あの磁力のような本能のおかげで、ルブラン氏はマリユスとほとんど同時に振りむいた。彼は思わずびくっとしたが、ジョンドレットはそれを見逃さなかった。

「ああ！　そうそう！」と、ジョンドレットは媚びへつらうような様子で外套のボタンをとめて声をあげた。「これはいただいた外套ですよ。わたしにぴったり！　まったく、ぴったりですよ！」

「あの人はだれですか？」と、ルブラン氏が言った。

「あれでございますか？」とジョンドレット。「あれは近所の者で。まあ、お気になさいますな」

その近所の者というのは異様な風体をしている。とはいえ、フォブール・サン・マルソー界隈には化学工場がたくさんあるので、工員たちの多くが黒く汚れた顔をしていたとしても不思議ではない。しかも、ルブラン氏の全身からは屈託がなく、揺るがない信頼感が滲みでている。彼は言葉をついだ。

「失礼、ファバントゥーさん。なんの話をされていましたかな？」

「わたしが申しておりましたのは、守り神のだんなさま」と、テーブルに肘をつき、ボア蛇を思わせる、虚ろで柔和な目でルブラン氏を見つめながら、ジョンドレットが応じた。「絵を一枚売りたいという話でした」

戸口でかすかな音がして、第二の男がはいり、ジョンドレットの女房のうしろのベッドにすわった。最初の男と同じく、このほうも両腕をむき出し、インクか煤で顔を黒くしていた。この男も文字どおり部屋に滑りこんできたのだが、やはりルブラン氏に気づかれないわけにはいかなかった。

「ま、お気になさいますな」とジョンドレットは言った。「この屋敷の連中ですよ。わたしは手元に絵を、貴重な絵を一枚持っていると申していたのですよ……まあ、だんなさま、ごらんになってください」

彼は立ちあがって、さきほど述べた鏡板のようなものが立てかけてある壁のそばに行き、その板を裏返して、元のように壁にもたせかけた。じっさい、それは一枚の絵らしきものだったが、ろうそくの明かりにぼんやり照らされている。ジョンドレットがあいだに立っているので、マリユスにはなにひとつはっきりと見分けがつかなかった。ただ下手くそに塗りたくられ、中心人物らしい者が縁日の看板か衝立の模様さながら、どぎつい色で飾り立てられているのがちらりと見えるだけだった。

「これはなんですかな?」とルブラン氏は尋ねた。

ジョンドレットが声高に叫んだ。

「巨匠の絵でございます、たいへん値打ちのある絵でございますよ、慈善家のだんなさま! このわたしがふたりの娘と同じように、後生大事にしているものでございます。これを見ると、いろんな思い出が次々とわいてきましてね! さはさりながら、さきほど申しあげましたので、いまさらあとには引けません。なにしろ、こんなひどい身の上なものですから、手放すしかないのです……」

偶然か、はたまたなにか不安に駆られてか、その絵を見つめながらも、ルブラン氏の視線はまた部屋の奥にもどった。いまや男が四人いて、三人はベッドに腰かけ、ひとりは戸の縁枠のそばに突っ立っている。四人とも両腕をむき出し、じっと動かず、顔を黒く汚している。ベッドにいる三人のうちのひとりは、壁に背を寄せ、目を閉じて、まるで眠っているようだ。これは年をとった男で、黒い顔に白髪をいただいている様は、見るからに恐ろしい。他のふたりは若々しく、ひとりはひげを生やし、もうひとりは長髪だ。どの男も靴をはかず、靴下のない者は裸足でいる。

ジョンドレットはルブラン氏の目がその男たちから離れないことに気づき、

「みんな友達ですよ。近所の連中ですから」と言った。「顔が汚れているのは、炭だらけのところで仕事をしているからですよ。みんな暖炉職人でしてね。まあ、そっちのほうはお構いなく。それより、慈善家のだんなさま、わたしの絵を買ってくださいまし。わたしの貧乏をどうか哀れんでくださいまし。いや、高く売りつけようなんてつもりはさらさらございません。いかほどに見積もっていただけましょうや？」

「と申されても」と、ルブラン氏はようやく警戒しはじめたように、ジョンドレットの顔をまじまじと見つめて言った。「これは安料理屋の看板じゃないですか。せいぜい三フランってところでしょう」

ジョンドレットは穏やかに答えた。

「札入れをお持ちでしょうか？　まあ、わたしとしては五千フランで手を打ってもよろしいのですが」

ルブラン氏はさっと立ちあがり、壁を背にして、部屋じゅうを素早く見まわした。左手の窓側にはジョンドレット、右手の戸の側にはジョンドレットの女房と四人の男どもがいる。この四人の男は身じろぎひとつせず、ルブラン氏の姿が目にはいっているそぶりさえ見せない。ジョンドレットはふたたび、哀願の口調でしゃべりだしていた。どんよりしたその瞳と情けないその口ぶりからして、目前に迫った窮状に気が変になった人間だとルブラン氏に思われたとしても仕方なかった。

「親切な慈善家のだんなさま、もしあなたさまにこの絵を買っていただけなかったら」とジョンドレットは言っていた。「わたしは万策尽きてしまいます。もはや川に身投げするしかございません。このわたしがふたりの娘に中型のボール紙細工、贈答用のボール紙作りを習わせようとしたなんて、とんだお笑い種ですよ。いいですか！　それには、ガラスが床に落ちないように底板を張ったテーブルが要りますし、専用のかまどや、木と紙と布と素材によってそれぞれ強さの違う糊をつかうので、そのために三つの仕切がある糊壺や、ボール紙の裁断機や、調整用の型台や、はがねを打ちつける金槌や、それにピンセットその他なんやかんやが要ります。ところが、そんなものすべては、一日たった四スー稼ぐためなんですよ！　十四時間も働いてですよ！　箱ひとつ作るのに、十三通りもの手間がかかるんですよ！　やれ紙を濡らせ！　やれ汚しちゃならない！　やれ糊を熱くしておけ！　いやはや！　いいですか！　それで一日四スーですよ！　いったい、どうやって食っていけというんですか？」

しゃべりつづけながらも、ジョンドレットはじぶんを見守っているルブラン氏を見ていなかった。ルブラン氏の目はジョンドレットを見据え、ジョンドレットの目は戸を見据えていた。マリユスは息を呑んで、ふたりに交互に注意を向けていた。ルブラン氏は「こいつは阿呆か？」と自問しているようだった。ジョンドレットのほうはさまざまに語調を変え、くどくどと哀れっぽく、二度も三度もこうくりかえしていた。「もはや川に身投げするしかございません。いつかも、そうするつもりで、オーステルリッツ橋のところで、河岸の石段をみっつばかし降りたことがありましたよ！」

突然、そのどんよりした瞳が物凄い炎に輝き、この小男が恐ろしい形相になって、ルブラン氏のほうに一歩踏みだしたかと思うと、とどろくような大声で叫んだ。

「そんなこたあ、どっちだっていいんだ！　おい、あんた、このおれに見覚えがねえのか？」

第二十章　待伏

このときあばら部屋の戸がいきなり開いて、そこに青い木綿の作業着に、黒い紙の覆面をした三人の男の姿があらわれた。一番目のは痩せっぽちで、先に鉄のついた長い棍棒を持っている。二番目のは雲をつくような大男で、屠牛用の大槌の柄のなかほどをつかんで持ち、斧の部分をしたにしている。三番目のはずんぐりした肩の男で、一番目ほど痩せておらず、二番目ほどどっしりしていないが、どこかの監獄からでも盗んできたような巨大な鍵をわしづかみにしている。

ジョンドレットが到着を待っていたのは、どうやらこの男たちのようだった。棒を手にした痩せぎすの男と彼のあいだで、素早いやりとりがはじまった。

「手配にぬかりはねえな？」とジョンドレットが言った。

「ああ」と痩せた男が答えた。

「ところで、モンパルナスはどこだ?」

「あの色男、途中で引っかかってな、あんたの娘としゃべってるよ」

「どっちだ?」

「うえのほうさ」

「したにゃ、辻馬車がいるな?」

「いるよ」

「小型馬車に馬がつないであるな?」

「つないであるさ」

「二頭の立派な馬だな?」

「とびっきり上等のやつよ」

「馬車は待っているんだな、おれの言った場所で?」

「そうだよ」

「よーし」とジョンドレットが言った。

ルブラン氏はひどく蒼ざめていた。彼はじぶんがどんなところにはまりこんだのかをしかと呑みこんだ人間らしく、汚い室内をぐるりとひとわたり見まわした。彼の頭は、じぶんを取りかこむ者たち全員の顔に順々に向けられ、不意を突かれながらも注意深く、ゆっくりと首のうえで動いていた。だが、その様子には恐怖らしきものがかけらも見られなかった。彼はテーブルを急場の砦にしていた。そして、ほんのすこしまえは、ただの好々爺にしか見えなかった男が、にわかに一種の闘技士に変身し、驚くほど手強そうな身構えで、椅子の背に逞しい拳を置いていた。

これほどの危険をまえにしても、じつに毅然として勇敢なこの老人は、ふだんは温厚だが、いざとなれば、たちまち精悍にもなれる資質の人間のように思われた。愛する女性の父親は、けっして他人ではない。マリユスはこの見知らぬ男に誇らしさを感じた。

ジョンドレットが「みんな暖炉職人でしてね」と言っていた男たち、つまり両腕をむき出している三人の男のひとりが、鉄屑のなかから大きな平鑿を、もうひとりは金梃を、三人目は金槌を取りだし、ひと言も発することなく、戸口の横に並んでいた。例の年寄りはベッドにすわったまま、目だけを開けていた。ジョンドレットの女房はそのかたわらに腰をおろしている。

マリユスはいよいよ数秒のうちにじぶんが介入する瞬間がくるだろうと考え、廊下の方向にむかい天井めがけて右手を持ちあげ、いつでもピストルを発射できる用意をした。

ジョンドレットは棒を手にした男とのやりとりがおわると、ふたたびルブラン氏のほうに向かい、あの独特の、陰にこもった薄気味悪い笑い声をウヒヒッとちいさく立てながら、さっきと同じ質問をくりかえした。

「おい、あんた、このおれに見覚えがねえのか?」

ルブラン氏は彼をまともに見据えて答えた。

「いや、ないですな」

するとジョンドレットはテーブルのそばまでにじり寄った。ろうそく越しに背をかがめて腕を組み、骨ばって残忍そうな顎をルブラン氏の穏和な顔のほうにぐいと近づけ、ルブラン氏が後ずさりもできないぎりぎりのところまで身を乗りだした。そしていまにも嚙みつかんばかりの、そんな猛獣のような姿勢のまま叫んだ。

「おれの名はファバントゥーなんかじゃねえ、ジョンドレットなんかじゃねえ。おれの名前はな、テナルディエてえんだ！　モンフェルメイユの宿屋の亭主よ！　分かったか？　テナルディエだよ！　どうだ、これで分かったろ？」

ルブラン氏の額にかすかな赤みが射したが、いつもの平静さをうしなわずにこう答えたその声は、震えもせず、甲高くもなっていなかった。

「いや、いっこうに」

マリユスにはその答えが耳にはいらなかった。このとき、暗がりで彼を見た者がいたとすれば、彼がうろたえ、呆れかえり、茫然自失するのを目の当たりにしたことだろう。ジョンドレットが「おれの名前はな、テナルディエてえんだ」と言った瞬間、マリユスはまるで心臓に氷の刃を突き刺されたかのように、全身をわななかせ、壁にもたれかかった。それから、合図の一発を撃とうと上にあげていた右腕がゆっくりと垂れ、ジョンドレットが「分かったか？　テナルディエだよ！」とくりかえした瞬間には、力をなくした指が、危うくピストルを落としそうになった。ジョンドレットが正体をあらわしても、ルブラン氏はすこしも動揺しなかったが、マリユスのほうはすっかり動転してしまった。このテナルディエという名前を、どうやらルブラン氏は知らなかったらしいが、マリユスは知っていたのだ。彼にとってこれがどういう名前であったか、思いだしていただきたい！　この名前こそ父親の遺言のなかに記され、彼が心にかけてきた名前なのだ！　この名前こそ、「テナルディエという者が私の命を救ってくれた。もし息子が出会うようなことがあれば、できるだけよくしてやってもらいたい」というあの神聖な勧告とともに、想念の奥底に、記憶の奥底にずっとたもちつづけてきた名前だったのだ。思いだされる読者もおられようが、この名前こそ彼の魂の信仰のうちにあったものであり、父の名前といっしょにして崇拝していたものだったのである。——なんだと！　これがあのテナルディエだと！　ぼくがあんなにも長いあいださがしても見つからなかった、あのモンフェルメイユの宿屋の主人だと！　やっと見つかったかと思えば、これはなんなんだ！　父の命の恩人が悪党だったとは！　このぼくが身をもって尽くしたいと熱望していた人物が極道だったとは！　ぼくの父ポンメルシー大佐の救い主が、まだはっきり全貌こそつかめないものの、とにかく人殺しに近い襲撃をおこなおうとしているのか！　しかも、こともあろうに、いったい、なんという人物を相手に！　なんという定めだ！　なんと苦い運命の皮肉なんだ！　父が棺の底から、テナルディエにはできるだけよくしてやるように命じていたから、このぼくは四年まえから父の負債を返すことしか考えてこなかった。ところが、いよいよ官憲の手でひとりの悪漢を犯行現場で捕らえてもらおうという段になって、運命が声をあげ、「そいつはテナルディエだぞ！」とぼくに叫ぶ。ワーテルローの勇壮な戦場で散弾が雨霰と降るなかで救われた父の命の恩返しが、いまやっと果たされようとしているのに、はからずもその恩返しが仇となり、当の恩人を死刑台に送ることになるのか！　ぼくはいつかそのテナルディエという人に出会うことがあったら、近づいてかならず、その足元にひれ伏そうと心に誓っていた。ところが、ついに出会ってみると、その人を死刑執行人に引きわたす羽目になるのか！　父は「テナルディエを救え！」と言っているのに、このぼくはテナルディエをひねりつぶすことで、尊敬すべき神聖なその声に応えるというのか！　瀕死の父をみずからの命を賭してこの世に連れもどしてくれた大恩人が、救われた者の息子の仕業、恩義を受けついでいるはずのこのぼくの仕業で、サン・ジャック広場で処刑される姿を墓に眠る父に見せるのか！　それにしても、父が直筆で書いた最後の意志をこんなにも長いあいだ胸に抱いてきたあげくに、その意志とは正反対のことをするとは、なんと恐ろしい皮肉だろうか！　だが他方で、この待伏の現場に立ち会いながら、この悪事を防ごうとはしないのか！　なんということだ！　それは被害者を罰し、人殺しを赦すことではないか！　これほど見下げた卑劣漢にたいしても、まだなにかしらの感謝をしなければならないというのか？

　マリユスがこの四年間抱いていたすべての考えは、この思いがけない打撃によって、行く手を阻まれたも同然であった。彼はおののいていた。すべては彼の手にかかっている。彼の眼下でせわしなく動いている者たちの命運は、彼らの知らぬ間に、彼の手中に握られているのである。もし彼がピストルを一発撃てば、ルブラン氏が救われる。撃たなければ、ルブラン氏は犠牲になり、テナルディエのほうは逃げうせてしまうかもしれない。一方を破滅させるか、他方を見殺しにするか！　どっちにしろ、後悔が残る。なにをすべきか？　どちらを選ぶべきか？　このうえなく胸に迫る思い出に、あれほど深く心に刻んだ誓いに、このうえなく神聖な義務に、このうえなく崇敬すべき言葉に背くべきか！　父の遺言を裏切るべきか、それとも犯罪を見逃してやるべきか！　一方から「彼のユルシュル」が父親のために懇願する声が聞こえ、他方から大佐がテナルディエのためになれと厳命する声が聞こえるような気がする。マリユスは気が狂いそうだった。膝がへなへなと崩れかけた。しかも彼には、じっくり考えている時間などなかった。眼下にしている事態がそれほどに風雲急を告げていた。じぶんではなんとでも抑えられると思っていた旋風に、逆にじぶんのほうが巻きこまれるようだった。彼はすんでのところで気をうしないそうになった。

一方テナルディエ——筆者は以後これ以外の呼び方はしない——は、逆上したように、また勝利に酔ったように、テーブルのまえを行ったり来たり歩きまわっていた。

彼はろうそくをわしづかみにすると、暖炉のうえに激しく叩きつけるように置いたので、あやうく芯が消えそうになり、油脂がぱっと壁にはね散った。

それから、物凄い形相でルブラン氏を睨み据え、吐き捨てるようにこう言った。

「あぶり焼きだ！　いぶし焼きだ！　ぶった切り焼きだ！　網焼きだ！」

それでも憤懣やるかたなく、彼はふたたび歩きだし、

「やい！」とまた叫んだ。「とうとう見つけたぜ、慈善家のだんな、ぼろをまとった百万長者のだんな、人形をくれたただんな、間抜けな老いぼれ！　やい、このおれに見覚えがねえだと！　ならよ、一八二三年のクリスマスの夜、モンフェルメイユのおれの宿屋に来やがったのは、てめえじゃねえのかよ！　おれのところからファンチーヌの娘の「ひばり」をさらっていったのは、てめえじゃねえのかよ！　黄色の外套を着てたのは、てめえじゃねえのかよ！　えっ！　あんとき

も、今朝ここに来たときとおんなじで、ぼろ服を詰めこんだ包みを持っていたじゃねえか！　おい、かみさんよ！　よその家に毛糸の靴下をぎゅうぎゅう詰めこんだ包みを配りあるくのが、どうやら、こいつの癖らしいぜ！　この老いぼれ慈善家め！　あんたは靴下屋かよ、百万長者のだんなさん？　売れ残りの半端物を貧乏人どもにくれてやるって寸法か！　とんだ聖人もいたもんだぜ！　大した芸人だよ！　やい、このおれに見覚えがねえだと！　ところがどっこい、このおれさまにゃ見覚えがあるんだよ！　あんたがここに鼻面を突っこんだとたん、ひと目でぴんときたぜ。さあ、いよいよ目に物見せてやろうじゃねえか。あんときゃ、宿屋だからいいだろうってんで、惨めったらしいなりして、こっちのほうが一スーでもくれてやりたくなるくれえに哀れな人相で、どかどか他人の家にあがりこみ、まんまと人をだまくらかし、気前のよさそうな真似をして、人の商売道具を横取りし、そのあと森じゃ、はんてえにこっちを脅してくれたよな。それでいいことずくめだと思ったら大まちげえさ。さて、今度は人が落ち目になったと見ると、あとからのこのこと、だぶだぶの外套一枚と慈善病院のケチな毛布二枚を持ってきやがった。それで帳尻をあわせようったって、そうは問屋がおろさねえ、この老いぼれ乞食め、人さらいめ！」

彼はここで言葉を切り、しばらく独言をいっているようだった。まるでその憤怒が、ローヌ河の流れみたいになってどこかの穴ぼこに落ちこんだように。それから、これまではごくちいさな声でじぶんに言い聞かせてきたことを大声で締めくくるかのように、拳でどんとテーブルを叩いて叫んだ。

「善人ぶりやがって！」

それからルブラン氏を罵った。

「まったく！　あんときゃ、よくも小馬鹿にしてくれたもんよな。おれがこんな情けねえ身の上になったのは、みんなあんたのせいだぜ！　おれんとこにいた小娘を、たった千五百フランで手に入れやがった。ありゃ、金持ちの娘だったにちげえねえんだ。あれまでだって、しこたま稼がせてもらってたし、一生食いっぱぐれはねえとふんでたんだ！　あのひでえ安料理屋で、みんながどんちゃん騒ぎをやらかし、おれは馬鹿みてえに一切合切食いつぶしちまったがよ、あの娘さえいりゃ、そんなもんいくらだって取りもどせたんだぜ！　くそっ！　おれのところで飲んだ酒が、そっくり飲んだ奴らの毒になってもらいてえもんだ！　だが、まあ、そんなこたあどうだっていい！　おい、あんた！　あの「ひばり」をさらっていったときゃ、さぞかしこのおれをとんまな野郎だと思ったろうな！　森のなかじゃ、棍棒を持ってやがったな！　あんときゃ、おれより強かったってわけだ。今度はたっぷりお返しさせてもらうぜ。今日はおれが切札を持ってる！　あんたは手も足も出ないぜ、じいさんよ！　ヒッヒ、笑えてくる！　ウヒッヒ、ほんとに笑えてくるぜ！　野郎、まんまと罠にかかりやがったな！　おれはこいつにこう言ってやったんだよ。わたくし俳優でございます。名はジョンドレット、またの名をファバントゥーと発します。マルス嬢、あのミュッシュ嬢などとも共演しておりました。ところで、わたくしの家主は明日、二月四日が支払い期限だと申しております。そう言っているのに、この先生、部屋代の期限は一月八日で、二月四日じゃねえってことにさえ気がつかねえ！　とんだ阿呆よ！　おまけに持ってきたのがケチなフィリップ金貨たった四枚ときたもんだ、このこんこんちきめ！　せめて百フランぐらいぽんと出して、色をつけるぐれえの男っ気てもんがねえのかよ！　それになあ、この先生、おれの月並な口上にまんまとのせられてよ。ちゃんちゃらおかしいぜ。おれは内心こう思ってたんだ、「間抜けめ！　さあ、てめえをとっつかまえたぞ。今朝はアンヨをなめてやるが、今晩は心の臓に食らいついてやるぜ！」とな」

テナルディエは話しやめた。息が切れたのだった。その狭くちいさな胸は鍛冶屋のふいごみたいに喘いでいた。また目は残忍で、卑劣で、弱い人間がいままで恐れていた相手をついにやりこめ、へつらっていた相手を侮辱するという、あの下劣な至福感にあふれていた。それは巨人ゴリアテを踵で踏みつけにする小人の喜び、もはや身も守れないほど弱って死にそうになり、苦しむためにだけ生きている病気の牡牛を引き裂こうとしているジャッカルの喜びだった。

ルブラン氏は相手の言葉をさえぎらなかったが、相手が口をつぐむとこう言った。

「あなたが言われることの意味が分かりませんな。なにか勘違いされているのでしょう。わたしはとても貧乏な人間で、百万長者なんかではありません。あなたのことも存じあげない。きっと人違いされているのでしょう」

「おい！」とテナルディエは喘ぎ声で言った。「よくもぬけぬけと！　しらばっくれるんじゃねえよ！　にっちもさっちもいかなくなってるくせして、このじじい！　おい、おれのことを思いださねえのか？　このおれがだれだか分からねえってのか？」

「失礼ながら」と、ルブラン氏はこんな場面には不釣合だが、しかし力のこもった丁重な口調で答えた。「あなたが悪党だということだけは分かりますな」

だれでも気づいていることだが、卑劣な人間は怒りっぽく、残忍な人間は苛立ちやすい。この「悪党」という言葉に、テナルディエの女房はベッドから飛びおり、テナルディエは握りつぶさんばかりの勢いで椅子をつかんだ。彼は「おめえは引っこんでろ」と女房に叫んでから、ルブラン氏のほうを振りむいた。

「悪党だと！　ちげえねえ。てめえら金持ち連中がおれたちのことをそう呼んでるのは知ってらあな。へえい、仰せのとおり！　なるほどおれは破産し、姿をくらまし、パンもなけりゃ、一スーだってねえ、だから悪党だよ！　もう三日なにも食っちゃいねえ、だから悪党だよ。くそっ！　てめえらはなんだ、足元をぬくぬく暖めて、サコルスキー[1]の短靴をはいて、大司教みてえに綿入れの外套を着こみ、門番のいる邸宅の二階に住み、トリュフを食い、一月だってのに四十フランもするアスパラを何束も食い、グリンピースを食い、なんでもたらふく食いまくってやがる。また、外が寒いかどうか知りたくなりゃ、シュヴァリエ技師[2]の寒暖計が何度を指してるか新聞で見るだけじゃねえか。おれたちはな！　てめえ自身が寒暖計になるのよ。どれぐれえ寒いか知るのに、わざわざロルロージュ河岸の角くんだりまで出かける手間はかけねえや。そんなことぐれえ、てめえの血が血管のなかで凍って、心臓に氷が張るんで感じるんだよ。それで、こう言ってるんでえ。神様なんかいやしねえとな！　ところが、てめえらはおれたちの巣窟、そう、おれたちの巣窟に顔を出して、おれたちを悪党呼ばわりしやがる！　だがな、いまに見てろよ、てめえらを食ってやるからな！　おれたち貧乏人がてめえらを丸かじりにしてやるからな！　百万長者のだんなよ、これだけは覚えておきな。おれだってまともな人間だったんだ。営業税をおさめ、選挙人だったんだぜ。このおれはいまもれっきとした市民なんだとな。ところが、あんた、あんたはそうじゃねえだろ！」

　テナルディエはここまで言ってから、戸口の男たちのほうに一歩進み、ぶるぶる身を震わせながら、こう言いそえた。

「この野郎、靴直しを相手にするみてえな口をききやがるから、頭にきたのよ！」

　それからいっそう猛り狂って、ルブラン氏にくってかかり、

「それから、ついでにこのことも覚えておくんだな、慈善家のだんなよ！　このおれは、いかがわしい人間じゃねえ！　どこのだれだか名前も言わずに、他人の家に人さらいにやってくる野郎とはわけがちがうんだとな！　おれはフランス軍の元兵士で、勲章だってもらえるはずだったんだ！　ワーテルローにいたんだぞ、このおれは！　あの戦闘中に将軍のなんとか伯爵の命を救ってやったんだぞ！　将軍はじぶんの名を言ったが、なにしろやたらに声がちいさかったもんで、よく聞き取れなかった。ただ「メルシー」としか聞こえなかった。おれとしては、そんな感謝の言葉〔メルシー〕なんかより名前のほうを聞きたかったぜ。そうすりゃ、あいつを見つけだす手づるをつかめたのによ。おまえんとこから見えるあの絵はな、ブリュクセル〔正しくはブリュッセル〕でダヴィッドが描いたものだが、だれを描いているか分かるか？　このおれだよ。ダヴィッドがおれの武勲を永久に、不滅にしようとしたんだぜ。おれがあの将軍を背負って、弾丸の雨をかいくぐって運んでるところさ。まあ、身の上話はこれくれえでいいだろう。それにしても、あの将軍は、おれにはなにひとつ尽くしてくれなかったな。やっぱし世間並のひとでなしだったんだろうよ！　で

もな、おれがおのれの命を賭けて人助けしたことに変わりはねえ。その証明書なら、ポケットにびっしり詰まってらあな！　おれはな、ワーテルローの勇士だぞ、べらぼうめ！　さあ親切にこれだけ聞かしてやったんだから、そろそろ締めくくりといこうか。おれには金が要る、うんと金が要る、途方もない金が要るんだ。いやだと言うんなら、てめえをなぶり殺してやろうじゃねえか、こん畜生！」

マリユスは苦悩をいくぶん鎮めて、耳を傾けていた。これでもう疑いの余地はまったくなくなった。この男こそ、まぎれもなく父の遺言にあったテナルディエだった。マリユスはそのテナルディエが父を恩知らずだと言ってなじるばかりか、なんとも不運なことに、いまじぶんがその言い分の正しさを証明しようとしていることに慄然とした。そのため彼は、ますます困惑することになった。しかも、テナルディエの口をついて飛びだす言葉や語調や身ぶり、ひと言しゃべるごとに炎がほとばしる眼光のなかには、――また、あらいざらいぶちまける邪悪な本心の爆発とか、虚勢と卑劣、高慢と卑小、憤懣と愚昧の混り具合とか、本当の不満と虚偽の感情との混乱とか、暴力にたいして快感を味わう性悪な人間の厚顔とか、醜悪な魂のむき出しの破廉恥とか、あらゆる憎しみに結びついたあらゆる苦しみの激突などのなかには――、悪として見ればおぞましいかぎりだが、真実として考えれば思わず胸をえぐられるような、なにものかがあった。

読者は見抜かれたことと思うが、彼がルブラン氏に売りつけようとしている巨匠の絵、ダヴィッドの絵画は彼の安料理屋の看板にほかならず、また読者が思いだされるように、それは彼自身が描いた代物で、モンフェルメイユで破産したときにとっておいた唯一の名残だった。

テナルディエに視線をさえぎられなくなったので、いまやマリユスにはそのものをじっくりながめることができた。はたして、その絵具を塗りたくった画面には会戦の模様、背景の硝煙、別の人間を背負っているひとりの人間の姿が認められた。それはテナルディエとポンメルシー、すなわち救った軍曹と救われた大佐だった。マリユスはほとんど酔ったようになった。その絵が父親を生きかえらせたと言ってもよい。それはもはやモンフェルメイユの居酒屋の看板ではなく、復活の図になった。墓がなかば開かれ、亡霊が姿をあらわした。マリユスはこめかみにじぶんの心臓の鼓動を感じ、耳にワーテルローの大砲の音が聞こえた。無気味な羽目板にぼんやりと描かれた血まみれの父親に怯えた。その不格好な人影にじっと見つめられているような気がした。

テナルディエはひと息つくと、血走った眼でルブラン氏を睨み、低くぶっきらぼうな声で言った。

「これからてめえをぐにゃぐにゃにしてやるが、そのめえになんか言っておくことがあるか?」

ルブラン氏は黙っていた。あたりはしんとなったが、廊下からしゃがれた声でこんな薄気味悪い嫌みを言う者がいた。

「薪を割るんなら、おれにまかしときな!」

そう浮かれているのは、斧を持った男だった。

と同時に、髪を逆立てた、土色のどでかい顔が戸口にぬっとあらわれ、歯ではなく、牙をむき出しにして、ぞっとするような笑いを浮かべた。

それは斧を持った男の顔だった。

「おめえ、なんだって覆面をとっちまったんだよ?」と、テナルディエは怒って叫んだ。

「笑うためだよ」と男が応じた。

ルブラン氏はしばらくまえからテナルディエの一挙一動を見守り、隙をうかがっているようだった。かたやテナルディエのほうはみずからの激情に目がくらみ、頭をふらつかせながらも、戸口を固め、丸腰の相手を武器で押さえこみ、女房も頭数にいれりゃ味方九人に敵一人じゃないかと安心しきって、巣窟のなかを行ったり来たりしていた。斧を持った男に文句を言ったとき、彼はルブラン氏に背を向けた。

ルブラン氏はこの一瞬をとらえて、椅子を蹴とばし、テーブルを押したおし、テナルディエには振りかえる暇もあたえず、驚くほど敏捷に、ひと飛びで窓際に移っていた。窓を開け、枠によじ登り、それを跨ぐのもあっという間だった。からだ半分が外に乗りだしたとき、六つの逞しい拳が彼を捕え、力まかせにあばら部屋のなかに引きずりこんだ。飛びかかったのは三人の「暖炉職人」だった。と同時に、テナルディエの女房が彼の髪の毛を引っつかんでいた。

バタバタする足音に、他の悪党どもも廊下から駆けつけてきた。横になって酒に酔ったようだった年寄りも、粗末なベッドから飛びおりて、道路工夫用のハンマーを片手に、よろよろと近づいてきた。

「暖炉職人」のひとりの、黒く汚した顔がろうそくに照らしだされた。マリユスはその顔を見て、いかに真っ黒にしていてもそれがパンショー、別名プランタニエ、別名ビグルナイユに間違いないと気づいた。その男はルブラン氏の頭上に、鉄棒の両端に鉛の玉がくっついた屠牛棒みたいなものを振りかざした。

マリユスはそれ以上見ていられなくなった。「お父さん」と思った。「ぼくを赦してください！」そして、指先でピストルの引金をさがした。まさに発砲しようとしたとき、テナルディエが叫んだ。

「怪我をさせるんじゃねえ！」

被害者の死物狂いの抵抗を見て、テナルディエはいきり立つどころか、むしろ落ち着いていた。彼のなかにはふたりの人間、残忍な人間と狡猾な人間が同居していた。これまでは、打ちのめされ、身動きできなくなった獲物をまえに、あふれんばかりの勝利感にひたる、残忍な人間のほうが勝っていた。今度は被害者が暴れ、刃向かおうとするのを見て、狡猾な人間がまたぞろ頭をもたげ、主導権を握った。

「怪我をさせるんじゃねえ！」と彼はくりかえした。そして、この言葉が功を奏したのはまず、当人の意図しないところで、ピストルの発射をとめ、マリユスを金縛りにしたことだった。もはや急を要する事態ではなくなり、新たな局面をまえに、彼はいますこし待ってみてもかまわないではないかと思ったのだ。ユルシュルの父親を見殺しにするか、大佐の救い主を破滅に追いこむかという、恐ろしい二者択一から解放される、なんらかの好機が訪れるかもしれないではないか！

超人的な格闘がはじまっていた。ルブラン氏は年をとった男の上体に拳骨を一発どんとくらわせて部屋の中央まで転がし、襲いかかってきた別のふたりを両手の甲で打ちのめして、ひとりずつ両膝のしたに押さえこんだ。押さえつけられたふたりの悪漢は、まるで花崗岩の臼の下敷きにでもなったように、ぜいぜい喘いでいた。だが、他の四人がこの恐るべき老人の両腕と首根っこを捕まえて、打ちのめされたふたりの「暖炉職人」のうえにねじ伏せた。そこでルブラン氏は、一方にのしかかりながら、もう一方にのしかかられ、したの奴らを押しつぶしながら、うえの奴らに締めつけられて、じぶんのうえに重たく加わってくる力を振りはらおうにもどうにもならず、吠え立てる猛犬と猟犬の群の下敷きになった猪のように、みるみる恐ろしい悪党どものしたに隠れていった。

悪党連中はとうとう、彼をガラス窓に近いほうのベッドにひっくり返し、寄ってたかって動きを封じてしまった。テナルディエの女房は髪の毛をつかんだまま放していなかった。

「おめえは手をだすな」とテナルディエが言った。「せっかくのショールが台なしになるじゃねえか」

テナルディエの女房は、牝狼が牡狼にしたがうみたいに、ウオーとひと声うなってから、亭主の言葉にしたがった。

「おい、みんな」とテナルディエは言葉をついだ。「そいつの持ち物をしらべろ」

ルブラン氏は抵抗をあきらめたようだった。持ち物がしらべられた。彼は六フランがはいった革の財布とハンカチしかポケットに入れていなかった。テナルディエはそのハンカチをじぶんのポケットにしまいこんだ。

「なんだ！　札入れはねえのか？」と彼は尋ねた。

「時計もねえさ」と「暖炉職人」のひとりが答えた。

「どっちでもいいけどよ」と、大きな鍵を持った覆面の男が腹話術の声でつぶやいた。「えらく手強いじじいだな！」

テナルディエは戸口の隅に行って、一束の縄を取ると、それを彼らのほうに投げて、

「そいつをベッドの脚に縛っておけ」と言った。それから、ルブラン氏に一発くらって部屋にのびたまま、じっとしている年寄りに気づいて、

「ブラトリュエルは死んでるのか？」と尋ねた。

「ちがう」とビグルナイユが答えた。「酔っぱらってるのさ」

「やっこさんを隅っこに片づけてくれ」とテナルディエは言った。

「暖炉職人」のふたりが鉄屑の山のほうに、その酔っぱらいを足で転がしてやった。

「ババ、なんだってこんなに大勢つれてきたんだ？」と、テナルディエは棍棒を持った男に言った。「要らなかったのに」

「しかたねえさ」と棍棒の男が応じた。「みんな一枚加わりたがったんだよ。時期が悪くてな。仕事がねえんだよ」

ルブラン氏が組み伏せられた粗末なベッドは、どうにか四角に削られた四本の木の脚に支えられた、慈善病院風のベッドだった。ルブラン氏はなされるままになっていた。悪漢どもは彼を立たせてから、両足を床につけさせ、窓からもっとも遠く、暖炉にもっとも近いベッドの脚に彼をしっかり縛りつけた。

最後の結び目が締めあげられると、テナルディエは椅子を持ってきて、ルブラン氏のほとんど真向かいにすわった。テナルディエはいまや別人のようになっていた。ほんのわずかのあいだに、狂ったように荒々しかった人相が、狡猾だが優しく穏やかな表情に打って変わっていた。マリユスは事務員みたいに丁重なその微笑みのなかに、ほんのすこしまえまで咆哮する動物みたいだった口を見つけるのに苦労した。彼は不安を掻き立てるほど信じがたいその変貌ぶりをただ唖然とながめ、虎が代訴人に変身するのを見たら覚えるかもしれないような気持ちになった。

「だんな……」とテナルディエが言った。

それから、まだルブラン氏に手をかけている強盗どもを身ぶりひとつで退かせ、

「ちょっとあっちに行ってろ。だんなと話をさせてくれ」

みんなは戸口に引き揚げた。彼は言葉をついだ。

「だんな、窓から飛びおりようなんていう料簡、そりゃちょっと拙いですよ。下手すりゃ、脚の一本も折るところでしたぜ。さて、もしよろしければ、ふたりで穏やかに話そうじゃありませんか。まずだいいちに、このわたしが気がついたことをひとつ申しあげとかなきゃなりません。どんなちいさなものであれ、だんなはこれまで、叫び声というもんを一度もあげておられませんな」

テナルディエの言うことはもっともだった。マリユスは動揺するあまりまったく気づかなかったが、それは事実だったのだ。たしかにルブラン氏はいくつか言葉を発したが、大きな声を出すことはなかったし、六人の悪党を相手に窓際で闘ったときでさえ、このうえもなく不思議な深い

沈黙を守っていた。テナルディエはつづけた。

「いやはや！　だんなに、泥棒！　とすこしぐらい叫んでいただいたって、こっちとしてはいっこうにかまわなかったんですがね。こんなときにはふつう、人殺し！　なんて言うものじゃないんですか。なあにそう言われたって、こちとらはこれっぽっちも悪いようには取らなかったでしょうよ。物騒な連中を相手にするときには、すこしぐらい騒ぎ立てたからって、しごく当たり前な話ですよ。だんなが騒いだからって、じゃま立てするもんなんかいやしなかったし、猿轡をはめることさえしなかったでしょうに。さて、そのわけをこれからお話ししましょうか。つまり、ここは音がそうそう外にもれない部屋だからですよ。取柄といえば、それぐらいなもんですが、まあ、取柄は取柄です。ここは穴倉でしてね、爆弾を破裂させても、いちばん近くの衛兵詰所にさえ、酔っぱらいのいびきぐらいにしか聞こえないんですよ。大砲もボン、雷もゴロ程度にしか聞こえない。便利な家ですよ。だが、だんなが大声を出されなかったのは、それはそれでご立派なことでしてね、褒めてさしあげたいぐらいですよ。そこで、わたしがぴんときたのはこういうことです。ねえ、だんなさん、もし大声を出せば、どういうことになります？　警察がくるでしょう。警察のあとは？　裁判所です。ところが、だんなは大声を出されなかった。ということはつまり、わたしらと同じで、だんなもまた警察やら裁判所などに出てきてほしくないってことなんでしょう。つまり――わたしはまえまえからそうじゃないかとにらんでいたんですがね――、だんなには世間に隠しておきたいなにかがある。わたしらだって同じことです。そこで、わたしらふたりは話が通じるだろうと、まあこういうわけですよ」

そんなふうに話しながらも、テナルディエはひたとルブラン氏を見据え、その両目から飛びだす鋭い刃の切っ先を、捕虜の良心にまで突き刺そうともくろんでいるようだった。そのうえ、どこか穏和で影のある傲慢さに彩られた言葉は控え目で、よく選ばれていると言ってもよかった。そこで、ついさっきまではただの悪者にすぎなかったこの卑劣漢にも、いまや「司祭になるために勉強した男」らしいところが感じられるようになったのだ。

テナルディエに指摘されてからというもの、捕虜が押しとおしている沈黙、みずからの命の危険さえも忘れているその慎重さ、まず悲鳴をあげるという人間の本性に逆らうその抵抗などがことごとく、マリユスを悩ませ、つらい驚きをあたえていたと言っておかねばならない。

テナルディエの観察にはいちいち根拠があったので、クールフェラックが「ルブラン氏」という渾名をつけたこの厳かで風変わりな人物をつつんでいる謎が、いっそう深まっていくようにマリユスには思えた。しかし、縄で縛られ、人殺しどもに囲まれ、いわば刻一刻と一段ずつ沈んでいく墓に半分からだを突っこみながら、この男はテナルディエの暴言にも甘言にもまったく動じることはなかった。こんな状況にあっても崇高な愁いをたたえているだけのその顔に、マリユスは感嘆せずにはいられなかった。

そこに見られるのは明らかに、恐怖にとらわれることなく、狼狽のなんたるかを知らない魂であった。絶望的な状況におちいっても、心の動揺を抑えきることができる人間だった。どれほど危機が迫り、破局が避けがたくなっても、水底で恐怖の目を見開く溺死者の末期といった様子はみじんも感じられなかった。

テナルディエはふと立ちあがって、暖炉のところに行き、衝立を動かして、近くの粗末なベッドに立てかけた。すると、かっかと燃えさかる炭火でいっぱいのコンロがあらわれ、そのなかで白熱し、あちこちでちいさく真っ赤な星をパチパチ散らしている平鑿が捕虜の目に見えた。

それからテナルディエは、ルブラン氏のそばにもどってきてすわり、

「話をつづけましょうや」と言った。「わたしらふたりはお互い話が通じる。ここはひとつ示談ということでいきましょうや。さきほどはかっとなってしまったわたしが悪かった。わたしとしたことがどういう精神状態だったんでしょうかね、突っ走りすぎて、とんでもないことまで口走ってしまったようです。たとえば、だんなが百万長者だというので、金をよこせの、うんと金をよこせの、途方もない金をよこせのと口走りましたが、あれはどう考えても無理無体ってもんですよ。とんでもない話だ！　いくら金持ちでも、やっぱしそれなりの出費ってもんがあるでしょうからね。そりゃだれだって同じことですよ。こっちはべつに、だんなを破産させようなどと思っちゃいません。つまり、骨までしゃぶろうなんて気はさらさらないんです。いくら立場が有利だからって、それに乗じて野暮な真似する連中とはわけが違いますよ。さあ、そこでです！　こっちも折れて、いくらか犠牲を払うことにいたしやしょう。いただくのは、二十万フランぽっきりってとこで手を打ちますよ」

ルブラン氏はひと言も発しなかった。テナルディエはつづけた。

「こっちがずいぶんと下手に出ているのはお分かりでしょう。だんなの財産がどのぐらいあるのか知りませんがね、なに、金銭にこだわるお人じゃないってことぐらいは分かってますよ。だ

んなのように慈悲深いお方なら、不幸な一家の父親に二十万ぐらい恵んでくださったからって、痛くもかゆくもないことでしょう。だんなはきっと物分かりのいいお人だから、こっちがわざわざ今日みたいな苦労をし、今晩のような事を構えたのは——まあ、これがいい仕事だったたってことは、ここにおられる諸氏も一致して認めてますがね——デノワイエの店あたりで十五スーの赤葡萄酒を飲み、仔牛の肉を食うくらいの金をだんなに要求するためだったなどとは、さすがに思われなかったでしょう。二十万フラン、これが妥当なところでしょう。それだけのはした金をポケットから出してもらったら、それでおしまい、言うことなし。あとはこれっぽっちもご心配にはおよびません。でも、わたしは手元に二十万フランも持っていない、とだんなはおっしゃるかもしれない。なあに！　こっちだってそんな無理なことは言いませんて。そこまでは要求していません。お願いしたいことはただひとつ。これからこっちが言うことを、どうか紙に書いてください」

ここでテナルディエは言葉を切った。それから一語一語に力をこめ、コンロのほうに向かって薄笑いを浮かべながら、こう付けくわえた。

「先に断っておきますが、だんなが字は書けないなんて言っても通りませんぜ」

宗教裁判の大審問官なら、その薄笑いを羨ましく思ったかもしれない。

テナルディエはテーブルをルブラン氏のすぐそばまで押していき、半開きになり、ナイフの長い刃が光っているのが見える引出しのなかからインク壺、ペン、紙一枚を取りだし、その紙をルブラン氏のまえに置いた。

「さあ、書いてください」と彼は言った。

捕虜はついに口をきいた。

「このわたしにどうやって書けと言われるのですか？　縛られているのですよ」

「そうでした。これは失礼！」とテナルディエが言った。「ごもっともです」

それからビグルナイユのほうを向いて、

「だんなの右腕をほどいてくれ」

パンショー、別名プランタニエ、別名ビグルナイユはテナルディエの命令を実行した。捕虜の右手が自由になると、テナルディエはペンをインク壺にひたして、それを差しだした。

「いいですか、だんなさん。だんなは目下わたしらの掌中にあって、生かすも殺すもこっち次第。どんな人間の力をもってしてもここからあんたを救いだせませんぜ。それに、もし手荒な真似をしなきゃならなくなったら、こっちのほうだってやりきれないんでね。こっちはあんたの名前も、住所も知らない。だが、あらかじめ断っとくが、これから書いてもらう手紙を持っていく者が帰ってくるまで、だんなには縛られたままでいてもらいますよ。それじゃあ、書いてもらいましょうか」

「なんと？」と捕虜は尋ねた。

「こっちが口述する」

ルブラン氏がペンをとり、テナルディエは口述しはじめた。

「『わたしの娘よ……』」

捕虜は身震いし、テナルディエを見あげた。

「「わたしの愛しい娘よ……」にしてくれ」とテナルディエは言った。ルブラン氏は言われた通りにした。テナルディエはつづけた。

「「おまえにはすぐに来てもらいたい……」」

彼はここで言葉を切り、

「あんたはあれに、おまえと言っているんだろうね？」

「だれに？」とルブラン氏が尋ねた。

「もちろん！」とテナルディエは言った。「あのちびっ子、「ひばり」にだよ」

ルブラン氏はなんの動揺も見せずに答えた。

「おっしゃる意味が分かりませんな」

「まあ、いいさ、先にいこう」とテナルディエは言い、ふたたび口述した。

「「おまえにはすぐに来てもらいたい。ぜひとも来てもらいたい。この手紙をわたす人が、わたしのそばにおまえを連れてきてくれるはずだ。待っている。どうか、安心して来るがいい」」

ルブラン氏はそう書いた。テナルディエが言葉をついで、

「だめだ！「どうか、安心して来るがいい」というところは消してもらいたい。ひょっとして、ややこしい話だと思われ、怪しまれても困るからな」

ルブラン氏はその箇所を消した。

「じゃあ、今度は」とテナルディエがつづけた。「署名してもらおう。あんた、なんていう名前

なんだ?」

捕虜はペンを置いて尋ねた。

「これはだれに宛てた手紙なのか?」

「よく分かってるだろ」とテナルディエは答えた。「ちびっ子宛だよ。さっきも言ったじゃないか」

テナルディエが問題の娘の名前を言うことを避けているのは明らかだった。「ちびっ子」とか「ひばり」とか言うばかりで、その名前はけっして口にしないのだった。共犯者たちのまえでもじぶんの秘密を守りとおす狡猾な男の用心だった。もしその名前を言ってしまえば、「仕事ぐるみ」そっくり彼らにわたしてしまうことになるだろうし、知られる必要のないことまで教えてしまう。

彼は言葉をついだ。

「署名だ。あんたの名前は?」

「ユルバン・ファーブル」と捕虜が言った。

テナルディエは猫のような敏捷さでポケットに手を突っこむと、ルブラン氏から奪ったハンカチを取りだした。そのイニシャルをさがして、ろうそくに近づけた。

「U・Fか。なるほど、ユルバン・ファーブル。じゃあ、U・Fと署名してもらおうか」

捕虜は署名した。

「手紙をたたむには両手が要るから、こっちによこせ。おれがたたんでやろう」

たたみおえると、テナルディエがつづけた。

「住所を書いてもらおう。「ファーブル嬢」、それにお宅の所番地だ。あんたらがここからそう遠くない、サン・ジャック・デュ・オ・パ教会界隈に住んでいるのは分かってる。なにしろ、あんたらが毎日ミサに出かけるのはあの辺からなんだからな。だが、こっちはなんという通りなのかは知らない。あんたはじぶんの置かれた立場をよくよく心得ているようだな。名前について嘘をつかなかったように、住所についても嘘をつかないようにしてもらいたい。こいつはじぶんで書いてもらおうか」

捕虜はしばらく思案顔をしていたが、やがてペンをとってこう書いた。

「ファーブル嬢、ユルバン・ファーブル様方、サン・ドミニック・ダンフェール通り十七番地」

テナルディエは熱っぽくけいれんするようにその手紙をつかんだ。

「おい、かみさん！」と彼は叫んだ。

テナルディエの女房が駆けつけた。

「手紙はこれだ。おめえ、やることは分かってるな。辻馬車がしたにいる。すぐに発って、すぐにもどってこい」

それから斧を持った男に声をかけ、

「おめえはマスクを外したんだから、女房のお供をしろ。辻馬車のうしろに乗れ。小型馬車をおいてきた場所は分かってるな」

「ああ」と男は言った。

そして斧を片隅に置くと、テナルディエの女房のあとにしたがった。ふたりが出かけようとしていると、テナルディエはなかば開いた戸から顔を出し、廊下にむかって叫んだ。

「とにかく手紙はなくすなよ！　二十万フラン持ってると思え」

テナルディエの女房のしわがれた声が答えた。

「安心おし。腹にしまいこんだから」

それから一分もたたないうちに、ピシッと鞭を当てる音が聞こえ、やがてそれはちいさくなり、たちまち聞こえなくなった。

「よおしと！」とテナルディエはつぶやいた。「早駆けで行ったな。あの調子で飛ばしゃ、四十五分後に女房が帰ってくるぞ」

彼は暖炉に椅子を近づけ、すわりながら腕を組んで、コンロに泥だらけの長靴を突きだし、「足元が冷えるな」と言った。

あばら部屋にはテナルディエと捕虜のほか、五人の悪党しかいなくなった。この男どもは顔を覆面で隠したり黒く塗るなどして、なるべく凄みを出そうと炭焼きとか、黒人とか、はたまた悪魔を装っているつもりらしいが、よくよく見れば、頭がにぶそうな暗い顔つきをしていて、まるでどうということもない仕事をするみたいにのんびりと、怒りだの情けだのもなく、どこか退屈そうに犯罪をおこなっているように見えた。彼らは野獣のようにひと塊になって、片隅で押し黙っていた。テナルディエは足を暖めていた。捕虜はまたもとの無口にもどっていた。しばらくまえにこのあばら部屋に鳴りひびいた凄まじい喧騒のあと、いまや陰気な静寂が漂っている。芯がほとんどなくなり、大きな茸のような形になったろうそくが、広いあばら部屋をかろうじて照らし、真っ赤だった炭火もくすんでしまって、悪党どもの頭が壁や天井に不格好な影を投げかけている。酔っぱらって眠っている老人の静かな寝息だけが聞こえている。

マリユスはあらゆることに不安を掻き立てられながら待っていた。謎はいっそう深まった。テナルディエが「ひばり」とも呼んだ、「ちびっ子」とは何者なのか？　彼の「ユルシュル」のことなのか？　この捕虜はその「ひばり」という言葉にもなんら動揺した様子は見せず、世にも平然と「おっしゃる意味が分かりませんな」と答えていた。他方、U・Fという二文字の説明はついた。ユルバン・ファーブルというのだから、ユルシュルはユルシュルという名前ではなかったのだ。マリユスになによりはっきり分かったのはそのことだった。彼はなにか恐ろしいものに射すくめられたように、さっきの光景を見下ろし、見守っていた場所に釘づけになっていた。ほとんどなにも考えられず、動くに動けず、まるで間近に見てしまった出来事のおぞましさに打ちのめされたように、ただそこにいた。考えがまとまらず、なにをどう決心していいのか分からないままに、なんでもいい、ともかくなにかが起こるのを期待しながら待っていた。

「いずれにしても」と彼は心に思った。「「ひばり」が彼女かどうかは、いずれはっきりする。テナルディエの細君がその娘をここに連れてくるのだから。そこで、すべてがはっきりする。いざとなったら、ぼくは命も血も捧げて、彼女を救ってやる！　何者にもじゃま立てはさせまい」

こうして三十分が過ぎた。テナルディエはなにか腹黒い考え事に心を奪われているようだった。

捕虜は身動きしていなかった。しかしマリユスにはしばらくまえから捕虜のいるあたりで切れ切れに、こもったようなちいさな物音がしているような気がしていた。

テナルディエがいきなり捕虜に呼びかけた。

「ファーブルのだんな、まあ、こういうことは早めに言っておいたほうがいいと思うんだがね」

この言葉はこれから謎解きがはじまる前触れのようだった。マリユスは耳をそばだてた。テナルディエがつづけた。

「うちのやつは追っつけ帰ってくる。そう苛々しなさんな。おれが思うに、「ひばり」はあんたの本当の娘だから、手元においておくのも当たり前だ。ただ、ちょっと聞いてもらいたい。あんたの手紙を持って、家内はあの娘に会いにいく。見られたとおり、おれは家内にはちっとはおめかししろと言った、おたくのお嬢さまが安心してついてこられるようにな。ふたりは辻馬車に乗る。うしろにはこっちの仲間がついてる。市門の外のあるところに、えらく上等な馬をつけた小型二輪馬車が待ってる。そこまで行ったところで、お嬢さんには辻馬車から降りてもらう。そして、こっちのほうの仲間といっしょに小型二輪馬車に乗りこんでもらう。そこで、うちの家内がここにもどってきて、「すんだよ」という筋書だ。おたくのお嬢さんには手荒なまねはしない。小型二輪馬車が静かな場所にご案内するというだけのことだ。あんたが二十万フランばっかりをこっちによこせばお嬢さんをお返しする。もしあんたが警察に訴え、おれらを逮捕させるなら、仲間が「ひばり」をひとひねりする。まあ、ざっとそういうわけだ」

捕虜はひと言も発しなかった。しばらく休んでから、テナルディエがつづけた。

「だから、話は簡単だ。あんたさえ変な料簡を起こさないでくれりゃ、なにひとつ悪いことはおきないということさ。ざっくばらんに話させてもらったよ。よく心得ておいてもらうために、ご忠告申しあげたってわけだ」

彼は言葉を切ったが、捕虜は沈黙を破らなかった。そこでテナルディエは言葉をついで、「うちのやつがもどってきて、「ひばり」は出発したよ、と言いさえすれば、すぐに縄をといてやる。あとは家に帰って寝るなりなんなり、あんたの勝手だ。こっちに悪意なんぞないってことはこれで分かったろ」

恐ろしい映像がマリユスの脳裏をよぎった。——なんだって！　あの若い娘をさらっておいて、ここには連れてこないっていうのか？　あの人でなしの連中のだれかが闇のなかに彼女を連れていくというのか？　いったい、どこなんだ？……それが彼女だとしたら！　いや、彼女にちがいない！　マリユスは心臓の鼓動がとまるような気がした。——どうしたらいいんだ？　一発ピストルをぶっ放してやろうか？　この見下げた連中をひとり残さず司直の手に引きわたしてやろうか？　しかし、そうしたところで若い娘についているあの斧を持った恐ろしい男が、手の届かないところにいることに変わりない。そしてマリユスは、血なまぐさい意味合いが感じられるあのテナルディエの言葉のことを思った。「もしあんたが警察に訴え、おれらを逮捕させるなら、仲間が「ひばり」をひとひねりする」

いまとなっては、ただ大佐の遺言ばかりでなく、じぶん自身の愛のために、愛する女性に迫る危険のことも考えて、こらえねばならないと彼は感じた。もう一時間以上まえからこの恐るべき状況がつづき、刻一刻と様相を変えていた。マリユスにはもっとも悲痛な事態をあれこれ検討する力がいくらか残っていて、一縷の希望を見つけようとしたが、なにひとつ見つけられなかった。彼の頭のなかの喧騒とこの巣窟の無気味な沈黙とが際だった対照をなしていた。

その沈黙のただなかで、階段の戸が開いて、閉まる音が聞こえた。

捕虜は網目のなかでぴくっと動いた。

「さあ、女房だぞ」とテナルディエは言った。

彼がそう言い終わるか終わらないうちに、女房が顔を真っ赤にし、息を切らしてはあはあ言いながら、目だけはらんらんと輝かせて部屋に駆けこみ、大きな両手で同時に両の膝をバタバタ叩きながら叫んだ。

「嘘の住所だったんだよ！」

彼女がいっしょに連れていった悪党はうしろから姿をあらわし、じぶんの斧を手に取った。

「なに、嘘の住所だと？」とテナルディエがくりかえした。

彼女はつづけた。

「だれもいやしないのさ！　サン・ドミニック通り十七番にゃ、ユルバン・ファーブルなんてやつはいないのさ！　人にきいたって、だれも知りゃしないよ！」

彼女は息が詰まって、言葉がしばし途切れたが、やがてつづけた。

「テナルディエのだんな！　あんたはこの老いぼれに騙されたんだよ！　やっぱし、あんたもとんだお人好しだってことだよ！　あたしなら、こいつの面を最初から四つ裂きにしてやってたのにさ！　それでもおかしな真似をしようってんなら、生きたまま釜ゆでにしてやっていたよ！　だってそうだろう、どうしたってこいつに口を割らして、娘がどこにいて、隠し金がどこにあんのか吐かせなきゃならなかったんだろ！　あたしなら、そうしてたさ！　道理で世間じゃ、男は女より馬鹿だって言うわけだよ！　だれもいやしない！　十七番地には！　車寄せの大きな門があるだけさ！　サン・ドミニック通りにゃ、ファーブルのファもいなかったよ！　大急ぎで馬車を走らせ、御者にチップをはずんだり、なんやかんやしたっていうのにさ！　門番にもきいたし、しっかりもんで器量よしのかみさんにもきいたけどね、ふたりともまるで知らないんだってさ！」

マリユスはほっと息をついだ。ユリュシュルなのか「ひばり」なのか、どう呼んでいいのか分からない女性は、ともかく救われたのだ。

怒り狂った妻がわめき散らしているあいだ、テナルディエはテーブルのうえにすわっていた。彼はひと言も発せず、垂らした右脚をぶらぶらさせ、なにか残酷な物思いにふけるように、コンロを見つめながら、しばらくじっとしていた。ややあって、ゆっくりとして異様な残忍さの感じられる口調で言った。

「嘘の住所だって？　てめえ、いったいどういうつもりなんでえ？」

「時間を稼ぐためだ！」と、捕虜はあたりに響きわたる大声で叫んだ。

と同時に、彼は縄をふるい落とした。縄はちぎれ、捕虜はもはや片足しかベッドに縛られていなかった。

七人の男が不意の事態に気づいて飛びかかる暇もなく、彼は暖炉のしたに身をかがめ、コンロのほうに手を伸ばしてから、さっと身を起こしていた。いまやテナルディエ、テナルディエの女房、悪党どもはぎょっとして部屋の奥に追いやられ、彼が無気味な火花の落ちる赤い平鑿を頭上高く持ちあげ、九分どおり自由になって、凄まじい態度で身構えているのを唖然として見守っていた。

その後、ゴルボー屋敷のこの待伏に関しておこなわれた司法監察によれば、警察が手入れしたとき、特殊な方法で切られ、細工されたと見られる二スー銅貨が一枚、このあばら部屋で見つかったことが確認された。この二スー銅貨は徒刑場の暗い場所で暗い目的のために辛抱強く作りだされた労作、脱走用の道具にほかならない逸品だった。驚くべき技法によるこのおぞましくも精巧な製品は、たとえるなら詩において隠語の暗喩が占める位置を、宝石細工のなかで占めている。言語の世界にヴィヨンのような詩人がいるのと同様、徒刑場にはベンヴェヌート・チェッリーニ〔3〕のような彫金師がいるのである。解放を熱望する不幸な囚人は、時になんの道具もなしに、ポケットナイフや古い小刀をつかって、二スー銅貨を横に切って二枚の薄片にし、表面の刻印を傷つけないようにその薄片をくりぬき、二枚の薄片がふたたび元どおりぴたりとくっつくように、銅貨の縁にねじのピッチを入れることができる。できあがったものは、好きなときにねじで合わせたり、外したりできる。つまり、ひとつの箱になる。この箱のなかに時計のゼンマイを隠すのだが、それを上手につかってやると、鎖の輪や鉄格子を切ることができる。あの不幸な徒刑囚は二スーしか持っていないのかと思っていると、とんでもない、彼は自由を手にしているのである。

後日警察がおこなった家宅捜索で見つかったのは、その種の二スー銅貨であった。それはこのあばら部屋の窓寄りにあった粗末なベッドのしたで、薄片が二枚にはがれたかたちで見つかった。また、この二スー銅貨のなかに隠されていたとおぼしい、青くちいさな鋼鉄製の鋸も発見された。悪党どもに持ち物をしらべられたとき、この捕虜は身につけていたこの二スー銅貨をなんとか手中に握りしめ、その後、右手が自由だったので、ねじを外し、鋸をつかって、彼を縛っていた縄を切ったものらしい。これで、マリユスが気づいていたかすかな物音と、目立たない動きの説明がついたことになる。

彼は裏をかかれる恐れがあったため、身をかがめることができず、左足の縄を切ることはできなかった。

「安心しな」とビグルナイユはテナルディエに言った。「まだ片足が縛られているから、どこにも行けやしないぜ。おれが受けあう。あの足を縛ったのはこのおれだからな」

ところが捕虜がそのとき声をあげた。

「ごあいにくさまだが、わたしの命はそこまで骨を折って守られる値打ちなどない。わたしに話させようとか、書きたくないことを書かせようとか、言いたくないことを言わせようとか思っているようだが……」

彼は左手のそでをまくりあげてこう言いそえた。

「さあ、これを見ろ」

と言いざま、腕を差しだし、むき出しの肉のうえに、右手で木の柄をもった灼熱の平鑿を押しつけた。

肉がジュッと焼ける音が聞こえ、拷問部屋に特有な臭いがあばら部屋に立ちこめた。マリユスは恐怖に度をうしなってふらふらし、強盗どもでさえ身震いしたが、この不可思議な老人はかろうじて顔を歪めただけだった。真っ赤な鋼鉄が煙を立てる傷口に食いこんでいくというのに、彼は平然と、ほとんど厳かに、美しい眼差しをテナルディエに注いでいた。その眼差しには憎しみもなく、苦しみは晴朗な威厳のなかに消えていた。

偉大で気高い人びとにあっては、身体の苦痛におそわれるものの、肉体や感覚がそれに逆らおうとするときには、魂が外にあらわれ、額のうえに宿る、ちょうど部下の兵士の一隊が反乱するときにこそ隊長が真価を発揮するように。

「見下げたやつらだ」と彼は言った。「わたしがきみらを怖がらないように、きみらはわたしを怖がらなくていい」

それから彼は傷口から平鑿を引きはがし、開いたままになっていた窓からそれを放り投げると、燃えあがるその恐ろしい道具は、くるくると旋回しながら夜陰に消え、はるか遠くの雪のなかに落ちてうもれた。

捕虜はつづけた。

「わたしをどうでも好きなようにしてくれ」

彼は丸腰だった。

「やつを引っ捕らえろ!」とテナルディエが言った。

悪漢のうちのふたりが彼の肩に手を置き、腹話術師の声を出す覆面の男が彼の正面に立って、彼がちょっとでも身動きしようものなら、大鍵で脳天をぶち割ってやろうと身構えていた。

と同時にマリユスには、あまりに近すぎて話している者たちの姿こそ見えないけれど、下方の、仕切壁のしたあたりでこう小声で言い交わされているのが聞こえた。

「こうなったら、やることはひとつしかねえな」

「バラしちまうのかい？」

「そうよ」

それは亭主と女房の相談だった。テナルディエはゆっくりとテーブルに向かい、引出しを開けてナイフを取りだした。

マリユスはピストルの握りをこねくりまわした。これまで一度も経験したことがなかった困惑。一時間まえから、彼の良心のなかではふたつの声がしていた。一方は父親の遺言を尊重せよという声であり、他方は捕虜を救えという叫びだった。このふたつの声がずっと争いつづけ、彼をこれ以上はない苦悶にさらしていた。これまでの彼はなんとなく、このふたつの義務が折りあう手立てが見つかるものと期待していた。しかしそのようなものは、なにひとつ生じなかった。それどころか、危険は差し迫り、もはや一刻の猶予もならなかった。捕虜のすぐそばで、テナルディエがナイフを片手に考えこんでいる。

マリユスは途方に暮れ、まわりを見まわしてみた。絶望の果てにとる無意識の、最後の手立てである。突然、彼は身震いした。

足元のテーブルに満月の鮮やかな光が射して、一枚の紙を指し示しているようだった。その紙のうえには、今朝テナルディエの姉娘が大文字で書いた次の一行が読みとれた。

「ポリ公がいる」

ある考え、ある閃きがマリユスの心をよぎった。それこそ彼がさがしていた手立て、人殺しを赦し、被害者を救うという彼を苦しめていた、あの恐ろしい難問の解決策だった。彼は整理簞笥のうえで跪き、腕をのばして、紙片を拾いあげ、仕切の壁から漆喰を一つかみそっと取って、それを紙片にくるんで、壁の割れ目からあばら部屋の中央にそっくり投げこんだ。

間一髪のところだった。テナルディエが最後の恐れ、もしくは最後のためらいを克服して、捕虜のほうに向かっていたのだ。

「なんか落ちたよ！」とテナルディエの女房が叫んだ。

「なにが？」と亭主は言った。

女房はすっ飛んでいって、紙につつまれた漆喰を拾いあげた。

彼女はそれを亭主にわたした。

「どっから落ちてきたんだ？」とテナルディエが尋ねた。

「なに言ってんだよ！」と女房。「どこからもへったくれもあるもんかい？　窓からに決まってるじゃないか」

「おれは飛んでくるのを見たぜ」と、ビグルナイユが言った。

「こいつはエポニーヌの字だ。畜生め！」

彼が女房に合図すると、女房はそそくさと近づいてきた。そこで彼は、紙に書かれた文句を見せてから、低くこもった声で言いそえた。

「早くしろ！　梯子だ！　バラ肉はねずみ取り器に残して、ずらかるんだ！」

「あの男の首を刎ねずにかい？」と、テナルディエの女房が尋ねた。

「そんな暇はねえ」

「どっからだい？」と、ビグルナイユが言葉をついだ。

「窓からだ」とテナルディエが答えた。エポニーヌのやつが窓から石を投げたってことは、屋敷のそっちの方面はまだ囲まれてねえってことだ」

腹話術師の声を出す覆面の男は、巨大な鍵を床に置き、ひと言も言わずに両手を三度握る動作をした。それは軍艦の乗組員が交わす戦闘準備の合図のようだった。強盗どもはとらえていた捕虜を放してやった。またたく間に窓の外に縄梯子が下ろされ、ふたつの鉄の鉤でしっかりと窓縁に引っかけられた。

捕虜は夢見ているのか、祈っているのか、まわりで起きていることになんの注意も払っていなかった。梯子が固定されるとテナルディエが叫んだ。

「さっさとこい！　おっかあ！」

そしてガラス窓に突進した。しかし窓を跨ごうとすると、ビグルナイユが乱暴に襟元をつかんだ。

「おい、こら、古狸！　おれらが先だ！」

「おれらが先だぜ！」と悪党どもがわめいた。

「子供みてえな奴らだな」とテナルディエが言った。「時間の無駄だ。デカがすぐそこにきてるんだぜ」

「じゃあ、だれがいちばん先に行くか、くじ引きで決めようぜ」

テナルディエはわめいた。

「てめえら馬鹿か！　頭がいかれちまったのか！　揃いもそろってめでたい奴らだよ！　時間がなくなるじゃねえか？　くじ引きだと？　じゃんけんか！　藁を引くのか！　名前を書いて、帽子に入れるのか！……」

「おれの帽子は要らないか？」と、戸口のところで大声で叫ぶ者がいた。

みんなが一斉に振りかえった。ジャヴェールだった。

彼は帽子を手に持ち、笑いながらそれを差しだしていた。

第二十一章　まずは被害者を捕まえるべきだろうに

そろそろ夜が暮れかかろうとするころ、ジャヴェールは部下を配置し、みずからは大通りを隔ててゴルボー屋敷の正面にあるバリエール・デ・ゴブラン通りの木陰に身をひそめていた。彼はまずじぶんの「網」を仕掛けて、あばら部屋の周囲の監視役をするふたりの娘を追いこもうとした。しかし、じっさいに「追いこめた」のはアゼルマだけだった。エポニーヌのほうはじぶんの持ち場を離れて、姿を消していたので、捕まえることができなかった。やがて彼は、いつでも踏みこめるように待機し、打ち合わせておいた合図に耳を澄ました。辻馬車がやたらに行ったり来たりするので、気が気ではなかった。とうとう待ちきれなくなり、「あそこに巣がある」、「いまが頃合だ」と信じて、ピストルの合図を待たずに踏みこもうと心に決めた。

彼がマリユスの合鍵を持っていたのは、読者も覚えておられるだろう。

彼は絶妙なときに着いた。

うろたえた悪党どもは、逃げる間際に部屋のあちこちに打ち捨てた武器にあわてて飛びついた。一秒もしないうちに、見るも恐ろしいこの七人の男たちは、防御の態勢でひと塊になっていた。ひとりは斧を、もうひとりは大鍵を、またひとりは屠牛棒を持っていた。他の者たちはそれぞれ平鑿、金梃、金槌などを持ち、テナルディエはナイフを手にしていた。テナルディエの女房は娘たちが腰掛け代わりにしている、窓際の大きな敷石をつかんでいた。

ジャヴェールは帽子をかぶりなおし、杖を小脇にかかえ、腕を組み、剣を鞘に収めたまま、部屋のなかに二歩進んだ。

「じたばたするな！」と彼は言った。「窓から出るんじゃない。ドアから出るんだ。そのほうが安全だぞ。そっちは七人だが、こっちは十五人だ。オーヴェルニュの田舎者みたいな取っ組み合いはやめにしようぜ。上品にいこうや」

ビグルナイユは作業着のしたに隠し持っていたピストルを出し、それをテナルディエの手に置いて、耳元に囁いた。

「ジャヴェールだぜ。おれにはあの男は撃てねえ。おめえは撃てるか？」

「あたりきよ！」とテナルディエは答えた。

「じゃあ、撃ってみな」

テナルディエはピストルを取って、ジャヴェールに狙いを定めた。ジャヴェールは三歩先にいて、彼をじっと見据え、ただこう言った。

「撃つな、おい！　撃っても外れるぞ」

テナルディエは引金をひいた。弾は外れた。

「だから、言わんこっちゃない！」とジャヴェール。

ビグルナイユはじぶんの棍棒をジャヴェールの足元に投げた。

「あんたは悪魔の帝王だ！　おれは降参する」

「おまえらはどうだ？」と、ジャヴェールは他の悪党どもに尋ねた。

彼らは答えた。

「おれたちもだ」

ジャヴェールは落着きはらってこう応じた。

「そうだ、それでいい。さっきも言っただろう、上品にとな」

「ひとつだけお願いがあるんだが」とビグルナイユがつづけた。「ムショにいるあいだ、煙草だけは許してもらえねえか」

「いいだろう」とジャヴェールは言った。

それからうしろを振りむいて呼んだ。

「もう、はいっていいぞ!」

ジャヴェールの呼びかけに、剣を握った警察官と長短の棍棒を持った巡査の一隊がどやどやとはいってきた。悪党どもは縛りあげられた。一本のろうそくにかろうじて照らされた一群の人間たちが、この巣窟にたくさんの影をつくっていた。

「全員に手錠をかけろ!」とジャヴェールは叫んだ。

「ちょっとでも近寄ってみろ!」と、男の声ではないが、かといって女の声ともとても思えない声がわめいた。

テナルディエの女房が窓際の一隅に立てこもっていたのだが、今し方このわめき声を出したのは彼女だった。警察官と巡査たちは後ずさりした。彼女はショールをかなぐり捨て、帽子だけをかぶっていた。亭主は彼女の背後にうずくまり、投げ捨てられたショールのしたにほとんど身を隠していた。彼女はじぶんのからだを張って亭主をかばい、両手で頭上高く敷石を持ちあげ、これから岩を投げつけようとする巨人族の女さながら、ゆらゆら踏ん張っていた。

「気をつけるんだね!」と彼女はわめいた。

みんなが廊下のほうに追いやられた。あばら部屋の中央に、だだっ広い隙間ができた。テナルディエの女房は手錠をはめられるままになっていた悪党どもをじろりと一瞥し、しゃがれた喉声でつぶやいた。

「この腑抜けどもめが!」

ジャヴェールはにやりとして、テナルディエの女房が睨みつけている、中央の隙間に進みでた。

「近づくんじゃない！　出ていけ！」と彼女は叫んだ。「さもないと、ぶっ殺してやるぞ！」

「大した擲弾兵だ！」とジャヴェールが言った。「なあ、おかあさんよ！　あんたは男みたいにひげを生やしているが、こっちは女みたいに爪をもっているんだぜ」

そして彼はさらに進んだ。

髪を振り乱し、物凄い形相になったテナルディエの女房は、両足を広げて踏んばり、身を反りかえらせ、ジャヴェールの頭めがけて必死に敷石を投げつけた。ジャヴェールがひょいと身をかがめると、敷石は彼のうえをかすめ、奥の壁にぶつかって、漆喰の大きな塊を剝ぎ落とした。それから、さいわいほとんど人のいなくなった部屋の角から角へと、ころころ跳ねかえってジャヴェールの踵のところでとまった。

と思う間もなく、ジャヴェールはテナルディエ夫婦めがけて突っ走り、その大きな手の片方が女房の肩に、もう片方が亭主の頭におそいかかった。

「手錠だ！」と彼は叫んだ。

部下の警官たちがぞろぞろもどってきて、またたく間にジャヴェールの命令が実行された。テナルディエの女房はすっかりしょげかえり、手錠をかけられたじぶんの手と亭主の手を見ると、どっと床に倒れこみ、泣きながらこう叫んだ。

「うちの娘たちは！」

「ふたりは暗いところにいるよ」とジャヴェールが言った。

他方、巡査たちは戸の陰で眠っている酔っぱらいに気づいて、からだを揺すっていた。彼は目を覚まして、もぐもぐ言った。

「すんだか、ジョンドレット？」

「すんだぜ」とジャヴェールが答えた。

手錠をかけられた六人の悪党どもは突っ立っていた。しかも、あいかわらずお化けのような顔で、三人は黒く汚し、三人は覆面姿でいた。

「覆面はしたままでいいぞ」とジャヴェールは言った。

それからポツダム宮殿で閲兵をするフリードリヒ二世よろしく、あたりをぐるりと見まわして、三人の「暖炉職人」に言った。

「やあ、ビグルナイユ、やあ、ブリュジョン、やあ、ドゥ・ミリヤール」

そして今度は三人の覆面の男のほうを向き、斧を持った男に言った。

「やあ、グールメール」

それから棍棒の男に、

「やあ、ババ」

そして腹話術の声の男に、

「よう、クラクスー」

そのとき彼は、警察が踏みこんでから、ひと言も発せず、ひたすらうつむいている悪党どもの捕虜に気づいた。

「あの男の縄を解いてやるんだ！」とジャヴェールが言った。「だれも外に出すな！」

そう言うと彼は、まだろうそくと筆記道具が置いたままになっているテーブルに向かって悠然とすわり、ポケットから捺印のある紙を一枚取りだして、調書の作成をはじめた。いつも同じ文句で変わりばえのしない最初の数行を書きおえたところで、目をあげた。

「あの連中に縛られていた男を連れてこい」

巡査たちはまわりを見た。

「どうしたんだ」とジャヴェールは尋ねた。「いったい、どこへ行ったんだ？」

悪党どもの捕虜、ルブラン氏だか、ユルバン・ファーブル氏だか、ユルシュルもしくは「ひばり」の父親は消え去っていた。

戸口は固められていたが、ガラス窓のほうは無防備だった。縄を解かれるとすぐ、ジャヴェールが調書を作成している隙に、彼は混乱、喧騒、雑踏、薄暗がりを、そしてみんなの注意がじぶんから逸れている一瞬を利用して、窓から飛びだしてしまったのだった。ひとりの巡査が屋根窓に駆け寄ってながめたが、外には人影がまったくなかった。縄梯子がまだ揺れていた。

「畜生！」とジャヴェールはむにゃむにゃと言った。「あれがいちばんの大物だったかもしれないのに！」

第二十二章　第三巻で泣き叫んでいた少年[1]

ロピタル大通りの屋敷で前出のような出来事があった日の翌日、オーステルリッツ橋の向こう側からやってきたらしい少年が、フォンテーヌブロー城門の方向にむかって右の側道を歩いていた。すっかり夜になっていた。その少年は蒼白く、痩せこけ、ぼろ着をまとい、二月だというのに麻の靴をはき、大声を張りあげて歌っていた。

プチ・バンキエ通りの角で、腰を曲げた老女がひとり、街灯の明かりを頼りにゴミの山を探っていた。少年は通りがかりにその老女にぶつかり、後ずさりしながら大声をあげた。

「なんでえ、おいらはまた、でっけえ、でっけえ犬かと思ったぜ」

彼は二度目のでっけえという言葉を、相手をからかうように、声をふくらませ気味に口にした。「でっけえ、**でっけえ犬**」とでも太字で書けば、その感じがかなり出せるかもしれない。

老女はかっとなって身を起こした。

「このチビ助」と彼女はつぶやいた。「かがみこんでなかったら、蹴っ飛ばしてやったとこだよ」

少年はもうそこにいなくなっていた。

「チェッ！　チェッ！」と少年は言った。「やっぱり、おいらは間違っていなかったじゃねえか」

怒りのあまり息も絶え絶えな老女は、今度はすっかり身を起こしていた。すると、街灯の赤みがかった光が、蒼白く、角ばって皺だらけの、目尻の皺が口元まで垂れさがっている顔をまともに照らした。からだは暗がりに隠れて、頭しか見えなかった。まるで夜の闇のなかに浮かびあがった「老衰」の仮面みたいな顔だった。少年はその顔をじっと見つめた。

「奥さまは」と彼は言った。「好みの美人のタイプじゃねえや」

彼は歩みをつづけ、また歌いだした。

クードサボー王
猟に行ったとさ、
からすを撃ちに……

この三行で彼はやめた。彼は五十―五十二番地に来ていた。戸が閉まっているのを見ると、足でバンバン蹴りはじめた。あたりにとどろくその勇壮な音は、蹴っているのが子供の足というよりも、はいているのが大人の靴だということを物語っていた。

そのうちに、さっき彼がプチ・バンキエ通りの角で出くわしたのと同じ老女が大声でわめき散らし、大げさな身ぶりをしながら、彼の背後に駆けつけてきた。

「どうしたんだよ？　どうしたんだよ？　あれまあ！　戸がこわれちまう！　家がつぶれちまうじゃないか！」

蹴る音はやまなかった。老女は息切れがしてしまった。

「ちかごろじゃ、人の家をそんなふうに扱うのかい？」

突然、彼女は口をつぐんだ。その浮浪児に見覚えがあったのだ。

「なんだい！　この悪ガキ！」

「おや、あのばあさんか」と少年は言った。「こんにちは、ビュルゴンばあさん。おいらの先祖に会いにきたんだ」

老女はちぐはぐなしかめ面で答えた。そのしかめ面は、老いと醜さをうまく活かしてとっさに見事な憎しみの表情をつくってみせるといったものだったが、残念ながら暗闇に紛れて見えなかった。

「だれもいねえさ、この間抜け」

「まさか」と少年がつづけた。「じゃあ、うちのおやじはどこにいるんでえ？」

「フォルス監獄さ」

「ふん！　じゃあ、おふくろは？」

「サン・ラザール監獄さ」

「じゃあ！　姉きたちは？」

「マドロネット監獄さ」

少年は耳のうしろを掻き、ビュルゴンばあさんを見て言った。

「ああ、そうかい！」

そしてくるりと向きを変えた。それからほどなく、戸口に残っていた老女の耳に、冬の風に震える楡の木立のしたを去っていく少年が、澄んで若々しい声で歌っているのが聞こえた。

クードサボー王
猟に行ったとさ、
からすを撃ちに、
竹馬に乗って。
その股をくぐると
ニスーとられたよ。

訳註

第一篇

第一章

〔1〕 ローマの喜劇詩人、前二五四頃—前一八四年頃。

第二章

〔1〕 タイユには人頭税の意味もある。「金を盗んだと思うなら、身体検査でもしてみろ」という洒落。

第三章

〔1〕 パラディには「天井桟敷」の意もある。ちなみにマルセル・カルネの名画『天井桟敷の人びと』の「人びと」は原語では「enfants 子供たち」。

〔2〕 女優、一七七九—一八四七年。ナポレオンご贔屓の女優（一説には愛人）で、ユゴーの『エルナニ』のドニャ・ソルの初演もしたが、わがままで、さんざん作者をてこずらせた。

〔3〕 ヴァスコ・ダ・ガマが喜望峰をまわろうとしたとき、立ちはだかって阻止しようとしたという巨人。

第四章

〔1〕 いずれも作家、風刺画家アンリ・モニエ（一七九九—一八七七）の漫画的人物で、前者は無能・凡俗の、

後者は創意・狡知の典型。

〔2〕イオニア人は初期の文学・哲学を発展させた古代ギリシャの一支族。ボイオティア人は愚鈍で名高かった古代ギリシャの一支族。

〔3〕ホラティウス『詩論』二一―二二。

第五章

〔1〕ホラティウスの『書簡詩』一・一〇・一。

第六章

〔1〕一七九六年、ナポレオン戦争でオーストリア軍と争奪地となったイタリアの町。

〔2〕政治家、一六一九―八三年。財務長官として重商主義を実施。

〔3〕弁護士、一六八九―一七七一年。『ルイ十五世時代の歴史的、逸話的日記』の作者。

第七章

〔1〕ユゴー自身の一八三四年の小説だが、この語の初出は一八〇四年頃で、そのときは「職人の弟子」という意味だったらしい。

〔2〕サンソンは一六八八年から一八四七年までパリの世襲死刑執行人。モンテス神父は一八一四年から四八年までの死刑囚の聴罪司祭。

〔3〕泥棒詩人、強盗殺人犯、一八〇三―三六年。映画『天井桟敷の人びと』にも登場する。つづくドータンは兄弟殺しの犯人。

〔4〕パパヴォワーヌは嬰児殺しの犯人。トルロンは大逆罪で処刑。アヴリルはラスネールの共犯者。ルヴェ

ルはベリー公の暗殺者。ドゥラポルトは大道強盗犯。カスタンは遺産狙いで友人ふたりを殺害した医者。ボリーは反共和国の陰謀の首謀者。ジャン・マルタンは親族殺人犯。ルクフェは強盗殺人犯。ドバッケルは不詳。

〔5〕 十年にわたる革命期にギロチンの露と消えた数は二万人、一日平均五回半。これらがすべて公開で、市民の恰好の見世物になっていた。フランスにおける公開死刑制度は一九三九年まで、死刑制度は八一年まで存続し、以後廃止。

第八章

〔1〕 ディオニュソスを称える祭尼たちの叫び声。

〔2〕 「間抜け」の意もあり、ブルボン王政復興期のルイ十八世とシャルル十世のこと。

〔3〕 「騙されやすい人」の意もあり、この時期すなわち七月王政の国王ルイ・フィリップの顔は洋梨に似ていた。

第九章

〔1〕 革命家、ジャーナリスト、一七六〇―九四年。

〔2〕 革命時の将軍、一七六二―一八〇〇年。ナポリ共和国の建設者。ただし生まれはパリでなくヴァランス。

〔3〕 ラシーヌ作『アタリー』からのふざけた引用。

〔4〕 パリの守護聖女をまつる教会。

〔5〕 聖なる「血の奇蹟」を起こしてナポリを守ると信じられていた守護聖人。

〔6〕 シャンピオネは、「血の奇蹟」が起こらないのはフランス兵がいるからだというナポリの民衆の非難を抑えるために、ナポリの聖職者たちに奇蹟を起こさないなら砲撃すると脅迫した。

〔7〕 少年兵、一七七九―九三年。ヴェンデの乱で共和国軍に加わり勇壮な死を遂げた。

第十章

〔1〕 フォブール・サン・タントワーヌはやがて本書第四、五部で描かれる一八三二年の革命の舞台になるパリの労働者地区。聖アヴェンティヌスの丘は古代ローマ時代の平民が貴族に反抗して立てこもった場所。
〔2〕 古代ローマには「アシナリウム街道」はあったが、「学院」はユゴーの造語。
〔3〕 古代ローマの処刑者の死体置場。
〔4〕 ユゴーの勘違い。この語は公共広場を指し、牢獄の意味はない。
〔5〕 ユゴーの間違い。原作では同音の「ウニ」のこと。
〔6〕 古代ローマの劇作家、前二五四―前一八四年。
〔7〕 古代ローマの作家、一二五頃―一八〇年頃。『黄金の驢馬』の作者。
〔8〕 ラモーの甥はディドロ作同名の小説の主人公。クルクリオはプラウトゥスの作中人物。次のエルガルシスとともに大酒飲み。
〔9〕 いずれもプラウトゥスの作中人物。一行先のアウルス・ゲリウス、コングリオも、さらに二行先のパンダリスカも同じ。
〔10〕 小説家、一七八〇―一八四四年。ユゴーの先達の作家。
〔11〕 以上三名はホラティウスの作中人物。
〔12〕 歌謡作家、一七七二―一八二七年。
〔13〕 トロポニオスはポイオティアの神。洞窟の水で神託を告げた。メスメル（一七三四―一八一五）はドイツの医者。その動物磁気説がパリで流行した。
〔14〕 一七五〇年から六〇年までフランスで有名だったペテン師。

〔15〕ユゴー自身一八五三年から二年間、亡命先のジャージー島でこの降霊術を実施したことがある。
〔16〕三人とも大道芸の道化者。
〔17〕熱烈な王党派で、奇行で知られる軍人。
〔18〕ドミニアティアヌスはローマ皇帝、在位八一―九六年。スッラは独裁官、在位前八二―前七九年。
〔19〕シャンゼリゼでおこなわれた公衆舞踏会。高級娼婦たちも参加した。
〔20〕両者ともホラティウスの作中人物。
〔21〕サゲおばさんの安料理屋、ユゴーはダヴィッド・ダンジェら友人たちとともに常連だった。後出の居酒屋ランポノーもユゴーの馴染みの店だった。
〔22〕シュバリスはイタリアにあったギリシャの植民都市。パンタンはパリ近郊の町。

第十一章

〔1〕一七八九年七月十四日はフランス革命のバスチーユ襲撃の日。同年六月の「球戯場の誓い」で第三身分(平民)の議員は憲法制定まで議会を解散しないと誓い、八月四日の夜、国民議会は第一身分の聖職者、第二身分の貴族の特権を廃止した。
〔2〕いずれも各国の独立・解放運動の指導者。
〔3〕それぞれギリシャ、スペイン、イタリアの愛国者。
〔4〕フランスの医者、一七九三―一八二一年。志願して研究に行った現地のペストのために落命。

第十二章

〔1〕イギリスの政治家、哲学者、一七二九―九七年。『フランス革命の省察』の著者。

第二篇

第一章

〔1〕ユゴーはこの人物をあえて小説に登場させる意図として、創作ノートに「詩には幸福なブルジョワを軽蔑する権利はない。幸福なブルジョワにはそれなりのリズムがある。沼にいるアヒルは湖にいる白鳥、大海にいる鷲と同じくらい調和するのだ」と記している。

第二章

〔1〕十七世紀のガレー船隊の総帥、一六三六―八八年。国王ルイ十四世の愛人、モンテスパン夫人（一六四一―一七〇七）の兄。

〔2〕フランドルの画家、一五九三―一六七八年。

第三章

〔1〕ラ・カマルゴ（一七一〇―七〇）とラ・サレ（一七〇七―五六）はオペラ座のスター。ヴォルテールはふたりを一七二九年にオペラ座に雇わせ、「ああ、輝くカマルゴ！／おお、うっとりさせるサレ！」と称えるマドリガルを残している。

〔2〕オペラ座のスター・ダンサー、一七四三―一八一六年。

〔3〕十八世紀の詩人、軍人ブフレールの母親、一八一七年没。

〔4〕コルビエール（一七六六―一八五三）は王政復古期の内務大臣。ユマン（一七八〇―一八四二）は七月王政期の財務大臣。カジミール・ペリエ（一七七七―一八三二）は七月王政期の首相。

第四章

〔1〕マザランの甥の孫息子、一七一六―九八年。粋人として有名。
〔2〕おそらくエカテリーナ女帝の外交政策を担当していたロシアの軍人、外交官のこと。

第六章

〔1〕実際は前者が七十一歳、後者が二十三歳。
〔2〕オラトリオ会士で、フランス教会独立運動の指導者。
〔3〕ウェルギリウス『田園詩』のもじりで「追い剝ぎするにも堂々とやれ」の意。

第三篇

第一章

〔1〕王政復古期の絶対君主主義者の政論家、一七五四―一八四〇年。つづくパンジー・ピュイ・ヴァレー（一七四三―一八二三）は王政復古期の右翼の政治家、政論家。
〔2〕自然科学者、一七三四―一八一五年。独自の動物磁気治療法によってパリで大評判をとった。
〔3〕一八一四年六月四日、ルイ十八世が王政復古に際して公布した憲章。
〔4〕王政復古で王座に復帰したルイ十八世が病没後、一八二四年に即位したシャルル十世のこと。一八三〇年の七月革命で失脚するまで独裁反動王政を布いた。
〔5〕一八一五年のいわゆるナポレオンの百日天下にさいして参集した志願兵。
〔6〕一八一八―一九年。デソルは首相、ドカーズは内務大臣、ド・セールは司法大臣。

〔7〕サブランは根っからの反ナポレオン主義者。ダマスは陸軍大臣経験者で、いずれも過激王党派好みの政治家。
〔8〕これは一八一六年ではなく一七年三月二十日に起こった王政復古期の有名な事件で、当時の世論を二分したが、翌年六月三日、結局バスチードとジョーシオンのふたりの容疑者が処刑された。
〔9〕「首飾り事件」とは、一七八五年ラモット伯爵夫人が王妃マリー・アントワネットの名前を騙っておこなった詐欺事件。伯爵夫人は投獄されたが、伯爵（一七五四―一八三一）のほうは事件発覚後イギリスに亡命、王政復古後フランスに帰国して難を逃れた。
〔10〕ルイ十五世の公妾、一七二一―六四年。浪費癖および芸術、文学の保護者として有名。その弟マリニー侯爵（一七二七―八一）は宮廷人。
〔11〕軍人、元帥、一七一五―八七年。ポンパドゥール夫人との不仲が有名。
〔12〕ジャンヌ・ベキュという名の私生児だったが、デュ・バリーとの結婚によってジャンヌ・ヴォーベルニエの名をあたえられ、ポンパドゥール夫人の後釜としてルイ十五世の最後の愛妾となる。
〔13〕元帥、一六九六―一七八八年。ルイ十三世時代の宰相リシュリューの甥の子。デュ・バリー夫人を国王の愛人にするのを支持した。
〔14〕ローマ神話で泥棒と商売の神。
〔15〕枢機卿、フランス宮廷司祭、一七三四―一八〇三年。首飾り事件にも関与。
〔16〕伯爵は一七五四年生まれ。だから、一八一五年には七十五歳でなく六十一歳。
〔17〕ヴァロワは十四―十六世紀のフランスのヴァロワ王朝のこと。
〔18〕ワーテルロー敗戦後、あくまでナポレオンに忠実にロワール河方面に脱走した軍人を過激王党派がそう呼んだ。なおユゴーの父親レオポルド将軍もそのひとりだった。

第二章

〔1〕パリ北方七十七キロの、セーヌ河沿いの町。
〔2〕この軍人のモデルになっているのはユゴー自身の父親であり、彼は二度目の妻と一緒にブロワに住んでいた。以下、マリユスと父の関係はユゴーと父の関係を題材にしたものである。
〔3〕王政復古期の園芸家、一七七四―一八四六年。
〔4〕ユゴーの詩集『諸世紀の伝説』のなかに「エイラウの墓地」という詩がある。
〔5〕イギリスの軍人。セント・ヘレナ島総督としてナポレオンの監視役を務めた。
〔6〕ローマの政治家、軍人、？―前二一七年。

第三章

〔1〕以下の記述は、母親の影響でまず王党主義者になったユゴーの幼・少年時代の記憶に基づいている。
〔2〕軍人、一七五七―一八一七年。
〔3〕文人、一七七〇？―一八四一年。ユゴーの母親の友人。
〔4〕ナポレオン没落後、南仏で猛威をふるった白色テロの首謀者だった将軍。
〔5〕アレクサンドロス大王の愛人だった美人の遊女。
〔6〕王政復古期の聖職者、政治家、著作家、一七六五―一八四一年。
〔7〕聖職者、一七三八―一八二一年。
〔8〕政治家、聖職者、一七四九―一八三〇年。
〔9〕聖職者、一七二九―一八一八年。一七七〇年にアカデミー会員。
〔10〕革命期の笑劇の人気者で、民衆の代弁者。
〔11〕革命期の代議士、帝政期・王政復古期の政治家、一七六一―一八三五年。

〔12〕 ロングヴィル公爵夫人（一六一九―七九）とシュヴルーズ公爵夫人（一六〇〇―七九）は、いずれも十七世紀のフロンドの乱で活躍した女性として名高い。

〔13〕 メトセラは九百六十九年生きたというイスラエル人の族長。エピメニデスは洞穴で五十七年間眠っていたという紀元前のクレタ島の哲人。

〔14〕 コブレンツは大革命からナポレオン帝政までフランスの王侯貴族の亡命地。また、一八一四年に即位したルイ十八世は、革命時代およびナポレオン時代をなかったことにして、みずからの治世を一七八九年から数えていた。

〔15〕 フォントノワは一七四五年、旧体制のフランス軍がイギリス・オランダ連合軍を破ったベルギーの戦場。マレンゴは一八〇〇年、ナポレオンがオーストリア軍を破ったイタリア・ピエモンテ地方の戦場。

〔16〕 モリエール作『スカパンの悪だくみ』の主人公で腹黒い下僕。

〔17〕 一八三〇年七月革命と一八四八年二月革命のこと。

〔18〕 反革命の理論家、劇作家、一七七六―一八三〇年。過激王党派の新聞『ドラポー・ブラン』の創設者。

〔19〕 フィエヴェ（一七六七―一八三九）は凡庸な作家・ジャーナリスト。アジエ（一七五〇―一八二七）は右派の政治家。コルネ（一七六八―一八三二）は本屋、士官学校でナポレオンの同級生だったが反革命・王党派の論客になった。

〔20〕 ロワイエ＝コラール（一七六三―一八四五）、ギゾー（一七八七―一八七四）、クーザン（一七九二―一八六七）ら。非妥協的な王党派と左翼リベラル派との中庸をめざした思想家の集団。

〔21〕 一八一六年九月五日はナポレオン体制の崩壊後十五年に選出されたフランス下院解散の日。一八一五年七月八日はナポレオンの百日天下終焉後、ルイ十八世が二度目に復帰した日。つづく「鷲」はナポレオンを、「百合の花」はブルボン王朝のことを指す。

〔22〕 十三世紀初頭、フランス王フィリップ・オーギュストが英王ジョンと神聖ローマ帝国オットー四世を破

った北仏の古戦場。
〔23〕上流階級を基盤とする王政復古期の右翼宗教団体。

第六章

〔1〕ラス・カーズ（一七六六―一八四二）の著作。一八二三年から刊行開始。
〔2〕ナポレオン失脚後ルイ十八世を復帰させた王党派。
〔3〕一七九九年にナポレオンが占領したパレスチナの町。占領後ペストが発生したので、ナポレオンのせいにされた。
〔4〕古典喜劇に出てくる間抜けな老人。

第七章

〔1〕ギリシャ神話でイオの見張り番をした百眼の巨人。

第八章

〔1〕円形・楕円形のなかに描かれた肖像画。
〔2〕国王シャルル十世の第二子、一七七八―一八二〇年。政争の犠牲になり暗殺された。

第四篇

第一章

〔1〕 美徳同盟《トウーゲントブント》は一八〇八年ナポレオンの軛から祖国を解放するためにドイツで結成された秘密結社。イタリアの炭焼き党《カリボナリ》は十九世紀初頭オーストリア支配からの解放をめざして南イタリアで結成された秘密結社。かぼちゃ《クーグルド》党は南仏で結成された共和派の秘密結社。

〔2〕 将軍、四七八頃―五七三年。東ローマ帝国皇帝ユスティニアヌス一世に仕えた。

〔3〕 十七世紀ローマで宮殿を建てたとき、ベルベリーニ家が古代ローマの遺跡を掠奪したという当てこすり。

〔4〕 スペインの自由主義者のスローガン。

〔5〕 「あなたはペテロである、そしてわたしは岩《ペテロ》の上に、教会を建てよう」（キリストの言葉。『マタイ伝』一六・一八）。

〔6〕 現在のエドモン・ロスタン広場。なお、カフェ・ミュザンの一部はカフェ・ロスタンとして現存する。

〔7〕 ローマ皇帝ハドリアヌスの愛人とされた美青年、一一二―一三〇年。

〔8〕 執政官、前一五四―前一二一年。元老院の陰謀により告発され、同志とともに件の丘に逃げこみ、前一二一年に壮絶な戦死を遂げる。

〔9〕 ギリシャ神話。「テーバイに向かう七将」のひとりカパネウスの美貌の妻。夫が戦死すると、わが身を火中に投じて自害。

〔10〕 前五一四年、アリストゲイトンとハルモディオスは宿敵ヒッパルコスをパンアテナイア祭の行列のさいに銀梅花のしたに剣を隠して暗殺した。

〔11〕 シェリュバンは『フィガロの結婚』では美形のお小姓、『エゼキエル書』では恐ろしい智天使。

〔12〕 数学者、政治家、一七四三―九四年。ジャコバン独裁に反対し、恐怖政治時代に獄中死する。

〔13〕アラゴ（一七八六―一八五三）は天文学者・政治家。ジョフロワ・サン・チレール（一七七二―一八四四）は博物学者。
〔14〕サン・シモン（一七六〇―一八二五）は社会主義的思想家。フーリエ（一七七二―一八三七）はいわゆる空想社会主義者。
〔15〕ピュイゼギュール（一七五一―一八二五）は軍人だったが博物学者に転向。ドゥルーズ（一七五三―一八三五）も、前者と同じ経歴の持ち主で動物磁気説の信奉者。
〔16〕十九世紀前半のフランスでユゴー自身が主導したロマン主義のこと。
〔17〕詩人、一七六二―九四年。王党派の嫌疑で死刑にされた。
〔18〕前八世紀のイスラエル四大預言者のひとり、旧約聖書『イザヤ書』の作者。
〔19〕宗教戦争時代のプロテスタント詩人、一五五二―一六三〇年。
〔20〕ロシア、プロシア、オーストリア三国による第一次ポーランド分割。
〔21〕ナポレオン戦争後のヨーロッパの国際秩序をはかり、一八一四年から翌年九月までおこなわれた国際会議。
〔22〕ショーヴラン（一七六六―一八三二）は自由派の代議士。コーマルタン（一七二五―一八〇三）は自由派の代議士。バンジャマン・コンスタン（一七六七―一八三〇）は自由主義の作家、政治家。ラファイエット（一七五七―一八三四）は有名な軍人、政治家。
〔23〕本書第一部に出てくるファンチーヌの恋人、コゼットの父親。
〔24〕これは一八二〇年六月の勘違い。選挙制度改悪法案に反対するデモで学生のラルマンが殺害された。
〔25〕弁護士など法曹界の者がかぶる。
〔26〕ルイ十八世の寵臣、一七五九―一八一一年。
〔27〕L'Aigle と Lesgle は発音は同じだが、前者は鷲を意味しナポレオンの紋章になっている。ところが後者

の名がそうでないことが国王の気に入った。
〔28〕聖職者、雄弁家、一六二七―一七〇四年。一六八一年から、パリ東方五十キロあまりの町モーの大司教を務め、「モーの鷲」と呼ばれた。
〔29〕百フランにあたる五《サン》ルイと聖王サン・ルイを引っかけ、料金を立て替えてくれと頼んでいる。
〔30〕革命時の穏健な立憲王政派。
〔31〕十八世紀の劇作家コレの喜歌劇のつぎのような内容の歌詞。「おいらは娘っこが大好きだ／うめえ酒が大好きだ／いい奴の口癖は／それだけさ」。
〔32〕ポリュデウケスはギリシャ神話の英雄カストルの兄弟。パトロクロスは『イリアス』中の英雄アキレウスの親友。ニソスは『アイネイアス』中エウリュアロスの友。エウダミダスはルキアノス『友情について』中のアレテの友人。ヘベスティオンはアレクサンドロス大王の友。ペクメジャは当時名高かった医者デュブルイユの友人。
〔33〕ギリシャ神話の親友同士。なお、アンジョルラスのEとグランテールGも並び順が近い。

第二章

〔1〕詩人、評論家、一六三六―一七一一年。『詩法』二・一八二。ボワローは「Le français, né malin…」と書いているが、この「né malin（うまれつき性悪な）」を「nez malin（悪性の鼻）」とかけている。néとnezの発音は同じ。
〔2〕『詩篇』二・一〇。

第三章

〔1〕聖書『箴言』一・七。

第四章

〔1〕ハイデルベルク城の大酒樽には二十八万三千リットルの葡萄酒が入っていると伝えられていた。

〔2〕カリグラ（一二―四一）はローマ皇帝、残虐で有名。チャールズ二世（一六三〇―八五）はイギリス国王、遊蕩、腐敗で有名。

〔3〕画家、一七七一―一八三五年。

〔4〕古代ギリシャ犬儒派の哲学者、前四一二？―前三二三年。

〔5〕ピュドナの戦いは前一六八年、ローマ軍がマケドニア軍を破った戦い。また、初代フランク王クローヴィス（四六五頃―五一一）は、四九六年頃トルビアクムの戦いでアラマン族を破った。

〔6〕『詩論』七一。

〔7〕コリニー提督（一五一九―七二）は、ユグノー派の首領だったが、サン・バルテルミーの大虐殺の犠牲となる。フォキオン（前四〇二？―前三一八）はアテネの政治家。ペイシストラス（前六〇〇頃―前五二七）はアテナイの僭主。フィレタス（前三三〇頃―前二七〇頃）はアレクサンドリアの詩人、学者。シラニオンは前四世紀に活躍したギリシャの彫刻家。プリニウス（二三―七九）は古代ローマの学者、政治家。

〔8〕ヒッポクラテス（前四六〇頃―前三七〇頃）はギリシャの医者、医学の祖。アルタクセルクセス（在位前四六五―前四二四）は前五世紀古代ペルシャ大王。ヒッポクラテスに治療を拒まれた。

〔9〕ナルキッソスに恋した森のニンフ。

〔10〕ヴォーはスイス領、ジェクスはフランス領。一八一五年来つづいていた国境紛争への言及。

〔11〕イオはゼウスに愛されたが、その妻ヘラの迫害を逃れるために牝牛にされた娘。ピスヴァッシュは「牝牛が小便」の意。

〔12〕約二百四十五グラムの金銀量。

〔13〕ニコラ・デマレ（一六四八―一七二一）はコルベールの甥で、ルイ十四世治世末期の財務総監。

〔14〕「国王は〈国家の安寧〉のために勅令を出す権限を有する」という条項。
〔15〕ラ・フォンテーヌの「女と化した猫」のもじり。

第五章

〔1〕このまえにルイをつけると、ナポレオン没落後王政復古したルイ十八世になる。あとに霧月とつけると霧月十八日、すなわち一七九九年ナポレオンがクーデターを敢行した日になる。
〔2〕ファエドルス『寓話』一・六五。
〔3〕一八〇七年、ナポレオンがフリートラントの戦いでロシア軍を破ったあと、ロシア、プロシアと講和条約を締結した地。
〔4〕ラプラス（一七四九―一八二七）は天文学者、物理学者。メルラン（一七五四―一八三八）は政治家。
〔5〕モリエール『人間嫌い』第一幕二場で歌われる小唄のもじり。

第六章

〔1〕ユウェナリス『諷刺詩』三・一六四、一六五。
〔2〕前後関係を考えて、以下の三行は初稿から訳者が補足した。

第五篇

第一章

〔1〕以下この篇は一八二一年から二二年に作者がパリのドラゴン街で送った法学生時代の経験を元にしてい

る。

第四章

〔1〕フリアイは「復讐の三女神」のこと。「エウメニデス」は慈悲深い者の意でフリアイの別名。
〔2〕十六、十七世紀オランダの小型十二折判。
〔3〕イタリアの作曲家、歌手、一五八二―一六五二年。「ミゼレーレ」は『詩篇』（五一）による賛美歌（一六三八年作）。
〔4〕『対比列伝』の作者プリタルコス（四六頃―一二〇頃）からとった渾名。
〔5〕当時パリの住民は行商の水屋から水を買っていた。

第五章

〔1〕パジョル伯爵（一七七二―一八四四）、ベラヴェーヌ将軍（一七七〇―一八二六）、フリリオン将軍（一七六六―一八四〇）はいずれも実在した人物だが、ポンメルシー大佐の知合いだった可能性があったのはパジョル伯爵のみ。
〔2〕七月の民衆蜂起によるブルボン王朝最後の国王シャルル十世が退位し、オルレアン家のルイ・フィリップによる七月王政がはじまる。

第六章

〔1〕カルノー（一七五三―一八二三）は政治家、国民公会議長、王政復古で追放された。フーシェ（一七五九―一八二〇）は変わり身の早い策士で知られ、革命期、帝政期を乗りきり、王政復古時代に警察大臣になった政治家。

〔2〕一七九〇年に革命家エベールが創刊。つづく「九三年」はロベスピエールのジャコバン派独裁の恐怖政治の年。
〔3〕一八三〇年二月二十五日に初演されたユゴー作の戯曲。この上演が古典派とロマン派の戦いとして大いに喧伝された。
〔4〕フォントネルの文句「ソナタよ、おまえはなにがお望みじゃ?」のもじり。
〔5〕過激王党派の新聞『ドラポー・ブラン』の創設者。
〔6〕政治家、一七四八―一八三六年。『第三身分とは何か』の著者で革命の理論的支柱をあたえたが、のちにナポレオンと組んでクーデターを敢行した。

第六篇

第一章

〔1〕以上のマリユスの肖像はほぼユゴーの若き時代の相当ナルシスト的な自画像だが、ユゴーが黒髪ではなく、栗色の髪の毛をしていた点だけが違う。なお、以下の純愛物語は作者とその妻アデル・フーシェとの恋愛を元にしている。

第二章

〔1〕『創世記』一・三。
〔2〕彫刻家、一五一〇頃―六六年頃。

第四章

〔1〕小説家・劇作家ルサージュ（一六六八―一七四七）の小説。フランソワ・ド・ヌフシャトー（一七五〇―一八二八）は作家、政治家。マルコス・オブレゴン・デ・ラ・ロンダは十六世紀スペイン作家エスペネルの小説『ジル・ブラーズ』の原型になった。ここに書かれているのと同じ経験がユゴー自身にもあったようだが、それは一八一八年のことで、この物語が展開する一八三一年よりはるか以前。

第六章

〔1〕左翼の政治家、一七七三―一八五二年。

〔2〕「大通りのタルマ」と呼ばれた十九世紀を代表する名優でユゴーの友人、一八〇〇―七六年。『レ・ザドレの宿屋』はロベール・マケール作、一八二三年初演。

〔3〕ラテン語学者、一七九九―一八八四年。ただし、羅仏辞典、仏羅辞典、羅語韻律・詩法事典などの出版は、この会話のずっとあとだった。

第八章

〔1〕古代ギリシャの詩人、前三〇〇頃―前二五〇年頃。著書に『小情景詩』など。

〔2〕これもユゴーの個人的な思い出。泥で汚すのを恐れて、ドレスを引き上げたアデルにたいし、ユゴーが抗議と叱責をおこなった、一八二二年三月四日の手紙が残されている。

〔3〕シェリュバンはボーマルシェ作『フィガロの結婚』に出てくる純情な小姓。バルトロは同作者『セビリアの理髪師』に出てくる嫉妬・猜疑心の強い悪漢。

第七篇

第一章

〔1〕ディドロ、ダランベールら啓蒙思想家たちが一七五一年から七二年にかけて編纂し、フランス革命に影響をあたえた事典。

〔2〕イタリアの神学者、一五二五—六二年。三位一体説を否定した異端派新教徒。

〔3〕チェコの宗教改革者、一三七〇頃—一四一五年。

〔4〕革命家、一七六〇—九七年。独自の共産主義を唱え処刑される。

〔5〕イギリスの社会改良家、一七七一—一八五八年。

第二章

〔1〕子供を塔に閉じこめ、食べるなどした十三世紀イタリアの極悪非道の人物。ダンテの『神曲』地獄篇第三十三歌に登場する。

〔2〕犯罪者、詩人、一八〇三—三六年。

〔3〕本名ジャン・ビュクレール。一八〇三年に処刑された盗賊の頭目。

第三章

〔1〕十六世紀にカラカラ浴場から発掘された古代アテネの彫刻家グリュコンの作。元はローマの名門ファルネーゼ家が所有していた。

〔2〕軍人、一七六三—一八一五年。過激王党派の白色テロの犠牲にされた。

〔3〕ボベーシュ、ボビノは、いずれも十九世紀初頭の名高い喜劇俳優。

〔4〕　一八二八年から四六年まで発行されていた夕刊紙。

第四章

〔1〕　ギリシャ神話に出てくる海の老人でポセイドンの従者。予言力とあらゆるものに変身する能力を有した。
〔2〕　山師で元脱獄囚だったが、その後パリ警察庁の初代捜査局長、一七七五—一八五七年。
〔3〕　ホラティウス『諷刺詩』一・二・一、二。

第八篇

第一章

〔1〕　当時モンパルナス大通りで開かれていた流行の公開舞踏会。学生やお針子たちで賑わった。

第二章

〔1〕　ベルギーのノストラダムスと言われた十七世紀リエージュの天文学者、教会参事会員で、『リエージュ暦』の考案者とされる。

第三章

〔1〕　以下、〔　〕内は作者がわざと間違えて書いた文面の誤字・文法的誤りの訳者による訂正。

第五章

〔1〕 フランス語の「レ・ミゼラブル（les misérables）」には、物質的に「貧しい人々」、「惨めな人々」の意味と同時に、精神的に「貧しい人々」、「見下げたやつら」の意味がある。

第六章

〔1〕 テナルディエの間違いを〔 〕で訂正しておく。
〔2〕 人相学の創始者、一七四一―一八〇一年。
〔3〕 小説家、一七六一―一八一九年。
〔4〕 「空の空、空の空、いっさいは空である」『伝道の書』（一・二）。

第九章

〔1〕 セリメーヌはモリエール作『人間嫌い』のヒロイン。マルス嬢の当たり役。エルミールは同『タルチュフ』に登場する気の優しい正直な女性。ベリサリオスは六世紀東ローマ帝国の将軍。晩年は落ちぶれて盲目の乞食になったという。

第十九章

〔1〕 一八三〇年の七月革命後、投げやりな服装をして、急進的な政治思想を唱えたグループの蔑称。

第二十章

〔1〕 パレ・ロワイヤルにあった有名な靴屋。
〔2〕 当時ロルロージュ河岸に光学器具店を開いていた。

〔3〕 イタリアの画家、金細工師、一五〇〇—七一年。

第二十二章

〔1〕 ここで第三巻というのはこの小説初版全十巻の第三巻を指す。現行版では第二部第三篇第一章に出てきたテナルディエ夫妻の息子ガヴローシュのこと。

[著者]

ヴィクトール・ユゴー（Victor Hugo 1802-85）

フランス19世紀を代表する詩人・作家。16歳で詩壇にデビュー、1830年劇作『エルナニ』の成功でロマン派の総帥になり、やがて政治活動をおこなうが、51年ナポレオン３世のクーデターに反対、70年まで19年間ガンジー島などに亡命。主要作の詩集『懲罰詩集』『静観詩集』や小説『レ・ミゼラブル』はこの時期に書かれた。帰国後、85年に死去、共和国政府によって国葬が営まれた。

[訳者]

西永良成（にしなが・よしなり）

1944年富山県生まれ。東京外国語大学名誉教授。専門はフランス文学・思想。著書に『激情と神秘――ルネ・シャールの詩と思想』『小説の思考――ミラン・クンデラの賭け』、『『レ・ミゼラブル』の世界』『カミュの言葉――光と愛と反抗と』など、訳書にクンデラ『冗談』、サルトル『フロイト』、編訳書に『ルネ・シャールの言葉』など多数。

平凡社ライブラリー 895

レ・ミゼラブル 第三部《だいさんぶ》 マリユス

発行日…………2020年２月10日　初版第１刷

著者……………ヴィクトール・ユゴー
訳者……………西永良成
発行者…………下中美都
発行所…………株式会社平凡社
〒101-0051　東京都千代田区神田神保町3-29
電話　(03)3230-6579[編集]
(03)3230-6573[営業]
振替　00180-0-29639

印刷・製本……株式会社東京印書館
ＤＴＰ…………平凡社制作
装幀……………中垣信夫

ISBN978-4-582-76895-4
NDC分類番号953.6　Ｂ６変型判(16.0cm)　総ページ432

平凡社ホームページ https://www.heibonsha.co.jp/